Proposta inconveniente

PATRICIA CABOT

Proposta inconveniente

Tradução de
Eliane Fraga

3ª EDIÇÃO

EDITORA RECORD
RIO DE JANEIRO • SÃO PAULO
2015

CIP-BRASIL. CATALOGAÇÃO NA FONTE
SINDICATO NACIONAL DOS EDITORES DE LIVROS, RJ

C116p   Cabot, Patricia
3ª ed.   Proposta inconveniente / Patricia Cabot; tradução de Eliane
    Fraga. – 3ª ed. – Rio de Janeiro: Record, 2015.

       Tradução de: An Improper Proposal
       ISBN 978-85-01-09501-5

       1. Romance americano. I. Fraga, Eliane, 1947-. II. Título.

11-7030   CDD: 813
                        CDU: 821.111(73)-3

TÍTULO ORIGINAL EM INGLÊS:
An Improper Proposal

Copyright © 1999 by Patricia Cabot

Texto revisado segundo o novo Acordo Ortográfico da Língua Portuguesa.

Editoração eletrônica: Abreu's System

Direitos exclusivos de publicação em língua portuguesa somente para o Brasil
adquiridos pela
EDITORA RECORD LTDA.
Rua Argentina, 171 – Rio de Janeiro, RJ – 20921-380 – Tel.: 2585-2000,
que se reserva a propriedade literária desta tradução.

Impresso no Brasil

ISBN 978-85-01-09501-5

Seja um leitor preferencial Record.
Cadastre-se e receba informações sobre nossos
lançamentos e nossas promoções.

Atendimento e venda direta ao leitor:
mdireto@record.com.br ou (21) 2585-2002.

EDITORA AFILIADA

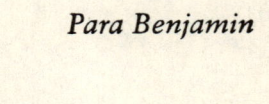

Para Benjamin

Obrigada mais uma vez à minha editora Jennifer Weis, à minha amiga Jennifer Brown e à minha agente Laura Langlie. Estendo meus agradecimentos também a Joan Druett, autora de Hen Frigates: Wifes of Merchant Captains Under Sail, *de cuja obra extraí muitas das informações náuticas utilizadas neste livro.*

Capítulo 1

Shropshire, Inglaterra
Junho de 1830

— DROGA, PAYTON — EXPLODIU Ross Dixon. — Não consigo dar o raio do nó. Dê *você*.

Payton, num estágio crucial do nó da gravata de Hudson, o segundo mais velho de seus irmãos, não podia arriscar uma olhadela para o mais velho de todos.

— Espere a sua vez.

— A sua *maldita* vez — corrigiu-a Hudson. Com o queixo levantado, ele precisou baixar o olhar para vê-la dar o nó na gravata, mas só conseguiu enxergar o alto da cabeça da irmã mais nova.

— Espere a sua maldita vez — repetiu Payton.

Com as pontas da gravata caídas na frente do pescoço, Ross afastou-se do espelho, indignado.

— Que diabo, Hud! Pare de encorajá-la a falar essas coisas. Você quer que o primeiro que a convide para dançar esta noite ouça que ele deve esperar a maldita vez?

— Ninguém convidará Payton para dançar — afirmou Raleigh do banco perto da janela. A gravata dele já estava pronta, e a irmã o mandara para o canto do quarto com a ordem de não tocar nela, para não desfazer o nó. De onde estava, recebia o sol que vinha do oeste e observava a fileira de carruagens que paravam em frente à casa. — Ela é feia demais.

— Cale essa boca maldita — alertou Payton.

Ross rangeu os dentes, furioso.

— Payton — resmungou —, pare de praguejar. Não está em casa, nem a bordo de um navio. Lembra-se do nosso acordo? Você pode se comportar como quiser em casa ou navegando, mas na casa dos outros deve agir como uma...

— Sabe, Raleigh — interrompeu Hudson —, Payton não é *tão* feia assim. O problema dela é esse maldito cabelo. — Como Hudson tinha uma visão perfeita de onde estava, achou que podia criticar. — Por que, quando você raspou as nossas cabeças no verão passado, não fez o mesmo com a dela? Teria sido bem melhor se Payton tivesse se livrado de todo o cabelo para que ele crescesse do zero.

— E por que você contratou um cozinheiro cheio de piolhos? — retorquiu Ross, irritado. — Se não o tivesse contratado, nenhum de nós precisaria raspar a cabeça, e Georgiana não ficaria me amolando para comprar uma trança postiça para Payton.

— Uma *trança postiça*! — reclamou Payton, franzindo o nariz sardento. — Por que eu iria querer uma *trança postiça*? Usar o cabelo de outra mulher por cima do meu? — Ela estremeceu só de pensar. — Não, *obrigada*. Estou perfeitamente feliz enquanto espero minhas próprias tranças voltarem a crescer.

— Você adora seu cabelo curto, admita — reclamou Hudson, bravo. — É uma preguiçosa e jamais gostou de pentear aquelas malditas tranças.

Payton o fitou com os olhos faiscando de raiva.

— Cuidado — avisou, apertando-lhe a gravata em tom desafiador. — Posso não ter mais as minhas tranças, porém ainda consigo facilmente cortar uma garganta.

— Você é uma mulher cruel, hein? — Hudson puxou um dos cachos cor de ferrugem que Payton tentara prender num par de presilhas de tartaruga, sem sucesso. — Vai ter que aprender a controlar sua propensão à violência, minha cara, ou nunca arranjará um marido.

Payton fez uma careta de repugnância.

— Não sei por que eu precisaria de um marido, se já tenho vocês três para me dizer o que devo fazer.

— Porque chegará o dia em que Hud e Raleigh seguirão meu exemplo e se casarão — disse Ross —, e você ficará sozinha.

— Como assim, sozinha? — Payton olhou para trás e o encarou por cima do ombro nu. — Não se esqueça de papai.

— Georgiana e eu ficaremos com papai — informou Ross. — E nenhum de nós vai querer a sobrecarga de cuidar da irmã solteirona.

— Se você deixar essa imbecilidade de lado e me der um navio para eu comandar — retorquiu Payton com frieza —, ninguém terá uma irmã solteirona para se preocupar, nem precisará conseguir um marido para mim.

Ross parecia horrorizado.

— Você só comandará um navio Dixon por cima do meu cadáver.

— E por que não? Sou bem melhor que Raleigh, e ele já tem o próprio navio há oito anos. — Payton apertou os olhos ao se voltar para Raleigh. — Sendo que ele passou a maior parte desse tempo *perdido*.

Raleigh olhou mais uma vez pela janela e informou à irmã, gentilmente:

— Eu não estava *perdido*. Só estava explorando territórios antes inexplorados. Há uma diferença.

— Estava *perdido*, sim. Sua carga estragou enquanto você tentava achar a rota no Cabo da Boa Esperança. Só que não estava no Cabo da Boa Esperança, não é, Raleigh?

Ele a dispensou com a mão.

— Cabo Horn, Cabo da Boa Esperança; são todos iguais. É tão absurdo assim eu ter confundido os dois?

Payton virou-se para encarar o irmão mais velho, que tentava arrumar o colarinho da camisa em frente ao espelho da penteadeira.

— Viu só? Você dá a *ele* o comando de um navio, e não a mim? Pelo menos eu consigo distinguir os continentes.

— Payton, a empresa se chama Companhia de Navegação Dixon e *Filhos* — explicou Ross em frente à sua imagem no espelho, com uma paciência semelhante à que dedicaria a uma criança. Diante do suspiro da irmã, ele ergueu uma das mãos e falou: — E por favor, não comece de novo com aquela história de que nós deveríamos mudar o nome para Dixon e Filhos e *Filha*. Não tenho a menor intenção de me tornar alvo de chacota das empresas de navegação por incluir capitães do sexo feminino.

— Qual é o problema com uma capitã de navio? — perguntou Payton, aborrecida. — Já comandei suas tripulações muitas vezes e com muita habilidade quando vocês três ficavam bêbados demais para segurar o leme. Não vejo por que eu precisaria me casar, como se eu fosse uma idiota, se tenho a mesma experiência que qualquer um de vocês...

— Pay — interrompeu-a Hudson com um pigarro —, você vai dar o nó na minha gravata ou brigar com Ross? — Quando Payton o encarou com um olhar flamejante, ele deu um passo atrás. — Deixe para lá, pode continuar brigando com ele.

— Não se preocupe, Pay — disse Raleigh, com a fala arrastada, do banco perto da janela. — Ross não terá escolha e acabará tornando-a capitã de navio. Nenhum sujeito a pedirá em casamento, você é feia demais para isso.

— Payton não é feia! — explodiu Ross, finalmente se afastando do espelho. — Quero dizer, não mais, pelo menos. Não depois de eu ter pagado quase cem libras por esse maldito vestido que ela está usando.

— Não esqueça os sapatos para combinar — lembrou Hudson. — Mais o chapéu e a capa.

— Outras cem libras. — Ross ergueu um copo de conhaque que deixara sobre a cômoda e bebeu de um gole só. — E para quê, posso saber? Esse vestido nem ao menos tem tecido suficiente para cobri-la com decência.

Payton baixou o olhar e examinou o decote. Era *mesmo* um pouco audacioso. Não tinha muito a mostrar, mas o pouco que tinha estava bastante exposto. Quando ergueu os olhos novamente, viu que Hudson acompanhara seu olhar.

— Sim, Pay, eu notei que você já tem seios. Quando isso aconteceu?

— Não sei. — Payton balançou a cabeça, pensativa. — Acho que no último verão. Em algum lugar entre New Providence e Keys.

— Eu não vi seios em você quando estávamos em Nassau — declarou Ross. Sendo o mais velho, ele sempre se aborrecia quando Payton, a caçula, fazia alguma coisa sem pedir permissão; por exemplo, crescer.

— Foi porque durante todo o verão ela só usou aquele colete e aquela calça listada horrível — explicou Raleigh, o almofadinha da família, com arrepios. — Lembram-se? Georgiana praticamente precisou arrancar-lhe a roupa quando voltamos para Londres.

— Eu usei calças — explicou Payton, irritada — porque não queria que a tripulação olhasse por baixo da minha saia toda vez que subisse no mastro...

— Que nada! Isso é o que você gostaria — observou Hudson.

Ignorando-o, Payton continuou.

— E usei o colete porque não tinha nada para sustentar o volume por baixo da blusa. Não posso agradecer a nenhum de *vocês* por isso.

— Roupas de baixo. — Ross fez um aceno de cabeça. — Esqueci. Outras cem libras. E para quê, posso perguntar?

A porta do quarto se abriu e Georgiana Dixon respondeu, sem rodeios:

— Para casá-la, é claro. — Em seguida, ao ver o colarinho frouxo do marido, suspirou e acrescentou: — Parece que não ocorreu a nenhum de vocês que a maioria dos homens recorre aos criados, e não às irmãs mais novas, quando precisa dar nó nas gravatas.

Foi a vez de Hudson se arrepiar.

— Não quero nenhum sujeito encostando-se em mim, que dirá na *minha roupa*.

— Francamente, Georgiana — disse Ross. Payton já tinha percebido que ele não tinha a mesma paciência de alguns meses atrás com a mulher. Afinal, *naquele tempo* eles eram somente namorados. Agora que estavam casados, e ela não podia escapar, Ross deixava bem claro que não tolerava mais as ideias modernas trazidas de Londres. — Não é *natural* um homem ajudar outro a se vestir. Isso é função das mulheres.

Georgiana concordou com um aceno de cabeça. Payton observou que ela já se acostumara à lógica retrógrada empregada com frequência pela nova família.

— Entendo — disse ela. — Então a pobre Payton precisa vestir todos vocês antes de poder se arrumar. — Com uma exclamação de desaprovação, Georgiana aproximou-se de Payton e começou a tirar-lhe as presilhas do cabelo. — Vocês três deviam se envergonhar — repreendeu Georgiana. — Pelo amor de Deus, aprendam a dar o nó na própria gravata. Já notei que o capitão Drake consegue. Não há razão para vocês não fazerem o mesmo. Não são incapacitados.

— Ah, sim, o *capitão Drake!* — disse Hudson, revirando os olhos.

— O capitão Drake pode fazer *qualquer coisa!* — imitou Raleigh numa voz aguda, e embora não estivesse claro quem exatamente ele imitava, Payton lançou-lhe um olhar de advertência. Tinha uma leve desconfiança de que fosse ela, e, neste caso, precisaria dar-lhe um bom soco na primeira oportunidade que surgisse.

— Acabei de encontrar o capitão no corredor. — Com ajuda das presilhas, Georgiana começou a desembaraçar os cachos escandalosamente curtos de Payton. Quando os acomodou no ângulo certo, percebeu que podia criar a ilusão de que o cabelo ultrapassava a altura do queixo. — E ele estava bem elegante. Muito mais que *você*, Ross, na véspera do *nosso* casamento.

— Tem razão — concordou Hudson com uma risada. — Mas como Ross tinha consumido quase uma garrafa inteira de rum, é compreensível que não estivesse com a melhor das aparências...

— Pelo que sei — continuou Georgiana, como se Hudson não a tivesse interrompido —, o capitão Drake não tem nenhum criado; portanto, só posso concluir que *ele*, pelo menos, é capaz de se vestir sozinho.

— Ou que a Srta. Whitby o ajudou — gracejou Raleigh.

Payton ficou tão chocada que deu um pulo, tirando o cabelo das mãos de Georgiana ao se virar para fitar o irmão.

— Ela *não* fez isso.

Mas enquanto falava, com todo o desprezo que conseguiu reunir, no fundo se perguntou se aquilo poderia ser verdade. Infelizmente, a dúvida deve ter transparecido em sua voz, pois Georgiana lançou um olhar desaprovador para Raleigh e disse:

— Claro que não. A Srta. Whitby não fez nada disso. Francamente, Raleigh, por que precisa provocar sua irmã assim?

Payton sentiu um calor no rosto e sabia muito bem que não era porque o quarto dava para oeste e os últimos raios do sol entravam pelas janelas de três metros de altura.

— Ele não está me provocando. Certamente não me importa quem veste o capitão Drake. Por mim, ele podia ter um harém para vesti-lo.

Georgiana franziu a testa e voltou para o penteado. Após três meses de casamento, já se acostumara ao humor maldoso das conversas entre o marido e os irmãos, e, por vezes, até mesmo a irmã. Sua única arma era tentar desencorajar esse tipo de diálogo, ignorando-o ou, como agora, mantendo a calma.

— Pois bem, quem quer que o tenha vestido — disse ela —, não foi a Srta. Whitby. Eu mesma a vi lá embaixo há menos de meia hora com o pai de vocês, que lhe mostrava a última aquisição para a coleção dele.

Os quatro irmãos Dixon suspiraram. Sir Henry Dixon fora um homem de negócios bem-sucedido, o fundador da Dixon e Filhos, uma empresa de navegação que lhe rendera uma fortuna considerável. Contudo, com a morte da esposa após o nascimento de Payton, seu interesse pela empresa se reduziu muito, até que ele finalmente passou toda a administração para os filhos. Atualmente, Sir Henry passava a maior parte do tempo pensando ou falando na falecida esposa e colecionando lembranças de piratas. Seu maior orgulho era uma coleção de balas de mosquete que comprara em Nassau e que supostamente tinham sido usadas em pistolas que pertenceram a vários capitães piratas, dentre os quais o Barba Negra. Carregava a coleção para todos os lugares e a exibia a quem quer que tivesse a má sorte de demonstrar algum interesse por ela.

Payton teve uma grande satisfação ao saber que a odiosa Srta. Whitby caíra na armadilha do pai. Agora ela passaria quase uma hora ouvindo Sir Henry falar sem parar sobre os calibres e a composição química da bala, algo que Payton só desejaria ao pior inimigo. Como a Srta. Whitby era esse inimigo, sua alegria foi imensa.

— E que traje a Srta. Whitby está usando para esta noite?

— Ah — exclamou Georgiana —, um vestido azul-claro com estampa de flores cor-de-rosa. Não posso imaginar de onde tirou aquilo. É infantil demais, na minha opinião. E com aquele cabelo ruivo, o rosa *não* lhe convém. — Payton era baixa para a idade, e Georgiana precisou se inclinar para sussurrar. — O *seu* vestido é muito mais bonito.

Apesar da tentativa de Georgiana, Ross a ouviu e logo observou, quase gritando:

— Espero mesmo que o de Payton seja mais bonito, considerando o quanto paguei por ele.

Payton ajeitou as mangas bufantes do vestido de cetim branco. Queria fazer o mesmo com as pontas do espartilho, que lhe machucavam os quadris, mas não ousou, não com os irmãos no quarto. Eles seriam implacáveis na zombaria se soubessem que usava um espartilho. E, como bem os conhecia, sabia que se sentiriam tentados a partilhar a informação com cada uma das pessoas que encontrassem no jantar. Era a primeira vez que Payton usava um espartilho, que dirá presilhas de cabelo, brincos, até mesmo perfume. E estava maravilhada com sua transformação. Realmente, o acréscimo de uma cunhada à família não fora terrível como Hudson e Raleigh lhe haviam assegurado que seria. Payton descobriu que cunhadas sabem as mais variadas coisas, e não são nada reticentes em compartilhar seus conhecimentos.

A informação sobre o vestido da Srta. Whitby, por exemplo. Payton não esperaria que nenhum dos irmãos fosse tão observador a ponto de contar *tudo aquilo*. Raleigh poderia acertar a cor, e talvez Hudson tivesse algo a dizer sobre o tamanho e o formato dos seios, mas não passaria disso. Como as mulheres podem ser úteis! Depois de passar a vida inteira quase que exclusivamente na companhia de homens, Payton estava muito animada com essa descoberta.

— Então ela está com uma roupa de gala? — Payton franziu o cenho diante de sua imagem no espelho da escrivaninha. — Já está usando a grinalda?

— Eu suponho que você queira saber o que a Srta. Whitby está usando no cabelo. — Georgiana balançou a cabeça. — Pois lhe direi. Penas de ganso.

— Srta. Whitby, Srta. Whitby — vociferou Ross. — Será que serei obrigado a ouvir o raio do nome da Srta. Whitby pelo resto da minha vida? Ninguém vai dar o maldito nó na minha gravata?

Georgiana prendeu os últimos cachos de Payton com a presilha de tartaruga.

— Francamente, Ross — disse ela, com ternura. — Você precisa praguejar tanto assim?

— Pois é, Ross — reforçou Payton, ansiosa para seguir os modos elegantes da cunhada. — Cale essa maldita boca.

Hudson, que por acaso tomava um gole de sua própria garrafa de conhaque, espirrou o líquido pelo quarto com sua gargalhada diante da declaração indignada de Payton. Algumas gotas do líquido cor de âmbar aterrissaram na manga da casaca nova de Raleigh, que deu um pulo do banco com uma imprecação pior ainda que a de Payton.

Os dois irmãos começaram a brigar, enquanto Ross continuava a pedir em voz alta que a esposa ou a irmã — não lhe importava *quem*, desde que fosse feito — desse o nó na sua gravata. Georgiana começou a insistir, pela milésima vez, que os Dixon contratassem um criado, enquanto Payton, para se vingar da imitação feita por Raleigh, jogou-se sobre ele e, por trás, segurou-lhe a gravata cujo nó ela mesma dera com toda dedicação e esmero meia hora antes.

Raleigh soltou um grito e levantou as duas mãos para segurar-lhe os pulsos. Tarde demais, ocorreu a Payton que deveria ter pensado antes de agir, um axioma com o qual a cunhada a advertia com frequência. Brigar com os irmãos vestida como estava era um pouco diferente de brigar com eles de calça. Ao se prender às costas de Raleigh com os joelhos, ciente de que ele fazia tudo para derrubá-la, ela sentiu as barbatanas do espartilho apertado cravarem-se em seus quadris e suas coxas. O cordão apertado restringia-lhe os movimentos, e era pior que o mais apaixonado dos abraços — não que Payton tivesse alguma experiência com abraços, apaixonados ou não. De ossos pequenos e pesando menos da metade dos irmãos, sempre confiara em sua flexibilidade para escapar das torturas que eles arquitetavam. Mas o espartilho a apertava como se fosse de ferro, não lhe permitindo tirar proveito de sua agilidade.

Georgiana deve ter percebido, pois Payton ouviu-a gritar, furiosa, às suas costas:

— Raleigh, solte-a! Isso não é engraçado. Alguém pode se machucar. *Solte-a*, Raleigh!

— Vou soltar — garantiu Raleigh —, no vaso sanitário, de cabeça para baixo.

Então, com uma risada diabólica, Raleigh fingiu que iria arremessá-la por cima da cabeça.

Payton recusou-se a implorar. Afinal, era uma Dixon. Morder, arranhar e implorar por misericórdia eram atitudes consideradas indignas para um Dixon — assim como chutar o atacante na genitália, algo que Payton aprendera desde cedo como sendo uma garantia de livrá-la das garras de qualquer homem, mas cuja consequência era despertar nele uma ira implacável. Ela esperava que Raleigh percebesse, pelo fato de não ter ainda conseguido se soltar, que ela não estava exatamente em sua melhor condição para lutar. Payton fechou os olhos e amaldiçoou em silêncio o dia em que deixara a cunhada convencê-la a usar um espartilho e resignou-se a cair vergonhosamente no chão duro de tacos...

Até que um braço comprido e forte segurou-lhe a cintura por trás. Ah, que bom, pensou Payton. É Ross. Graças a Deus, *um* de seus irmãos, pelo menos, percebera seu apuro, embora fosse *apenas* por influência da esposa.

Mas quando ouviu a voz do homem que lhe segurara a cintura, Payton percebeu que não era Ross.

— Quantas vezes eu preciso avisar, Raleigh? — perguntou Connor Drake com sua voz estrondosa. — Tire as mãos da sua irmãzinha.

— Irmãzinha uma ova — insistiu Raleigh, sem soltar os pulsos de Payton. — *Ela* me atacou. É bom você saber disso.

— Mesmo assim você a soltará.

— Por que eu deveria? — perguntou Raleigh, impertinente. — Ela...

— Porque estou mandando — disse Drake.

Payton não pôde ver o que Drake fez com a mão livre, mas Raleigh soltou um grito de dor. De repente, seus pulsos estavam livres. E, logo em seguida, estava sendo retirada das costas do irmão pela força do braço que lhe envolvia a cintura. Um braço que a pressionava contra o corpo ao qual ele pertencia. Um corpo muito forte, muito grande e muito másculo. Um corpo que, ao longo dos últimos anos, Payton passara a conhecer muito bem — lamentavelmente por pura observação. Senti-lo agora de encontro ao seu — ainda que apenas por um instante e através de muitas camadas de anáguas e barbatanas — levou-a a crer que Raleigh conseguira seu intento e que sua tontura era consequência do choque da cabeça contra o chão.

Mas, na verdade, o que fazia sua cabeça rodar era apenas o impacto do corpo de Connor Drake contra o seu.

— E quanto a você — ouviu Drake dizer, com a respiração quente fazendo cócegas em sua orelha —, creio que já lhe avisei para brigar com quem possa vencer, isto é, com pessoas do seu tamanho.

Tão logo seus pés tocaram o chão, Payton sentiu Drake retirar o braço. *Não*, lamentou ela, como se fosse uma dor física.

Mas ela não podia pensar em nenhuma maneira de induzi-lo a manter o braço onde estava. A Srta. Whitby certamente teria desmaiado, ou inventado algum outro truque para não sair dos braços dele. Mas Payton nunca desmaiara antes e não tinha a menor ideia de como fingir um desfalecimento.

Assim, não teve escolha. Virou-se para seu salvador e disse, da maneira mais sarcástica que conseguiu:

— Obrigada por sua ajuda, mas posso lhe assegurar que não era necessária. A situação estava totalmente sob controle.

Ou pelo menos foi o que Payton achou que disse. Quando levantou o rosto para fitar Drake — e precisou erguer um bocado o queixo para isso, pois ele também era espantosamente alto, mais até que seus irmãos, considerados gigantes em algumas das terras distantes que visitaram —, todo seu pensamento racional desapareceu, e ela só conseguia olhá-lo.

Apoiado despreocupadamente na coluna do dossel, Drake, de braços cruzados, a fitava com um sorriso expressivo e os olhos azuis muito vivos. Ele estava incrivelmente belo, com uma casaca preta nova que, na opinião de Payton, lhe caía com perfeição nos ombros largos. Além disso, usava um colete novo de cetim branco e uma calça que, quando ela baixou os olhos para observar, lhe pareceu um pouco apertada demais na frente — a ponto de desviar a atenção de uma jovem como ela.

Por outro lado, ao que parecia, Payton pensava o mesmo de *todas* as calças do capitão Drake; sua cunhada lhe assegurara que, na verdade, as calças do capitão eram de corte bem largo, e que talvez Payton precisasse direcionar sua atenção para outro ponto qualquer.

Embora aparentemente fosse um bom conselho, Payton descobriu mais tarde ser impossível segui-lo.

— É mesmo? — perguntou Drake, arrastando as palavras. — Bem, espero que me perdoe, então. Para mim, você parecia estar angustiada e precisando de socorro.

— Que absurdo! — Payton jogou a cabeça para trás e percebeu, com espanto, que uma das presilhas saíra do lugar durante a briga com Raleigh. Ela estava solta, pendurada logo acima de um dos ombros nus. Tentou recolocá-la no lugar. — Sou perfeitamente capaz de cuidar de mim...

A voz de Payton sumiu, mas não em razão do barulho que seus irmãos faziam, uma vez que a briga ainda continuava entre eles. E sim porque, quando ela ergueu as mãos para ajeitar a presilha do cabelo, o olhar de Drake subitamente desceu para o decote, que, como Ross lamentara pouco antes, era bastante ousado. Uma olhada rápida revelou-lhe que agora ele não estava apenas ousado, mas positivamente obsceno: embora não houvesse nada verdadeiramente *crucial* à mostra, boa parte do que deveria estar oculto escapara das taças de renda do espartilho traiçoeiro durante a luta com o irmão.

Payton imediatamente começou a enfiar os seios de volta ao lugar. Não eram fartos — parecia-lhe que todas as outras mulheres do mundo ostentavam muito mais —, embora o pouco que tinha fosse difícil de disciplinar, ao menos para uma garota acostumada a não ter nada ali.

Mas um sinal de Georgiana lhe indicou que talvez ela não devesse fazer nada, pelo menos enquanto estava na presença de um cavalheiro que não era seu parente.

— Ah, capitão Drake! — exclamou Georgiana, aproximando-se correndo e segurando-lhe o braço. — Nós o incomodamos? Creio que não passou de mais uma desavença da família Dixon. — Como mesmo assim o olhar do capitão não abandonou os seios de Payton, Georgiana deu-lhe um puxão no braço e levou-o de volta para a porta através da qual ele entrara pouco antes, despercebidamente. Payton supôs tratar-se de uma estratégia de Georgiana para distrair o capitão por tempo suficiente para ela se recompor, e aproveitou para dar um violento puxão no espartilho.

— Esses *meninos* são impossíveis, não é, capitão? — comentou Georgiana com uma risada afetada ao passarem por seus cunhados, que haviam caído no chão com grande estrondo e continuavam a brigar entre si muito depois de Payton ter sido libertada. — Não posso imaginar como o senhor os suporta há tantos anos. Raleigh, Hudson — chamou ela. — Nosso anfitrião está aqui. Levantem-se.

Raleigh foi o primeiro a se levantar e ajeitar o colete.

— Anfitrião... — murmurou ele. — É só o *Drake*, tenha dó.

Hudson concordou com o irmão mais novo.

— Realmente, Georgiana — disse ele, ofendido. — Assim vai fazer com que ele fique muito convencido. Daqui a pouco se autointitulará um baronete ou algo semelhante.

— Na verdade — disse Drake —, eu *sou* um baronete.

Hudson olhou para a cunhada, irritado.

— Veja o que você fez.

Georgiana parecia magoada.

— Hudson — disse ela. — O capitão Drake *é mesmo* um baronete. Lembra-se? Eu lhe expliquei na carruagem; ele herdou o título quando o irmão morreu...

— Não acredite nisso — declarou Hudson.

— Eu *não* acreditarei — insistiu Raleigh. — Não temos que chamá-lo de *sir* agora, não é, Drake? Eu, pelo menos, não farei isso, depois de tudo o que vivemos juntos.

— Não creio que eu possa tratar de *sir* um homem que derrotei nas cartas tantas vezes como Drake — concordou Hudson, pensativo.

Drake fez uma reverência.

— Cavalheiros — disse ele com uma seriedade simulada —, tenho plena confiança de que nenhum de vocês permitirá que a minha mudança de status manche o respeito que sempre nutriram por mim.

— Vai à merda, Drake — declarou Hudson, e Raleigh fez um som grosseiro com os lábios.

— Oh! — exclamou Georgiana, abrindo o leque e abanando-o com energia no rosto avermelhado. — Meu Deus.

Drake desfez a reverência com um sorriso no rosto — um daqueles que deixavam Payton sem ar, mesmo quando não estava lutando com os irmãos.

— É bom saber — comentou ele — que, embora muitas coisas possam mudar, algumas permanecerão como antes.

— Escute, Drake. — Ross levou os dedos ao colarinho ainda aberto. — Segundo Georgiana, você deu esse nó na sua gravata sozinho. É verdade? Precisa me mostrar como faz isso, amigo. Não consigo pegar o jeito.

— Os homens se reunirão na sala de bilhar — respondeu Drake, ainda sorrindo. — Eu me juntarei a vocês lá e terei prazer em lhe dar toda a orientação que puder sobre nós em gravatas.

— Sala de bilhar — repetiu Hudson. — O patife tem uma sala de bilhar. Essa história de ser baronete tem suas vantagens, Ral.

— Aposto que haverá uísque — disse Raleigh. — Sempre há uísque nas salas de bilhar.

Não havia porta no mundo suficientemente ampla para comportar os três irmãos Dixon juntos quando saíam em busca de uísque, e as de Daring Park não eram exceção. Payton observou, de olhos arregalados, seus irmãos se acotovelarem e se empurrarem na pressa de sair do quarto. Quando se foram, Drake virou-se para Georgiana e disse com uma voz suave, como se nada de incomum tivesse ocorrido desde o instante em que entrara ali:

— Sra. Dixon, suponho que as damas se reunirão antes do jantar na sala de visitas.

— Ah. — Georgiana se abanava freneticamente com o leque, ainda sem ter se recuperado da sugestão de Hudson de que Connor Drake fosse à merda. — Obrigada, capitão. É muito gentil de sua parte vir aqui pessoalmente nos informar...

— Foi um prazer, Sra. Dixon. Estou feliz por tê-los todos aqui em Daring Park. Espero que tenham gostado dos quartos.

— Ah, muito. A casa é simplesmente linda.

Georgiana parecia ansiosa para escapar do olhar penetrante do capitão. Payton compreendia sua ansiedade. Recebera aquele olhar frio e perspicaz mais vezes do que gostaria de se lembrar.

— Vamos, Payton — chamou Georgiana, nervosa. — É melhor descermos, antes que seus irmãos se metam em mais confusões...

— Eu a encontrarei em um instante — disse Payton.

Ela percebeu que estava diante de uma oportunidade única, por isso falou com muita doçura. Georgiana não podia desconfiar que ela não pretendia ir ao seu encontro tão cedo.

E conseguiu. Georgiana desapareceu no corredor, tão incomodada com o comportamento horrível de sua nova família que não prestou muita atenção ao que Payton estava aprontando. Foi bom, porque não teria aprovado: ela segurou o baronete pelo braço quando ele se afastou para ela passar pela porta aberta e sussurrou:

— Obrigada por nada!

Drake pareceu bastante surpreso pela forma como Payton se dirigiu a ele. Com a expressão assustada e levemente indignada, respondeu:

— Como?

— Como eu poderei algum dia convencer Ross a me deixar comandar um navio se você sempre interfere? — perguntou Payton, bastante irritada.

— Interfiro? — Finalmente a expressão do capitão mostrou que ele compreendera. — Ah, entendo. Você quer dizer que, ao evitar que seu irmão a lançasse no chão, eu estava interferindo? — O sorriso nos lábios de Drake transformou-se numa risada de verdade. — Pois então eu terei de implorar seu perdão, Payton. Tive a impressão de que a estava salvando de um golpe que esmagaria a sua cabeça. Percebo agora que foi terrivelmente desprezível da minha parte.

Payton recusava-se a ser influenciada pelas maneiras charmosas do capitão ou por sua beleza estonteante. Isso era muito difícil naquele momento, pois o sol que entrava no quarto destacava as mechas de seu cabelo dourado e dava a impressão de haver uma auréola atrás de sua cabeça, como se ele fosse um santo — ou talvez o arcanjo Gabriel — numa janela de vitrais. Felizmente, o capitão Drake não estava no veleiro infestado por piolhos e, portanto, seu belo cabelo fora poupado da tesoura de Ross. Seu comprimento chegava ao colarinho da camisa. Às vezes, ele o usava preso atrás com um elástico preto, um estilo que recebia a plena aprovação de Payton.

Meu Deus! O que ela estava fazendo parada ali admirando-lhe o cabelo?

Com as mãos na cintura fina, Payton olhou fixamente para o capitão Drake.

— Não tem graça nenhuma — declarou. — Estamos falando do meu futuro. Você sabe que Ross tem a ideia ridícula de querer me casar, em vez de ser sensato e me deixar assumir o *Constant*.

— Certo — disse Drake. Ele aparentemente tentava disciplinar os traços do rosto e fazer uma expressão séria mais de acordo com a situação, porém não estava conseguindo. — O *Constant*. O mais novo e mais rápido da frota Dixon. E você acha que seu irmão deveria lhe dar o comando desse navio.

— E por que não? — Payton bateu com o delicado sapato no chão. — Farei 19 anos no mês que vem. Hudson e Raleigh receberam seus próprios navios no dia em que completaram essa mesma idade. Por que eu deveria ser tratada de forma diferente?

Mais uma vez os olhos azuis de Drake desceram pelo pescoço de Payton.

— Bem — disse ele. — Talvez por você ser uma...

— Não diga isso. — Payton ergueu uma das mãos com a palma voltada para Drake. — Não ouse.

— Por quê? — Drake parecia verdadeiramente perplexo. — Não há nada de errado nisso, Payton. E tem suas vantagens.

— Ah, é? Cite uma. E se mencionar a palavra maternidade, juro que começarei a gritar.

Drake hesitou. Ou ele não conseguia pensar em nada vantajoso no fato de nascer mulher ou achava que a tal vantagem não devia ser mencionada na presença de Payton, pois mudou de assunto de forma bastante abrupta.

— Talvez seu irmão imagine que já lhe deu o presente de aniversário. Esse não é um dos vestidos novos de que Ross anda reclamando? É muito bonito.

O queixo de Payton caiu.

— *O quê? Um vestido?* Um maldito *vestido?* Você só pode estar brincando. Devo me satisfazer com um vestido novo quando poderia ter o comando de um clíper?

— Bem — disse Drake. — Parece que você não acha isso justo. Mas para ser sincero, não creio que eu discorde de Ross quanto a você comandar o próprio navio. Uma coisa é ir para o mar com seus irmãos. Afinal, eles estão ali para protegê-la. Mas uma jovem navegar sozinha, com uma tripulação de homens que ela não conhece...

— *Para me proteger?* — A voz de Payton quase falhou de desgosto. — Desde quando algum dos meus irmãos já me *protegeu?* Você assistiu ao que aconteceu aqui. *Proteger-me* não era o que Raleigh tinha *em mente.* Dizer que ele queria me matar seria mais condizente com a realidade. Não... — Nesse momento, Payton tocou o braço de Drake mais uma vez, esperando que ele não reparasse que esse gesto muito suave era suficiente para fazer a pulsação da artéria no seu pescoço saltar em espasmos. Ainda assim, ela não achou que tinha escolha. Talvez fosse sua última chance. — Prometa que me ajudará a convencer Ross a me dar o *Constant.* Por favor, Drake. Ross ouve você. Por favor, prometa que vai tentar?

Determinada dessa vez a fitá-lo nos olhos sem piscar nem afastar o rosto até que ele prometesse, Payton procurou o olhar de Drake. O azul tão distinto da íris dele, de um tom semelhante ao do mar das Bahamas, sempre a debilitava. A única diferença era lá a água ser tão clara que ela via o fundo do oceano. Mas não conseguia — jamais conseguira — ler o que havia no fundo dos olhos azuis de Drake. Daria no mesmo se fossem pretos como piche.

Payton não soube qual teria sido a resposta dele, pois não conseguiu ler a expressão de seu rosto, e eles foram interrompidos antes que ele respondesse.

— Connor? — A voz musical entrou pela porta aberta, surpreendendo a ambos. Afastando a mão do braço de Drake, Payton virou-se e viu no corredor uma mulher ruiva muito bonita, usando um vestido azul-claro com aplicações de rosetas cor-de-rosa. O mesmo tipo de aplicação enfeitava-lhe os sapatos e o cabelo.

— Achei que tinha ouvido sua voz, Connor — disse a mulher docemente. — Boa noite, Srta. Dixon. Acabei de ter uma conversa adorável com o seu pai. Ele me mostrou o último item da sua coleção de balas de mosquete. É um homem muito especial, eu o adorei.

Payton conseguiu exibir um sorriso morno.

— Ah — disse ela. — Fico muito feliz.

A Srta. Whitby virou-se para o capitão Drake.

— Vai descer agora, meu bem? Soube que sua avó acabou de chegar e já perguntou por você algumas vezes.

O sorriso do capitão Drake, que momentos antes ele parecia ter muita dificuldade em conter, desaparecera por completo. Agora, em vez de enfatizar os reflexos dourados de seu cabelo, a luz do sol poente destacava as linhas de seu rosto que, pelo que Payton observou, haviam se tornado subitamente mais profundas. Duas em especial se sobressaíam, partindo dos cantos da boca e subindo até as pontas das narinas abertas. De repente, ele tinha a aparência de um homem com muito mais que os seus 30 anos.

— Claro — respondeu Drake à Srta. Whitby. — Descerei num instante.

A Srta. Whitby, contudo, não se moveu.

— Acho que não devemos deixar sua avó esperando, meu bem — disse ela, radiante.

Por um instante, o capitão Drake não disse nada. Parecia extremamente interessado na estampa do tapete. Até que, de repente, ergueu os olhos e imobilizou Payton com a intensidade de seu olhar insuportavelmente luminoso.

— Você nos acompanha até lá embaixo, Srta. Dixon? — perguntou.

Payton, ainda um pouco espantada com a transformação que o rosto de Drake sofrera desde o aparecimento da Srta. Whitby e completamente paralisada pelo olhar dele, como sempre, só conseguiu balançar a cabeça.

— Hum, obrigada — murmurou, os lábios secos àquela altura. — Mas não, eu... Eu preciso de um tempo.

Para seu alívio, o capitão baixou os olhos.

— Então está bem — disse Drake, oferecendo o braço à mulher ruiva.

— Boa noite, Srta. Dixon — cumprimentou a Srta. Whitby com uma voz muito doce. E então ambos se viraram para sair. Payton observou quando a Srta. Whitby segurou o braço do capitão com a mão enluvada e abriu um largo sorriso para ele. — Imagino que a sua avó esteja muito curiosa para finalmente conhecer a sua noiva.

— Sim — Payton ouviu Drake responder. — Suponho que sim.

Capítulo 2

Após a saída do capitão e de sua noiva, Payton atravessou o quarto e se aproximou do espelho sobre a escrivaninha.

A presilha de tartaruga que a brincadeira rude dos irmãos derrubara de seu cabelo estava pendurada atrás da orelha de um jeito horrível. Devia ter permanecido lá durante todo o tempo em que estivera conversando com o capitão Drake. Certamente estava lá quando falou com a Srta. Whitby.

Com um suspiro, Payton tentou recolocar a presilha no lugar. Porém, por mais que tentasse, não conseguia repor no mesmo ângulo em que Georgiana o prendera. Quando terminou, a presilha salientava-se na lateral da cabeça de um jeito cômico. Payton revirou os olhos e se afastou do espelho, insatisfeita.

Realmente, pensou, o cabelo era o *menor* de seus problemas. Mesmo com o nariz sardento e queimado de sol, a estatura pequena e a relativa ausência de seios, sabia que não era *feia*, como Raleigh tão diplomaticamente dissera. Se fosse, seus irmãos não seriam tão indelicados de brincar sobre isso. Mas ela também sabia perfeitamente que não se parecia em nada com as outras garotas de sua idade. Certamente não com a Srta. Whitby, de pele alva, sem uma sarda sequer e o cabelo ruivo na altura da cintura. Payton não se parecia em nada com a Srta. Whitby, nem *agia* como ela.

O que acabara de acontecer, por exemplo. Payton jamais seria capaz de se dirigir a Connor Drake dizendo "Vai descer agora, meu bem?" e continuar séria. Connor Drake era infinitamente mais amado por Payton do que jamais seria pela Srta. Whitby — e qualquer pessoa que afirmasse o contrário experimentaria a força de seus socos —, porém seria mais fácil ela cortar a própria língua do que chamá-lo de "meu bem". Claro, talvez isso também se devesse ao fato de ela não podia nem imaginar o que aconteceria se algum de seus irmãos a ouvisse chamar o amigo Drake desse jeito.

Mesmo assim, Payton achava que os homens na verdade *não gostavam* de ser chamados de "meu bem", ou de "meu querido". Certamente não lhe parecia que Drake apreciava. Pelo menos sua expressão quando a Srta. Whitby pronunciava seus "bens" e "queridos" não mudava nada, e talvez até ficasse um pouco mais dura e séria.

Por outro lado, Ross nunca pareceu mudar quando Georgiana *o* chamava de "querido". Mas isso devia ser porque sua mulher só o chamava assim quando ele fazia algo que ela desaprovava. Payton desconfiava de que, entre quatro paredes, Ross e Georgiana eram *bem* diferentes um com o outro. Certa vez, ela entrou nos aposentos deles sem se anunciar e ouviu por acaso Ross chamar Georgiana de sua macaquinha, um apelido carinhoso ao qual Payton certamente teria objeções se alguém, até mesmo o capitão Drake, algum dia usasse com *ela*.

Mas talvez, pensou, o capitão Drake e a Srta. Whitby, como Ross e Georgiana, fossem diferentes um com o outro quando estavam a sós. Talvez, sozinhos, Drake gostasse de ser chamado de "bem" ou de "querido". E a Srta. Whitby gostasse de ser chamada de "macaquinha".

A imagem do capitão Drake e da Srta. Whitby a sós deixou Payton aflita, e ela rapidamente afastou esses pensamentos da cabeça.

Voltando a se olhar no espelho, Payton puxou a saia para os lados, fazendo uma mesura, e agitou as pálpebras, imitando a Srta.

Whitby, numa voz baixa e afetada, muito mais aguda que seu tom normal:

— *Imagino que a sua avó esteja muito curiosa para finalmente conhecer a sua noiva.*

Levantando-se da reverência, Payton fez um movimento violento, como se estivesse chutando algo ou alguém. Mas isso fez com que as barbatanas do espartilho a beliscassem. Imediatamente se arrependeu do gesto e levou uma das mãos aos quadris para esfregar o local dolorido.

— Droga — murmurou para se sentir melhor.

Acreditando que o capitão e a noiva já estariam lá embaixo a essa altura e que poderia descer sem medo de encontrá-los, Payton se dirigiu ao andar inferior, olhando ao redor com interesse. Tinha uma certa curiosidade sobre a casa, que jamais visitara. Na verdade, embora não tivesse admitido em voz alta, dormira pouco na noite anterior, de tão animada com a visita.

E, à exceção do fato de o dono da casa estar desposando uma mulher que ela não suportava, Payton não poderia considerar-se desapontada. Daring Park era a propriedade onde Drake crescera e vivera a maior parte da vida, até que uma desavença familiar a respeito de seu futuro o levou a Londres em busca da sorte... A casa grande, de três andares, tinha mais de cem anos, e Georgiana garantira que o belíssimo mobiliário era todo composto de antiguidades de valor inestimável. Era mesmo muito diferente da casa dos Dixon em Londres, onde toda a mobília fora comprada quando o pai de Payton recebeu suas primeiras 5 mil libras esterlinas. Ainda parecia nova, pois os Dixon nunca ficavam em casa mais de algumas semanas ao ano, passando o resto do tempo no mar.

Ainda assim, Payton gostou de Daring Park. Era um dos poucos lugares em terra onde imaginou ser possível passear com os pés nus sem temer feri-los em algum objeto pontiagudo.

E, embora ela não visse qualquer sinal de que Drake algum dia tivesse morado ali, como uma inicial gravada na balaustrada ou retratos pendurados no salão, conseguia imaginá-lo, ainda menino, movimentando-se com alegria pelo lugar, atormentando os professores e fazendo o irmão mais velho, com quem nunca se deu bem, chorar. Ela gostava mais ainda do lugar em razão disso.

Obviamente, essas fantasias eram todas inventadas: Drake falava muito pouco de sua infância, que tudo indicava ter sido infeliz. Mas a imaginação fértil de Payton preenchia o que ela desconhecia, como vê-lo pulando pelas vigas do telhado com a mesma energia com que pulava pelo cordame do *Virago*, o navio que comandava para a Dixon e Filhos há cinco anos e provavelmente continuaria a comandar por mais uma década.

Não que Drake precisasse do emprego, muito menos do salário. A morte prematura do irmão há quase oito semanas o tornara um homem rico. Na verdade, ele não precisaria mais velejar para ganhar a vida. A escolha de continuar velejando seria dele...

E da mulher com quem se casaria amanhã, claro.

Mas, pelo que Payton pôde perceber, a Srta. Whitby não tinha grandes amores pelo mar. Uma vez, com uma olhadela na direção de Payton que só um cego não veria, ela afirmou achar o ar salgado muito nocivo para a pele.

Mas se a pele de Payton sofreu com os anos que passou no mar acompanhando o pai e depois os irmãos, o Sr. Matthew Hayford não notou. Ou ele gostava de mulheres bronzeadas ou não era superficial a ponto de deixar que detalhes sem importância atrapalhassem suas amizades. Pois quando Payton chegou à plataforma no topo da escada, logo viu que Matthew a esperava embaixo, elegantemente vestido, com uma aparência muito diferente de quando usava o uniforme.

— Olá, Srta. Dixon! — exclamou ele, obviamente feliz por vê-la. — Soube pelo capitão que já ia descer. Devo dizer que valeu a pena esperar, pois a senhorita está linda!

Payton, surpresa com a saudação entusiasmada, olhou ao redor para se certificar de que era com ela mesmo que ele falava. Mas, embora improvável, a admiração do rapaz parecia ser dirigida a *ela*. E possivelmente ao decote. Os homens eram mesmo criaturas estranhas. Talvez fosse melhor ouvir o conselho de Drake e pensar duas vezes quanto a ficar sozinha a bordo de um navio cheio deles...

Payton respondeu à saudação de Matthew com um sorriso largo e a mão estendida.

— Veio num momento oportuno, Sr. Hayford — disse ela, dando-lhe um aperto de mão caloroso. — Quando chegou?

— Há pouco — respondeu Matthew. — Este lugar não é incrível? Viu os cisnes no lago atrás da casa?

— Ah, aquilo não é nada. — Payton apontou para um dos lados do salão. — Veja essas armaduras. Segundo Georgiana, são *verdadeiras*. Foram usadas por cavaleiros para lutar. Suponho que pelos antepassados de Drake. Pode *imaginar*?

Matthew acompanhou o olhar de Payton.

— Que estranho... — murmurou. — Os antepassados do capitão Drake eram bem baixos, não?

— Não! — defendeu Payton. — Em seguida, ao ver que muitas das armaduras caberiam *nela*, explicou: — Ah, naquela época não se sabia nada a respeito de nutrição adequada. Não se podia esperar que eles crescessem muito.

Matthew voltou a fitá-la com admiração.

— Existe alguma coisa que *não* saiba, Srta. Dixon?

Payton deu a impressão de levar a pergunta à serio. Se de fato fosse sincera, teria de admitir que não havia muita coisa que não soubesse. Certamente considerava seu nível de educação melhor que o da maioria das garotas de sua idade. O que *elas* conheciam, além de penteados e mexericos? *Ela* conseguia baixar uma vela durante uma tempestade com vento forte; sabia traçar uma rota usando como guia apenas a posição do sol e das estrelas no céu e sabia matar, despelar e cozinhar uma tartaruga marinha sem nenhum outro utensílio além de uma faca, algumas pedras e algas secas. O que não vira com os próprios olhos no deque de um dos navios da família, tinha ouvido Mei-Ling contar. Mei-Ling era a cozinheira cantonesa que acompanhava os Dixon em quase todas as viagens. Somente quando Mei-Ling retornou à sua terra natal para aproveitar a aposentadoria merecida e Ross trouxe Georgiana para a família como uma espécie de substituta, Payton começou a perceber a precariedade da sua educação no que se referia a um tema em especial: amor e casamento.

Por exemplo, o que Mei-Ling diria quanto ao fato de Connor Drake ter escolhido se casar com a odiosa Srta. Whitby quando podia ter qualquer mulher no mundo? Payton tinha a sensação de que a opinião de Mei-Ling a esse respeito seria muito esclarecedora.

Mas, como não estava preparada para compartilhar com ninguém sua insatisfação com as núpcias iminentes, menos ainda para admitir sua ignorância em assuntos que envolviam o coração e não uma bússola, Payton simplesmente deu de ombros e respondeu a Matthew:

— Não.

Ela se surpreendeu um pouco quando Matthew soltou uma grande gargalhada, tão alta que ecoou no imenso aposento. Na verdade, ela precisou bater com vigor no ombro dele para conseguir que silenciasse.

— Não foi *tão* engraçado assim — observou Payton. Ela ficava desconcertada ao ver como os homens pareciam enlouquecer quando havia uma leve sugestão de seios à mostra. Alguns homens, pelo menos. Infelizmente, Connor Drake continuou em perfeita posse de sua capacidade mental quando seu corpete escorregou.

— Srta. Dixon — disse Matthew quando se recuperou o bastante para falar. — Eu conversei com o capitão há poucos instantes; e o que acha que ele disse?

Novamente atrapalhada com a presilha do cabelo, Payton respondeu:

— Posso dizer com sinceridade que não tenho a menor ideia do que o capitão disse, Sr. Hayford.

— Ah, ele só disse que, após o jantar, haverá dança. Dança de verdade, com uma orquestra, não apenas um sujeito qualquer tocando acordeão.

Payton fez um aceno de cabeça.

— Vi quando os músicos chegaram.

— Pois então, Srta. Dixon, seria muita ousadia de minha parte pedir que reserve uma dança para mim? A senhorita se importaria?

Payton quase enfiou a presilha no couro cabeludo. Ela encarou o jovem rapaz espantada, com os lábios levemente entreabertos. Não era uma expressão atraente, pois Georgiana lhe avisara para evitá-la a qualquer custo. Payton lembrou-se tarde demais e rapidamente juntou os lábios.

Deus do céu! Ela acabara de ser convidada por um homem para dançar! Pela primeira vez na vida — quase aos 19 anos, para ser exata — um homem a convidava para dançar. Payton não podia acreditar. Em apenas um lance rápido, ficou provado que Hudson e Raleigh estavam errados!

Tentando se lembrar do que deveria fazer — Georgiana lhe avisara que isso poderia acontecer, apesar de Payton assegurá-la que se parecia demais um menino para qualquer homem sequer pensar em convidá-la para dançar —, ela mordeu o lábio inferior. Matthew Hayford até lhe agradava, um jovem que, aos 20 anos, tinha pela frente uma carreira promissora e uma bonita cabeleira preta e espessa, pois ele não estava no clíper durante a infestação de piolhos.

No entanto, mesmo com tudo isso, Payton só o via como *amigo*. Ele era muito hábil num veleiro e jogava muito bem o uíste, um jogo de cartas que era o passatempo favorito dos oficiais a bordo. Ela certamente não hesitaria em contratá-lo como imediato quando finalmente conseguisse o próprio navio. Já *dançar* com ele era diferente.

Mas se tratava apenas de um convite para dançar. Afinal, ele não estava *pedindo sua mão* em casamento. Então, o que ela estava esperando?

Ele, uma voz sussurrou em sua cabeça. Estava esperando por *ele*.

Certo, disse para si mesma. *Mas ele se casará com a Srta. Whitby amanhã, portanto é melhor você procurar outro amor, mocinha.*

— Sim, obrigada, Sr. Hayford — disse Payton, aceitando o convite. — Seria ótimo.

— Ah. — Matthew parecia um pouco espantado, mas cumprimentou-a com um aperto de mão animado. — Será ótimo, simplesmente *ótimo*. Até o jantar então?

— Até o jantar.

Os dois jovens se separaram. Matthew seguiu em direção à sala de bilhar, e Payton foi para a sala onde as mulheres deveriam se reunir. Não teve nenhuma dificuldade para encontrar o local, pois ouviu o som de um piano que passava pela porta maciça e reconheceu a voz de soprano da Srta. Whitby cantando "The Ash Grove". A canção era uma das favoritas da Srta. Whitby, embora Payton não conseguisse entender o motivo, pois era uma história terrível de um jovem que encontra a amada morta sob uma árvore. Mas Payton tinha uma tendência a achar mórbidas as baladas românticas em geral, preferindo as cantigas dos marujos cuja cadência musical fazia as pessoas baterem o pé com força no passadiço.

Quando Payton abriu a porta da sala de visitas, viu que o estilo da decoração era só um pouco menos masculino que o restante da casa, sendo ocre a cor principal. Entrou sem fazer muito barulho para não chamar atenção — todos estavam suficientemente absortos com a atuação da Srta. Whitby para se importarem com *ela* — e sentou-se no primeiro lugar livre que encontrou, um sofá de couro incrivelmente macio, embora um pouco gasto.

— *The ash grove, how graceful* — cantava a Srta. Whitby.

Payton achava que a voz da Srta. Whitby era agradável, mas tinha a impressão de que não era por esse motivo que ela gostava tanto de cantar, e sim porque ficava muito bonita ao fazê-lo. Toda vez que inspirava para aumentar o volume da voz, seu peito inflava tanto que parecia que, a qualquer momento, os seios poderiam pular do decote ousado. Examinando os próprios seios, Payton sentiu-se levemente deprimida e se perguntou se a Srta. Whitby não teria, por acaso, enfiado lenços no sutiã do corpete para acrescentar enchimento ao que naturalmente já possuía.

— *The dear ones I mourn for, again gather here* — cantava a Srta. Whitby.

Payton estava surpresa de ver a Srta. Whitby desperdiçar uma apresentação tão boa com um bando de mulheres. Certamente seu tempo seria melhor aproveitado se guardasse a cantoria para depois do jantar, quando todos estariam reunidos. Seus seios teriam muito melhor uso.

Mas o decote da Srta. Whitby já tinha cumprido sua função: conquistar o que havia de melhor na Inglaterra. Pelo menos era o que Payton supunha ter atraído Drake, pois não lhe parecia que a odiosa Srta. Whitby tivesse alguma *outra* coisa que pudesse interessar um homem.

The ash grove, que maçante, pensou Payton no ritmo da música, quando começou a examinar o ambiente ao seu redor. Ela reconheceu muitas das mulheres ali reunidas. Havia Georgiana, claro, que fingia estar muito interessada na apresentação (ela lhe confidenciara que achava a insistência da Srta. Whitby em empregar o vibrato quando cantava diante de outras pessoas um pouco afetada). Havia as esposas e filhas de alguns oficiais com quem o capitão Drake navegara no passado. Na verdade, à exceção da velha senhora com ar importante que entrava na sala naquele instante, não havia uma única pessoa que ela não reconhecesse. Onde estavam os convidados da Srta. Whitby então?, perguntou-se Payton. Mesmo que não tivesse família, certamente a noiva teria convidado alguém para uma ocasião tão significativa.

Mas, evidentemente, essa pessoa não era a senhora que acabava de entrar na sala. Após um olhar casual para a Srta. Whitby através de um par de *lorgnons,* a senhora movimentou-se com elegância e determinação até o lugar vago no sofá onde Payton estava. Somente quando se sentou, com o auxílio de uma bela bengala, e arrumou as saias volumosas em torno das pernas, foi que ela se inclinou e perguntou a Payton, num sussurro, com os olhos muito vivos por trás das lentes dos óculos:

— Diga-me, por Deus, quem é esta? Quem é esta criatura cantando de forma tão abominável?

Payton, cujos pensamentos seguiam esse mesmo rumo, não pôde deixar de cair na risada diante da observação inesperada. Ela cobriu a boca com uma das mãos para não interromper a exibição, mas, mesmo assim, Georgiana a ouviu e se virou da cadeira para lhe lançar um olhar de advertência.

A senhora ao lado de Payton, contudo, não parecia ter o menor escrúpulo de conversar durante o sarau da Srta. Whitby.

— É com *essa* que ele se casará amanhã? — As mãos da velha senhora, que eram muito elegantes, apesar de repletas de sardas causadas pela idade, apertaram com força o cabo da bengala de ébano esculpida com adornos. — A que está cantando?

Payton recobrou-se e fez um aceno de cabeça.

— Sim, senhora — respondeu ela num sussurro. — Ela é a Srta. Whitby.

— Whitby? — A velha senhora dirigiu à cantora um olhar cético. — Nunca ouvi falar de ninguém com o nome de Whitby. De onde é a família dela?

— Ela não tem ninguém, senhora. — Payton precisou inclinar-se para perto para que suas respostas sussurradas fossem ouvidas. — Todos os membros da família morreram.

— Todos? — A senhora ergueu as sobrancelhas finas e prateadas. — Muito conveniente. Eu já esperava. É o que sempre digo: case às pressas, arrependa-se devagar. Continue, você parece saber tudo a respeito. Onde ele a conheceu?

Payton *sabia mesmo* tudo a respeito, para seu desprazer. Teria preferido não saber nada sobre o assunto. Pouco depois do casamento de Ross, ocorrera-lhe que seus outros irmãos, e até mesmo amigos, também poderiam se casar um dia. Mas nunca passara por sua cabeça que o próximo casamento que presenciaria seria o de Connor Drake. Pensando nisso agora, sentia até um nó no estômago, que temia nunca mais se desfazer. Pelo menos por enquanto ainda estava ali, sem ter se descomposto sequer por alguns instantes desde que ouvira pela primeira vez sobre as núpcias iminentes entre o capitão Drake e a Srta. Whitby. Payton chegara a ponto de se consultar com o médico do navio, e ele, confuso, declarara sua preocupação por não ter encontrado nenhuma causa *física*. Seria possível haver uma causa emocional?

Payton, porém, negara, indignada, tal possibilidade, culpando uma porção de ostras que comera em Havana. E continuaria a fazê-lo até o fim de seus dias.

— Estávamos em Londres — explicou Payton, mantendo a voz baixa para evitar mais olhares desaprovadores da cunhada. — Tínhamos acabado de voltar da Índia Ocidental. Quando aportamos, Drake, digo, o *capitão* Drake, foi informado de que o irmão morrera e de que teria uma reunião com alguns advogados num escritório próximo à Downing Street. Não quisemos que fosse sozinho porque se tratava de algo muito triste, embora ele não gostasse tanto assim do irmão. Por isso, nós todos o apoiamos e o acompanhamos. Quando saíamos do escritório, ouvimos alguém gritar e vimos que havia uma fila enorme do lado de fora de uma taberna do outro lado da rua. Uma mulher — a Srta. Whitby — estava sendo sequestrada pelos funcionários da cozinha de algum navio, e nós, claro, fomos socorrê-la. Eu golpeei um na cabeça com um taco...

— Não entendi, pode repetir? — A velha senhora ergueu os *lorgnons* para ver Payton melhor.

— Bem, havia na taberna por acaso uma mesa de bilhar...

— Claro — disse a senhora. — Um taco de bilhar. Que tola eu fui. Continue.

— Bem, em todo caso, nós conseguimos afastar os bandidos, exceto o de nome Hudson, que foi morto, e depois levamos a Srta. Whitby para dentro, porque ela havia desmaiado. Quando a reanimamos, ela nos contou que uns homens tinham lhe roubado a bolsa com todo o dinheiro que possuía, pois era órfã e não tinha família.

A velha senhora fitou Payton com uma expressão enigmática. Seus olhos, por trás das lentes dos *lorgnons*, eram de um azul muito vivo e pareciam estranhamente familiares, embora Payton não conseguisse identificar o motivo.

— Você deve ser a mocinha Dixon, então — disse a senhora, finalmente.

— Payton Dixon, senhora — apresentou-se, estendendo a mão direita amavelmente. — Muito prazer.

— Payton? — repetiu a senhora. — Que tipo de nome é *esse*?

Acostumada à pergunta, Payton respondeu:

— O nome que meu pai me deu. Ele me batizou com o nome do almirante Payton, senhora. Todos os meus irmãos e eu recebemos nomes de exploradores ou heróis do mar. Ross recebeu o nome de um amigo de meu pai, o capitão James Ross, morto por nativos hostis quando procurava uma rota marítima no oceano Ártico, a Passagem do Noroeste. Hudson foi batizado com esse nome por causa de Henry Hudson, que...

— Eu devia ter desconfiado logo. — Ela ignorou a mão de Payton. — Sua pele tem um bronzeado horrível. Mas as sardas me deram a impressão de você ser muito mais nova. Você tem mesmo 18 anos?

Payton baixou a mão. Ela achou que, mais uma vez, conseguira ofender alguém com seu jeito despachado masculino. Ah, paciência. Esperava que a senhora não fosse ninguém importante, ou Georgiana a esfolaria viva.

— Farei 19 anos no próximo mês.

— Extraordinário. — Os olhos azuis a examinaram de cima a baixo. — Não parece ter mais que 12 anos.

Payton não se ofendera quando a senhora a interrompeu, nem quando fez referência às suas sardas, nem quando não aceitou seu cumprimento. Mas acusá-la de não parecer ter mais de 12 anos, *isso* foi demais.

— Posso não ser tão carnuda quanto *algumas* pessoas — Payton lançou um olhar malicioso na direção da Srta. Whitby, que continuava a espancar o teclado do piano —, mas lhe asseguro que sou adulta.

A velha senhora fez um som de desaprovação e disse:

— Ah, então seu pai não deveria deixá-la circular por aí como você contou, golpeando as pessoas na cabeça com tacos de bilhar. Deveria concentrar sua atenção em atividades que garotas da sua idade normalmente procuram.

Payton pareceu aborrecida.

— Se a senhora se refere a encontrar um marido e esse tipo de coisa, não precisa se preocupar. Ross, meu irmão mais velho, já me informou que eu deverei debutar este ano e que não devo velejar de novo tão cedo.

A senhora acenou a cabeça em aprovação.

— Ele está totalmente certo.

— Pois eu não penso assim — reclamou Payton. — Passei a vida inteira no mar e o resultado não foi nada mal.

— Isso é questão de opinião — disse a senhora torcendo o nariz. — Já ouvi falar de você, Srta. Dixon.

Feliz em saber que suas habilidades de navegadora estavam sendo tão amplamente discutidas, Payton abaixou a cabeça, modesta.

— Bem — disse ela. — Eu fiz mesmo a viagem para a Índia Ocidental em menos de 17 dias, mas admito que tive a ajuda de meu irmão Hudson...

— Não foi isso que quis dizer. Eu falei que soube que você possui umas opiniões um pouco... excêntricas.

— Ah. — Payton concordou com um aceno de cabeça. — Se a senhora se refere ao fato de eu acreditar que não existe trabalho que não possa ser feito por uma mulher tão bem ou melhor do que por um homem, então sim, creio que tenho. Ross diz que eu não deveria ter muita esperança, mas espero que no meu aniversário, mês que vem, eu receba de presente o comando de um navio. Tomara que seja o nosso veleiro mais rápido, o *Constant*, mas eu também poderia me satisfazer com algo um pouco mais velho para continuar praticando, sabe, até me...

A senhora bateu a bengala no chão com vigor. Felizmente, a Srta. Whitby estava tão absorta em sua apresentação que não percebeu. Muitas outras convidadas, contudo, inclusive Georgiana, olharam na direção do sofá.

— Minha jovem. — A grande dama encarou Payton com seriedade por cima dos *lorgnons*. — Só uma pessoa que tenha passado a vida inteira presa num navio com muitos homens desejaria algo *desse* tipo.

— Ah, mas penso que eu seria uma boa capitã. Quero dizer, à exceção de carregar peso, o que, pela configuração do nosso corpo, admito ser mais difícil para as mulheres, realmente não há nada que os homens façam que nós não possamos fazer. Além de termos a vantagem de podermos dar à luz...

Outra batida da bengala. Desta vez, o olhar de Georgiana foi decididamente assustador.

— Srta. Dixon. — Os lábios da velha senhora tremiam, e Payton não achou que fosse por diversão. — Devo dizer que considero uma negligência da sua família permitir que discuta esses assuntos por aí. Sem falar em golpear pessoas na cabeça.

— Mas se eu não o tivesse golpeado — disse Payton —, ele teria ferido alguém.

— Apesar do que possa pensar, Srta. Dixon, não é nada atraente essa história de se declarar igual aos homens. Assim como não considero inteligente de sua parte sair por aí ajudando seus irmãos a capturar bandidos.

Payton a fitou, espantada.

— E o que eu deveria fazer enquanto eles estavam sob um ataque tão traiçoeiro?

— Você deveria desmaiar, como a Srta. Whitly.

Payton fitou a velha senhora, irritada.

— É *Whitby*, e que bem pode trazer um desmaio? Só causa transtorno aos outros, que precisam sair à procura de sais para a pessoa cheirar e coisas do gênero. Além disso, se a Srta. Whitby fosse esperta e tivesse pegado um taco, como eu fiz, talvez não tivesse sido roubada.

— Sim — concordou a senhora. — Seja como for, os homens preferem as mulheres que desmaiam às que usam tacos de bilhar.

— Isso não é verdade. — Payton respirou fundo para continuar insistindo, mas a mulher ergueu um dedo imperiosamente para silenciá-la.

— Não é com *você* que o capitão se casará, é? — perguntou ela diretamente. — É *com ela*.

Payton acompanhou o olhar da velha senhora. A Srta. Whitby terminara de cantar sobre sua descoberta revoltante no bosque de freixos e agora descrevia como seu amor estava sendo injusto com ela rejeitando-a tão rudemente.

Aquela senhora só poderia tê-la ferido mais se a tivesse apunhalado no coração com um anzol para pesca de baleias e depois girado a manivela. Pois evidentemente ela estava certa. Payton *não era* a pessoa com quem o capitão ia se casar. Ele provavelmente nunca tinha pensado na nobre Srta. Payton Dixon como uma possível esposa por um instante sequer. Pelo menos não seriamente. A Srta. Whitby era quem parecia ser tudo o que o capitão Drake queria numa esposa, e mais.

Droga.

Mas Payton não podia deixar que isso a aborrecesse. Se a Srta. Whitby era a mulher que Drake queria, então ela faria o possível para garantir isso. Afinal, Payton amava demais Connor Drake para lhe negar o desejo de seu coração — mesmo que isso significasse um buraco no seu próprio.

Além disso, se ele era tolo o bastante para querer alguém como a Srta. Whitby, ele bem a merecia.

— E então — disse a senhora, com ar imperioso —, o que aconteceu depois?

Como estava perdida em seus pensamentos, Payton olhou para ela, sem entender.

— O quê?

— Não diga "o quê", menina. Diga "perdão", e então me conte o que aconteceu depois que você e seus irmãos salvaram a pobre Srta. Whitby dos assaltantes.

— Ah.

Payton não sabia por que se comportava tão tolamente. Talvez fosse o calor. A sala de visitas, assim como o quarto designado para Ross e Georgiana, dava para oeste, e talvez não fosse o melhor lugar para as pessoas se reunirem àquela hora do dia, pois os fortes raios do sol se pondo entravam com força plena através das portas francesas que davam para os gramados de Daring Park. Os leques abanavam em ritmo acelerado, e até mesmo Georgiana, sempre com aparência serena e fresca, começava a parecer desanimada.

A senhora sentada ao lado de Payton, porém, não parecia enfraquecida pelo calor, apesar do vestido de mangas compridas feito de um veludo violeta pesado. O cabelo prateado estava preso num coque elaborado no topo da cabeça, sob o qual o couro cabeludo devia estar pinicando. Mas ela não tocou nele, nem pegou o leque de renda preta que tinha no colo.

— Bem — disse a senhora. — Continue.

Payton suspirou. Esta era a parte da história em que acreditava ter cometido um erro crucial. Pois quando a garota que eles tinham socorrido acordou do desmaio, ela parecia tão desamparada e inocente que, diante da insistência dos irmãos, Payton não fez nenhuma objeção ao convite para ela ficar na mansão de Londres até que sua saúde e suas condições financeiras melhorassem.

O problema, claro, foi que não havia nada de errado com a saúde da Srta. Whitby. Na verdade, ela estava fantasticamente bem-disposta para uma mulher que afirmava não ter família nem fonte de renda. E, sem nenhuma atitude específica, sua situação financeira permaneceu exatamente a mesma.

— Entendo — disse a velha senhora, depois que Payton lhe revelou esses fatos. — E o capitão Drake se encantou por ela desde o começo? Ou sua afeição surgiu de repente?

Foi de fato um sentimento repentino. Na verdade, quem se mostrou muito interessado pela hóspede foram seus irmãos Hudson e Raleigh, que a levavam para passear pela cidade e às vezes flertavam com ela descaradamente. Chegaram a brigar por causa dela uma ou duas vezes, embora, como Payton assegurou à sua ouvinte, eles brigassem por qualquer coisa, sendo a pior delas até hoje um par de meias.

— Uma manhã, 15 dias atrás — explicou Payton à grande dama —, nós estávamos tomando café, e Drake, quero dizer, o capitão Drake desceu... Eu já mencionei que ele também estava hospedado em nossa casa? Pois então, ele anunciou que iria se casar com a Srta. Whitby, e que ambos ficariam honrados se todos viéssemos a Daring Park para a cerimônia. Disse que sabia ser uma decisão repentina e que muitas pessoas se espantariam com seu casamento tão súbito após a morte do irmão, mas não tinha remédio, e esperava que entendêssemos.

Payton não contou o restante, que havia ficado com um bolinho que comia naquele instante preso na garganta e que seu irmão Hudson foi obrigado a bater nas suas costas para evitar que ela morresse asfixiada. Também não contou que, apesar da vergonha de ter se engasgado no café da manhã de um modo tão pouco atraente, ficou feliz por ter acontecido, pois suas lágrimas foram interpretadas como um efeito da asfixia, e não uma consequência do anúncio, como, na verdade, eram.

Em vez disso, Payton deu de ombros.

— E foi só.

A velha senhora estreitou os olhos por trás dos *lorgnons*.

— E antes ele nunca dera sinal algum de ter uma queda pela moça?

Payton não achou que foi o ciúme que a fez balançar a cabeça e declarar:

— Não.

— Que estranho — comentou a senhora, que se mostrou aborrecida e continuou: — Então você está me dizendo que essa Srta.

Whitby não tem família nem dinheiro? Nada, isto é, exceto um rosto bonito e boas maneiras?

Payton deu de ombros mais uma vez.

— Suponho que sim. — Mentalmente, ela acrescentou: se a senhora chama *aquilo* de beleza.

— Pare de dar de ombros — disse a velha senhora. — Não é nada elegante. Você gosta dela?

Payton ergueu as sobrancelhas.

— Como?

— Assim é melhor. Perguntei se gosta dela. Da Srta. Whitby. Gosta?

Payton dirigiu o olhar para a Srta. Whitby, que parara de tocar. Todos tinham começado a bater palmas levemente com os leques, demonstrando uma polida apreciação. Payton pensou que eles só podiam estar apreciando o fato de a apresentação ter chegado ao fim e de agora poderem se movimentar livremente pela sala, talvez até abrirem as portas francesas e saírem em direção ao jardim para respirar um pouco de ar fresco. A Srta. Whitby levantou-se e curvou-se, sorrindo, feliz, num agradecimento modesto à plateia, cuja maioria só podia ser de estranhos para ela. Depois, reunindo a volumosa saia, afastou-se do piano.

O cabelo ruivo e lustroso da Srta. Whitby — que certamente jamais aninhara piolhos, Payton tinha certeza — brilhava à luz do sol poente. Sua pele, na qual não se via sarda alguma, era clara como a lua. Payton lembrou-se de como abrira sua casa para essa moça, uma pobre órfã que dizia não conhecer ninguém em Londres, por quem ela fizera tudo, desde emprestar seus vestidos — que tiveram de ser alargados para melhor acomodar a forma mais curvilínea da Srta. Whitby — até deixar que ela cavalgasse sua égua preferida num passeio matinal pelo Hyde Park.

E em troca ela lhe roubara a única coisa que de fato já quisera ter.

— Na verdade — respondeu Payton —, acho que a odeio.

A velha senhora pareceu aborrecida.

— Isso é uma pena.

Payton a fitou.

— É? Por quê?

E então uma voz bastante familiar perguntou, tímida:

— Perdão, mas a senhora não é Lady Bisson?

A velha senhora ao lado de Payton sorriu para a Srta. Whitby, que se aproximara e estava diante delas.

— De fato — respondeu a senhora friamente. — E você deve ser a jovem que se casará com meu neto amanhã.

Payton fico pálida. *Droga.*

Capítulo 3

DRAKE SOLTOU UMA NUVEM FINA de fumaça e a direcionou para o vão das portas francesas e para a bola de fogo que mergulhava rapidamente a oeste.

— Falei com os jardineiros, como o senhor pediu.

Fazia um ano que Gerald McDermott era mordomo em Daring Park, e estava ansioso para agradar o novo patrão. Gostava muito de trabalhar com Sir Richard — especialmente porque assim conseguia ficar perto da mãe, que cozinhava para a paróquia na vizinhança — e tinha grande esperança de que o novo baronete o mantivesse no emprego.

Obviamente, os rumores que corriam nas cozinhas eram de que Sir Connor tinha intenção de demitir todos os empregados e fechar a casa imediatamente após a cerimônia do casamento, a ser realizada no dia seguinte, para voltar para o mar que tanto amava. Mas se o barão fizesse isso, onde moraria sua esposa? Mesmo um homem aventureiro e imprevisível como Sir Connor certamente não podia esperar que sua mulher fosse arriscar a saúde e a segurança para acompanhá-lo em alto-mar, com tantos piratas e outros perigos marítimos. A ideia era ridícula.

Não, McDermott tinha fé de que continuaria morando em Daring Park, saboreando os bolinhos da mãe por um bom tempo ainda. Conhecera a futura Lady Drake e não a via como o tipo de mulher disposta a passar o tempo no deque de um navio castigado pelo vento, nem mesmo nos veleiros rápidos, bem construídos e extremamente confortáveis da Dixon e Filhos.

McDermott continuou, fazendo referência à lista que tinha nas mãos:

— E, seguindo suas instruções, senhor, amanhã de manhã os jardineiros amarrarão os arranjos de botões laranja somente ao lado dos quatro primeiros bancos da capela...

Drake o interrompeu, com os olhos sob as longas sombras do gramado em frente da casa.

— Você já redistribuiu os quartos dos convidados que mencionei?

— Claro, senhor. — Diferentemente dos outros empregados, McDermott se recusava a se sentir intimidado pelo olhar frio do novo patrão. No entanto, era sempre mais fácil agir assim quando o baronete não olhava em sua direção, como agora. — Seguindo as suas especificações, instalei o Sr. Raybourne e o capitão Gainsforth na ala leste...

— Ótimo. — Drake deu mais uma tragada no charuto. — Obrigado.

McDermott estava pronto para passar para o item seguinte da lista quando o patrão pronunciou seu "obrigado". O mordomo levou um susto e olhou para ele. Por mais que Sir Richard tivesse sido um patrão agradável, jamais lhe agradecera no pouco tempo em que McDermott o servira. Os membros da nobreza costumavam considerar desnecessário agradecer aos empregados. Afinal, eles eram remunerados para executar suas obrigações. Por que agradecer a alguém por um serviço pelo qual se paga?

O fato de Sir Connor ter agradecido ao mordomo por um ato tão simples como redistribuir os quartos para alguns hóspedes comoveu McDermott, que considerou isso uma atitude extremamente bem-educada. Ele sentiu um carinho súbito pelo novo patrão e estava pronto para abrir a boca e dizer "Ora, senhor, não foi nada" quando Sir Connor o impediu, finalizando a conversa de forma sucinta:

— Por enquanto é só, McDermott.

Surpreso, McDermott olhou para a lista. Ainda havia sete ou oito itens que precisava examinar com o patrão.

— Hum, Sir... — começou ele.

Mas Drake o interrompeu.

— Tenho certeza — disse ele, naquela voz tão grave que chegava a amedrontar as arrumadeiras, obrigando-as a adotar todos os meios possíveis para evitar sua presença — que você tem outras obrigações a cumprir, Sr. McDermott.

As palavras com que Drake o dispensou foram expressas com toda a cortesia, mas não havia dúvidas quanto ao tom que subentendiam. Era inquestionavelmente autoritário, com suprema confiança de que a ordem seria obedecida, e imediatamente. Por um instante, McDermott teve um vislumbre do motivo pelo qual o baronete era um capitão tão bem-sucedido. Nem mesmo o mais obstinado dos marinheiros ousaria desobedecer a uma ordem emanada daquela boca severa, num tom tão autoritário.

McDermott engoliu em seco e fez uma saudação desajeitada, quase deixando cair a preciosa lista na pressa de sair da sala.

— S-sim — disse. — Sim, *senhor*.

Ele não conseguiu sair com a rapidez desejada. Pareceu-lhe que talvez não fosse uma má ideia servir-se de uma dose do vinho do Porto que estava decantando para os convidados consumirem após o jantar. Sua mãe certamente desaprovaria, mas não seria nada bom para um mordomo ter as mãos tremendo ao chamar os convidados do patrão para o jantar.

Drake, ainda apoiado nas portas francesas, olhou para o gramado inclinado da casa de sua infância, sem perceber o estado de inquietude a que levara o mordomo. Ou, se reparou, não ligou. Tinha assuntos muito mais urgentes com que se preocupar no momento. A ponta do charuto que tinha na boca brilhava, vermelho como o sol que se punha por detrás da fileira de carvalhos no limite da propriedade, enquanto ele se perguntava como deveria lidar com essa confusão.

Connor Drake estava acostumado a confusões. Era como se tivesse vivido assim desde o nascimento. Sua mãe morreu durante o parto complicado. Por ter nascido um mês antes do previsto, a parteira achou que viveria pouco. O pai, inconsolável, culpou o filho pela morte da esposa. Connor foi relegado a uma sucessão de amas de leite. Uma criança fraca, de saúde debilitada, ele era constantemente menosprezado e ridicularizado pelo irmão mais velho, além de desprezado e rejeitado pelo pai. Não é para menos que, aos 17 anos, tenha fugido de casa e da vida infeliz que tinha ali.

Ninguém se surpreendeu mais que Connor Drake ao ver seus apelos para ser contratado como camareiro serem levados a sério por um simpático capitão de navio que percebeu a vontade ferrenha do menino nos seus olhos azuis, uma vontade que não combinava com os ombros acanhados e a pele alva.

Henry Dixon sempre se orgulhava ao dizer que nunca se arrependera da decisão de contratar Connor Drake, principalmente depois daquele primeiro verão que o jovem passou no mar, quando cresceu quase três centímetros e ganhou muitos quilos só de músculo. A pele alva ficou bronzeada e rija como casca de coco, e os ombros franzinos se alargaram a ponto de parecerem melões. Quando Drake voltou a Daring Park três anos mais tarde para o enterro do pai, ninguém reconheceu o homem alto e forte no fundo da capela, irradiando vitalidade e saúde. Todos ficaram chocados diante da revelação de que era o segundo filho que antes provocava sentimentos de desprezo ou piedade.

Mas, em vez de ficar no sítio como o irmão Richard, nessa ocasião já menor que ele, timidamente sugeriu, Connor voltou para o mar e lá permaneceu por mais dez anos. Perdeu o enterro do irmão porque não conseguiu chegar. A morte foi tão repentina que não houve tempo para ser avisado, como ocorrera no caso do pai. No entanto, Drake agora estava de volta, para o que deveria ser uma ocasião feliz... Desta vez era um casamento, não um enterro.

Então por que queria estar em qualquer outro lugar, qualquer um que não ali? Por que não podia olhar para os campos verdes de sua propriedade sem fantasiar que a grama macia se movendo com o sopro do vento era na verdade o mar agitado do Caribe? Por que só conseguia lamentar não estar na proa de uma fragata rápida, em vez de no chão de madeira de uma imensa sala de jantar ricamente mobiliada?

Uma sala de jantar que agora lhe pertencia, e na qual recebera muitas repreensões por ser inferior ao irmão mais velho, agora morto.

Talvez fosse por isso.

Reconheceu a voz que lhe falava da porta, embora não a ouvisse havia uma década.

— Ah — disse a avó. — *Desta* vez você certamente fez uma grande asneira.

Drake não se virou. Não precisava. Sabia o que veria: uma réplica, de cabelo prateado, do que sua mãe seria, se não tivesse morrido no parto.

— Eu não tenho ideia do que você quer dizer com isso, vovó — comentou Drake, sem tirar o charuto da boca.

— Você sabe exatamente o que eu quero dizer, seu espertinho. — Drake ouviu o barulho da bengala no chão de madeira à medida que a avó se aproximava. — Acabei de conhecê-la.

— Ah. — Drake tirou o charuto da boca e soltou a fumaça. — E ela não será a esposa perfeita para um homem de tão grande fortuna e elevado status social?

— Pare de falar bobagens. — Lady Bisson já estava ao seu lado. Drake sentiu o perfume de água de rosas demasiado familiar, que sempre lhe provocava maus pressentimentos, pois desde sua infância as conversas com essa estimada senhora costumavam resultar em repreensões verbais. — E apague esse charuto horrível. Você pode ter passado a maior parte da vida no mar com piratas, mas isso não significa que tem o direito de agir como um deles. Fumar é um hábito ruim, e agradeço se o evitar na minha presença.

Sem conseguir reprimir o sorriso, Drake lançou o charuto no lago. Os dois cisnes que ali nadavam ouviram a água espirrar e nadaram imediatamente para a área onde o charuto caíra. Eles merecem comer o maldito charuto se o encontrarem, foi o pensamento perverso de Drake. Não gostava de cisnes. Tinha lembranças da infância na qual era perseguido por eles, batendo as asas gigantescas, as bocas abertas emitindo gritos agudos. Costumava pensar que eram as criaturas mais mal-humoradas que se podia imaginar, e nas inúmeras viagens pelo mundo não teve motivo para mudar de opinião.

Lady Bisson estava com o leque na mão e o abanava com rapidez em frente ao rosto.

— Não perguntarei por que se casará com ela — disse, com o olhar também nos cisnes. — Creio que sei a resposta. Perguntarei, no entanto, se você pensou que poderia haver um meio menos radical de solucionar o problema.

— Problema, vovó? — Pela primeira vez naquele dia, exceto pelo momento em que conversara com Payton, cujo comportamento bizarro invariavelmente o fazia rir, Drake se divertiu. A nobre viúva Lady Bisson na verdade tentava ensinar ao neto um pouco de sabedoria de vida. Isso podia ser interessante, pensou Drake.

— Nós dois sabemos do que estou falando. A garota Dixon me contou tudo.

Diante da frase da avó, Drake ergueu as sobrancelhas, curioso.

— Ela fez isso? E o que precisamente a Srta. Dixon contou sobre esse problema?

— Ela não tem nenhuma ideia do *problema*, felizmente. Mas isso só porque o venera a tal ponto que nunca entraria em sua cabeça que o precioso capitão Drake seria capaz de alguma atitude que não fosse nobre.

Drake fitou a avó, endireitando os ombros sob o fraque de corte perfeito.

— Payton não me venera — disse ele, lembrando-se das inúmeras vezes em que ela agira de modo bem diferente, zombando dele.

Lady Bisson fez um sinal de impaciência com o leque, dispensando aquele comentário.

— Suponho que não lhe tenha ocorrido — continuou ela, como se Drake não tivesse dito nada — que pode ser mais fácil suborná-la em vez de desposá-la.

Drake novamente percebeu que se divertia. Jamais imaginara que pudesse ter esse tipo de conversa com a avó tão distinta.

— De fato me ocorreu — respondeu ele secamente. — Minha oferta foi rejeitada sem nenhuma explicação. A moça se mostrou muito ofendida diante da ideia.

Lady Bisson fungou.

— Então sua oferta não foi boa o bastante. Não é momento de ser mesquinho. Ela é uma moça muito esperta, Connor, e astuta como uma raposa. Mas como você pode ser tolo a ponto de não enxergar através daquele fingimento de moça desamparada?

— Talvez porque passo muitos meses longe, no mar. — Drake soltou um suspiro desapontado e arrependido. — Fui educado para salvar moças desamparadas.

Lady Bisson largou o leque, que ficou pendurado por uma corrente de seda em torno do pulso de aparência ilusoriamente delicada, e arrumou os *lorgnons* no nariz para observar atentamente o rosto do neto.

— Você está caçoando de mim — disse ela finalmente. — Não está levando isso nem um pouco a sério. Mas lhe asseguro, Connor, este é um assunto muito sério. Seu nome está em risco. Essa moça pode comprometê-lo seriamente.

Drake parou de sorrir.

— Sei disso. Por que acha que vou me casar com ela? — lamentou-se.

— Ela poderá comprometê-lo da mesma maneira depois que vocês estiverem casados. E me pareceu capaz disso. Você terá de manter o olho bem aberto, sempre.

— Isso será difícil — observou Drake.

Lady Bisson arregalou os olhos por trás dos *lorgnons*.

— Ah, não. Isso, não. Connor, você não deixará essa moça comigo. Não passarei o resto da minha vida consertando suas asneiras.

— Não se incomode, vovó. — Drake tornou a voltar a atenção para o lago, onde os cisnes disputavam o charuto. — Fecharei a casa logo após a cerimônia de amanhã. Eu a instalarei na casa de campo em Nassau. Você não precisará vê-la nunca mais, nem sofrerá as consequências de qualquer *asneira* que eu possa ter feito.

Lady Bisson pareceu assustada diante da fala do neto — não só pelas palavras, mas pela amargura com que foram expressas. Drake pode ter sido um covarde na infância, mas tornou-se um homem duro e sarcástico como poucos. Na verdade, ela mal o reconhecia como produto de sua filha tão doce e gentil. Ele não se parecia com o irmão, Richard, que sempre fora um menino bom e, de certo modo, bastante dócil, fácil de lidar.

Seu neto mais novo, no entanto, não era alguém que seguia, mas que guiava. E parecia não tolerar ninguém que pudesse tirá-lo do caminho, uma vez traçado e decidido.

— Bem — disse Lady Bisson, hesitante. — Minha intenção não era que você a mantivesse nas Bahamas, pelo amor de Deus. Eu só queria dizer que pode ser prudente mantê-la longe daqui, não de toda a Europa.

— Obrigado pelo esclarecimento. — Drake voltara a sorrir, mas seu olhar não refletia nenhuma ternura.

Lady Bisson percebeu que ele não entendera.

— Eu não quis dizer que não receberia meus netos com prazer, Connor — apressou-se ela em explicar. — Quero dizer, com o tipo certo de mulher.

— Você está esquecendo que o tipo certo de mulher não me aceitaria, vovó. — Drake apoiou o ombro na moldura da porta, perguntando-se o que poderia dizer que fosse chocar essa mulher a ponto de afastá-la dali. Tinha a sensação de que nada ofenderia a viúva o bastante para fazer com que parasse de falar com ele. Só Deus sabia como ele havia tentado. — Não sou exatamente o que as mulheres da sua classe social considerariam um bom partido. É verdade que agora tenho um título e alguma riqueza, mas de que adianta um marido que, se puder, não ficará em terra? E estou certo de que você não conhece ninguém que deixaria a filha passar a vida de casada no mar.

— Pois eu conheço, sim. — Lady Bisson franziu os lábios. — E você também. O que há de errado com a moça Dixon?

Drake imediatamente se endireitou, espantado.

— Deus do céu. Você não pode estar falando sério.

— Pois estou, sim. — Ao ver a expressão horrorizada do neto, Lady Bisson bateu a bengala com força no chão. — E então? O que há de errado com ela? É óbvio que sente o mesmo encanto pelo mar. E certamente parece ser muito afeiçoada a você.

— Ela é uma criança — apressou-se Drake a retrucar.

— Segundo me contou, fará 19 anos no próximo mês. Nessa idade, eu já estava casada com o seu avô há dois anos. *E* já tinha a sua mãe.

— Isso foi há cinquenta anos — replicou Drake. — As coisas eram diferentes naquela época.

Drake mal sabia o que estava dizendo, de tão perturbado com a sugestão da avó. Será que todos tinham enlouquecido da noite para o dia? Aparentemente, sim, desde o instante em que os convidados começaram a chegar. Imagine seu total espanto ao ouvir dois velhos amigos, Raybourne e Gainsforth, falando com eloquência sobre a graça e beleza de certa jovem. Ele imaginara que alguma jovem solteira da região os tivesse deixado naquele estado de excitação. E quase não acreditou quando soube que se referiam a *Payton*. Raybourne sempre fora um galanteador, mas interessar-se por uma *criança*...

Drake achou que ambos tinham perdido o juízo e chegou a ponto de providenciar uma mudança de quartos para que ficassem na ala oposta à dos Dixon, só para garantir.

Mas depois ele vira com os próprios olhos que os amigos não tinham falado de uma criança. Ah, os irmãos de Payton a tratavam como uma, mas alguém na família — Georgiana, sem dúvida — percebera que ela já não era mais criança e decidira começar a obrigá-la a se vestir de acordo. E a verdade era que Payton Dixon dentro de um espartilho era muito diferente da Payton Dixon com a qual Drake estava acostumado, a que usava camisa e calça comprida. Payton Dixon dentro de um espartilho definitivamente não era uma criança. Ele vira a prova disso quando a salvara de uma briga entre ela e os irmãos naquele mesmo dia. O que saíra do lugar durante aquela briga era sem dúvida o seio de uma mulher — uma jovem mulher, talvez; mas definitivamente uma mulher.

Quando Payton Dixon adquirira seios?, perguntou-se mais uma vez, como fizera na ocasião.

— As coisas não eram tão diferentes naquela época. — A voz irritante da avó interrompeu-lhe os pensamentos sobre os seios de Payton Dixon. — Dezenove anos é uma idade perfeitamente razoável para se casar. Não consigo entender por que a considera jovem demais.

Drake sacudiu a cabeça, tentando clarear as ideias. Não parecia certo pensar em Payton assim. Afinal, ela era a irmã mais nova de seus melhores amigos e uma convidada em sua casa. Ele a protegeria de toda e qualquer investida, mesmo se tivesse que pedir a Raybourne e a Gainsforth para dormirem na *leiteria*.

— Esta discussão não tem sentido — declarou Drake, mais grosseiro do que pretendia. — Eu me casarei com Becky Whitby amanhã de manhã, e se me perdoa, vovó, não me importa muito o que a senhora pensa... ou ela. Depois de amanhã, eu lhe asseguro que nunca mais verá nenhum de nós dois.

Lady Bisson baixou os *lorgnons*.

— Entendo — disse ela, num tom mortificado. — Então é assim que será?

Drake afastou o olhar. O sol se punha rápido no oeste. Logo estaria na hora de reunir os convidados para o jantar.

— É assim que será — respondeu ele com firmeza.

Mas a voz da avó foi igualmente firme.

— Veremos — disse ela, e, erguendo a cabeça num gesto arrogante, virou-se e saiu.

Drake observou-a partir, ouvindo o farfalhar da longa cauda do vestido violeta que se arrastava atrás dela. Não podia dizer que amava a avó, mas a respeitava. Sob vários aspectos, era tão teimosa quanto ele.

Mas ela não tinha noção do que estava querendo enfrentar. Nenhuma noção mesmo.

E Drake, que tinha perfeito conhecimento, sabia que lutar contra isso era inútil. Ele lançou um último olhar na direção do lago — os cisnes tinham desaparecido; esperava que ambos tivessem sufocado até a morte com o charuto — e deu de ombros. Estava na hora de retornar para seus convidados.

E para sua noiva.

Capítulo 4

— Ah, não — reclamou o homem à direita de Payton ao descobrir que seu lugar era ao lado dela.

— *Você*, não — disse o outro homem à esquerda da jovem.

Payton também desaprovou.

— Eu *não* me sentarei entre vocês. Não é *justo*!

— *Você* acha que não é justo? — Hudson passou os olhos pela sala de jantar, furioso. — Há um montão de garotas atraentes e de boa família nesta festa, e teremos de ficar ao lado da nossa irmãzinha? Como acha que *nós* estamos nos sentindo?

— Não sei o que Drake tinha na cabeça — comentou Raleigh, fuzilando o anfitrião com os olhos. — Deve haver algum engano. Vamos ver logo se podemos trocar...

Mas todas as cadeiras ao redor já estavam sendo ocupadas. Era tarde demais para trocar de lugar. Além do mais, Lady Bisson, avó de Drake, cujo lugar era ao lado de Hudson, já havia lhes dirigido um olhar estranho quando o neto a levou para sua cadeira e a ajudou a se sentar. Embora o olhar talvez fosse direcionado unicamente a Payton, constrangida por ter admitido para a avó do noivo, mesmo sem saber, que não gostava da noiva, os dois irmãos acharam que era para eles e logo se sentaram.

Ao que parecia, os Dixon — pelo menos os mais jovens — teriam que ficar juntos.

— Bem — murmurou Hudson, desdobrando o guardanapo. — *Esta* é uma recepção fina.

— De fato — concordou Raleigh. — Procure não nos envergonhar desta vez, Pay.

— Eu? — Payton fez uma careta. — Eu já deixei vocês em alguma situação embaraçosa?

— Ah, vejamos... — disse Hudson, fingindo refletir a respeito. — Houve aquela vez em que você enfiou o garfo na mão do garçom em Cantão.

— Ele mereceu — assegurou Payton. — Eu o vi tentando roubar a carteira de Drake. Além do mais, não era um garfo, era um *hashi*.

— E aquele ano em que você se recusou a comer qualquer coisa que fosse amarela?

— Eu preciso lembrá-lo de que eu tinha 8 anos quando isso aconteceu?

— Nós estávamos na Índia Ocidental, tenha dó. *Todas* as comidas eram amarelas.

— Ah, não precisa se preocupar. Esta noite eu não os envergonharei. Tenho certeza de que foi por isso que Drake me colocou entre vocês. — Payton lançou um olhar triste para o anfitrião, que conversava amigavelmente com a avó. — Ele acha que vou furar os criados com o garfo de peixe.

— Certo — concordou Raleigh com um sorriso malicioso. — Assim como não confia no que podemos fazer com as primas dele, hein, Hud?

Hudson deu uma gargalhada, e os dois irmãos trocaram olhares por cima da cabeça de Payton.

Ela revirou os olhos. Não culpava Drake por obrigá-la a se sentar entre os irmãos, que eram dois solteiros incorrigíveis. Principalmente quando ele tinha tantas primas bonitas na sala. Mas ela se perguntou se essa era de fato a razão de tê-la posicionado ali. O mais provável era que fosse por considerá-la uma criança que necessitava da supervisão de adultos, e provavelmente esperava que ela se levantasse e lançasse objetos durante o jantar. Se houvesse uma mesa separada para os convidados menores de idade, Payton não tinha dúvidas de que encontraria seu lugar ali.

Mas por que ele não a consideraria uma criança? Toda vez que a via, ela se comportava de maneira tola, como mais cedo, na briga com os irmãos. E agora Payton precisava se preocupar com aquela gafe constrangedora com a avó de Drake. Como poderia saber que a velha senhora era parente dele? É claro que deveria ter imaginado, pelas perguntas — para não mencionar o olhar penetrante, uma réplica perfeita do olhar de Drake.

Deus, *é claro* que ele a via como uma criança! Ela sempre agia como se fosse uma. Payton remexeu-se na cadeira, descontente consigo mesma. Georgiana podia lhe dar todos os espartilhos que quisesse. Na verdade, ninguém *jamais* a veria como uma mulher, com corpo e coração de mulher.

Payton afundou na cadeira, frustrada — ou pelo menos afundou o quanto lhe foi possível, considerando as barbatanas que pressionavam suas costelas de um jeito tão desconfortável — e voltou a atenção para a cabeceira da mesa, onde Drake se levantara com uma taça de champanhe na mão. Ela estava sentada pouco adiante, pois seus irmãos, sendo padrinhos do noivo, faziam parte da cerimônia do casamento. Payton percebeu que as linhas profundas que vira no rosto de Drake mais cedo ainda estavam lá. Na verdade, agora que o sol finalmente se pusera e a sala estava iluminada pelas chamas das velas, as linhas pareciam mais evidentes do que nunca. O que quer que o aborrecesse não estava melhorando com o passar das horas. Mas também, supôs Payton, isso só aconteceria no dia seguinte. Todo homem fica nervoso na véspera do casamento. Ela se lembrou de que Ross vomitara muito na véspera de se casar com Georgiana. Por outro lado, aquilo também podia ter sido consequência de muito rum.

— Eu gostaria da atenção de todos, por favor — disse Drake, na voz grave que lembrava a Payton o céu suave de uma noite de verão semelhante a esta. As cerca de cinquenta pessoas que estavam sentadas à comprida mesa de jantar silenciaram e se viraram para o anfitrião a fim de ouvir o que tinha a dizer. Ele conseguiu sorrir, embora não fosse um sorriso convincente. Payton já vira Drake conversar com os nativos hostis de uma ilha com o semblante mais tranquilo.

Mas ela supôs que a situação devia mesmo ser estressante. Ao seu lado, estavam a noiva e a avó, ambas de olhos grudados nele: a Srta. Whitby com um leve sorriso, que parecia de triunfo aos olhos assumidamente ciumentos de Payton; e Lady Bisson com uma cara feia que, até onde Payton pôde distinguir, era dirigida aos criados que estavam atrás do neto, pois ela parecia achar que não estavam servindo o champanhe nos copos dos convidados com a rapidez necessária.

— Eu gostaria de agradecer a todos — continuou Drake — por estarem comigo nesta ocasião tão especial. Sei que alguns de vocês vieram de muito longe...

— Sim — exclamou o pai de Payton, sem conseguir conter seu bom humor. — Viemos lá de longe, de Londres! — Ele cutucou Georgiana, que teve o azar de se sentar à sua direita. — Uma viagem longa, não foi, minha querida?

— De fato — disse Drake, solene. — Alguns de vocês vieram de lugares distantes, como Londres. E Becky, quero dizer, a Srta. Whitby — a noiva corou lindamente diante do erro de Drake — e eu gostaríamos de agradecer-lhes de coração por sua presença e por participarem da celebração do que será, espero, um dia muito feliz.

— Sim, sim — gritou Raleigh, erguendo o copo.

— Saúde — gritou Drake.

Todos ergueram seus copos na direção dos noivos e brindaram. Até mesmo Payton, que depois se perguntou se iria queimar no inferno por fazer uma prece rápida e silenciosa na hora do brinde, para que a Srta. Whitby morresse durante o sono. Depressa e sem dor, claro.

Era mesmo tanta maldade de sua parte desejar algo assim? Sim, ela supôs. Então fez outra oração, dessa vez pedindo o perdão de Deus.

Quando Payton depositou a taça na mesa, não foi a única a ficar surpresa em ver que tinha bebido todo o líquido.

— Vá devagar, Pay — exclamou Raleigh. — Você estará embriagada antes de servirem a sopa.

— Ela não é a única — comentou Hudson, cutucando-lhe as costelas com força. — Olhem para Drake.

O anfitrião também engolira toda a bebida de seu copo. Sorrindo — desta vez um sorriso mais sincero —, ele deu de ombros e voltou a se sentar.

— Ora — disse ele. — Creio que isso signifique que Payton e eu precisaremos de mais uma dose.

Os criados pareceram felizes em servi-los. O champanhe fluía livremente. Segundo o cardápio que Payton encontrou ao lado do prato, amarrado com uma fita de seda cor-de-rosa que combinava com a cor das rosinhas no cabelo da noiva, seria um verdadeiro banquete, com patas de lagosta e costeletas de carneiro — dois de seus pratos prediletos —, acompanhados de um vinho ou licor diferente para cada prato.

Ainda assim, Payton não conseguia se deliciar com as habilidades do cozinheiro exemplar de Daring Park ou partilhar do bom humor do resto da mesa, e se odiou por isso. Por que e quando ela desenvolvera essa fraqueza insuportável por Connor Drake? Não conseguia identificar a data exata, mas era claro como as bolhas no champanhe continuamente servido em seu copo: ela era apaixonada por esse homem, e ele ia se casar com outra.

Não só ia se casar com outra mulher, mas se casaria sem nunca sequer ter visto a nobre Srta. Payton Dixon com outros olhos!

Ah, sim, ele fora um cavalheiro com ela uma ou duas vezes: naquela noite de verão em que estava deitada no deque do *Virago*, observando um espetáculo incrível de estrelas cadentes. Tão logo via uma faixa branca brilhando no céu, já aparecia outra. Quando todos os outros, já de pescoço duro, declararam que iriam se retirar, Payton foi a única a permanecer no deque, insistindo em observar o deslumbrante show de luzes até que ele acabasse ou o sol nascesse, o que viesse primeiro. E Drake, que subira para o andar superior com os outros, de repente reaparecera com uma manta e um travesseiro nas mãos.

Payton achou, num instante de perplexidade e alegria, que a intenção dele era juntar-se a ela no deque. Mas ele logo afastou suas esperanças e despertou um tipo diferente de sentimento quando cuidou dela, insistindo para que se aquecesse com a manta e usasse o travesseiro como apoio para a cabeça sobre a madeira dura do convés do navio.

E Payton ficou emocionada como se ele realmente tivesse se juntado a ela, pois lhe trouxera *a* manta e *o* travesseiro dele. Ambos tinham o cheiro de Drake, aquele que lhe era tão peculiar, de ar salgado, de roupa limpa e de homem asseado, um cheiro a que Payton se acostumara nos anos em que viajaram juntos, muitas vezes em contato muito direto, muito próximo mesmo. Ela se deitou no deque, embrulhada na manta *dele*, com a cabeça no travesseiro *dele*, encantada com o sacrifício de Drake, pois com isso ele dormiu no catre duro do castelo de proa sem nenhum desses confortos.

Evidentemente, no dia seguinte, seus irmãos fizeram questão de enfatizar que ele estava muito embriagado para sentir falta daqueles itens. Segundo eles, todos tinham bebido muito naquela noite, Drake mais do que todos, e se num momento de sentimentalismo ele tinha emprestado a manta e o travesseiro, era por estar tão bêbado que seria incapaz de distinguir seus atos. Drake negou nobremente a veracidade daquela versão, mas para Payton não importava: mesmo que estivesse embriagado, ainda assim pensara nela. Bêbado ou sóbrio, ser alvo dos pensamentos de Connor Drake não era pouca coisa.

Houve outros exemplos da superioridade de Drake em relação a todos os outros homens que Payton conhecia, claro. A vez em que se envolveram numa briga em Havana e um pirata segurou Payton pela cintura e tentou jogá-la na baía. Drake atirara bem no meio dos olhos dele, um ato que Payton gostava de lembrar como algo quase selvagem e apaixonado. E havia também uma lembrança mais íntima da noite em que Drake se recuperava de um namoro desastroso com uma nativa que, no fim, era casada. Tudo bem que o marido tinha muitas outras esposas, mas todas eram uniões legais. Drake estava se lamentando, embriagado, dizendo que nunca encontraria outra esposa, quando Payton se ofereceu, caso chegasse à idade de se casar e ele ainda não tivesse encontrado ninguém. Apesar das gargalhadas dos irmãos perante a ideia de Payton se casar com qualquer pessoa e suas especulações quanto às habilidades da irmã como esposa e mãe, Drake, como um cavalheiro, beijou-lhe a mão e respondeu que tinha toda a intenção de aceitar sua oferta.

Segundo as lembranças de Payton, aquilo fora há apenas quatro anos. Mas ali estava ela, já na idade ideal, e a proposta de casamento não aparecera.

Pois, claro, ele encontrou uma noiva muito mais atraente.

Olhando por cima da mesa para a Srta. Whitby, Payton teve de admitir: pobre ou não, Becky Whitby seria uma esposa invejável para qualquer homem. Ela era tudo que uma mulher deveria ser: suave, feminina, doce, gentil. A Srta. Whitby nunca praguejava, nem achava um piolho na cabeça, nem tinha sardas. Jamais participava de brigas, não furava garçons com hashis, nem declarava para a avó de ninguém que odiava a noiva do neto. A Srta. Whitby, Payton tinha certeza, sequer sabia carregar uma pistola, que dirá usá-la.

A Srta. Whitby era perfeita.

Por essa razão, Payton tirou a fita de seda do cardápio e, sem desfazer o laço, escorregou-a pela mão para usá-la como pulseira. Assim esperava ter um lembrete constante de que o que almejava estava definitivamente fora de seu alcance. O capitão Connor Drake sempre a vira como a irmã caçula de seus três grandes amigos.

Nunca como mulher. Ele iria se casar com a Srta. Whitby, e não havia nada mais a fazer.

E quanto mais cedo Payton conseguisse que aquilo entrasse na sua cabecinha tola, melhor.

A fita ajudou. Payton olhava para ela toda vez que um dos irmãos se levantava para fazer um brinde ao casal feliz, brindes que se tornaram mais obscenos à medida que a noite foi passando. Payton olhava para a fita sempre que a Srta. Whitby dava um riso sufocado e escondia o rosto atrás do leque. E toda vez que Drake pegava o copo na hora que a Srta. Whitby ia pegar o dela e seus dedos se tocavam, e ele, cada vez mais parecendo um homem que se aproximava da execução e não do dia mais feliz de sua vida, murmurava "Perdão".

Payton olhava tanto para a fita que finalmente Hudson percebeu e comentou:

— Ora, Payton, você está tão necessitada de bugigangas que precisou pegar os brindes da festa?

Felizmente, ninguém ouviu. Era uma festa alegre e barulhenta, na qual todos falavam ao mesmo tempo. Com os anos de prática, Payton conseguia identificar a voz de Drake em meio às demais. Ele conversava com a noiva e a avó. Como as duas pessoas que partilhavam lugares tão importantes na vida de Drake tinham acabado de ser apresentadas, Payton supôs que a conversa entre elas necessariamente teria o objetivo de torná-las mais próximas: Lady Bisson talvez pudesse partilhar um incidente constrangedor da infância do neto; a Srta. Whitby então relataria algum incidente de sua própria vida, igualmente embaraçoso. Payton aprendera, observando o irmão com a família da cunhada, que os noivos e suas famílias passam a se conhecer dessa forma.

Mas ali não era assim. Lady Bisson estava absolutamente silenciosa, só abrindo a boca para tomar a sopa. E a Srta. Whitby estava sentada, atenta às palavras de Drake.

E sobre o que conversava Drake na véspera do dia mais importante — ou que deveria ser o mais importante, pelo menos — de sua vida? Não era sobre seus planos para o futuro do casal. Ele não contava à avó como eles tinham se conhecido (ele não sabia que Payton, embora sem saber, já contara ela mesma). Não. Ele relatava a ambas sua última viagem para as ilhas Sandwich. Payton não estava acreditando. Ele falava sem parar sobre os nativos das ilhas, como se fosse o assunto mais interessante do mundo. E o fazia numa voz estranha, totalmente desprovida do que sua voz tinha de especial, aquilo que permitia que ele pudesse facilmente ser rastreado, não importava em qual navio, por maior que fosse.

Payton sabia uma ou duas coisas sobre os nativos das ilhas Sandwich, e, na sua opinião, embora fossem muito interessantes, não mereciam ser comentadas naquela ocasião, quando tantos outros tópicos mais importantes poderiam ser explorados. Por exemplo, se o noivo pretendia ou não desistir da carreira no mar, agora que herdara o título de baronete, ou por que exatamente ele decidira se casar com essa mulher que mal conhecia e sobre quem não sabia nada além do fato de ter um rosto bonito e seios notavelmente exuberantes.

Payton ficou tão exasperada quando ouviu Drake expor o que chamava de rituais fascinantes dos nativos das ilhas Sandwich que, por fim, o interrompeu com a rude sugestão de que contasse à avó sobre o fascinante ritual de aprisionarem qualquer mulher suspeita de executar um ato imoral, obrigando-a a satisfazer os oficiais militares locais durante a noite. *Isso* não era fascinante?

Aquilo calou Drake. Infelizmente, também calou todos os convidados que porventura a ouviram. Payton na verdade só dissera aquilo para obrigar Drake a usar seu tom de voz normal, e não aquele tom educado e distante que ela mal reconhecia. Mas Drake ficou paralisado, com uma garfada de lagosta a meio caminho da boca. Lady Bisson debruçou-se por cima de Hudson para fitar Payton através dos *lorgnons*, como se ela fosse um interessante espécime científico. Georgiana escondeu o rosto entre as mãos, e Ross, Raleigh e Hudson olharam para todos os lados, menos na direção de Payton. Somente seu pai e a odiosa Srta. Whitby pareciam ter gostado — Sir Henry porque sempre se sentia orgulhoso da filha, não importasse o que ela dizia, e a Srta. Whitby porque Payton fizera papel de tola mais uma vez.

Mas Payton não estava pronta para voltar atrás. Limpando o canto da boca com o guardanapo, disse, de modo afetado:

— Pois é a pura verdade. — Ela lançou um olhar reprovador para Drake. — Você não deveria levar as pessoas a acreditar que tudo se resume a seios nus e cachoeiras.

O silêncio que seguiu essa informação talvez tenha durado um batimento cardíaco, mas para Payton pareceu uma década. Então Hudson, que não conseguia mais suportar aquela situação, soltou uma tremenda gargalhada, e Raleigh o acompanhou. Logo, todos, inclusive Drake, estavam rindo — à exceção, como Payton observou, de Lady Bisson e da Srta. Whitby.

Só que a intenção de Payton não era ser engraçada.

Mesmo assim, era difícil não rir quando tantas pessoas à sua volta faziam exatamente isso.

Payton tentou não sorrir, mas não conseguiu — especialmente depois que Hudson bateu em suas costas, fazendo com que ela deixasse cair um pedaço grande de costeleta de carneiro no colo.

De qualquer modo, Payton buscava uma desculpa para sair da mesa. Logo percebeu que uma das muitas desvantagens de se usar um espartilho é que ele pressiona a bexiga constantemente. Precisava se retirar por um momento, e não apenas para limpar o molho da costeleta na saia.

Payton ia descer a escada quando percebeu, um pouco tarde, que, mais que levemente alta, estava completamente bêbada. Como iria se lembrar de como se dança quando chegasse a hora? Georgiana passara horas ensinando-lhe os passos da moda, e agora tudo seria desperdiçado. Até que, ainda no alto da escada, uma voz grave a deteve. Ela olhou para baixo e viu que a avó de Drake a esperava.

— Bem — disse Lady Bisson, como se não tivesse havido nenhuma interrupção na conversa que tiveram na sala de visitas. — O que você vai fazer a respeito?

Payton fitou a senhora. Ela contara à Georgiana sobre sua aflição em relação à conversa com a pessoa que depois descobrira ser a avó de Drake.

— Eu não me preocuparia. — Fora a resposta surpreendente de Georgiana.

— *O quê?* Georgiana, eu falei que odeio a futura noiva do neto dela! E você diz que eu não deveria me preocupar? Não vê o que *fiz?*

— Sim — respondeu Georgiana delicadamente. — Você foi sincera com uma mulher que foi muito desonesta com você. Se ela decidir contar a Drake, ou à Srta. Whitby, o problema é dela. Você sempre poderá negar.

— Você quer dizer *mentir?*

— Sim, mentir. Você é uma mentirosa bastante convincente, Payton. — Georgiana deu um sorriso de quem sabe o que está dizendo.

Aquela conversa fora quase tão ruim quanto a que Payton tivera com Lady Bisson. E agora parecia que a avó de Drake estava querendo ter *mais uma conversa.* Para quê?

Sem dúvida para torturar Payton por ter caluniado a futura esposa do neto.

— Fazer? — repetiu Payton sem entender. Achou que Lady Bisson se referia às mulheres injustamente encarceradas das ilhas Sandwich e disse: — Bem, não creio que haja muito que se possa fazer, claro, exceto algum lobby para conseguir aprovação de mudanças...

— Não falo *disso,* sua tolinha! — Lady Bisson bateu a bengala no chão. — Falo do fato de meu neto estar se casando com uma mulher que, como revelou, você odeia.

— Ah — disse Payton, perplexa. — Bem, nada.

— Nada? — Lady Bisson pareceu muito surpresa. Apoiando-se na bengala, observou Payton descer a escada, então ficou olhando para ela de cima. Drake obviamente herdara a altura da avó, que, apesar da idade e da fragilidade, ainda era uma figura imponente.

— Essa não é a resposta que eu esperava ouvir de uma mulher que viajou pelo mundo não uma, nem duas, mas pelo que eu soube, sete vezes.

— Não há nada que eu *possa* fazer. — Payton certificou-se de não dar de ombros. — Ele a escolheu. — De repente, dar de ombros era só o que ela podia fazer para evitar que a voz tremesse. — Ele a ama.

— Tem certeza? — A voz de Lady Bisson foi firme. Estava rígida e fria como gelo. — Acredita realmente nisso, Srta. Dixon?

Confusa, Payton olhou ao redor, procurando ajuda. Não havia ninguém por perto. Os empregados empurravam algumas armaduras para junto das paredes para abrir espaço para a dança que aconteceria mais tarde, e, no canto, a orquestra afinava os instrumentos, mas ninguém oferecia a Payton qualquer resposta.

O que havia de errado com essa senhora? Por que ela não parava de importunar Payton com conversas sobre o neto? Ela deveria se preocupar com a *Srta. Whitby*, não com Payton. Era com a *Srta. Whitby* que Drake iria se casar. Payton tentou se lembrar se Drake já mencionara a avó antes e lembrou-se vagame .te de uma conversa na qual ele admitira ter uma avó que morava em Sussex e parecia ter preferências pelo irmão. Essa devia ser a avó de Sussex, então, a mãe de sua mãe. Agora que o irmão de Drake morrera, ela parecia concentrar toda a atenção no único neto ainda vivo.

— Se ele não a ama — disse Payton, afinal —, por que se casará com ela?

— É a pergunta que me faço — retrucou Lady Bisson, batendo a bengala no chão de mármore. — Connor Drake é um homem independente. Um homem viril, no auge da juventude. Por que se casaria com uma mulher que não ama e de quem parece nem gostar? Ela não tem nada que a recomende...

— Ah — interrompeu-a Payton. — Mas é muito bonita.

— Bobagem! — Agora Lady Bisson revelou que não precisava nem um pouco da bengala, erguendo-a e acenando-a na direção de Payton com tanta violência que ela abaixou a cabeça, e bem na hora. A bengala chegou perigosamente perto. — Você é tão bonita quanto ela, e tem dinheiro! Pelo que ouvi dizer, seu pai separou um dote de 20 mil libras para o dia em que se casar. E você receberá 5 mil por ano depois que ele morrer. *E* herdará uma parte igual à dos seus irmãos na empresa. — Payton arregalou os olhos. Lady Bisson ouvira *um bocado* para alguém que ela não conhecia até algumas horas atrás. — Então por que ele não vai se casar com *você*? É isso o que quero saber. Por que ele não se casará com *você*?

Como aquilo era muito próximo do que Payton também se perguntara durante toda aquela noite, a menina só conseguiu murmurar:

— Eu realmente acho que nós deveríamos voltar para a mesa, lady...

— Que tipo de resposta é essa? Isso não é uma resposta! Depende de você, sabia. *Você é* a única que tem condições de pôr um fim nisso.

Aquilo foi demais. Payton não suportou. Ela bateu o pé com força no degrau de mármore e disse, sem se importar nem um pouco se Lady Bisson a consideraria impertinente:

— Eu não farei nada disso! Ele não se casaria com ela se não quisesse. E como quer, eu não farei nada para impedi-lo. Na verdade, farei o que puder para que o faça.

— Ah, meu Deus. — A voz de Lady Bisson foi de um sarcasmo desagradável. — Você está dizendo que o ama demais para lhe negar algo que ele quer?

Payton a encarou, furiosa.

— Mais ou menos isso. — Foi estranho, mas ela não sentiu o menor constrangimento ao admitir para essa mulher que amava seu neto. Era um fato, puro e simples. Payton poderia admitir com a mesma facilidade que estava com amigdalite. E como a uma amigdalite, ela superaria aquilo algum dia. Talvez seria só com 100 anos, mas algum dia superaria o que sentia por Connor Drake, sem a menor dúvida.

— Que abnegação a sua, minha querida. — Lady Bisson estava sendo irônica. — Você é uma tola, sabe. A renúncia nunca levou ninguém a lugar nenhum. E certamente não a levará a conseguir o homem que ama.

Payton continuou firme e se defendeu.

— Já que o homem que amo não me quer, isso é discutível, concorda?

— Ah, entendo. Você não o quer a não ser que ele a queira? É isso? Você ainda não sabe que metade das vezes os homens não sabem o que querem até ser tarde demais?

— O que *a senhora* sabe sobre Drake? — Payton tinha certeza de que estava sendo imperdoavelmente rude, mas não se importou. — A senhora mal o conhece. Sempre preferiu o irmão dele...

— Ah, é claro que sim. O irmão dele ficou em casa. Eu nunca tive a chance de conhecer Connor. Ele saiu de casa quando ainda era um menino, e depois ficou sempre no mar. Mas agora é um homem, e eu sei alguma coisa sobre os homens. Muito mais que você, com todo o tempo que passou no mar com eles. E eu lhe digo, Srta. Dixon, ele não quer aquela mulher. Casar-se com ela só o tornará infeliz. E se você o ama tanto quanto diz, então deve evitar que esse casamento ridículo aconteça.

Payton não tinha ideia de como deveria responder a essa afirmação extraordinária. Parecia-lhe que Lady Bisson tinha enlouquecido. Pois Payton não sabia como impedir que Drake se casasse com a Srta. Whitby tanto quanto não sabia como impedir que a lua influenciasse a maré.

Felizmente, Payton foi salva de precisar dar qualquer tipo de resposta, pois as portas da sala de jantar subitamente se abriram, revelando o assunto da conversa em pessoa.

— Ah, vovó — exclamou Drake. — A senhora está aí. Volte para a mesa! Ross Dixon está se preparando para fazer um discurso. Diz que é muito importante e que a senhora tem que ouvir.

Lady Bisson, depois de lançar um último olhar desaprovador para Payton, voltou para a sala de jantar. Payton a seguiu mais lentamente. À porta, Drake, que esperava para acompanhá-la — e não à avó, como ela percebeu, meio confusa —, inclinou-se para ela e sussurrou:

— Sinto muito. Ela estava atormentando você?

Payton, chocada demais por ter sido vista assim e sem conseguir dissimular — além de muito consciente da proximidade do peito engomado da camisa de Drake, que era só o que conseguia ver do ângulo em que estava —, concordou com um aceno de cabeça.

— Era o que eu temia. — Os dedos de Drake estavam quentes quando ele segurou o braço dela, logo acima do cotovelo, e a guiou de volta ao seu lugar na mesa. — Terá de perdoá-la. Ela ficou muito triste com a morte repentina de Richard. Creio que ainda não tenha superado. Eu deveria ter esperado até... — Sua voz sumiu, mas Payton sabia que ele desejava dizer que deveria ter esperado um período de luto antes de se casar. — Bem — continuou Drake. Eles tinham chegado no lugar de Payton à mesa. Um de cada lado, seus irmãos jogavam cerejas carameladas um no outro. Drake não pareceu perceber; estava envolvido demais na conversa. — Mas isso não pode ser mudado agora, não é?

Payton não queria provocar uma cena ali na frente de todos, ainda mais tão pouco tempo depois da cena anterior. Mesmo assim, estava suficientemente aborrecida — e, verdade seja dita, bebera muito champanhe — para perguntar, numa voz não muito firme:

— *Por quê?* Não entendo, Drake. *Por que* essa pressa toda para se casar?

Mas Drake limitou-se a estender a mão e, com o dedo, tocar-lhe a ponta do nariz.

— Não encha a sua cabecinha com essa preocupação, Payton. Ah, veja. Seu irmão fará o brinde agora.

Payton queria gritar que não se importava com o que o irmão tinha a dizer, que, por ela, Ross podia pegar seu maldito brinde e enfiar no rabo. Mas aconteceu de ela desviar o olhar e perceber, justo naquele instante, o olhar da Srta. Whitby pousado nela. Seus olhos eram azuis como os de Drake, seu futuro marido, mas faltava-lhes o calor que os dele costumavam trazer — quando não estavam "queimando" alguém com sua intensidade. E naquele instante específico, o olhar da Srta. Whitby estava frio como o gelo, sem dúvida porque o dedo de Drake estava em outra pessoa... Mas no *nariz* de outra pessoa, tenha dó. Ele sempre apertava a ponta de seu nariz, como se ela tivesse malditos 4 anos!

Mas isso não parecia fazer qualquer diferença para a Srta. Whitby, que lançava um olhar mal-humorado em sua direção.

— Atenção! — Ross se levantara e batia com uma colher na taça de vinho. De tão bêbado, seu corpo começou a balançar. Georgiana o fitava, apreensiva, como se a qualquer momento ele pudesse cair sobre ela. — Atenção, por favor. Atenção! — Os convidados silenciaram e se viraram para o filho Dixon mais velho. Todos menos a Srta. Whitby, claro, que continuava encarando Payton. — Obrigado, obrigado. Eu gostaria de aproveitar esta oportunidade para dizer, se eu puder, que, em nome de meus irmãos e... Quero dizer, eu... Ah, e de meu pai...

— E de Payton — interrompeu Raleigh.

— Ah, e de minha irmã, Payton. Em nome de todos os Dixon, nós...

— Não, não, não. — Sir Henry, que não bebera tanto quanto os filhos, puxou a aba do fraque do mais velho com força suficiente para ele cair sentado, sem entender nada. — Não é assim que se faz. Deixe isso comigo. — Sir Henry pegou o copo da mão do filho ainda confuso e se levantou para fazer o brinde.

— Há pouco menos de 15 anos — começou ele, com um cumprimento solene na direção de Drake, que se sentara na cabeceira da mesa e olhava para seu empregador com afeto —, um rapazinho mirrado me procurou em busca de emprego. Tive pena do pequeno inseto... — A frase roi recebida com uma risada generalizada, que fez Sir Henry piscar, levemente confuso. Mesmo assim, continuou: — Então o contratei para fazer entregas. Desde então, ele progrediu e se transformou num dos melhores homens do mar que já conheci. Não, eu deveria dizer, num dos melhores *homens* que já conheci. Ora, ele consegue superar o pior dos sudoestes com êxito e regular o ângulo de uma vela mestra em tempo recorde. E não é só isso: ele é um navegador infalível, o único homem que conheço que de fato conseguiu fazer um mapa confiável daquelas ilhotas e recifes traiçoeiros que compõem o que chamamos de Bahamas...

— E é só por esse motivo que nós gostamos dele — gritou Hudson com voz de bêbado. — Pelo seu maldito mapa!

— Finalmente — anunciou Raleigh, com um soluço —, nós teremos uma vantagem sobre aquele salafrário Marcus Tyler!

— *Maldito* Marcus Tyler — corrigiu Hudson.

Sir Henry lançou um olhar irritado para os dois filhos mais jovens.

— Connor Drake é um homem que me orgulho de ter a meu serviço — continuou ele, como se não tivesse sido interrompido. — Um homem que eu me orgulharia de chamar de filho. E é só por esta razão que quero oferecer ao capitão Drake uma sociedade plena, igual à dos meus próprios filhos, na Dixon e Filhos...

Ouviu-se um suspiro geral dos convidados. E não só os convidados pareciam surpresos. Um rápido olhar para Drake revelou que ele também estava perplexo.

Mas não tanto quanto Payton ao ouvir as palavras seguintes do pai.

— Além disso, como uma forma de agradecimento pelos anos de serviço leal, espero que o capitão Drake aceite, como um pequeno símbolo de minha gratidão, o navio *Dixon Constant*, do qual poderá assumir comando imediato, pois ele está aportado em Portsmouth, aguardando para levar o capitão e sua noiva em lua de mel para Nassau...

Se alguém achou aquilo tudo estranho, um proprietário de navios mercantis oferecer a um baronete sociedade na empresa, além de um navio que Drake poderia comprar por cinco vezes mais com a fortuna que herdara, não foi possível saber pelo comportamento das pessoas reunidas em volta da mesa. O anúncio de Sir Henry foi recebido com sorrisos e aplausos.

Exceto, claro, pela filha mais nova dele. Payton permaneceu onde estava, absolutamente chocada.

Seu navio. O pai acabara de dar a Connor Drake — com quem nem sequer tinha parentesco de sangue — sociedade plena na empresa da família. E *o seu* navio.

E também não era um navio qualquer, mas o *Constant*, o mais novo e mais veloz da frota. O navio que, por direito, deveria ser de Payton, aquele que ela pedira, nem uma, nem duas, mas dezenas de vezes durante os últimos meses.

O navio que — exceto por um ato da natureza sobre o qual ela não tinha controle, que determinou que ela seria mulher e não homem — *teria sido* de Payton quando ela fizesse 19 anos.

Por um instante, ela simplesmente continuou ali, sentada, estupefata. Quando finalmente conseguiu afastar os olhos do pai, ela os dirigiu para Ross de forma acusadora. Aquele traidor. Ele fora o autor de tudo aquilo. Ross sempre dissera que faria aquilo, mas Payton jamais acreditara. Mesmo quando os vestidos e outras quinquilharias para o seu *début* na sociedade começaram a chegar, ela não acreditara. Pensava que o irmão em breve cairia em si. Tinha certeza de que isso aconteceria. Ele tinha que acordar. Payton Dixon não era do tipo esposa. Tinha um destino, que era ser a comandante do *Constant*.

Mas Ross o fizera. Ele de fato fora em frente e o fizera. Tinha passado por cima dela como se nem existisse e dado o que era dela por direito ao seu amigo.

Voltando os olhos na direção de Drake, Payton viu que ele prestava atenção nela. Enquanto todos ao redor gritavam congratulações e erguiam seus copos, Drake era o único que continuava sentado sem sorrir. Pela primeira vez, Payton achou que podia ler o que havia por detrás daqueles olhos azuis inescrutáveis. E quando os lábios dele se abriram e formaram duas palavras para ela, Payton soube que não entendera errado seu *"sinto muito"*.

O pior de tudo era: não foi desgosto o que ela viu nos olhos dele. Em vez disso, ela viu uma emoção que não podia suportar quando direcionada a ela.

Pena.

Ah, aquilo foi demais. O homem que Payton amava não só se casaria com outra, mas também conseguira lhe tirar a única outra coisa na vida que ela desejava — além dele, claro. E teve a audácia de ficar ali sentado e *sentir pena* dela!

Payton não pôde suportar mais. Não ficaria ali aturando aquilo por mais nem um instante. Ela se levantou, jogou o guardanapo amassado na mesa e foi embora.

Mas não antes de ver a expressão de triunfo no rosto da Srta. Whitby.

Capítulo 5

— NÃO — DISSE PAYTON pelo que lhe pareceu a centésima vez. — Eu *não* vou descer, Georgiana. Não tenho nenhuma vontade de estar no mesmo ambiente que meus irmãos neste momento, obrigada. Na verdade, se pudesse, não estaria sequer no mesmo condado, no mesmo *país*, que qualquer um deles. Mas já que vocês não me permitem voltar para Londres esta noite, creio que serei obrigada a ficar aqui em cima até *apodrecer*.

Georgiana fitou a cunhada teimosa que, fazia duas horas, se jogara na cama do quarto de hóspedes que lhe fora designado e, desde então, se recusava a sair dali.

— Francamente, Payton — disse Georgiana. — Posso entender sua frustração, mas também acho que está sendo dura demais com Ross. Você não podia esperar sinceramente que ele lhe desse um *barco* de presente de aniversário. Quero dizer, não *de verdade*.

Payton, deitada de barriga para baixo, sem ligar para o fato de a saia estar levantada até a altura dos joelhos, fitou a cunhada com um olhar de desgosto.

— Não é um barco. É um navio. E sim, eu *de fato* pensei — respondeu ela. — Hudson ganhou um quando fez 19 anos. Raleigh também. — Payton deu um soco no travesseiro. — Você pode realmente me culpar por achar que talvez, só talvez, houvesse alguma justiça no mundo e eu pudesse ganhar um navio este ano, no dia em que completasse 19?

— Mas, Payton, francamente. — Georgiana balançou a cabeça. — Afinal, é só um barco.

— Não é *só* um barco. É o *Constant*. — Payton não conseguiu pensar numa maneira de convencer a cunhada da importância desse fato. — Não percebe? Eu *mereço*, Georgiana, depois de tudo o que fiz por essa empresa. E Ross ignorou meu empenho e o deu a Drake. Não é *justo*.

Georgiana sentou-se no colchão e afastou uma mecha do cabelo da cunhada que caíra sobre os olhos.

— Mas, querida — disse ela, carinhosamente. — Mulheres não se tornam capitães de navios.

— *Algumas*, sim — retrucou Payton.

— Ah, certamente, *algumas*, sim. Mas só por necessidade. E essas mulheres não são... bem, elas não são *finas*.

— Como *você* pode saber? Já conheceu alguma capitã, Georgiana?

— Bem, não. Mas, Payton, o fato é que não é nada *apropriado* para uma mulher sair ao mar num navio cheio de marinheiros, sem nenhum parente do sexo masculino para protegê-la...

— Protegê-la de quê? — Payton fitou Georgiana, furiosa. — Não pense que eu não sei do que você está falando, Georgiana. Mas acho que seria uma atitude um bocado idiota para os membros de uma tripulação contratada por uma mulher mudar de atitude e violentá-la quando estivessem no mar. Quero dizer, afinal, é ela quem paga seus salários. Não é muito provável que consigam receber o pagamento depois de fazer algo desse *tipo*.

— Mas e se não conseguissem se conter? — Georgiana batia o leque contra a coluna do dossel, nervosa. Discussões como essa, que ocorriam com muita frequência entre ela e Payton, tendiam a deixá-la tensa. Às vezes ela se via sonhando com os dias anteriores ao seu casamento com Ross, quando palavras como "maldito" e "violentar" jamais tinham sido expressas na sua presença. — Os homens não são como as mulheres, Payton — continuou Georgiana. — Nós conseguimos nos controlar. — Ela encolheu os ombros nus. — Os homens, não.

— Mais uma razão para *nós* ficarmos no comando — retrucou Payton.

Georgiana parecia cética.

— Payton, você viajou o mundo inteiro. Viu culturas e países que eu só conheci nos livros. Você pode me dizer com sinceridade que acha que tem condições de sair para o mar com uma tripulação de homens... marinheiros difíceis de lidar, rudes, brutos... e acreditar que nenhuma *adversidade* irá acontecer?

Payton respondeu com veemência.

— *Sim*. Porque enquanto eu acredito que os homens *no geral* são desprezíveis, como *indivíduos* eles podem ser chamados à razão...

— Ah, Payton, francamente.

— Está bem. Eu apelarei para o lado racional deles, mas também pretendo levar comigo sempre uma pistola carregada.

Georgiana olhou para Payton com um sorriso triste.

— Admiro a sua tenacidade. De verdade. Mas acho que seria melhor se você simplesmente esquecesse essa ideia maluca de se tornar uma capitã e descesse comigo para tomar um pouco de champanhe. Todos estão se divertindo muito lá embaixo; quero dizer, à exceção de Matthew Hayford, que ficou arrasado quando lhe contei que você não desceria mais.

— Matthew Hayford — repetiu Payton, com amargura. — Suponho que você ficaria feliz se eu *de fato* descesse. Matthew poderia pedir minha mão em casamento e me tirar das suas.

— Veja bem, Payton, o Sr. Hayford é um rapaz muito simpático, mas não é o tipo de homem com quem uma garota como você deveria se casar. — Georgiana remexeu os botões da luva três-quartos. — Afinal, ele é apenas um oficial, querida. Você precisa de alguém com um título e algumas terras. Não posso entender por que o capitão Drake não convidou os amigos nobres para o jantar. Ora, Matthew Hayford sequer tem casa própria!

— Se ele conseguisse ter o comando do seu próprio navio — sugeriu Payton sendo perversa —, nós poderíamos morar no navio dele.

— Morar num navio... — Georgiana suspirou. — Imagine! Payton, por que está usando essa fita? Tire-a.

Payton olhou para a fita de seda cor-de-rosa em torno do pulso.

— Não.

— Como assim, não? Por que está usando isso? Não é a fita que envolvia o cardápio?

— Sim. E não, eu não vou tirá-la. Estou usando como lembrete.

— Lembrete de quê?

Virando-se na cama para ficar de costas, Payton ergueu um dos travesseiros e colocou-o sobre o rosto.

— Não quero falar sobre isso — disse com a voz abafada pelas diversas penas de ganso.

Georgiana revirou os olhos.

— Não sei o que o capitão tinha na cabeça quando colocou você entre seus irmãos. Eu pedi especificamente que a posicionasse entre o capitão Gainsforth e o Sr. Raybourne. De todos os convidados, eles são os mais aceitáveis para você. Eu esperava que pudesse ter uma amostra do que será a próxima temporada em Londres. Mas, não, ele teve de posicioná-la entre os seus irmãos. E *eles* tiveram que deixar você se embebedar. Apesar do que possa pensar, você não é um homem, Payton. Não aguenta beber como seus irmãos.

Payton levantou um dos cantos do travesseiro que lhe cobria o rosto.

— Não estou bêbada.

— Quando formos para Londres, na sua primeira temporada — disse Georgiana —, você deverá se lembrar de que os eventos sociais não são concursos para premiar quem bebe mais, entende? Saiba que retiro o que disse sobre estar aborrecida com o capitão Drake por não ter convidado nenhum amigo nobre. Era exatamente o que nós *não* precisávamos, de alguém que fosse levar histórias sobre você para Londres. Creio que, com o irmão recém-falecido, teria sido mesmo de muito mau gosto fazer uma grande festa. Bem, mesmo que Sir Richard não tivesse morrido, ainda seria de mau gosto...

— Por quê?

Ouviu-se uma batida na porta do quarto de Payton. Ela sabia que só podia ser um de seus irmãos; a maçaneta girou antes mesmo que pudesse mandar a pessoa entrar. Era de fato Ross, que só esgueirou a cabeça pela fresta.

— Ah — disse ele, ao ver a esposa. — Você está aí. — Ele abriu mais a porta e revelou a frente da camisa completamente manchada de um líquido marrom-escuro e brilhante.

— Ahá! — exclamou Payton, sentando-se. — Você mereceu, seu nojento.

Georgiana suspirou.

— Ross! O que aconteceu?

— Não é sangue. — Ross começou a tirar o paletó do fraque. — Foi Hudson. Ele jogou uma tigela de calda de chocolate em mim. Acho que a intenção era atingir Raleigh, mas eu estava no caminho.

— Meu bom Deus. — Georgiana levantou-se da cama e foi ajudar o marido a tirar o traje de noite. Furiosa, seu rosto estava tenso. — Realmente, Ross, você precisa falar com eles. Os dois arruinarão as chances de Payton de encontrar um marido adequado com essas palhaçadas tolas. Alguém tem que fazer alguma coisa.

— Já pensei nisso. — Ross estendeu os braços enquanto Georgiana dirigia os dedos ágeis (e sóbrios) para os botões que mantinham a camisa fechada. — Eu mandarei ambos na viagem para o Extremo Oriente. Quando voltarem, Payton já estará noiva.

— O *quê*? — Payton pulou da cama. — Do que está falando? Você me prometeu que eu iria na próxima viagem ao Extremo Oriente! Primeiro, me tira o navio, agora vai impedir minha viagem?

Ross olhou para a irmã.

— O *Constant* nunca foi seu — corrigiu, com muita calma. — Não consigo imaginar de onde você pode ter tirado essa ideia. E quanto à viagem ao Extremo Oriente, você não poderá ir. Segundo Georgiana, terá que permanecer em Londres até encontrar um marido.

Payton soltou um grito sufocado.

— Pela última vez, *eu não* quero *um marido*!

— Payton, querida. — Georgiana tirou a camisa manchada do marido com um puxão. — Não grite assim. Já conversamos sobre isso. Você ficará em Londres comigo e encontrará um bom visconde para se casar. Talvez um duque, se tivermos sorte.

— Eu não quero um duque! — declarou Payton. — Eu quero... Eu quero... — Ela interrompeu a frase, chocada consigo mesma. Deus do céu, o que estava acontecendo com ela? Parecia não conseguir se controlar. Praticamente admitira, e na frente de um dos irmãos, quem ela realmente queria.

— Payton, querida, eu sei o que quer — falou Georgiana muito gentilmente. — Mas sabe que não pode ter.

— *Mas por quê?* — perguntou Payton.

— Você *sabe* o motivo. É por isso que estamos aqui.

— Mas *é isso* que não entendo. — Payton balançou a cabeça até que, desta vez, as duas presilhas se soltaram. — Por que ele se casará com *ela*?

— Vocês estão falando de Drake? — perguntou Ross com curiosidade.

— *Sim* — respondeu Georgiana, exasperada, ao mesmo tempo em que Payton respondia:

— Não!

Ross bufou e resolveu falar.

— Eu pensei que estava mais do que óbvio o motivo pelo qual ele se casará com ela.

— Ross — falou Georgiana, em tom de advertência.

— Fale — disse Payton —, quero saber. Por que ele se casará com ela, Ross? É pela beleza? Pelo jeito meloso? Porque ela só sabe dizer "Sim, meu bem" e "Não, meu bem" e "O que você quiser, bem"? Pois eu gostaria de saber como isso é tão maravilhoso! Se você me perguntar, é muito maçante!

— Não tem nada a ver com isso — respondeu Ross, desgostoso. — Achei que era óbvio. É porque...

— Ross! — gritou Georgiana, levando as mãos ao rosto.

— Ela está carregando o filho dele.

Payton piscou os olhos. Certamente não ouviu muito bem as palavras de Ross. Ela entendeu "filho". Mas não pode ter ouvido direito; ele deve ter dito "milho".

Mas "milho" não fazia sentido. Por que a Srta. Whitby estaria carregando um milho de Drake? Nas terras de Drake sequer se plantava milho. Ele nem gostava de milho.

Ross deve ter dito "filho".

Mas isso também não fazia sentido.

— *Filho?* — repetiu Payton.

Georgiana lançou um olhar furioso para Ross.

— *Francamente*, Ross, eu pedi para você não...

— Ora, por que ela não pode saber? — Ross deu de ombros. — Convenhamos, Payton já tem 19 anos, e se você pretende introduzi-la no mercado do casamento, é melhor ela ter uma ideia de como isso funciona. Além do mais, ela não é propriamente ignorante dos fatos da vida. Mei-Ling lhe ensinou tudo a respeito. Não é verdade, Pay?

Payton ainda estava muito atordoada para dar qualquer resposta, então Ross continuou:

— Você se lembra do que aconteceu no café da manhã do nosso casamento, não é, Georgie? Como Payton deixou suas irmãs impressionadas explicando a elas que, se pegassem uma esponja do mar, cortassem em pedaços, a encharcassem e depois enfiassem no...

— *Ross!* — Georgiana estava vermelha.

Ross deu de ombros, então sorriu para a irmãzinha.

— Foi uma pena você não ter passado essa pequena informação para a Srta. Whitby, hein, Pay?

— Ross, por favor — disse Georgiana, lançando um olhar frio para o marido e voltando-se para a cunhada. — Payton? Você está bem?

Indignado com o olhar de Georgiana, Ross perguntou:

— Que diabos eu fiz de errado? Quem não conseguiu manter a calça abotoada foi *Drake*, não eu.

De repente, Payton sentiu muito calor. Embora fosse verão, até então o solar parecera agradavelmente fresco, pois, situado no topo de uma colina, recebia uma brisa suave e contínua que entrava pelas muitas janelas abertas. Agora, contudo, era como se o vento tivesse desaparecido e as paredes se fechassem em torno dela. Payton teve a nítida sensação de que a lagosta que havia comido estava voltando.

— O que quer dizer com isso? — conseguiu perguntar. — Você está dizendo que a Srta. Whitby...

Payton interrompeu a frase, fitando Georgiana com olhos arregalados. O semblante da cunhada era de piedade. Ela deixou o marido, sem camisa e confuso, e foi abraçar Payton.

— Sinto muito, querida — disse Georgiana, apertando-a contra si. — Fiz com que seus irmãos prometessem não falar sobre isso na sua frente. Uma garota da sua idade não deveria ter conhecimento dessas coisas. Mas naquele momento eu não sabia o quanto você... Bem, vejo agora que é melhor saber. Tenho certeza de que não facilita as coisas, mas pelo menos você entende por que...

Foi uma sorte Ross estar atrás de Georgiana, numa boa posição para observar o rosto da irmã. Tendo viajado com ela sob todas as circunstâncias e condições possíveis, ele conhecia bem as expressões de Payton, e a que viu em seu rosto naquele instante lhe era muito familiar. Rápido como um relâmpago, ele pegou a bacia na prateleira de madeira e a segurou sob o rosto da irmã justo no instante em que ela vomitou todo o jantar, além do champanhe que bebera.

Capítulo 6

Bem mais tarde, sentada no banco perto da janela, na escuridão e no frescor do quarto de hóspedes, com o queixo apoiado nas mãos, Payton observava as sombras compridas que o luar fazia no jardim.

Lamentava a forma como reagira à informação recebida do irmão e da cunhada. Realmente, às vezes agia com muita infantilidade. Não era de espantar que Ross tivesse passado por cima dela no comando do *Constant*. Ela não agira com dignidade em seu desapontamento. É bem verdade que não havia atirado nada pelo ar nem quebrado nenhuma janela, como qualquer um de seus irmãos teria feito. Mas se refugiara no quarto mal-humorada, fazendo bico feito criança. Fazer bico era uma atitude que Payton desprezava quase tanto quanto desmaiar. Mulheres adultas não fazem bico. Elas podem expressar sua decepção ficando em silêncio, mas nunca fazendo bico.

E elas certamente não *vomitam* ao saber que um homem que admiram fez um bebê em outra mulher.

Mas Payton jamais suspeitara — isso sequer passara por sua cabeça — que algo *desse* nível estivesse por detrás da decisão de Drake em se casar com a Srta. Whitby. Sabia que fora uma tola. Mas, sinceramente, nunca pensara que ele pudesse agir assim.

Não que duvidasse de sua virilidade; sabia perfeitamente onde ele e seus irmãos se metiam toda vez que aportavam após uma viagem longa.

Mas uma coisa era frequentar bordéis; outra bem diferente era se deitar com uma garota cujo quarto ficava próximo ao dele, do outro lado do corredor.

E quanto à Srta. Whitby? Payton desprezara Becky Whitby desde o primeiro dia em que a vira, por seu jeito meloso, insípido, e seu ar de peixe que morre na areia.

Mas a Srta. Whitby não era doce como parecia, muito menos insípida. Sabia o que queria e foi atrás, da maneira mais dissimulada e ardilosa possível, pelo menos aos olhos de Payton.

Agora tudo fazia sentido. Só não conseguia entender por que aquilo não lhe ocorrera antes. Supôs por ser mesmo uma tremenda ignorante nesses assuntos. Ah, ela sabia tudo sobre a mecânica do ato de fazer amor — não dava para passar tanto tempo na companhia de marinheiros e não aprender *isso* — e, graças a Mei-Ling, também sabia muito sobre como evitar uma gravidez.

Mas nunca estivera na situação de *experimentar* ela mesma essa mecânica — que dirá as medidas preventivas. Afinal, até o ano passado, muitas vezes a confundiam com um menino. Ninguém nunca fizera amor com ela.

Embora, aparentemente, houvesse muita gente fazendo exatamente isso às suas costas, e Payton só podia culpar a si mesma. Não fora *ela* quem convidara a Srta. Whitby para morar com eles? Todos haviam morado sob o mesmo teto durante semanas, sem que Payton tivesse o menor conhecimento de que todos os tipos de encontros amorosos ilícitos e abraços à luz da lua ocorriam depois que as luzes eram apagadas. Payton, com seu sono pesado, não tinha ideia do que acontecia. Drake e seus irmãos podiam ter se divertido com meia dúzia de prostitutas por noite, e ela nunca teria sabido.

Como Payton poderia sequer ter suspeitado? Ninguém jamais havia entrado escondido em seu quarto após o anoitecer. Ninguém sequer tinha tentado abrir a fechadura!

E por que alguém tentaria? Ela era tão pouco feminina e atraente! Quem *a desejaria*?

Quando Payton comentou isso aos prantos enquanto Georgiana lavava seu rosto e tirava seu espartilho, a cunhada respondeu, amorosa:

— Ora, ora, isso não é verdade. Muitos homens a desejarão. Muitos.

Mas o problema era esse: Payton não queria muitos homens. Ela queria um só. E ele se casaria com outra no dia seguinte.

Então por que ela ainda o queria? Como podia ainda desejar aquele infeliz?

Talvez porque, não importa o que dissessem ou quantas oportunidades ele pudesse ter tido ou quantas vezes ele e Becky Whitby pudessem ter ficado juntos, Payton não conseguia acreditar que o capitão Connor Drake fosse capaz de fazer algo tão baixo como o que Ross o acusava de ter feito. Engravidar uma pobre órfã? *Connor Drake?* Impossível! Mesmo que essa órfã *tivesse* pelo menos uns 25 anos, seu cabelo fosse da cor do fogo, e ela exibisse um corpo que levasse os homens a bater num poste. Connor Drake não era o tipo de homem que tiraria vantagem de nenhuma mulher. Ele não faria isso. *Não faria.*

— Ele não *faria* algo desse tipo — disse Payton a Georgiana enquanto a cunhada arrumava os lençóis e insistia para que Payton se deitasse. — Não é verdade. — Ela olhava para o irmão, que recebera a incumbência de ir buscar um chocolate quente para lhe acalmar o estômago e retornava naquele instante com a bebida. — Ele *disse* a você que era verdade?

Ross negou com a cabeça. Não estava entendendo nada do que acontecia no quarto e já tinha concluído há muito tempo que jamais conseguiria entender.

— Você quer saber se Drake me contou que engravidou Becky Whitby no veleiro? Bem, não exatamente. Mas, que droga, Pay, por que outro motivo ele se casaria com a meretriz?

Mas Payton ignorou a pergunta.

— Ele não fez isso — insistiu ela. — Eu *sei* que ele não fez.

— Está bem, Payton. — Georgiana apagou a chama da vela ao lado da cama. — Está bem. Beba isto e durma. Você já teve muitas emoções para uma noite. Amanhã de manhã se sentirá melhor.

Mesmo através da porta fechada, depois que eles saíram, Payton conseguiu ouvir o irmão perguntar, espantado:

— O que aconteceu com Payton? Eu nunca a vi tão mal. Nem quando aquele maldito pirata La Fond conseguiu entrar no navio e tentou cortar a garganta de Drake...

— A culpa foi sua — replicou Georgiana, bastante irritada. — Sua e dos seus irmãos. *Eles* a encorajaram a beber mais do que podia, e *você* foi contar sobre Drake. Depois de eu ter *avisado* inúmeras vezes para não fazer isso!

— Hum. Não entendo por que Payton se preocupa tanto com Drake e a Srta. Whitby. Deixe ele se casar com a oferecida. Logo se arrependerá de não ter esperado até encontrar uma joia de mulher como eu encontrei...

Ouviu-se o som de um tapa feminino, seguido de um "não" de Georgiana.

— Ross, estou falando sério. Coloque-me no chão. Estou *extremamente* aborrecida com você...

— Nós temos que voltar para aquela maldita festa agora? — quis saber Ross. — Eu adoraria fazer outra coisa...

As vozes se transformaram em sussurros e risadinhas, e em seguida Payton ouviu a porta do quarto do casal se fechar. Apesar das diferenças entre eles e das brigas constantes, sabia que os dois eram profundamente apaixonados. E tinha a mesma convicção de que ela e Drake poderiam ser igualmente felizes, não fossem dois "senões": ele aparentemente não reparar que ela existia e, é claro, a Srta. Becky Whitby.

Já passava muito da meia-noite, mas apesar do chocolate quente, Payton não conseguia dormir. Dava para ouvir a música no andar de baixo entrando pelas janelas abertas, com risadas ocasionais e cristais se quebrando (sem dúvida, obra de Hudson e de Raleigh). Ela se perguntou quanto tempo ainda demoraria até a orquestra terminar e ir embora. A cerimônia do casamento seria às dez da manhã, portanto, faltavam menos de 12 horas.

Menos de 12 horas. Connor Drake tinha menos de 12 horas como solteiro.

E o que ela estava fazendo? Só estava deitada ali. Fazendo bico.

Mas o que *deveria* fazer? Descer e se jogar em cima dele? Mesmo que não acreditasse que Drake tinha engravidado Becky Whitby, obviamente ele ia se casar com ela por *algum* motivo. E sem dúvida era uma boa razão, ou ele não daria esse passo. Connor Drake não parecia o tipo de homem que agia sem pensar muito; era isso que o fazia tão bom navegador. Seus irmãos o acusavam, brincando, de ser metódico demais, até de trabalhar demais, mas ele nunca levara um navio a bater num recife, mesmo em áreas onde havia tantos recifes ocultos sob as ondas quanto cardumes de peixes prateados. Portanto, qualquer que fosse o motivo pelo qual ele se casaria com Becky Whitby, Drake sabia o que estava fazendo. Payton não o criticaria — ela não podia.

Não como aquela avó assustadora. O que ela dissera na escada? Que ela, Payton, era a única pessoa que poderia impedi-lo? Lady Bisson obviamente não sabia nada sobre o bebê — se é que havia *mesmo* um bebê, o que Payton se recusava a acreditar. Se havia, Lady Bisson certamente não poderia culpar o neto por fazer a única coisa decente. Payton sabia muito bem que alguns homens eram capazes de usar uma moça e em seguida descartá-la, sem se importar com as consequências. Connor Drake não era esse tipo. Se ele engravidara Becky Whitby, se casaria com ela. Não tentaria lhe dar dinheiro, muito menos abandoná-la. Ele era um cavalheiro, incapaz de agir assim.

E o fato de que ele precisava ter sido muito cavalheiro para tê-la engravidado foi o pensamento que finalmente levou Payton a se sentar, sair da cama e caminhar com os pés descalços até a janela. Sentia que precisava respirar um pouco de ar fresco.

Com o queixo apoiado nas mãos, ela olhava o jardim iluminado pela luz da lua. O perfume das madressilvas era intenso. Um ramo subia por uma grade de treliça logo abaixo da janela. E ela pensou que Becky Whitby era uma garota de sorte, pois iria viver naquela casa e sentir o aroma agradável das madressilvas todas as primaveras. Sob que estrela da sorte, perguntou-se Payton, teria nascido Becky, para conseguir se casar com Connor Drake e morar naquela casa e cheirar aquelas madressilvas todas as primaveras?

E que estrela de má sorte teria brilhado na noite do nascimento de Payton, destinando-a a perder numa só noite seu único sonho *e* o homem que amava?

Pior ainda, perder o sonho para o homem que amava!

Não era justo.

Quanto tempo Payton ficou ali sentada lamentando a própria sorte, ela não soube. Provavelmente não muito. Ela era uma pessoa de espírito naturalmente tranquilo, otimista, e não demorou muito a começar a tamborilar com os dedos, acompanhando a música que a orquestra tocava. Era bem verdade que no dia seguinte seria obrigada a assistir à cerimônia do casamento do homem que amava com outra mulher. E também era verdade que, aparentemente, Georgiana conseguiria o que queria, e Payton teria que suportar uma temporada inteira em Londres.

Mas só conseguia pensar que apenas havia possibilidade de suas preces serem atendidas se a odiosa Srta. Whitby morresse durante a noite. E, se ela morresse, havia uma chance de Drake ficar tão arrasado a ponto de não conseguir voltar a navegar. Payton poderia ser generosa e se oferecer para livrá-lo do *Constant*. E talvez, depois de um ano ou dois, quando ele já tivesse se recuperado do luto da perda...

Payton estava entretida nessa fantasia agradável quando sentiu, misturado ao aroma doce da madressilva, um leve cheiro de charuto. E não qualquer charuto, mas o que Drake costumava fumar à noite sempre que o vento estava calmo.

Arrancada do sonho agradável, Payton apoiou as duas mãos no peitoril da janela e inclinou o corpo para fora, a fim de observar.

Foi nesse momento que Connor Drake saiu detrás de uma pereira e ficou visível à luz da lua. Evidentemente ele não a viu, mas ela conseguiu vê-lo com nitidez, um homem alto de ombros largos, as mãos ocultas nos bolsos da calça, deixando para trás uma pequena nuvem de fumaça à medida que andava, com o olhar voltado para o caminho de terra sob os pés. Ele estava só, perdido em seus pensamentos — que, pelo que os ombros caídos indicavam, não pareciam tão agradáveis.

Mas que motivo teria *Drake* para se sentir infeliz? Nos últimos dois meses, ganhara um título, uma linda noiva e o comando de um navio. Do navio de *Payton*. Enquanto ela recebera o quê?

Nada. Absolutamente nada.

Pensar na injustiça de tudo aquilo foi como ter uma vela de barco molhada batendo no rosto. Como ele ousava? Como Drake ousava passear no jardim com uma aparência tão triste quando na verdade tinha tudo, *tudo* o que um homem poderia querer?

Sem pensar, Payton levantou-se do banco perto da janela, segurou a bainha da camisola e começou a descer pela treliça.

De fato, não foi uma ideia tão absurda. A janela não ficava muito distante do solo. O mastro em que Payton subia diariamente, por vezes de hora em hora quando estavam no mar, era muito mais alto — embora fosse preciso admitir que não o fazia usando uma camisola.

Além disso, Payton estava muito acostumada a andar descalça, e, quando pensou nisso, concluiu que, por direito, quem mais merecia o apelido de "macaquinha" era ela, não Georgiana.

A treliça era decorativa, e fora presa à casa para ser escalada por plantas, não por seres humanos. Mesmo assim, Payton desceu por ela sem nenhum acidente, precisando, no final, pular ao ver um galho de roseira cheio de espinhos. Ela chegou incólume ao chão de terra macia, sem ser notada pelas pessoas que se divertiam no salão cuja janela aberta ficava bem ao lado da roseira. Endireitando a camisola excessivamente virginal, fechada até o pescoço, que Georgiana lhe comprara após o choque de saber que tinha o hábito de não usar nada para dormir, Payton olhou ao redor e viu Drake vagando, de costas para ela, em direção a uma pequena fonte de pedra a cerca de cinco metros de distância.

Drake parecia absorto em seus pensamentos. Ora, e por que não estaria? Devia estar pensando na vida feliz que teria como marido, pai e comandante do *Constant*.

Pois vamos ver quanto ao navio, pensou Payton, e logo caminhou em direção a ele com as mãos em punho.

Em sua raiva, contudo, Payton esqueceu algo muito importante: Connor Drake era um homem que passara metade da vida no mar. E a maior parte desses anos haviam sido passados em águas infestadas de todo tipo de piratas da pior laia. Não era uma boa ideia espreitar um homem acostumado a manter vigilância noturna no tombadilho superior de um navio nos mares do sul. Ele logo perceberia e se defenderia.

Payton, na sua revolta, esqueceu-se disso. Mas Drake, absorto em seus pensamentos, não. Quando ela se aproximou para tocar-lhe o ombro sem muita delicadeza, ele rapidamente se virou e, num instante, segurou-a pela garganta.

— Que diabo, Drake — conseguiu dizer ela, embora sufocada.
— Sou *eu*.

Drake imediatamente a soltou, furioso e arrependido.

— Payton. — Mesmo à luz da lua, seu olhar tinha um brilho especial. — O que faz aqui? Você enlouqueceu? Está tudo bem? Eu a machuquei?

Claro que sim. Payton sentiu como se os dedos dele tivessem deixado um anel de fogo em torno de seu pescoço. Massageando o local, ela falou numa voz baixa e rouca, pensando que só recebera o que merecia por sua tolice.

— Seu maldito. Quem você pensou que era? Achou que um pirata francês havia entrado furtivamente em sua propriedade e planejava assassiná-lo?

— Você *não* está bem. — Ele balançou a cabeça. — Chamarei um médico.

— Médico? — repetiu Payton. Ah. Isso era um pouco melhor. Ela se perguntou se algum dia conseguiria voltar a engolir. Tossiu para experimentar. Tudo *parecia* em ordem. — Não preciso de um médico.

— Georgiana, então. Eu a chamarei...

Payton o encarou, desta vez realmente aborrecida. Tinha certeza de que seria capaz de engolir de novo algum dia. Talvez pudesse demorar um pouco. Percebeu que seria obrigada a usar uma roupa de gola alta para o casamento a fim de esconder as marcas dos dedos de Drake. Payton estava certa de que ele deixara marcas.

— De que adiantaria acordar Georgiana? — perguntou ela.

Drake a fitou, aparentemente sem conseguir uma resposta. Mas Payton tinha uma ideia do motivo. Drake vira a raiva em seus olhos. Ele estava de costas para a lua e seu rosto estava na sombra, mas ela achou que sabia o que ele estava pensando. E era o seguinte: *Ah, não. Isso, não. Não agora.*

Obviamente, Drake precisava tratar de coisas muito mais importantes que a irmãzinha furiosa do melhor amigo. Bem, azar o dele. Teria de lidar com ela, e seria *agora*.

— Payton, eu sinto muito — disse Drake.

Ela olhou para ele com as mãos nos quadris.

— Eu já disse, não machucou.

— Não me referia ao seu pescoço, embora também lamente isso. Eu falava do *Constant*. Sei o quanto você o queria...

— Você poderia ter dito que não aceitava — disse Payton, firme.

— Como? Como eu poderia dizer "não"? Estavam todos ali, parecendo tão felizes, o seu pai, seus irmãos...

— Eu não parecia feliz, parecia?

— Eu tinha a intenção de dizer que não aceitaria amanhã — informou Drake. — Após a cerimônia. Eu lhes direi que não aceito quando não houver ninguém mais por perto.

Aquilo surpreendeu Payton de verdade. Emocionada, ela concluiu que talvez não precisasse atacá-lo, afinal. Ela percebeu que não sentia mais o perfume da madressilva. Em vez disso, todos os seus sentidos estavam repletos de Drake: o cheiro ainda forte do charuto que ele jogara fora tão logo percebeu quem estava ali; a maneira como os dedos ásperos pareciam ter-lhe queimado a pele; a compleição dele, tomando todo seu ângulo de visão de modo que ela só poderia enxergar alguma coisa além dele se esticasse o pescoço. Atrás dos dois, a fonte borbulhava. Quando o vento soprou suave, sentiu alguns pingos no rosto.

— E vai dizer a eles — perguntou Payton, com polidez — para me darem o navio?

Payton achou que Drake sorria.

— Não. Nisso você estará sozinha, Payton.

O queixo dela caiu. Não podia acreditar no que ouvia.

— Por quê? Se você está tão disposto a desistir dele, por que não pode sugerir que seja meu?

— Porque por acaso eu concordo com eles. Você não deve comandar um veleiro.

Aquilo doeu muito mais que os dedos de Drake envolvendo-lhe a garanta.

— Como assim? Drake, você sabe que eu tenho condições de comandar...

— Não tenho nenhuma dúvida de que você tem as condições necessárias. O que eu duvido, e muito, devo acrescentar, é se alguma tripulação algum dia daria a você a oportunidade. Payton, você é uma jovem...

— Vou fazer 19 anos, tenha dó!

A voz de Drake era firme, mas tinha um tom divertido.

— Como eu disse. Você acredita mesmo que os homens... e eu quero dizer homens como os seus irmãos, Payton, homens como eu... obedecerão às ordens de uma garota de 19 anos?

— Se ela for quem lhes paga os salários, então a resposta é *sim*.

— Payton. — Drake balançou a cabeça, rindo um pouco. — Você me assustou muito se aproximando sorrateiramente. Tem *certeza de* que está bem?

Payton não podia acreditar que Drake estava rindo.

— Não tente mudar o assunto — reclamou ela. — Isso pode ser uma grande piada para você, Drake, mas para mim é a minha vida.

Se eu não receber meu próprio navio, vou ter que me casar com um *duque*.

O riso de Drake desapareceu.

— Que duque? — quis saber ele.

Payton, espantada com a repentina veemência, piscou algumas vezes, sem entender bem.

— Nenhum duque específico. Ao menos por enquanto. Georgiana acabou de dizer que eu teria que me casar com um duque ou um visconde ou alguém assim. Ela disse que não posso me casar com Matthew Hayford...

— Você quer se casar com Matthew Hayford?

Novamente, Drake falou com certa ansiedade. Deus, qual era o problema dele? Ficara positivamente obtuso desde a última vez que conversaram.

— Não — explicou Payton pacientemente. — Claro que não. Só disse que, mesmo se eu quisesse, não poderia. Não tenho nenhum direito sobre meu próprio destino. Mas, Drake, tenho uma ideia. — E tinha mesmo... uma ideia muito melhor que a primeira, de golpeá-lo. Georgiana tinha vindo recentemente com uma ideia meio radical de que as mulheres podiam conseguir o que queriam bajulando e lisonjeando os homens em vez de usando os punhos. Payton decidiu experimentar a teoria da cunhada. — Ao invés de devolver o *Constant* para os meus irmãos — sugeriu ela, docemente —, você poderia simplesmente passá-lo para mim.

Agora foi a vez de Drake balançar a cabeça negativamente.

— Payton, eu já lhe disse que concordo com seus irmãos...

— Ah! — Payton virou-se e se afastou, pois seu desapontamento era quase uma dor física. Georgiana estava errada. Ela deveria tê-lo atacado fisicamente quando teve a chance.

A voz rouca de Drake interrompeu sua indignação.

— Payton, o que você está usando é uma *camisola*?

Payton lançou-lhe um olhar furioso.

— Sim. E daí?

— Você veio pela escada usando só *isso*?

— Você acha que eu sou idiota? Eu não desci pela escada, desci pela janela, claro.

Drake sentou-se na beirada da fonte com uma expressão surpreendentemente aflita.

— Payton — disse ele, com um sentimento que ela acreditou ser cansaço. — Assim você ainda se matará.

Ela sentiu que também estava um pouco cansada. Essa briga constante era difícil de suportar e a exauria. Ela se sentou ao lado de Drake na borda da fonte e sentiu o mármore liso e frio — e um pouco úmido — nas nádegas através do tecido fino da camisola.

— Eu duvido — disse ela, referindo-se à observação de Drake. — Eu escalo muito bem. Você deve se lembrar de como derrubei aqueles cocos naquela vez em que estávamos naufragados em Inagua.

Payton viu Drake concordar com um aceno de cabeça à luz da lua.

— Claro — disse ele num tom de voz ameno. — Como eu poderia esquecer?

Payton olhou-o de soslaio. Esse não era o Drake que conhecia. De algum modo ele parecia mais velho. Drake sempre fora mais velho — tinha dez anos a mais que ela —, mas nunca *parecera* velho... pelo menos não tanto. E embora não costumasse brincar e rir com a mesma algazarra que seus irmãos, ele nunca lhe parecera *triste*. Mas agora, sim.

Que motivo *ele* tinha para estar triste? Nenhum. Era *ela* quem estava com a vida fora de rumo.

— Bem — disse Payton. Ela percebeu que uma das mãos de Drake, a esquerda, estava apoiada sobre o mármore entre eles. Era grande (a sua mão poderia facilmente desaparecer sob ela), com a pele curtida e bronzeada dos anos puxando o cordame dos navios. Segundo a estimativa de Payton, havia cerca de 20 centímetros de mármore entre ela e aquela mão. Vinte centímetros de mármore e a odiosa Srta. Whitby, claro. Payton traçou um círculo na névoa iluminada que cobria esses centímetros.

— O que foi, Payton? — A voz de Drake era suave. Quando ela o fitou, surpresa, ele sorriu. — Eu sei. Há alguma outra coisa, não é?

Aquilo a pegou desprevenida. É claro que ele faria essa *pergunta*. Ele devia estar se questionando. Enquanto estavam a bordo de navios, ele nunca faria isso — ela muitas vezes lhe fazia companhia quando ele mantinha vigília, e ele nunca lhe perguntara se ela queria alguma coisa. Mas agora não estavam no mar, e sim na Inglaterra. A Inglaterra civilizada, maçante, onde moças não ficavam acordadas com os cavalheiros depois da meia-noite — na verdade, em nenhum momento, desacompanhadas. Pelo menos não se Georgiana pudesse fazer algo a respeito.

Então o que Payton *queria* dele? Ela pedira o *Constant*. Ele lhe negara. Por que ela não entrara em casa? Ficar ali sentada ao lado da fonte estava extremamente desconfortável. Já passava da meia-noite, só a camisola a cobria, e os pingos da fonte molhavam-lhe as costas.

— Você está com frio — disse Drake, repentinamente.

Era uma afirmação. E antes que Payton pudesse negá-la, ele já tirava seu paletó e lhe envolvia os ombros.

— Diga — continuou ele. — Que ideia foi essa de vir aqui fora sem um robe? Ou um xale, pelo menos. Eu comprei um xale de seda para você em Cantão. Por que não está usando? Perdeu? Você não fica feliz enquanto não perde tudo o que tem. Às vezes acho que tem sangue beduíno nas veias.

Payton, dominada pelo calor que emanava do forro de cetim do paletó e do calor igualmente envolvente daquela voz grave, ouviu-se perguntar, como se outra pessoa falasse por ela:

— *Por que,* Drake?

Os dedos frios e fortes de Drake ainda arrumavam a gola do paletó, levantando-a para lhe cobrir as orelhas.

— Por que o quê?

Ah, Deus, pensou ela. Cale-se, Payton. *Cale-se*. Mas para seu horror, ela continuou e perguntou:

— Por que vai se casar com ela? — Alguns cachos curtos roçaram as mãos de Drake como se fossem plumas quando ela balançou a cabeça. — Não entendo. Você sempre disse... — Payton interrompeu a frase. Ah, Deus, o que estava acontecendo? Ela estava *chorando*? Mas ela nunca chorava! — Você sempre disse que se casaria *comigo*.

Não conseguia ver Drake muito bem. Ele era uma mancha obscura cercada de uma mancha mais clara provocada pela luz da lua. Mas ela podia senti-lo. As mãos que antes levantavam a gola do paletó subiram e lhe envolveram o rosto. Ela sentiu a palma das mãos ásperas contra a pele macia das maçãs de seu rosto.

Estranhamente, a voz de Drake estava tão rouca quanto a dela.

— Eu sei.

— Você *prometeu* — disse ela com os dentes cerrados.

— Eu sei.

— Então *por quê? Por que* vai se casar com *ela*?

Se, cinco minutos atrás, alguém tivesse dito a Payton que ela estaria sentada no jardim de Connor Drake com ele aninhando seu rosto nas mãos, ela aconselharia essa pessoa a dar um mergulho da proa do navio. Mas ali estava ela, envolta pelo luar e com uma fonte borbulhando suavemente ao seu lado. Em algum lugar do jardim, um rouxinol cantava, aparentemente pela pura alegria de ser capaz de fazê-lo. O cheiro de Drake, que se tornara tão familiar por causa do travesseiro que ele lhe emprestara tanto tempo atrás, subia do paletó e a envolvia. As mãos dele, embora ásperas, estavam quentes contra a pele de seu rosto. Pareceu-lhe natural inclinar-se na direção dele e tentar capturar, se conseguisse, só um pouco mais daquele cheiro masculino intoxicante, daquele calor irresistível...

Ninguém ficaria mais surpreso que Payton ao ver Drake se inclinar para a frente também, quase como que para os rostos se encontrarem. Pois foi exatamente o que aconteceu. Payton oscilou na direção dele, um pouquinho só, como as algas oscilam com a maré, e descobriu, para seu espanto, que ele também se inclinara para a frente. De repente, seus rostos estavam a dois centímetros de distância, se tanto.

E antes que Payton pudesse se afastar, constrangida, Drake segurou-lhe o rosto com mais força para não deixar que ela escapasse. Então ela usufruiu mais daquele calor que emanava de Drake, pois sentiu os lábios dele nos seus. Simples assim.

E não foi um daqueles beijinhos de irmão que ela se acostumara a receber dele em raras ocasiões. Aqueles beijos geralmente eram no topo da cabeça ou, ocasionalmente, na ponta do nariz. Desta vez foi um beijo direto nos lábios. Imediatamente seguido de outro. E depois de mais outro. Payton notou que Drake não havia se barbeado. Os pelos da barba arranhavam a pele em volta dos lábios. Ele tinha sabor de uísque. Estivera bebendo bastante. Engraçado como ela não percebera que ele estava bêbado...

Mas ele devia estar. Do contrário, por que a beijaria assim? Payton já tinha visto as pessoas se beijarem — vira Ross e Georgiana uma ou duas vezes — e não era *assim*. *Isto* não era beijar, era *devorar*. Os lábios de Drake abriram os seus, a língua dele em sua boca. Felizmente, Mei-Ling uma vez lhe descrevera este tipo de beijo. Embora fosse uma surpresa Drake empregá-lo, mais ainda *com ela*, Payton pelo menos fazia alguma ideia do que se tratava e nem pensou em lhe esmurrar a boca do estômago, como teria feito com qualquer outro homem.

Ou talvez não. Pois o que Drake estava fazendo era excessivamente prazeroso. Payton não havia acreditado quando Mei-Ling lhe assegurara que a língua do homem certo dentro da boca dava prazer, mas agora acreditava. O beijo de Drake estava lhe causando muitas sensações — sendo a principal o desejo de ter mais dele dentro de si do que apenas a língua. Claro que esse era o propósito por trás desse tipo de beijo, ou pelo menos era essa a informação dada por Mei-Ling.

Payton ficou feliz porque poderia agora levar a ela a informação de que de fato o beijo funcionara exatamente como deveria. Porque ela já tinha erguido os dois braços e envolvido o pescoço de Drake, ansiosa para trazê-lo mais para perto e totalmente esquecida do paletó do fraque, que caiu, negligenciado, na borda de mármore da fonte, com uma das mangas dentro da água. Com os dedos no cabelo macio e liso — fino como o de um bebê, percebeu ela, surpresa —, Payton puxava-o para si. De algum modo, ela se ajoelhou na borda da fonte — possivelmente porque as mãos de Drake tinham se afastado de seu rosto e seguravam-lhe a cintura, os dedos através do fino tecido da camisola, quase erguendo-a do assento —, até que ele subitamente se levantou e a puxou para si.

A reação explosiva do corpo de Payton àquele primeiro encontro da camisa branca engomada com a parte de cima da camisola macia amarrada com uma fita foi totalmente inesperada — pelo menos para ela. De repente, ela fora de encontro ao que, não fosse o calor que emanava dali, poderia ser confundido com o mastro principal de uma fragata, de tão ereto e completamente endurecido.

Então é esta a sensação de sentir Drake, pensou. Mas Payton não estava particularmente surpresa. Já fora jogada para lá e para cá o suficiente por seus irmãos para saber que os homens são diferentes das mulheres — e mesmo muito diferentes entre si. Nem Ross, nem Raleigh eram tão fortes quanto Drake. Hudson, talvez, mas felizmente ela nunca chegara tão próximo dele, portanto não tinha uma informação real com a qual comparar.

Drake descera as mãos para segurar-lhe as nádegas, uma sensação muito singular, pois Payton não estava usando nada sob a camisola. Ela ofegou, surpresa com o calor repentino que as mãos dele emanavam... e num lugar onde ela jamais sentira o calor de um toque humano.

Mas se Drake a ouviu ofegar, não demonstrou. Ele afastou os lábios de sua boca e começou a beijar-lhe o pescoço, onde a apertara com rudeza há menos de meia hora. De vez em quando, sua boca se aproximava perigosamente do laço da gola da camisola, que ela não se preocupara em amarrar. Payton não tinha percebido até aquele momento como ele soubera que ela sentia frio, mas descobriu no instante em que seus seios entraram em contato com o tórax musculoso sob a camisa de Drake: seus mamilos estavam rijos como se a temperatura tivesse caído para as condições de tempo do Ártico. Deus, que constrangimento!

Mas Drake não parecia se importar — talvez porque ela não era a única a sofrer de tal enfermidade. A mão que lhe segurava as nádegas aumentara a pressão, levando sua pélvis de encontro com a parte dianteira da calça de Drake, onde algo muito rijo e maior do que Payton esperava a pressionava, parecendo ansioso para se libertar.

Isto, pensou ela, era simplesmente demais. Uma coisa era ser beijada por Connor Drake — era uma sensação maravilhosa, mágica —, mas *isto* era demais. Tudo isso era para *ela*! Não era possível. Ela era Payton Dixon, lembrou-se, para quem até cinco minutos atrás Connor sequer dirigira duas vezes o *olhar*, que dirá guardara algo como *aquilo*.

Payton ficou tão confusa com a descoberta que lhe pareceu muito natural descer a mão e correr os dedos curiosos pelo que tanto a perturbava. Sentiu a necessidade de se assegurar de que era absolutamente real. Certamente não teve *nenhuma outra intenção* ao fazê-lo, embora, ao olhar, achou que podia entender o porquê da reação de Drake.

Ainda assim, foi um pouco humilhante quando ele abruptamente a afastou e recuou, como se ela de repente rompesse em chamas.

Capítulo 7

SEM APOIO, PAYTON POR POUCO não caiu na fonte. Chegou a esfolar o queixo na borda de mármore quando tentou recuperar o equilíbrio.

— Ai! — exclamou através dos lábios ásperos pelo atrito da barba por fazer.

Seu queixo doía, era verdade, porém o que mais doía, o que lhe dava a sensação de que alguém lhe jogara um balde de água gelada, era a expressão horrorizada de Drake. Ele já não estava de costas para a lua, e dava para ver seu rosto muito bem. O peito de Drake subia e descia rapidamente como o seu, mas ele estava pálido como o mármore sobre o qual haviam se sentado. E isso era significativo, pois normalmente Drake tinha um bronzeado muito acentuado.

Payton levantou a perna machucada e massageou o queixo dolorido, ao mesmo tempo em que fitava Drake, hesitante. Era óbvio que ela cometera algum tipo de crime. Aparentemente, as jovens não saíam por aí apalpando a parte dianteira das calças dos cavalheiros.

Ora, que diabos! Ela *sabia* disso. Mas as mãos *dele* estavam nas suas nádegas, cobrindo-as *totalmente*. Ela por acaso tinha pedido *aquilo*? E não fora ela quem começara toda a história de beijar.

A história de beijar. Ah, por que ele interrompera os beijos? Aquele fora o momento mais glorioso de toda a sua vida, e ela teve de estragar tudo tocando-o *lá*. O que havia de errado com ela? Mei-Ling lhe dissera uma vez que algumas mulheres gostavam tanto de fazer amor que aproveitavam todas as oportunidades que apareciam. Ela nunca tivera motivo para suspeitar ser uma dessas mulheres, mas agora isso estava muito evidente. Essa era a única explicação para o que fizera.

Droga. Isso explicava *muita coisa*.

Ao ver que Drake ainda a fitava — embora a uma distância segura de 2 metros —, Payton fez uma expressão não muito educada e disse:

— Imagino que você se sentirá obrigado a contar sobre isso para Ross. Bem, eu lhe agradeceria muito se pudesse manter em segredo. Já é vergonhoso o suficiente para mim sem ter que suportar um sermão dele.

Drake continuou a fitá-la sem dizer nada. Na verdade, sua respiração estava mais forte que a dela. Os ombros largos praticamente subiam e desciam.

— Payton... — foi o que ele conseguiu dizer, ofegante, antes que ela continuasse.

— Ah, eu sei, você deve pensar que eu preciso de orientação adequada e tudo isso, mas eu lhe asseguro, nada disso jamais se repetirá. — A dor no queixo estava mais amena. Ela colocou o pé no chão e continuou. — Francamente, você tem tanta culpa quanto eu. Foi você quem começou. Não acho que Ross ia querer ser seu sócio se soubesse que você anda por aí enfiando a língua na boca da irmã dele.

Payton sabia que isso não era verdade, que se contasse aos irmãos o que Drake fizera, eles se recusariam a acreditar ou encontrariam uma maneira de culpá-la; mais provavelmente diriam que ela merecia por pular janelas de camisola depois da meia-noite.

Mas não havia nenhum motivo para *Drake* saber disso.

— Qual é o problema com você, afinal? — continuou Payton, erguendo uma das mãos para tocar a boca, que ainda formigava do contato com a barba. — Talvez tenha se esquecido, mas vai se casar amanhã de manhã.

— Eu sei. — Subitamente, Drake se virou de costas e se afastou.

Por um instante, Payton achou que fora longe demais, que no esforço de encobrir o próprio constrangimento com o que havia ocorrido — e a frustração por ter terminado —, ela o afastara. Estava de cabeça baixa, sentindo correr as lágrimas que até então conseguira conter com a indignação simulada, quando ele retornou. Aparentemente, ele estava andando de um lado para o outro, como tinha o costume de fazer quando alguma coisa o preocupava, e não se afastando, como antes ela supunha.

— Você acha que eu não sei disso? — perguntou Drake, com uma irritação na voz que a espantou. Ele ergueu uma das mãos e passou pelo cabelo, fazendo as pontas levantarem um pouco. — Você não acha que é exatamente isso que... Você precisa me perdoar, Payton.

Não era bem isso que Payton esperava ouvir. Ela esperava que Drake gritasse com ela, que a acusasse. Estava pronta para escutar e já se preparava para se defender.

Mas ele pediu que ela o perdoasse. Não apenas pediu seu perdão, mas numa voz cheia de ódio de si mesmo, com aquela expressão no rosto... Deus, se ela não tivesse tido vontade de chorar antes, teria agora.

— O que eu fiz — continuou ele, no mesmo tom de voz — foi imperdoável.

Ele tinha se aproximado. Payton não o fitou nos olhos pois sabia que, se o fizesse e visse a expressão dele, jamais conseguiria parar de chorar. Em vez disso, manteve o rosto baixo, os olhos nos sapatos de Drake. Eram pretos, pareciam caros. E por que não? Ele agora era um homem rico.

— Payton, olhe para mim.

Ela balançou a cabeça sem dizer nada. Ele continuou, mesmo assim.

— Isso nunca deveria ter acontecido. — Sua voz era dura. Ele estava muito aborrecido. — A culpa foi toda minha. Só posso pedir que me desculpe, e lhe asseguro que isso nunca mais acontecerá...

Aquela frase a fez erguer a cabeça. Payton olhou para Drake, com lágrimas brilhando nos cantos dos olhos.

— Por que não? — perguntou ela com a voz presa, embora achasse que já sabia a resposta. Ele nunca a beijaria de novo porque ela era pecaminosa, devassa. Os homens não gostam de garotas oferecidas, que correm atrás deles ou ficam por aí colocando a mão na frente das calças deles. Payton vira a expressão no rosto de Drake quando o tocara ali. Não fora propriamente feliz. De surpresa, talvez, e algo mais que ela não conseguira identificar. Mas não de felicidade.

— Você sabe por que, Payton — retrucou ele rudemente. — Porque amanhã de manhã eu me casarei, e depois... depois irei embora.

— Mas voltará — disse Payton. Ela limpou as lágrimas que tinham escapado (droga!) e corriam pelo seu rosto. — Você voltará, e o que pode impedir que isso aconteça de novo? Eu realmente acho que... — Ela *precisava* dizer. — Eu realmente acho que talvez fosse melhor você não se casar com a Srta. Whitby, afinal.

— Eu *preciso* me casar com ela, Payton. E isso não acontecerá de novo porque não vamos nos ver de novo, você e eu.

Payton piscou para ele, espantada.

— Não vamos? Por que não?

— Eu já disse. — Drake falou com imenso carinho. — Porque eu vou embora. Eu administrarei o escritório da Dixon e Filhos em Nassau. Becky e eu moraremos em New Providence...

— New Providence? — Uma centelha brilhou no fundo de Payton, fazendo-a esquecer as lágrimas. — Você vai zarpar e se mudar para New Providence?

— Sim, Payton. Achei que você soubesse.

— Você se casará com aquela mulher. — As mãos de Payton, como que por vontade própria, se fecharam. As palavras de Drake tornaram a situação ainda mais intensa. — Você me beijou desse jeito sabendo o tempo todo que se casaria com aquela mulher e se mudaria para New Providence?

Drake pareceu um pouco alarmado e chegou a dar um passo para trás.

— Payton...

— Depois de me beijar assim, você se casará com a Srta. Whitby e *se mudará para New Providence*?

Payton não se lembrava de já ter ficado tão furiosa. Talvez na vez em que viu uns homens no porto de Xangai chutando um cão. Talvez naquela ocasião.

Certamente como naquele dia, ela parecia incapaz de se controlar. Sua retaliação, quando veio, foi tão rápida quanto no caso dos homens na China. Com a força de anos puxando o cordame ao lado dos irmãos e da tripulação, Payton deu um soco em Drake, logo acima do cós da calça, exatamente onde Raleigh a instruíra como sendo o local ideal para se socar um homem, pois massacrava as vísceras do oponente sem machucar a mão.

— *É isso* o que penso de você — declarou ela, feliz ao ver que o soco o pegara de surpresa. Drake soltou um grito e se curvou. Na verdade, ele precisou se apoiar na beirada da fonte para não cair de joelhos. — De você — continuou Payton —, de New Providence, do *Constant* e da maldita Srta. Whitby!

Sem dizer mais nada, Payton virou-se e foi na direção da casa.

Capítulo 8

ELA AINDA ESTAVA PERTO o suficiente para ouvir se ele a chamasse quando Drake conseguiu ficar de pé. Após inspirar um pouco do ar fresco da madrugada, ele até se sentiu capaz de voltar a falar.

Mesmo assim, não a chamou. De que adiantaria? Já era suficientemente ruim ter perdido o controle uma vez. Não podia se arriscar uma segunda.

Drake a observou, uma figura espectral na camisola branca esvoaçante, tomando um caminho que não levava à janela de onde tinha descido nem à frente da casa, mas aos fundos, à entrada dos criados. Para alguém que chegara naquela tarde, ela já tinha uma noção bastante boa da planta da casa.

Mas assim era Payton. Tão boa navegadora quanto qualquer um dos Dixon, com um senso de direção infalível. Ela conseguia se orientar no mais denso nevoeiro da noite mais escura. Certamente encontraria um caminho seguro para o quarto. Fora uma tolice de sua parte mudar Gainsforth e Raybourne para o lado oposto da casa. Ela era uma jovem que podia cuidar de si mesma.

Suas entranhas doloridas eram testemunhas disso.

Mas, pensou Drake ao se sentar na beirada da mesma fonte em que momentos antes perdera o controle, ele bem merecera aquele soco. Em que estava *pensando*? O que dera nele? Nunca em sua

vida fizera algo tão imprudente, jamais fora tão impulsivo, tão ines-
crupuloso como ao beijar Payton Dixon daquela maneira. Aquilo
desafiava a lógica. Ele conhecia essa garota desde pequena. Ele a
vira crescer, de bebê de fraldas a adolescente de tranças. E agora,
simplesmente porque alguém a fizera usar um espartilho, ele a desejava como se ela fosse uma mulherzinha de porto e ele, um marinheiro há muito tempo no mar.

O que certamente não era o caso. Drake tinha muitas mulheres.
Verdade seja dita, sabia o que fazer com elas. Droga, ia se casar com
uma no dia seguinte. Se quisesse, poderia ter tido Becky Whitby de
nove maneiras diferentes naquela mesma noite...

Mas, não. Ele teve que molestar a irmã mais nova de seus melhores amigos. Bravo! O que mais pretendia fazer? Matar o pai
deles, talvez?

Drake não sabia o que havia de errado com ele. Durante toda
a noite, teve a impressão de que teria febre. Isso começou, segundo se lembrava, no instante em que Payton Dixon apareceu naquele vestido de cetim branco. O pai dela deveria ser recriminado
por permiti-la usar aquilo. Ross deveria ser encarcerado por ter
concordado em comprá-lo. O tecido do vestido não daria sequer
para cobrir um *gato* decentemente, que dirá uma garota viva, que
respira.

Mas Payton o usou. E atraiu a atenção de todos os convidados
do sexo masculino — pelo menos aqueles que não tinham parentesco com ela. Drake vira as expressões nos rostos de seus funcionários, homens que no verão anterior sequer olhavam para Payton
quando ela passava usando calça e camisa larga de estilo masculino. Mas, de repente, a nobre Srta. Payton Dixon se transformara
numa mulher muito interessante.

Que escolha ele tivera? Na qualidade de anfitrião, era seu dever
proteger seus convidados. Ele pedira a McDermott para redistribuir os quartos e colocara Payton propositalmente entre os irmãos
na mesa de jantar. Mas de nada adiantara. Durante todo o evento, todos os homens a observaram, e Drake tinha quase certeza de

que aguardavam uma oportunidade para estar a sós com ela. Na primeira vez em que Payton saiu da mesa, ele a seguiu tão logo foi possível para se assegurar de que chegaria ao quarto em paz. Felizmente Ross fizera aquele brinde, ou ela teria passado a noite inteira no salão de dança. E talvez *ainda* estivesse lá, dançando com Matthew Hayford ou algum outro rapaz.

E na verdade era uma pena que Payton não estivesse lá, pensou Drake com amargura. Nesse caso, o que acabara de se passar entre eles talvez nunca tivesse ocorrido. Como ele queria que aquilo nunca tivesse ocorrido... Aliás, que o *dia inteiro* nunca tivesse acontecido.

Drake se perguntou, irritado, quem teria levado Payton Dixon a usar um espartilho. Sem dúvida fora aquela cunhada. Não fosse por ela, ele e todos os outros homens que estavam em Daring Park naquele fim de semana talvez nunca tivessem percebido que a nobre Srta. Payton Dixon se transformara em uma mulher... E não só isso, mas a mulher mais bonita que ele vira nos últimos tempos, o que incluía aquelas beldades que conhecera no Taiti.

No entanto, *não* se tratava exatamente de beleza, pois havia algo em Payton Dixon que desafiava a beleza convencional. Certamente, pelos padrões ocidentais, Becky Whitby era a mais bonita, com a altura elegante, a pele de alabastro e o longo cabelo ruivo. O charme de Payton estava na sua atitude, na confiança com que se portava, na força graciosa de cada movimento, na incapacidade de ocultar os sentimentos, na transparência de suas emoções através daqueles imensos olhos castanhos, na franqueza direta, na intolerância à trapaça; charme com o qual ela reagia a todos, do criado mais simples à sua assustadora avó. Payton Dixon podia ser ameaçada, mas jamais intimidada.

Drake gostaria de poder dizer o mesmo da futura esposa.

Havia homens que admiravam mulheres como Becky Whitby. Deus, em que ele estava pensando? Ele *próprio* a admirara imensamente, e não apenas por sua beleza. Havia algo inegavelmente atraente numa bela mulher tão desprotegida, tão incapaz de cuidar de si, tão necessitada de um homem em quem se apoiar. Drake, como Hudson e Raleigh Dixon, fora fortemente atraído por Becky Whitby. Ela lhe despertara o desejo de protegê-la, de defendê-la dos perigos e das privações do mundo, como se desejaria proteger uma criança.

Mas isso fora antes de começar esta febre infernal. A febre mudara tudo. Agora Drake se perguntava se a atitude de desamparo era realmente o que queria numa esposa. Ele de fato queria passar o resto da vida com alguém a quem teria de afagar e proteger? Não seria infinitamente preferível partilhar a vida com alguém que pudesse dividir tudo com ele como uma parceira? Uma parceira amante, sim, mas também uma amiga, a quem ele pudesse recorrer quando precisasse de apoio e conselhos.

Drake sabia que esse não era o tipo de relacionamento que a maioria dos homens tinha com suas esposas. Ele jamais havia suposto que isso poderia existir, até recentemente. A maioria dos homens se casava sabendo que teria de sustentar as esposas, tanto financeira como emocionalmente, pelo resto da vida. O casamento não era reconhecido pelo povo nem pela lei como uma parceria entre dois seres iguais. Nem deveria ser, supôs Drake, na maioria dos casos.

Mas uma mulher como Payton Dixon não se incluía nesses casos.

Era uma febre. Drake não sabia o que mais poderia ser. Ele já contraíra inúmeras doenças nas viagens ao redor do mundo, algumas que quase o mataram mais de uma vez. Porém, esta não era como nenhuma outra. Era uma febre que queimava lentamente e parecia ficar mais forte toda vez que Payton Dixon estava em seu ângulo de visão. Não havia explicação. Nenhum médico no mundo poderia diagnosticar sua natureza exata, menos ainda prescrever uma cura. Ele só podia sofrer...

E sofrer um pouco mais. Em silêncio. Um silêncio impotente.

Porque Drake fizera sua cama. Ou melhor, sua cama fora feita para ele. E agora só lhe restava deitar nela.

Mas não era tão simples assim. E quando tinha sido? Porque, em vez de simplesmente se deitar, como o homem morto que era — o homem morto que *precisava* ser —, ele a beijara.

Não pôde simplesmente se afastar. Não pôde deixá-la em paz. Ah, não. Não o capitão Connor Drake, baronete e novo sócio da Cia. de Navegação Dixon e Filhos. Não, ele teve que beijá-la. Não adiantaria arranjar desculpas, como o luar ter embaralhado sua mente ou ela estar chorando. Logo *Payton Dixon*, que ele jamais vira chorar, exceto uma vez, quando foi ferida por um navio de guerra português. Não, ele sabia muito bem o que estava fazendo. Assim como sabia que tinha sido o primeiro a beijá-la.

Quem ele achou que estava enganando? Ele gostou de ser o primeiro, assim como gostou da reação dela, que sabia ter sido puramente instintiva, como nunca teve certeza com nenhuma outra mulher... Como poderia ter sido outra coisa? Payton Dixon era ingênua demais para dissimular.

Somente quando ela o tocou com tanta audácia, ele caiu em si. O interesse de Payton por *aquilo* foi tão genuíno quanto o ardor com que ela reagiu aos seus beijos. E talvez por isso ele a tenha beijado. Lá no fundo, Drake precisava provar a si mesmo que estava enganado, que não estava cometendo um erro ao se casar com Becky Whitby. Ele precisava comprovar que, por mais atraente que Payton Dixon estivesse naquele vestido de baile provocante e com o cabelo preso, não passava de uma criança, ainda não era plenamente mulher.

Ah, mas ele comprovou que estava completamente errado. Payton era totalmente mulher, como ele jamais conhecera. Ela sabia o que queria e deixou isso perfeitamente claro.

Bem, ele merecia. Durante todos esses anos, a mulher de seus sonhos estava bem ao seu lado e ele não percebeu. Até ser tarde demais.

Tarde demais mesmo.

Drake enterrou a cabeça nas mãos.

— Connor?

A voz suave e alegre o fez endireitar-se rapidamente, como se alguém lhe tivesse cutucado as costas com a ponta de uma faca. Drake a viu se aproximar pelo caminho do jardim e se levantou, enfiando as mãos nos bolsos para esconder a evidência de sua excitação que ainda não cedera totalmente.

— Becky — respondeu numa voz agradável. — Está tudo bem?

— Eu ia perguntar o mesmo. — Becky Whitby afastou um cacho de cabelo ruivo da testa. Sua pele brilhava ao luar. O passo era suave como o borrifo da água da fonte atrás dele. — Todos estão perguntando por você. Sempre desaparece.

— Sinto muito. — Ao que parecia, ultimamente Drake só sabia se desculpar. — Eu precisava de um pouco de ar fresco.

Becky ergueu a sobrancelha.

— Você sujou o paletó?

Drake a fitou.

— Como assim?

Becky apontou na direção da fonte.

— Seu paletó está encharcado.

Drake olhou para trás e viu que um lado do paletó com o qual envolvera os ombros de Payton tinha caído na água.

— Que estupidez a minha. Não reparei.

— Não. — Becky sorriu para ele. Era um sorriso suave. — Percebi. Connor...

— Sim?

— Você sabe que não precisa levar isso adiante. — Agora o sorriso não era apenas suave, mas corajoso. — Quero que saiba disso. Se quiser desistir, ainda há tempo. Eu poderia ir embora...

Drake a fitou fixamente.

— E viver de quê? Você não aceita dinheiro. Como sobreviveria?

O sorriso vacilou um pouco. Mesmo assim, ela jogou o queixo para a frente e disse:

— Dou um jeito. Como sempre fiz.

Por um instante — um instante louco, miraculoso —, Drake deixou a imaginação vagar livremente e cogitou cancelar o casamento. O que teria a perder? Nada, nada mesmo. Sua avó já deixara claro que estava disposta a suportar o estigma social que tal ato necessariamente causaria. E ele seria um homem livre para fazer o que preferisse, ir aonde quisesse, cortejar quem escolhesse.

Mas, não. Se cancelasse o casamento, Drake seria considerado pior que um grosseirão, não importava a verdade por trás das razões. Ninguém, nem mesmo uma família excêntrica e não convencional como os Dixon, poderia ser visto em sua companhia, que dirá mantê-lo na empresa. Não se pretendiam continuar à frente do principal concorrente, a Cia. de Navegação Tyler and Tyler, na disputa por preciosas contas comerciais.

Mais importante ainda, Ross Dixon nunca permitiria que sua irmã fosse vista na companhia de um homem que deixara a noiva no altar. Eles eram melhores amigos, é bem verdade, mas até a amizade tem limites.

E para Payton Dixon, Drake era um homem morto, quer se casasse com Becky Whitby na manhã do dia seguinte ou não.

— Não — disse ele, com a educação com que declinaria a repetição de um prato na mesa.

Drake não pôde evitar notar o alívio na voz e o rubor no rosto de Becky quando ela respondeu:

— Ah, fico muito feliz. Estou com ideias sobre como poderíamos decorar esta casa. Você sabe, modernizá-la, pois é terrivelmente antiquada, Connor.

Drake não teve coragem de dizer a Becky que, após o casamento, ela nunca mais veria Daring Park, antiquada ou não. Esperaria até depois da cerimônia. Afinal, não seria bom ela desistir e sair por aí contando histórias.

— Claro — concordou Drake. — Agora não é melhor você entrar? Pelo que sei, não dá sorte o noivo ver a noiva antes do casamento, e já passa da meia-noite.

Becky arregalou os olhos.

— Ah! — gritou. — Tem razão! Boa noite então, meu bem.

— Boa noite.

Becky segurou a bainha da saia e voltou apressadamente pelo mesmo caminho que entrara, uma figura leve e graciosa na semiescuridão. Drake continuou onde estava e acompanhou-a com o olhar até que desaparecesse no interior da casa. Só então suspirou e ergueu o rosto para o céu noturno.

Ele desejava, como fizera centenas de vezes naquele dia, que nenhum deles tivesse jamais conhecido Becky Whitby. Queria muito estar agora no leme do *Constant*, em pé no deque, recebendo no rosto o vento fresco dos mares do sul.

Payton o esqueceria, ele sabia. Ah, demoraria um pouco. As mulheres nunca esquecem o primeiro beijo. Mas haveria outros. Ninguém que olhasse para Payton Dixon poderia ignorá-la. Dali a um mês, talvez, ela o teria esquecido, com a investida dos novos galanteadores que atrairia.

Ele levaria um século para esquecê-la. Se é que *poderia* esquecer uma mulher que beijava daquele jeito. E que conseguia dar um golpe de direita com tanta determinação.

Drake concluiu que talvez não fosse uma má ideia tomar um drinque. E foi buscar consolo numa garrafa, pois sabia que não o encontraria de nenhum outro modo.

Capítulo 9

Payton abriu um olho e viu que a luz cinzenta da manhã entrava pela janela. Esquecera-se de fechar as cortinas na noite anterior, assim como a janela, e agora o nevoeiro denso da manhã penetrava o quarto, deixando tudo levemente úmido, em especial os lençóis.

Ela puxou as cobertas até cobrir a cabeça e deu um gemido. Essa não era uma manhã qualquer, mas a do casamento de Drake.

E a manhã seguinte à noite em que ela se expusera ao ridículo.

Envolta nos lençóis, Payton fechou bem os olhos, tentando voltar a dormir. Tivera uma noite difícil, tentando encontrar um lugar confortável para deitar a cabeça. Arrumara os travesseiros macios em todas as posições imagináveis, e de nada adiantara. Chegara a ponto de pegar as cobertas e deitar no chão para ver se ali dormiria. Afinal, dormia muito bem a bordo, no deque duro dos navios, quando as noites eram quentes demais para ficar na cabine.

Mas de nada adiantara. O problema não estava no conforto da cama, ou do chão, mas no fato de sua mente estar cheia demais, e o coração, pesado demais.

Não foi propriamente edificante descobrir que era uma tola. Certamente era algo de que sempre desconfiara, mas ter isso jogado na cara como acontecera na véspera foi suficiente para mantê-la acordada por algumas horas, desejando que houvesse algum meio de desfazer o estrago. Se ao menos pudesse voltar ao momento imediatamente anterior ao que pulara da janela. Com o que sabia agora, nunca teria saído do quarto. É bem verdade que, nesse caso, também não teria sido beijada por Connor Drake. Mas, a essa altura, isso já não importava.

Ah, tinha sido emocionante — o momento mais maravilhoso de sua vida. Jamais o esqueceria, até o dia em que estivesse fria e morta no túmulo. E era esse o problema. Pelo menos antes, ela não sabia o que estava perdendo. Agora que sabia, seria *muito* mais difícil sentar-se naquele banco de igreja e manter a boca fechada enquanto assistia a Drake se casar com outra.

Durante todas as horas da noite, uma pergunta não lhe saía da cabeça: *por quê?*

Era a mesma pergunta que fizera a Drake e não obtivera resposta. *Por que* ele ia se casar com Becky Whitby? Porque precisava, fora a resposta. Que não era uma resposta. Não mesmo. Claro que ele *precisava*. Só um canalha abandonaria a noiva no altar. Mas isso não explicava por que ele a pedira em casamento.

Certamente não fora por estar apaixonado. Payton teve certeza disso no instante em que ele a beijou. Não por acreditar que ele estivesse apaixonado por *ela*. Tinha certeza de que até a noite anterior ele nunca a vira *daquela* forma. Antes, ela era apenas a irmãzinha divertida de seus três melhores amigos.

Mas agora, finalmente, talvez ele tenha notado que ela não era mais uma criança. Tarde demais.

Payton recusava-se a acreditar que Drake se casaria com Becky Whitby por tê-la engravidado. Ficou acordada metade da noite — a metade em que não se culpava de ser uma tola —, tentando se lembrar das semanas em que todos moraram juntos na casa de Londres. Mas não se lembrou de uma única ocasião em que Drake tivesse demonstrado uma preferência, marcante ou não, por Becky Whitby. Não vira nenhuma troca de olhares na mesa do café da manhã. Nunca os pegara aos sussurros. Se os dois tivessem ficado íntimos algum dia, então eram os melhores atores do mundo. E enquanto ela não sabia o que pensar com relação à Srta. Whitby, conhecia Drake muito bem para saber que ele não era nenhum ator. Caso contrário, o que aconteceu no jardim teria um resultado muito diferente.

O que aconteceu no jardim, concluiu Payton lá pelas quatro horas da madrugada, foi resultado de emoções autênticas, de instintos que assumiram o lugar normalmente regido pela razão. Drake podia estar bêbado — certamente estava *um pouco* —, ou podia simplesmente ter sido levado pelo luar e pelo canto do rouxinol. De qualquer modo, ele não agiu racionalmente, e, não é preciso dizer, nem ela.

Mas isso não significava que não tenha havido emoção. Talvez, da parte dele, não fosse amor. Mas era *alguma coisa*. Não dava para negar que eles eram amigos, *bons* amigos de longa data, que não só já tinham salvado a vida um do outro como, mais importante ainda, estavam sempre prontos a se ajudar quando a situação não era ameaçadora, durante as calmarias. No mar, quando nenhum vento sopra por dias seguidos, isso pode levar qualquer um à loucura, mas eles passaram por muitas situações dessas com humor e imaginação.

Não é *nisso* que consiste o amor? Não só resistindo às tempestades, mas o fazendo por longos períodos de estagnação sem enlouquecer ou sem passar a se desprezar?

E não é o caso de não sentirem uma atração mútua — Payton sabia com absoluta certeza que ele estava atraído por ela. Sentira a evidência dessa atração em suas mãos.

Então, se havia amizade verdadeira e atração, o quão longe, de fato, eles estavam do amor?

Não que isso importasse. Porque hoje Drake se casaria com a Srta. Whitby e partiria para New Providence. Quem sabe ela o visse de novo algum dia. Talvez ele voltasse para a Inglaterra para o *seu* casamento. Sob as cobertas, Payton deu um sorriso amargo. O seu casamento... Que piada. Ela jamais se casaria. Se não podia ter Drake, não queria mais ninguém. Ponto.

Virando-se na cama, ela afastou os lençóis o suficiente para dar uma olhada no relógio sobre a lareira. Oito horas. Ela voltou a cobrir a cabeça. Deus. Menos de duas horas para eles saírem para a igreja da vila.

Antes de o relógio marcar nove horas, Payton já estava de banho tomado e vestida. A criada que lhe trouxera a água do banho tinha informado, com a voz alegre, que o café da manhã estava sendo servido no andar térreo, e que, se Payton quisesse, ela poderia lhe trazer uma xícara de café. Payton gostou da ideia. Não estava nada ansiosa para encontrar o dono da casa, muito menos sua noiva. Ela por acaso vira, durante o banho, que a fita de seda cor-de-rosa que amarrara no pulso na noite anterior ainda estava ali, um lembrete de sua tolice. Retirou-a, mas só para amarrá-la em torno do tornozelo, onde ninguém além da criada veria. Tinha a sensação de que iria precisar de algo que a lembrasse, ao longo do dia, a quem Connor Drake pertencia.

Porque com toda certeza não era a ela.

Mas Payton logo ficou sabendo que não era a única Dixon a não descer para o café. Bateram forte na porta de seu quarto e a abriram antes que tivesse tempo de responder; era Hudson, vestido pela metade e apertando os olhos diante da luz da manhã.

— Pay — resmungou ele, numa voz rouca de sono. — Por favor, dê o nó na minha gravata. Não sei o que há de errado, mas os meus dedos estão inchados como salsichas. Mal consigo mexê-los.

Payton levantou uma das mãos pesadas do irmão e examinou.

— Em quem você bateu?

— Não bati em ninguém. — Hudson contorceu o rosto mal barbeado. — Pelo menos não me *lembro* de ter *acertado* ninguém.

— Bem, essa contusão não surgiu do nada. — Payton soltou o braço machucado. — A que horas você e Raleigh foram para a cama?

Hudson piscou os olhos.

— Cama? O que é isso?

Payton teve uma noção do que ele aprontara na noite anterior.

— Meu Deus, Hud! — exclamou ela, abanando com as mãos o hálito do irmão. — O que você fez? Engoliu uma destilaria?

Ouviu-se outra batida na porta, e Raleigh entrou. Ao contrário do irmão mais velho, estava todo vestido. Sua aparência, contudo, era a pior possível. Payton não hesitou em dizê-lo, mas Raleigh recebeu a ofensa com inusitada docilidade. Na verdade, ele passou, puxou as cobertas da cama de Payton que a criada já havia arrumado com esmero e se jogou de bota e tudo. Quando ela perguntou que diabos estava fazendo, Raleigh limitou-se a emitir um gemido por debaixo de uma pilha de travesseiros que lhe cobria a cabeça.

— Você *precisa* falar tão alto?

— Saia da minha cama — repreendeu-o Payton. — Temos que estar na igreja dentro de uma hora.

— Não é justo. A sua cama é muito melhor que a minha. — Raleigh fungou, indignado. — A minha era dura feito pedra.

— *Era* uma pedra, seu grande idiota. — Hudson ainda não conseguia manter os olhos abertos. — Você caiu no sono no meio do caminho das carruagens.

— E acordei encharcado. — Não dava para ver Raleigh sob os travesseiros e lençóis, exceto pelas pontas das botas, que apareciam no pé da cama. — Maldito sereno. Eu *detesto* sereno. E aqueles malditos pássaros terríveis, com seu canto infernal. Minha cabeça está latejando por causa deles. Começou às duas horas da manhã e depois ficou cada vez mais alto. Estou louco para voltarmos para o mar. A vida em terra firme é só tortura.

Uma terceira batida na porta. Desta vez, não era um Dixon. O rosto quase irreconhecível era do noivo. Estava no corredor, sem camisa e com uma das mãos apoiada na parede. Na outra mão segurava a camisa, o colete e o fraque que parecia ter sido arrastado pelo chão. A metade inferior do rosto estava escura da barba por fazer. Os olhos pareciam mais azuis que o normal, pois se destacavam em meio às olheiras roxas da noite maldormida.

Esses olhos atraíram os de Payton e não deixaram que se afastassem. Se ela esperava um apelo de último minuto para fugir com ele, devia estar desapontada. Em vez disso, ele abriu a boca de lábios secos e falou, numa voz baixa e rouca:

— *Socorro*.

Payton inspirou fundo, preparada para começar a gritar. Não. Isso era demais. Como se já não bastasse ver o irmão entregar seu navio a este homem sem poder fazer nada; como se não fosse suficiente vê-lo se casar com outra dentro de uma hora, ela agora teria de ajudá-lo a se vestir também?

Ah, não.

Ela não *poderia*.

Atrás de Payton, Hudson começou a dar gargalhadas.

— Ha-ha-ha! Ha-ha-ha! Ral, venha ver Drake. Ele parece ter sido dragado do fundo do Tâmisa.

— Esse é o Drake? — Raleigh afastou as cobertas e se sentou. — Ele pode pedir àquela maldita cozinheira dele para nos dar algo para comer? Ela insiste que nós devemos esperar até depois do casamento para tomar o café da manhã. Mas se eu não comer alguma coisa agora, quando o maldito casamento terminar serei um homem morto.

Payton, que estava barrando a entrada de Drake no quarto com as mãos plantadas uma de cada lado da porta, procurou o rosto dele. Se no dia anterior, à mesa de jantar, ela achou que ele parecia estar sofrendo, aquilo não foi nada comparado a hoje. Os vincos que se formavam nos cantos da boca e perto das narinas eram muito profundos. E as olheiras roxas eram consequência da falta de sono, e não de um soco dos dedos inchados de Hudson.

Mesmo assim, a afirmação de Hudson de que o velho amigo parecia algo que fora dragado do fundo do Tâmisa era uma opinião com a qual Payton não podia concordar. Mesmo de ressaca, Drake ainda era bonito demais para sua paz de espírito. *Cem noites* sem dormir não seriam suficientes para debilitar esses bíceps do tamanho de dois melões, ou amaciar aquele estômago duro feito pedra no qual os pelos louros e espessos serpenteavam, desaparecendo por dentro do cós da calça. Ele poderia ter bebido uma caixa inteira de uísque, e sua pele ainda teria o brilho bronzeado saudável, e os dentes ainda seriam brancos como marfim.

Não era justo. Não era justo ele ser tão bonito. Pois como ela podia desprezá-lo quando só de olhar para ele, ali de pé à luz fraca da manhã, com o cabelo macio e louro caindo úmido atrás do pescoço, seus joelhos enfraqueciam?

— Ora — disse Payton da maneira menos amável possível. — Creio que você também deva entrar. Todo mundo parece achar que eu sou uma criada. Por que *você* seria diferente?

Ela chegou para o lado a fim de deixar Drake entrar e pegou as peças de roupa que ele trazia nas mãos.

— Não consigo vestir nada disso — disse ele, confuso. — Meus dedos não me obedecem.

Hudson parecia maravilhado por alguém estar sofrendo de doença semelhante à sua.

— Estou com o mesmo problema! Não consigo fechar as mãos. — Hudson mostrou as mãos para Drake. — Vê? Fraco como um gatinho. Payton acha que eu devo ter batido em alguém, mas não me lembro disso. Você se lembra de eu ter batido em alguém?

— Não posso dizer que sim, amigo. — Drake olhava para todos os lados, menos para Payton. — Eu também bebi um pouco demais na noite passada.

Payton o fitou, furiosa. Se ele queria usar o álcool como desculpa para o que tinha acontecido entre eles no jardim, era bom pensar melhor.

— Acho que *todos* nós bebemos um pouco além da conta ontem à noite — disse Payton com firmeza. — Alguns mais que outros.

Na cama, Raleigh, que afundara de novo nos travesseiros, gemeu.

— Todos menos Ross — disse ele com amargura. — Eu o vi esta manhã, e ele estava com ótima aparência. Foi para a cama cedo. E eu me pergunto por quê. — Raleigh deu uma risada maliciosa e depois voltou a gemer. — Você não deve nunca se casar de novo, Drake. Mais uma noite dessas me mataria.

Aproximando-se da bandeja que a criada lhe trouxera, Payton serviu a Drake uma xícara de café e acrescentou um bocado de açúcar e leite. Bebidas doces e fortes foram prescritas a bordo para os homens que escaparam por pouco das balas de canhão do capitão La Fond, e era exatamente essa a expressão no rosto de Drake, uma espécie de descrença e espanto por ter passado pelo que passara e sobrevivido.

— Aqui — disse ela, sem nenhuma delicadeza, ao entregar a xícara. — Beba isto.

Drake obedeceu, mas logo fez uma careta e procurou um lugar para cuspir.

— Engula — disse Payton numa voz de comando.

Ele o fez, mas depois emitiu um som de quem quer vomitar.

— Cristo, Payton — exclamou ele. — O que você me deu?

— Exatamente o que você precisa. Beba tudo.

— Não... — Drake estava quase choroso. — Por favor.

— Beba — exigiu ela com firmeza. — Ou pedirei a Hudson para segurar o seu nariz e forçaremos isso pela sua maldita goela.

Hudson fingiu estar assustado.

— Não beba, Drake — falou. — Deve estar envenenado. Ela não superou a perda do *Constant*...

Payton fitou o irmão com os olhos semicerrados.

— Embora a ideia seja tentadora, só estou procurando evitar que ele desmaie. Ou *você* quer carregá-lo pelo corredor da igreja?

Hudson pigarreou.

— Beba o maldito café, Drake.

Ele olhou para dentro da xícara com ar de desespero. Então respirou fundo e bebeu todo o conteúdo de um só gole. Seus ombros largos estremeceram de repugnância. Payton evitou olhar, pois se ela corresse as mãos por aquela pele bronzeada — o que, é claro, nunca faria —, sem dúvida a sensação seria a mesma de tocar seda. Seda sobre ferro. Deus, por que alguém não atirava nela e a libertava desse sofrimento?

— Pronto — disse Payton, pegando a xícara da mão de Drake quando ele finalmente terminou de beber, nauseado. Drake não parecia ter melhorado muito, mas de alguma coisa o café deve ter adiantado, pois quando Payton o instruiu a erguer os braços para o lado, ele conseguiu. Antes, até mesmo erguê-los parecia um grande esforço.

Payton segurou um dos braços flácidos de Drake e o enfiou na manga da camisa que ele trouxera.

— Eu sinceramente espero que, quando eu me casar, o *meu* noivo não relute tanto a ponto de precisar beber e ficar em estado de estupor na véspera.

— Ah, claro que ele relutará, Pay — disse Hudson, sem entender o comentário da irmã. — Nenhum homem *quer* se casar.

— Verdade? — perguntou ela com os dentes cerrados. — Então Ross se casou com Georgiana porque...

— Pelo mesmo motivo que Drake vai se casar com a Srta. Whitby — informou Raleigh, da cama.

Isso causou umas boas risadas por parte dos dois irmãos de Payton. Drake não riu, sequer ensaiou um sorriso, e ela percebeu. Na posição em que estava, de frente para ele, abotoando-lhe a camisa, dava para ver. Era importante para ela terminar de vesti-lo o mais rápido possível, pois sua proximidade estava lhe causando um efeito perturbador. Toda a penugem de seus braços parecia arrepiada, mas felizmente ele não via porque as mangas balão de seu vestido azul e branco escondiam. E não era só isso. Payton agora tinha certeza de que o motivo de seus mamilos terem ficado tão intumescidos na noite anterior não era o frio, mas algo que *ele* fizera com eles. Não dava para saber exatamente *como* ele o fizera, mas estava acontecendo de novo. O homem devia ser algum tipo de bruxo. Ou então a simples visão desse corpo parcialmente vestido era suficiente para levá-la a um estado de excitação impressionante.

Não era justo. Drake estava usando armas contra as quais ela não tinha a menor defesa. Ela teve o cuidado de não erguer o rosto da tarefa que executava. Não queria ter de encontrar aquele olhar penetrante, além de tudo.

— Agora seja justo — censurou Hudson o irmão, fingindo indignação. — Não foi por *isso* que Ross se casou com Georgiana.

— Não? — Raleigh afastara todos os lençóis da cama de Payton e estava recostado neles como uma espécie de odalisca. — Então por que ele o faria?

— Porque não conseguia tê-la de nenhuma outra maneira — declarou Hudson.

— Ah, *tem* razão.

Payton orientou os braços de Drake através das aberturas do colete.

— Vocês todos não passam de um grupo de baderneiros.

— Ah, que história é essa de virar mocinha agora, Pay? — perguntou Raleigh. — Sinceramente, para alguém que acredita que daria uma boa capitã de navio, você não tem muita pena da sua tripulação. Eu diria que está com tanta ressaca quanto qualquer um de nós. Já é a segunda vez que briga conosco sem razão.

Payton o fitou com os olhos faiscando.

— Quer uma terceira?

— Ah, não ligue para Payton — sugeriu Hudson. — Ela só está aborrecida porque, além de Ross ter dado o *Constant* a Drake, ele não a deixou ir conosco na viagem ao Extremo Oriente.

— Eu não iria à *esquina* com nenhum de vocês, que dirá ao Extremo Oriente — declarou Payton.

Hudson sentou-se no banco perto da janela da qual Payton pulara na noite anterior.

— Ral, enquanto você e eu estivermos nos divertindo como nunca em mar aberto, Payton estará em Londres, tentando decidir quanto dos novos seios deverá mostrar quando fizer a mesura em St. James...

— Sugiro que tudo — disse Raleigh. — Afinal, o rei já não tem a mesma visão de antes, e Payton não é exatamente *tão* bem provida. Ela deveria simplesmente abrir o vestido e deixar a gravidade seguir seu curso. Isso deve dar resultado. Eles farão fila como boiadas...

Alguma coisa caiu da mão de Drake e fez um barulho ao bater no chão.

— Ei! — reclamou Raleigh em voz bem alta. — Você *precisa* fazer esse barulho todo? Minha cabeça não aguenta mais.

— O que é isso? — Hudson, que estava de botas, levantou um pé e olhou para o chão de tacos. — Um botão?

— Não — respondeu Drake. Payton olhou para ele e percebeu, aliviada, que ele fechara os olhos. — Era só a aliança.

— A aliança? — Hudson se levantou de um pulo. — Que diabos, homem, por que não avisou? Raleigh, mexa-se. Ele perdeu a aliança.

Raleigh rolou na cama.

— E daí? Sem aliança não tem casamento. Nós todos poderemos dormir mais.

Hudson se aproximou e posicionou a bota sobre o traseiro do irmão.

— Para fora da cama, seu preguiçoso. — Ele deu um bom empurrão, lançando Raleigh para o outro lado da cama de Payton. — Ajude-me a procurar o maldito anel.

— Eu *lhe* mostrarei um anel — declarou Raleigh, levantando-se para ir para cima do irmão.

Quando os dois caíram no chão, brigando, Payton calmamente se abaixou e pegou o anel ao lado de seu pé.

— Creio ser isto o que está procurando, capitão — disse ela, apresentando o pequeno anel de ouro.

Drake abriu os olhos.

— Ah — disse. Seria a imaginação de Payton ou a voz dele era de desapontamento? — É verdade. Obrigado, Srta. Dixon.

Drake estendeu a mão. Por um instante, Payton admirou o brilho dos diamantes — havia cinco —, embora a luz no quarto estivesse fraca. Era um anel finamente produzido, que estava na família de Drake há quase tanto tempo quanto as armaduras do andar térreo. Payton não pensou em como ele ficaria em seu dedo. Ela provavelmente o perderia em menos de um mês, ou um dos diamantes. Sabia que não era o tipo de garota que deveria ganhar um anel daquele.

Ela o entregou a Drake, que o fechou na mão e depois colocou-o no bolso da calça.

— Obrigado — disse, com sua voz grave.

Payton sentiu os pelos da nuca se eriçarem. *Droga! O que* esse homem tinha que a afetava tanto?

— Bem — disse ela, descendo os braços e dando um passo atrás. — Você está pronto.

Drake olhou para baixo e se examinou. Payton pensou que qualquer garota se sentiria orgulhosa em se casar com ele. O traje de casamento incluía um bonito fraque cinza-claro, que ele usaria sobre um colete riscado de um cinza mais escuro. A calça era do mesmo tom que as riscas. As abas do fraque desciam quase até os joelhos. Ele estava uma bela figura, exceto pelos círculos sob os olhos e pelo fato de ainda precisar muito fazer a barba. Mas Payton continuava achando que gostava muito mais de Drake quando ele usava só uma calça comprida, como ele tinha chegado em seu quarto naquela manhã.

— Creio que você esqueceu uma coisa — disse Drake com a voz baixa. Muito baixa. Payton achou que não tinha ouvido bem. Hudson e Raleigh brigavam no chão, um sobre o outro, e era difícil ouvir alguma coisa além de seus xingamentos.

— O quê? — perguntou Payton, em dúvida.

Sem dizer nada, Drake ergueu uma longa tira de linho branco. Sua gravata.

Talvez tenha sido uma sorte para o capitão o fato de, naquele instante, a porta do quarto se abrir e Georgiana entrar, evidentemente chocada com o que viu. Do contrário, Payton certamente teria torcido aquela gravata em volta do pescoço dele e continuaria torcendo até estrangulá-lo, de tão furiosa. Mas Georgiana estava tão horrorizada que suas exclamações puseram fim a toda e qualquer atividade no quarto.

— O que é isto? — gritou. — Payton, por que o capitão Drake está no seu quarto?

— A culpa é minha. — Drake pareceu sentir-se no dever de defender Payton. — Eu precisava de ajuda para me vestir, e como não consegui achar Ross...

— Porque ele está lá embaixo na capela — declarou Georgiana. — Alguém precisava supervisionar aqueles seus jardineiros. Eles fizeram tudo errado. Usaram rosas cor-de-rosa em vez de flor de laranjeira. — Georgiana levantou uma cesta de flores. — Você se assustará em saber que todas as flores a serem usadas nas lapelas são cor-de-rosa. Hudson, Raleigh, vocês querem fazer o favor de *parar com isso*?

Os dois haviam desmoronado numa confusão de braços e pernas. Raleigh ergueu o rosto com esforço, pois o irmão mais velho estava lhe aplicando uma gravata, e disse, numa voz estrangulada:

— Foi Hudson quem começou.

— Não me importa quem começou. — Georgiana lançou a cesta de flores de lapela para Payton e se aproximou dos cunhados. — Vocês não têm nada que estar no quarto da sua irmã. Saiam daqui! Saiam já! Levem o capitão Drake para o quarto dele e se certifiquem de que ele faça a barba. E lembrem-se de que a sua irmã *não* é sua criada, e nem vocês devem emprestá-la aos seus amigos para servir de criada deles.

Os irmãos resmungaram, mas se levantaram e saíram do quarto cambaleando. Drake tentou ficar um pouco mais para se desculpar, mas Georgiana o expulsou, sendo educada, porém enfática. Quando todos se foram, ela bateu a porta e se virou para Payton.

— Deus do céu. Se ele conseguir mesmo chegar à igreja, eu me espantarei. Nunca vi o capitão com uma aparência tão doente na minha vida. O que aconteceu com o seu cabelo?

Payton olhou para a sua imagem no espelho sobre a penteadeira. Uma confusão de cachos lhe cobria a cabeça. Fora isso, no entanto, achou que sua aparência estava aceitável — especialmente para alguém que não tivera um instante de sono na noite anterior. Drake ajudara nisso: sua presença lhe trouxera um brilho cor-de-rosa ao rosto, e os lábios, ainda inflamados onde ele os atacara na noite anterior, estavam bem vermelhos.

Payton sentou-se ao lado da janela enquanto Georgiana pegava uma escova e se dedicava a pentear-lhe os cachos.

— É um crime, sabe — dizia Georgiana —, Becky Whitby estar se casando hoje sem uma única pessoa da sua família para assistir. É positivamente um crime. Eu sei o quanto estava nervosa no dia do meu casamento, mas felizmente tive minha mãe e minhas irmãs para me apoiar. A Srta. Whitby não tem ninguém. Fui ao quarto dela hoje cedo para ajudá-la a se vestir, mas você acredita que ela me mandou embora?

Payton, que observava o sol finalmente começar a aparecer através da névoa, murmurou:

— Não, é mesmo?

Mas ela não estava propriamente ouvindo. Pensava em Drake, claro. Como poderia não pensar? O sol iluminava todos os lugares no jardim onde eles tinham estado juntos menos de dez horas atrás, e já aquecia o mármore que estivera tão frio e úmido sob suas nádegas.

— Isso mesmo. Ela me mandou embora. Disse que não se sentia bem. Devia ser... Ah, não importa. Claro que eu voltei depois com uma xícara de chá, e a essa altura ela já estava bem. Sabe, Payton, ocorreu-me que ela talvez não fosse levar a mal se nós sugeríssemos que seu pai entre com ela na igreja. Quero dizer, ela não tem mais ninguém para isso. E, sabe, acho que ela gostaria da ideia.

Sentada à janela, Payton grunhiu. Quase toda a névoa do jardim desaparecera com o sol num tempo surpreendentemente curto. Agora dava para ver todos os caminhos de terra, inclusive o que levava ao labirinto de cerca viva que ficava a muitas dezenas de metros de distância da fonte onde ela e Drake tinham se beijado na noite anterior.

Beijado. Onde eles tinham se *devorado* na noite anterior.

— Embora eu deva dizer — continuou Georgiana enquanto enfiava uns botões de rosas no cabelo de Payton —, que acho a Srta. Whitby um pouco *velha* demais para usar o cabelo solto no dia do casamento. Quero dizer, ela não é exatamente da sua idade, Payton. Tenho certeza de que ainda não tem 30 anos, mas me surpreenderia muito se ela não tivesse pelo menos 25. Não estou dizendo que acho que ela *mentiu* para alguém... Creio que ela disse ao capitão Drake que tinha 22. Mas *eu* tenho 22 e acho que a Srta. Whitby é mais velha do que eu... E eu certamente não usei o cabelo solto quando me casei com seu irmão...

Pela janela, Payton notou o movimento de alguém no labirinto de cerca viva. Ela via muito bem de longe, razão pela qual permanecia com tanta frequência no mastro quando eles estavam no mar, e não teve nenhuma dificuldade em reconhecer as duas pessoas que surgiram na outra extremidade do labirinto. Uma delas era precisamente sobre quem elas comentavam: a Srta. Becky Whitby. A outra era alguém tão facilmente reconhecível, mas não por estar usando um traje de casamento.

Payton o reconheceu porque fora ensinada desde pequena a desprezá-lo e detestá-lo.

Capítulo 10

— GEORGIANA! — EXCLAMOU PAYTON, puxando o cabelo das mãos da cunhada. — Olhe só!

Georgiana soltou um grito.

— Payton! Payton, aonde você vai? Volte aqui!

Mas Payton já estava com metade do corpo fora da janela. Só o pulso firme de Georgiana em sua cintura — e, verdade seja dita, as muitas anáguas que usava —, evitaram que ela descesse até o jardim.

— Georgiana — gritou ela, lutando para se desvencilhar. — Solte-me! Solte-me! Você não está vendo? Ah! — Ela viu que agora só a Srta. Whitby estava no jardim. Seu companheiro desaparecera no labirinto de cerca viva. A noiva caminhava, e o vento suave levantava-lhe o véu como se fosse uma onda. Ela rapidamente voltou em direção a casa, olhando ao redor, aparentemente nervosa, temendo que alguém tivesse visto seu encontro amoroso.

O que, é claro, de fato havia acontecido.

— Pare! — gritou Payton. — Becky Whitby! Pare onde está!

Embora fosse verdade que Payton Dixon tivesse passado boa parte de sua vida executando tarefas usualmente praticadas por homens e que fosse muito forte para o sexo feminino e para seu tamanho, ela ainda era muito menor que a maioria das mulheres. Por isso Georgiana conseguiu puxá-la de volta para o quarto usando seu peso superior para compensar. Na verdade, ela conseguiu que ambas caíssem para trás numa confusão de anáguas e calçolas.

— Georgiana! — gritou Payton, furiosa, tentando se levantar. — O que está *fazendo*? Você não sabe o que acabei de ver!

— Não, mas sei que está agindo como uma louca. — Sentada no chão, de pernas abertas, Georgiana ainda conseguia segurar Payton com firmeza pela parte de trás da saia. — Não pode pular janelas assim, Payton. Isso não *se faz*.

— Eu lhe direi o que não se faz — começou Payton, mas antes que pudesse continuar, Ross entrou.

Ross espantou-se de ver Georgiana e Payton esparramadas no chão, num mar de saias e roupas de baixo.

— Desculpem-me — disse ele. — Estou interrompendo alguma coisa?

Sem graça por ser encontrada pelo marido numa posição tão humilhante, Georgiana soltou a saia de Payton, que aproveitou a oportunidade para voltar imediatamente à janela. Desta vez, no entanto, foi Ross quem a impediu. Ele a segurou pela cintura quando ela já subia no peitoril da janela, depois atravessou o quarto e a colocou sobre a cama desfeita, onde a manteve com facilidade, pressionando-lhe a cabeça com uma das mãos.

— Ross — reclamou Payton, indignada. — Deixe-me levantar. Você não entende! Você não sabe o que acabei de ver!

A esta altura, Georgiana já estava de pé e com a roupa arrumada.

— Sinceramente, Payton — repreendeu ela, com as maçãs do rosto vermelhas. Georgiana parecia consternada por ter sido encontrada numa posição tão indecente pelo marido, mas na cabeça de Payton, seu irmão Ross e sua linda e jovem esposa já haviam praticado posições indecentes na noite anterior. — O que você tem na cabeça? Moças não escalam janelas. Usam as portas. Não estamos no *Constant*.

— Eu preferia mil vezes estar lá do que nesta merda de casamento — disse Payton com toda franqueza.

— E moças não dizem palavrão — acrescentou Ross. Ele lançou um olhar de dúvida para Georgiana. — Dizem?

— É claro que não. — Georgiana balançou a cabeça. — Ah, Payton, olhe para você. Terei de pentear seu cabelo todo de novo.

Payton chegara ao seu limite.

— *Foda-se* o meu cabelo! — gritou ela.

Georgiana ficou sem ar, e até mesmo Ross ficou sério.

— Payton — começou ele, com ar ameaçador.

— Agora que consegui a sua atenção — disse Payton, um pouco mais calma —, quer fazer o favor de me ouvir? Isso pode ser importante.

Ross percebeu que Georgiana o fitava acusadoramente.

— *O quê?* — perguntou ele.

— Ah, nada. — Georgiana afastou o olhar. — Eu só estava me perguntando onde Payton teria aprendido esse vocabulário.

— Ah, não foi comigo! — Ross, embora nitidamente ofendido, não soltou a irmã. — Não permito que ninguém use palavrões nos meus navios. Se ela aprendeu em algum lugar, foi em um porto.

— Sir Marcus Tyler — disse Payton.

— Num porto? — Georgiana arregalou os olhos para o marido. — E em que porto o termo que Payton acabou de usar é empregado com alguma frequência? Não é um termo chinês. Nem é taitiano, nem jamaicano, nem francês. Ela obviamente o aprendeu com alguém, e deve ter sido em seu próprio...

Ross ergueu a mão livre. Ele olhava para Payton com curiosidade.

— Espere. *O que* você disse?

Payton repetiu, bem devagar.

— Sir... Marcus... Tyler.

Georgiana olhou do irmão para a irmã.

— Sir Marcus Tyler — repetiu ela. — Do que vocês estão falando?

— Você viu Marcus Tyler? — perguntou Ross. — Aqui? Em Daring Park?

Payton assentiu enfaticamente.

— Saindo do labirinto de cerca viva. Ele e a Srta. Whitby conversavam. Depois foram em direções opostas.

Ross sacudiu a cabeça como um cão com água nos ouvidos.

— Não, não — disse ele. — Você deve estar enganada. O que Sir Marcus estaria fazendo aqui? Drake jamais o convidaria.

— Exatamente. — Ross havia soltado Payton, que conseguira se sentar. — Estou achando que a Srta. Whitby o convidou.

— Por que a Srta. Whitby convidaria Marcus Tyler para o casamento? — Ross, evidentemente confuso, sentou-se na cama ao lado de Payton. — Ela nem conhece Marcus Tyler.

— Como *você* pode saber se ela o conhece ou não? O que nós sabemos sobre Becky Whitby, além do que ela nos contou?

Georgiana, ainda de pé, falou:

— Espere. Eu não entendo. Payton, você está dizendo que acabou de ver Sir Marcus Tyler, o proprietário da Cia. de Navegação Tyler and Tyler, no jardim, no labirinto de cerca viva, com Becky Whitby?

Payton olhou para Georgiana.

— Sim — confirmou ela, séria.

Georgiana não era uma mulher de raciocínio lento, mas era nova na família e de vez em quando precisava de esclarecimentos.

— Desculpe-me se estou errada, mas a Tyler and Tyler não é...

— Nossa principal concorrente. — Ross balançou a cabeça. — Payton, *não pode* ter sido Marcus. Devia ser alguém parecido com ele.

— Acho que eu saberia distinguir Marcus Tyler — replicou rapidamente Payton. — Afinal, eu também estava lá no verão passado.

— No verão passado? — repetiu Georgiana, com a testa enrugada, sem entender nada.

— Sim, no verão passado — confirmou Ross, sério. — Aqueles ataques repentinos de piratas aos nossos navios nas Bahamas, sobre os quais comentei com você. Não podemos provar, mas temos certeza de que Marcus estava por trás. Acreditamos que ele tem Lucien La Fond no bolso. Ele nega, claro, e não temos nenhuma prova, portanto não podemos processá-lo. Mas todos os ataques foram aos navios Dixon, nenhum aos Tyler, sendo que mais especialmente aos navios Dixon que levavam carga pertencente a contas comerciais pelas quais a Tyler and Tyler compete conosco.

— Ah. — Agora foi a vez de Georgiana sentar na cama. — Entendo. E Lucien La Fond? Ele não é aquele capitão pirata francês que odeia você, Ross?

— Não a mim — disse Ross. — A Drake.

— Ele odeia Drake? Mas por quê?

Payton e Ross disseram, precisamente ao mesmo tempo:

— É uma longa história.

— Ah — repetiu Georgiana e silenciou.

Após um tempo, durante o qual os três ficaram pensando, Ross expôs sua conclusão:

— Não poderia ter sido Marcus Tyler, Payton. A ideia em si é ridícula. A Srta. Whitby não o conhece. Quero dizer, meu Deus, ela morou na nossa casa, ouviu como falávamos dele.

— Exatamente por isso ela se manteria calada se o conhecesse. Ela provavelmente pensou que, se descobríssemos que era amiga de Sir Marcus, nós a mandaríamos embora.

— Mas se ela é amiga de Tyler — disse Ross —, por que não foi pedir ajuda a *ele* quando foi roubada? Por que procurou a *nossa* piedade?

— Porque talvez ela seja uma espiã de Tyler — disse Payton.

Georgiana pigarreou.

— Humm, Payton. Desculpe-me, querida. Mas tem certeza de que não era pura impressão? Talvez o que você viu tenha sido apenas fruto da imaginação...

Payton olhou fixamente para Georgiana.

— Do que está falando?

— Bem, querida, nós sabemos que você não gosta muito da Srta. Whitby. E que é muito *ligada* ao capitão, o que é compreensível. Quero dizer, você o conheceu a vida inteira. É natural que sinta *alguma coisa* por ele. Você não acha que é possível, pelo menos um pouquinho, que você só tenha *pensado* que viu Sir Marcus no jardim com a Srta. Whitby?

— Não — respondeu Payton.

Ross ergueu as sobrancelhas.

— Payton tem ótima visão, Georgie. Ela consegue enxergar uma baleia a milhas de distância.

— Não estou negando que, se Sir Marcus estivesse no jardim com a Srta. Whitby, Payton poderia tê-lo visto. Só estou dizendo que talvez Payton só *quisesse* ver Sir Marcus no jardim com a Srta. Whitby, porque assim haveria uma boa razão para persuadir Sir Connor a cancelar o casamento...

— Georgiana! — explodiu Payton. — Uma coisa não tem nada a ver com a outra! Eu vi Marcus Tyler! Eu juro que o vi no labirinto de cerca viva!

Mesmo para seus próprios ouvidos, Payton soava como uma louca. Ross percebeu, mas não reagiu de imediato. Em vez disso, se levantou com muita calma e tirou o relógio do bolso do colete. Quando viu a hora, deu um assobio.

— Se pretendemos chegar à igreja antes da cerimônia começar, é melhor irmos agora.

Payton, com lágrimas nos olhos, fitou o irmão, atônita.

— Ross... Você não pode... Quer dizer que não *acredita* em mim? Você acha que inventei essa história?

Ross pigarreou, pouco à vontade.

— Bem, Pay, você precisa admitir que é conveniente ver a Srta. Whitby com Marcus Tyler no dia em que ela e Drake estão prestes a partir no navio que você achava que ganharia no seu aniversário. — Ross balançou a cabeça. — Sei que quer aquele navio, mas, francamente, Pay, você foi longe demais. Mesmo que Drake cancele o casamento, o *Constant* continuará com ele. Você não porá as mãos no navio, com ou sem casamento.

— Mas, Ross...

— Agora, basta. Já contou histórias fantásticas no passado, mas esta supera todas elas. Daqui a pouco vai me dizer que *você* se casará com Drake. — Aquilo pareceu soar extremamente divertido para ele. — Certo! *Você* se casará com Drake para pôr as mãos no *Constant*! Espere até eu contar a Hudson e Raleigh! — Ross riu por algum tempo até finalmente estender o braço para pegar a mão de Georgiana. — Vamos, Georgie, antes que ela pense numa nova...

Obediente, Georgiana pegou a mão do marido e se levantou. Payton, por sua vez, permaneceu exatamente onde estava.

— Ross — disse ela, irritada. — Não estou inventando nada. Você não acha que deveríamos pelo menos contar a Drake? Quero dizer, não acha que ele tem o direito de saber?

Ross ainda ria da própria piada — que Payton não achou nada engraçada.

— Payton, você não viu Marcus Tyler com a Srta. Whitby no jardim. Tenho certeza de que a viu com alguém, mas deve ter sido um dos jardineiros.

— Um dos *jardineiros*? — Desta vez Payton se levantou e levou as mãos aos quadris. — Está tentando ser engraçado? Porque, a não ser que Drake vista os jardineiros com fraques e cartolas, não creio que eu tenha visto um deles...

— Bem, eu acho... — replicou Ross fitando-a nos olhos e tentando parecer sério. — Ouça, Payton. Sei que não gosta da Srta. Whitby. Mas devo dizer que não acho muito decente de sua parte inventar essas histórias ultrajantes sobre ela...

Payton explodiu.

— Eu não estou *inventando*!

Georgiana mordia o lábio inferior.

— Payton — disse ela, soltando o lábio. — Você gosta muito do capitão.

Payton semicerrou os olhos e encarou Georgiana, desafiando-a a continuar.

— E daí?

Ela não devia tê-la desafiado! Georgiana continuou, embora deva-se admitir a seu favor, com relutância.

— Parece natural que, gostando do capitão Drake como você gosta, você poderia querer... Ah, eu não sei. Impedi-lo de se casar com outra pessoa, talvez.

Pela primeira vez desde que Ross trouxera Georgiana para casa, Payton achou que gostaria de matá-la. Até então, tudo ia muito bem, mas uma garota simplesmente não podia dizer algo assim para outra e não esperar uma retaliação de alguma natureza.

Especialmente por ter sido bem na frente de seu irmão.

Ross deu um riso silencioso.

— Assim também não, Georgie — disse ele, acariciando os ombros da esposa. — Não vamos tão longe. Payton não gosta de Drake desse jeito.

— Não — confirmou Georgiana. Ela deve ter visto o olhar mortífero de Payton. — Certamente não.

— Mas todos nós sabemos que Payton não morre de amores pela Srta. Whitby. Tenho certeza de que, se ela não quer ver Drake se casar, é só por isso.

— Ah, claro — concordou Georgiana. — Eu só quis dizer que a natureza afetuosa de Payton talvez a tenha levado a sentir que a Srta. Whitby não é a noiva mais adequada para alguém por quem ela nutre sentimentos tão... fraternais.

Assim estava melhor. Payton decidiu que talvez não devesse matar a cunhada, afinal. E, para dizer a verdade, Georgiana estava se tornando muito útil. O espartilho sem dúvida exercera sua função, certo?

— Concordo. Além do mais — Ross estendeu o braço pesado sobre os ombros da irmã e deu um abraço apertado que era ao mesmo tempo afetuoso e dominador —, Drake sabe que se algum dia ele pensasse em tocar um dedo em Payton, nós seríamos forçados a cortá-lo em pedaços e dar de comer aos tubarões. Certo, Pay?

Payton engoliu em seco e murmurou uma oração silenciosa de agradecimento por não ter sido vista com Drake no jardim na noite anterior.

— Hum. Certo.

Capítulo 11

O REVERENDO, NO ALTAR DIANTE de todos, com o livro de orações na mão, pigarreou. Era um homem grande, que evidentemente não costumava dispensar um doce. Em sua pequena igreja iluminada pelo sol, ele aparentava ser uma figura enorme. O espaço era mínimo — mal cabiam cinquenta pessoas —, mas era uma linda capela, com janelas de vitrais e um perfume intenso dos botões de rosa no ar.

Porém, por maior que fosse o reverendo, não era tão grande quanto os quatro cavalheiros à sua direita. Drake, Ross, Hudson e Raleigh, cada um com pouco mais de 1,80m de altura, com a pele bronzeada e os ombros largos, irradiavam virilidade e saúde — isto é, exceto pela palidez no rosto de Drake e dos dois Dixon do meio, ocasionada pela noite maldormida. Eles não pareciam muito à vontade — eram acostumados a usar muito menos roupa — mas estavam inegavelmente bonitos.

Dos quatro, Payton achou que Ross parecia o menos triste. Ele chegou a piscar para ela, recebendo em troca um olhar de censura de Georgiana.

Drake parecia o mais indisposto. Na verdade, dava a impressão de que poderia vomitar o café da manhã a qualquer momento. Se é que ele *comera* qualquer coisa, o que Payton duvidava. Isto é, a não ser pela xícara que ela o fizera beber.

Como Payton encontrava-se sentada no primeiro banco da direita, Drake estava bem à sua frente, a cerca de um metro de distância. Ao sentir que ele a fitava, recusou-se a retribuir o olhar. Somente o rubor nas maçãs de seu rosto denunciava que estava ciente do olhar dele, embora fizesse o possível para disfarçar essa reação involuntária. Pense em alguma outra coisa, insistia para si mesma. *Qualquer coisa.*

O bilhete. Ele não confirmara seu recebimento. Payton escrevera algumas palavras — um aviso — numa folha de papel almaço e entregara a Hudson na entrada da igreja.

— Dê isto a Drake — sussurrou ela, cuidando para que Ross não a visse. — É importante.

Hudson estivera ocupado observando as primas atraentes de Drake. O privilégio de acompanhá-las aos lugares nos bancos fora de Ross e de Raleigh.

— Está bem — concordara Hudson. — Como quiser, Pay.

Mas se Hudson conseguira entregar o bilhete, Drake obviamente não o levara a sério. Lá estava ele, não propriamente com aparência de quem estava passando bem, mas também não parecia um homem que acabou de saber que a noiva é uma espiã de seu inimigo mortal. Será que ele não conseguiu decifrar sua letra? Payton sabia que sua letra não era tão bonita quanto a de Georgiana, mas era legível...

Payton sentiu a mão da cunhada, com a luva de renda, sobre seu joelho direito, que ela não parava de sacudir nervosamente. Olhou para o lado e viu um sorriso no rosto da cunhada.

— Não faça isso — sussurrou Georgiana. — Você está sacudindo o banco inteiro. Lady Bisson não para de olhar para cá.

Payton virou-se. Georgiana não estava mentindo. Lady Bisson *estava* mesmo olhando para elas, ou, pelo menos, para Payton.

E não havia nenhum calor naquele olhar. Na verdade, se meia dúzia de flechas envenenadas subitamente se enterrassem na nuca de Payton, ela não teria dúvidas de quem as arremessara.

— Não consigo evitar — sussurrou ela em resposta, arrasada.

— Você consegue, e o fará. — Georgiana retirou a mão. — Ele pode cuidar de si, sabia? É um homem adulto.

Payton sentiu o rosto enrubescer.

— Sei disso. Acha que não sei? Mas se você tivesse me deixado vê-lo, só por um instante...

— Agora já é tarde. — Georgiana olhou por cima dela e acenou graciosamente para um conhecido.

— Você poderia pelo menos ter me deixado confrontar a Srta. Whitby...

Georgiana emitiu um som que podia ter sido um bufo. Mas isso era ridículo; Georgiana era fina demais para bufar.

— Para você deixar o olho dela roxo antes da cerimônia? Acho que não.

— Eu não a teria machucado — insistiu Payton. — Eu só queria *falar* com ela...

— Certamente. — Georgiana voltou os olhos para o altar. — O reverendo está olhando para cá. Fique quieta agora. Lembre-se de que estamos na casa do Senhor, portanto tente não usar palavrões.

Payton ficou em silêncio, mortificada. A casa do Senhor. *Está me ouvindo, Senhor?* Payton ergueu os olhos em direção ao teto de ripas. *Eu só queria agradecer-lhe muito. Não, verdade. Esta é a coisa mais maravilhosa que o Senhor já fez por mim, obrigar-me a ficar sentada aqui e assistir a Drake se casar com aquela sanguessuga. Realmente não sei o que fiz para merecer isto, mas obrigada por me escolher para esta honra...*

Deus aprovava sarcasmo? Payton não sabia. Mas era só isso que Ele receberia dela por enquanto.

Foi somente quando o órgão da igreja subitamente começou a soar que Payton desviou os olhos do teto, assustada, e, inadvertidamente, encontrou o olhar de Drake.

Então ficou paralisada, presa naquele olhar hipnótico. Os olhos dele — que ela sempre achou serem da cor do gelo — pareciam perfurá-la. Era desconcertante ter aqueles olhos, tão absurdamente claros naquele rosto escuro, voltados para ela. O que ele quer?, ela se perguntou, meio lânguida, com a parte do cérebro que não se fechara automaticamente para Drake no instante em que o olhar dele se fixou no dela. Por que ele me olha assim? Recebeu meu bilhete? Será que é isso? Mas, caso tenha recebido, por que ainda vai levar o casamento adiante?

Payton examinou-lhe o rosto, mas não encontrou nenhum sinal por trás daquele olhar enigmático. Talvez, pensou com tristeza, seja sua maneira de dizer adeus. Adeus para sempre.

Nesse momento, ao seu redor, as pessoas começaram a se levantar. Pela única vez em sua vida, Payton afastou os olhos de Connor Drake antes dele e virou a cabeça para olhar além do ramo de botões de rosas preso na extremidade do banco. Entre o instante em que ela se sentou e o momento em que olhou para trás no corredor da igreja, alguém colocou um tapete de crepe branco para a noiva passar e chegar ao altar. Ao final do tapete estavam o pai de Payton, com um sorriso orgulhoso, ignorando a dor secreta pela qual passava a filha, e a Srta. Whitby, resplandecente num vestido de renda marfim e um longo véu que lhe cobria o rosto.

Ao lado de Payton, Georgiana puxou-lhe a manga.

— *Levante-se* — sussurrou, inclinando-se.

Obediente, ela se levantou.

Georgiana analisou cuidadosamente o perfil da cunhada. Estava muito preocupada com Payton. Era evidente que estava apaixonada pelo capitão Drake — ou Sir Connor, como agora deviam tratá-lo. Não deve ser nada agradável, supôs Georgiana, ver o homem que ama se casar com outra mulher. Ela não teria suportado. Se Ross tivesse resolvido se casar com outra, teria deitado no meio da igreja, dando chutes e gritando, se fosse necessário. Georgiana achou admirável ao extremo o fato de Payton estar se contendo.

O organista começou a tocar a marcha nupcial. Lentamente, Sir Henry Dixon e a Srta. Whitby começaram a entrar.

Georgiana olhou para o capitão Drake a fim de ver como ele estava. Realmente, para um noivo prestes a se casar com uma jovem tão adorável, ele não parecia nada bem. Georgiana, claro, reparou na maneira como ele olhava para Payton na maior parte do tempo.

Ela se considerava uma mulher prática, sem muita imaginação, mas teve certeza de que havia *algo* no rosto do capitão quando ele olhava para Payton. Algo que parecia desejo.

Ah, era tolice, ela sabia. Afinal, o capitão Drake — ah, caramba, *Sir* Connor — era dez anos mais velho e cem vezes mais sofisticado que Payton. Seria muito improvável que um homem como ele se apaixonasse por uma garota que, até poucas semanas atrás, provavelmente nunca vira usando um vestido.

Ainda assim, havia algo na expressão dele. E desaparecera no instante em que Payton lhe devolvera o olhar. Como um portão que se fecha, o capitão Drake orientou seus traços a voltarem à fria impassividade. Mas não antes de Georgiana ter visto... E pela primeira vez ela começou a desconfiar de que talvez, apenas talvez, alguns dos sentimentos de Payton pudessem ser correspondidos.

Mas agora era tarde demais. A noiva estava entrando.

E estava linda, no vestido que Georgiana escolhera para ela. Era escandalosamente decotado na frente para um vestido de noiva, e Georgiana viu, com desaprovação, que a Srta. Whitby não seguira sua sugestão de colocar uma peça de renda para atenuar o decote.

Medíocre, Georgiana pensou. Era o que Becky Whitby era. Uma pessoa medíocre. Não conseguia imaginar como atraíra alguém como o capitão Drake para sua cama. A culpa era mesmo dela, que jamais devia ter permitido a entrada daquela criatura em casa. Payton vivia pela rua recolhendo bichos machucados dos quais tratava até ficarem curados. A Srta. Whitby, primeiro, parecia um daqueles pássaros de Payton; uma pomba com a asa quebrada ou algo assim. Georgiana só percebeu como ela era medíocre tarde demais, quando o capitão Drake já anunciara os planos de casamento.

Pobre Payton. Ela não tinha qualquer chance, com uma mulher daquela dentro de casa. Isso lhe serviria de lição: havia sereias em todo lugar, não apenas em pedras do mar.

Georgiana olhou, ansiosa, para Payton quando Sir Henry entregou a mão da Srta. Whitby ao capitão Drake e se afastou para sentar ao lado de Lady Bisson no altar. Mas Payton não vacilou.

Não moveu um músculo sequer. Quando o capitão Drake e sua noiva se viraram para ficar de frente para o reverendo, Payton sentou-se calmamente como o resto dos convidados, deitando as mãos sobre o colo sem fechar os punhos, como se poderia esperar de uma garota que era tão rápida para golpear coisas... e pessoas. Georgiana não detectou uma lágrima sequer no rosto suave e bronzeado de Payton.

Ela está chorando por dentro, pensou, e teve tanta pena de Payton que segurou-lhe a mão.

Payton se virou, mas só pela surpresa de ver a cunhada pegar sua mão. *Por que,* perguntou-se, *Georgiana está sendo tão simpática comigo?* Não que isso importasse. Pois, no instante em que vira a luz do sol entrando através dos vitrais redondos sobre a cabeça do reverendo, fazendo brilhar o cabelo vermelho da Srta. Whitby sob o véu, ela soube exatamente o que devia fazer. Afinal, como era o ditado?

Céu vermelho à noite, tempestade distante. Céu vermelho de manhã, tempestade adiante.

Pois bem, era uma manhã. Mas era a própria Srta. Whitby quem enfrentaria uma tempestade.

Payton não estava com medo. O que tinha a temer? Já passara pelas piores situações que podia imaginar; acabara de ver o próprio pai entrar com sua pior inimiga na igreja para passá-la às mãos do homem que amava há tanto tempo que já nem se lembrava desde quando. O que poderia ser pior que isso?

Uma espécie de calma envolveu-a. Payton ouviu as palavras monótonas do reverendo explicando aos convidados que eles estavam ali para testemunhar a união de Rebecca Louise Whitby e Sir Connor Arthur Drake. Payton quase soltou uma risada histérica ao ouvir o nome Arthur. Não tinha ideia de que o nome do meio de Drake era Arthur, mas achou que não tinha motivo para falar, visto que o dela era Fulton.

Ao lado de Payton, algo de repente apertou o coração de Georgiana. Ao ver a expressão da cunhada mudar tão dramaticamente de tensa para calculista, ela soube exatamente o que Payton pretendia. Apertou a mão dela, afundando as unhas através do couro de suas luvas. Mas Payton limitou-se a olhá-la e sorrir, com aqueles olhos castanhos tão transparentes e frios que pareciam sondas profundas. *Não, Payton,* pensou Georgiana, aterrorizada. *Não!*

Quando o reverendo, depois do que pareceram horas, finalmente perguntou aos presentes se havia alguém ali que soubesse de algum tipo de impedimento para a união, que falasse agora ou se calasse para sempre, Payton sentiu a mão de Georgiana, ainda sobre a dela, tremer. Georgiana agarrou com firmeza a mão da cunhada e lançou-lhe um olhar tão ameaçador que, se Payton tivesse voltado a ter 4 anos, talvez ficasse com muito medo.

Mas Payton tinha quase 19 anos. Assim, em vez de se intimidar, ela simplesmente ergueu a mão livre e acenou para o reverendo.

Este, que não esperava nenhuma interrupção — sem dúvida casara centenas de casais e nunca recebera uma resposta positiva àquela pergunta específica —, havia acabado de voltar os olhos para seu livro de oração a fim de ver o que tinha a dizer a seguir quando percebeu uma agitação em um grupo de pessoas.

Avistando a mão de Payton muito firme no ar, ele também viu que a jovem sentada ao lado dela tentava com toda força abaixar aquela mão. Notara as duas sussurrando no início da cerimônia. Deveria ter imaginado que dali viria problema.

— Humm — disse ele, num tom de voz meio aflito. — Pois não, Srta...

Payton estava ciente de que não só Drake e a Srta. Whitby tinham se virado para ela. Seus três irmãos a fuzilavam com os olhos, em especial Ross. Ela não se importou. Ficou de pé e disse:

— Creio que *há* um impedimento, senhor.

O reverendo engoliu em seco. A temperatura dentro da igreja estava cada vez mais alta, com todo o sol entrando pelos vitrais. Ele não tinha certeza de estar pronto para lidar com esse tipo de interrupção.

Felizmente, parecia que não seria preciso. Um dos padrinhos do noivo, o mais velho, deu um passo adiante, com uma expressão de profundo constrangimento.

— Não ligue — disse ao reverendo, bem como aos presentes. — Por favor, continue. Ela só precisa de um pouco de ar.

Para o espanto do reverendo, o homem então agarrou a moça pela cintura, ergueu-a do chão e começou a carregá-la para fora da igreja. Antes que ele pudesse dizer qualquer coisa a respeito, contudo, Lady Bisson, a formidável avó do noivo, levantou-se com uma expressão tenebrosa. Batendo a bengala no chão, ela falou rispidamente:

— Solte essa moça imediatamente!

Ross tropeçou e quase deixou a irmã cair.

— O q-quê? — gaguejou ele.

— Você me ouviu. — Lady Bisson agora arremessava seu olhar venenoso na direção de Ross. — Se a garota diz que há um impedimento, então eu quero ouvir o que é.

Payton cutucou as costelas de Ross com o cotovelo.

— Viu? Solte-me, seu cretino idiota!

O reverendo percebeu que vários dos leques que as senhoras tinham aberto para combater o calor começaram a se mover com mais rapidez diante das palavras "cretino" e "idiota". Ele pigarreou.

— Veja bem, senhorita — disse ele. — Por favor, lembre-se de que está na casa do Senhor.

Payton, que Ross depositara, nada gentilmente, de volta no chão, ajustou o corpete do vestido.

— Ah, eu peço desculpas, reverendo. É que meus irmãos às vezes podem ser uns cretinos idiotas.

— Hum, sim. — O reverendo pensou brevemente no assado que sua cozinheira estava preparando quando ele saiu de casa naquela manhã. Esperava que esse atraso não a levasse a perder o ponto. — E então, qual é o impedimento ao qual a senhorita se referiu?

— Ah. — Payton era uma pequena extraordinária, notou o reverendo. Esguia como um caniço, bastante bronzeada, com cachos castanhos curtos que se projetavam para fora do chapéu. Sobre o nariz, havia uma camada de algo que ele estava quase certo de serem *sardas*. E, embora não fosse exatamente bonita (a noiva, Srta. Whitby, era a única mulher na igreja que poderia ser classificada como tal), ela, de modo algum, deixava de ser atraente. Na verdade, era bastante interessante, com seus olhos grandes e espertos e a voz rouca de menino.

— O impedimento — continuou a garota — é que eu acredito que a Srta. Whitby esteja em aliança secreta com Sir Marcus Tyler, o grande rival da Cia. de Navegação Dixon e Filhos. Eu os vi juntos esta manhã no labirinto de cerca viva do capitão Drake.

Ouviu-se uma exclamação coletiva na paróquia, embora poucos ali, incluindo o reverendo, pudessem entender por que isso seria um impedimento para o casamento.

Então a Srta. Whitby surpreendeu a todos mais ainda soltando o buquê que tinha nas mãos e caindo, desmaiada, no chão de pedra.

Capítulo 12

— TEM CERTEZA DE QUE não quer nada, senhorita? — perguntou a mulher do anfitrião. — Um copo de vinho, talvez?

O olhar de Payton ia além da Sra. Peabody e se dirigia aos outros que se encontravam reunidos na sala íntima. Ela estava sentada numa posição não muito elegante, com as costas contra um dos braços da poltrona de couro e as pernas jogadas sobre o outro.

Ross ainda estava furioso demais para se sentar. Ele caminhava de um lado a outro em frente à lareira. Georgiana desmoronara há algum tempo no banco de madeira, e, exceto pelo fato de ter coberto o rosto com um lenço, não se mexera na última meia hora. Hudson e Raleigh se sentaram nos peitoris das janelas, olhando, furiosos, para Payton e também furtivamente através do vidro mosqueado, esperando vislumbrar a atraente garçonete que tinham visto na entrada.

Somente Sir Henry, contemplando sua coleção de balas de mosquete, parecia ignorar o status de pária social de Payton e ocasionalmente se dirigia a ela, da mesa em que estava, para perguntar se a bala atribuída ao abominável pirata Lucien La Fond não parecia muito semelhante àquela atribuída ao Barba Negra. Temia ter sido enganado.

— Senhorita?

Payton deu um sorriso amarelo para a esposa do anfitrião e balançou a cabeça. Não podia imaginar comer ou beber nada enquanto estava sob os olhares furiosos que parecia ter provocado. Qualquer coisa que lhe tocasse os lábios teria o sabor de areia.

— Está bem, então.

A Sra. Peabody levou embora a travessa de frios e queijos fatiados que estava na mesa desde o meio-dia, intocada. Se ela achou estranho que, numa família de pessoas que aparentavam ser boas de garfo, nenhum deles tivesse provado seu melhor prato, nada comentou. Sabia reconhecer uma família em crise. Imaginou que a jovem fosse a raiz do problema. As jovens costumam ser. Talvez, pensou a Sra. Peabody, a jovem tenha sido pega tentando fugir com seu amado. Um amado sem dinheiro, a quem a família, obviamente abastada, não aprovava. De coração romântico, a Sra. Peabody sentiu-se mal pela nobre Srta. Dixon, que tinha tantos irmãos assustadoramente grandes e um pai que não parecia ter pulso firme ou sanidade. Ela concluiu que, se o jovem aparecesse durante a noite para libertar a mocinha dos irmãos, faria o possível para ajudar.

Contudo, como tantas pessoas naquele dia, a Sra. Peabody ficaria desapontada. Pois o jovem — que não era tão jovem quanto ela deve ter imaginado — não viria e certamente não tentaria libertar a mocinha. Àquela altura, ele estava no mar, a muitas milhas de distância e na companhia de uma moça muito mais bonita que, no fim da viagem, seria sua esposa de fato, se já não era no nome.

Mas a Sra. Peabody, em sua imaginação romântica, não estava *totalmente* errada:

Payton *era* a raiz de todo o problema da família.

— O convento — declarou Ross, parando e apontando um dedo acusador na direção de Payton. — É para lá que a mandarei no instante em que chegarmos em casa!

— Nenhum convento a aceitaria — disse Raleigh, com a fala arrastada, do peitoril da janela.

Hudson concordou.

— Ela tem a boca muito suja para qualquer convento, Ross. As freiras a mandariam de volta ao primeiro "merda" que deixasse escapar.

— O que eu vou fazer com ela, então? — Ross virou-se e continuou a andar de um lado para o outro em frente à lareira. — Payton se tornou alvo de risadas. Não conseguirei mais casá-la. Em questão de semanas, Londres inteira saberá como ela impediu o casamento de Drake.

Payton, que vinha ouvindo reclamações desse tipo ao longo da tarde, não pôde mais se conter.

— Ouçam bem — argumentou ela, afundada na poltrona —, pelo menos eu estava certa. Eu vi *mesmo* a Srta. Whitby conversando com Marcus Tyler no labirinto de cerca viva.

A voz de Ross foi tão alta que soou como um trovão.

— Não me lembro de ter dado permissão para você falar!

Ofendida, Payton voltou a olhar para as vigas do telhado, que vinha examinando minuciosamente durante a última hora. Não parecia haver nada que ela pudesse dizer para fazer sua família entender por que se sentira compelida a impedir que Drake se casasse com a Srta. Whitby. Todos achavam que ela agira daquela forma por uma necessidade perversa de se vingar pela perda do *Constant*. Payton não se esforçara muito para dissuadi-los dessa ideia. Certamente não podia contar a verdade — que amava Connor Drake a ponto de quase enlouquecer, e que mesmo se *não tivesse* visto Becky Whitby no labirinto com Marcus Tyler, provavelmente teria tentado impedir o casamento.

Mas, afinal, por que eles estavam tão furiosos? Não parecia fazer alguma *diferença*. Tão logo o casal aportasse em Nassau, eles pediriam ao primeiro padre que encontrassem para casá-los. Pelo menos foi isso o que Drake disse.

Então por que todos estavam tão furiosos?

Claro, Payton sentiu certo medo, quando a Srta. Whitby caiu no chão da capela, de que o bom Deus tivesse finalmente respondido às suas preces e feito a noiva cair morta. Mas ela percebeu que não teve tanta sorte quando viu a facilidade com que a Srta. Whitby voltou a si depois que Raleigh e Hudson — que a levantaram quando ela desmaiou — a levaram para a sala de estudos da paróquia. A esposa do reverendo agitou uns sais de cheiro sob o nariz da Srta. Whitby, fazendo-a acordar, embora de modo hesitante. Mesmo semiconsciente, estava bonita, deitada ali com os lábios vermelhos separados e os seios subindo e descendo, acompanhando sua respiração ofegante.

Evidentemente, no instante em que Payton viu que a Srta. Whitby não estava morta, concluiu que a noiva estava fingindo um desmaio. Se os sais não a trouxessem de volta com a rapidez desejada, Payton já se oferecera para beliscá-la. A Srta. Whitby deve ter ouvido essa ameaça murmurada, pois imediatamente abriu os olhos que pareciam joias e perguntou, ainda ofegante:

— Oh, onde estou? O que aconteceu?

Foi a esposa do reverendo que disse gentilmente:

— Você desmaiou, minha querida. Está na capela da vila. Posso lhe trazer alguma coisa? Um pouco de conhaque, talvez?

A Srta. Whitby declinou a oferta, e então, piscando de forma meio atordoada, olhou para Drake, que estava em pé, um pouco distante de todos, e exclamou:

— Ah! Como eu agi mal com você!

A Srta. Whitby então virou o rosto para o outro lado, como se não suportasse encará-lo.

— Calma, calma, minha querida. — O reverendo, sem querer ficar de fora do pequeno drama que se revelava diante dele, assumira o lugar da esposa e se ajoelhara ao lado do sofá no qual a Srta. Whitby estava deitada. Ele acariciou a mão da jovem. — Calma. Tenho certeza de que a senhorita tem uma explicação perfeitamente razoável, não tem? Estou certo? Uma explicação perfeitamente razoável para as acusações contra a sua pessoa?

A Srta. Whitby assentiu.

Todos se inclinaram, ansiosos para ouvir a explicação perfeitamente razoável de Becky Whitby para estar no jardim com Sir

Marcus. Todos, à exceção de Payton, claro, que a essa altura já percebera que a Srta. Whitby tinha plena intenção de mentir. Ela se afastou um pouco do grupo — quase tanto quanto Drake, que também não se aproximou para ouvir, e a avó, que pressionou os lábios tão apertado que eles quase desapareceram. Isso, pensou Payton, vai ser bom.

A Srta. Whitby não desapontou. *Foi* bom. Uma história excitante, de fato, que apresentava ela, Becky Whitby, como a heroína, e Sir Marcus Tyler como o vilão de coração frio. Se Payton tentasse, não conseguiria inventar uma história tão convincente. Ela ficou enojada, mas também abismada. Não havia *nada* que essa garota não soubesse fazer?

Ao que parecia, Sir Marcus abordara a Srta. Whitby certa manhã no Hyde Park, no começo de sua estada na casa de Londres dos Dixon, quando ela cavalgava a égua que a Srta. Dixon tão generosamente lhe cedera. Sir Marcus tinha uma proposta irrecusável a fazer à pobre órfã: em troca de lhe fornecer um certo papel, que poderia ser encontrado em poder do capitão Connor Drake, que, assim como a Srta. Whitby, era hóspede dos Dixon, ele estava disposto a lhe pagar a quantia surpreendente de 5 mil libras.

— E que papel era *esse* — logo perguntou o reverendo — que valia tamanha soma de dinheiro para Sir Marcus?

— Ah — disse a Srta. Whitby com uma fungada. — Eu não sei muito bem. Mas Sir Marcus o descreveu de uma forma que me levou a acreditar que seria um mapa.

— Um mapa? — O reverendo pareceu perplexo. — Sir Marcus Tyler estava preparado para pagar uma pequena fortuna por um único mapa?

A Srta. Whitby continuou a explicar, chorosa:

— É o único mapa que existe do gênero. Um mapa — explicou — que, segundo Sir Marcus, o capitão Drake desenhou no verão passado.

A essa altura da narrativa, Ross já praguejava vigorosamente, e Hudson e Raleigh não paravam de soltar exclamações. Somente

Drake parecia impassível, apoiado na cornija da lareira, de braços cruzados como Payton.

Quando o reverendo, confuso, pediu a Ross que explicasse, ele esclareceu que Sir Marcus queria um mapa que englobava cerca de setecentas ilhas das Bahamas. Com exceção do mapa do capitão Drake, não havia nenhum outro: as ilhas eram espalhadas demais, e a área, repleta de recifes perigosos para qualquer pessoa explorá-la integralmente.

Isto é, antes da expedição de Drake no verão anterior. O mapa era de valor inestimável para companhias de navegação como a Dixon e Filhos, que fazia negócios nas Bahamas. Porém, mais que isso, sua existência era motivo de grande ressentimento por parte da escória pirata que se escondia nessas setecentas ilhotas. Antes, eles conseguiam desaparecer entre os obstáculos sem temer serem perseguidos, pois nenhum navio do tamanho de um clíper se arriscaria a encalhar em algum pedaço de terra ou recife. Com o mapa de Drake, porém, qualquer um pode entrar e sair daquelas águas traiçoeiras com a tranquilidade de um pirata.

A Dixon e Filhos, por ser a empresa para a qual Drake trabalhava, possuía direitos exclusivos sobre o mapa, e seus concorrentes — Sir Marcus Tyler, por exemplo — fariam qualquer coisa para se apossar dele.

Até mesmo tentar subornar uma órfã bonita e pobre como Becky Whitby.

— Entendo — disse o reverendo. — E você deu a ele o mapa, então?

Todos — à exceção de Drake e dos Dixon — se debruçaram para ouvir a resposta. Mas Payton já sabia o que a Srta. Whitby iria dizer. O mapa estava seguro em um cofre no escritório de seu pai. Algumas cópias tinham sido distribuídas para os capitães da Dixon e Filhos que navegavam nessas águas, porém, a não ser que Drake tivesse sido negligente e deixado uma cópia solta pelo quarto, a Srta. Whitby não teria como pôr as mãos nisso.

E Connor Drake podia ser muitas coisas, mas não negligente.

No entanto, as demais pessoas na sala não sabiam disso e soltaram um suspiro coletivo de alívio quando a Srta. Whitby, balançando a cabeça, disse:

— Ah, não! Mas eu não queria irritar Sir Marcus, então o enrolei o quanto pude. Eu dizia que estava procurando e não conseguia encontrar. Ele me pedia para procurar com mais afinco. Quando saí de Londres e vim para Daring Park, fiquei muito feliz. Acreditei que finalmente tinha me livrado dele. Mas, como vocês souberam através da Srta. Dixon, ele me seguiu até aqui e me mandou um bilhete pedindo para me ver esta manhã. Eu, com muito medo de lhe dizer não, saí para o jardim sem ser vista, depois do café, para dizer que ainda não encontrara o mapa. Nós vamos partir... — Nesse momento, ela ergueu os olhos azuis sofridos na direção de Drake. — Nós *íamos* partir para New Providence logo após o café da manhã, portanto eu imaginei que talvez nunca mais fosse ver Sir Marcus. Mas suponho que ele teria me encontrado, até mesmo lá.

— Bem — disse o reverendo. — Isso tudo é muito esclarecedor. Mas o que eu não entendo, filha, é por que você não pediu ajuda aos seus amigos na primeira vez em que esse homem a abordou. Certamente os Dixon foram muito bondosos com você. Por que não se aproximou deles e contou sobre a oferta de Sir Marcus? Você obviamente não tinha intenção de aceitar o dinheiro dele. Parece ter ideia de que ele a pedia para fazer algo não só ilegal, mas também imoral. Portanto, por que não contou a ninguém?

Nessa hora, a Srta. Whitby baixou a cabeça. Ela confessou, com um soluço, que se envergonhava de dizer, mas que a oferta de Sir Marcus não incluía somente a recompensa de 5 mil libras. Também incluía uma punição caso ela falhasse. Ele pretendia revelar algo aos seus novos amigos que a Srta. Whitby queria muito manter em segredo.

Esta pequena informação, claro, levou todos na sala a prender a respiração, esperando uma informação muito interessante. Mas, infelizmente, o reverendo deduziu que as únicas pessoas que precisavam ouvir o que a Srta. Whitby tinha a revelar eram ele mesmo e o homem que pretendia desposá-la — para a fúria da avó de Drake, que não aceitou nada bem ser mandada embora da sala de estudos, e da própria esposa do reverendo, que pareceu passada por não poder ouvir o final da história comovente de Becky Whitby.

No pátio da igreja, onde os convidados se reuniram para conversar sobre os acontecimentos extraordinários daquela manhã, ninguém se aproximou de Payton para lhe dar os parabéns. Ela imaginava que, talvez, Lady Bisson o fizesse, pois agira exatamente de acordo com seu pedido — impedira que o casamento de seu neto se realizasse. Mas a senhora não disse nada. Em vez disso, se dirigiu para o cemitério e ali ficou, em frente ao túmulo de Sir Richard, sem parecer nem um pouco ameaçadora.

Ainda assim, Payton achava que *alguém* poderia cumprimentá-la. Afinal, ela *era* uma espécie de heroína, não só por ter salvado Drake, mas também os interesses da Dixon e Filhos nas Bahamas. Porém, ninguém disse nada. Payton, percebendo pela primeira vez que talvez tivesse feito algo errado, sentiu lágrimas nos olhos. Ora, que se danem todos! Que lhe importava o que pensavam? Só Drake lhe interessava. Alguém precisava salvá-lo. Ela se orgulhava de tê-lo feito, estava *feliz* por isso. E faria de novo, se fosse preciso.

Assim, foi uma espécie de anticlímax quando o reverendo saiu da sala de estudos e informou que o casal ia partir imediatamente para Portsmouth. Lá eles embarcariam no *Constant* e iriam para as ilhas, onde se casariam, ao invés de se casar na Inglaterra, pois ali as complicações eram muitas.

Complicações. Nunca em sua vida Payton achou que Drake pudesse se referir a ela como uma complicação.

Mas pelo visto foi o que ele fez. E não era só isso, pois ele estava indo embora do país, ao que tudo indicava, numa tentativa de se livrar dela.

Houve falatório, claro. Muito falatório, primeiro sobre qual seria o terrível segredo que Sir Marcus guardava sobre a Srta. Whitby que a levara a fazer o que fosse preciso para escondê-lo dos Dixon

— mas que, quando exposto ao futuro marido, não afetara sua decisão de desposá-la. Não podia ser, como Payton ouvira os convidados sugerirem, que a Srta. Whitby estava grávida do capitão, pois certamente, como esse casamento apressado mostrava, ele já sabia disso. Então o que poderia ser? Alguma coisa que a Srta. Whitby não queria que ninguém além do capitão Drake soubesse.

Mas o que havia de tão ruim no fato de ela estar se casando *grávida*? Era um pouco chocante, claro, mas acontecia. Seria muito mais chocante caso o capitão Drake se recusasse a se casar, com ela grávida de um filho dele. Mas o fato de ele admitir ser o pai não era motivo para vergonha. Casamentos assim aconteciam todos os dias.

Tudo era decididamente desconcertante, confuso e nada compensador para os convidados que apreciavam uma boa fofoca. Por fim, eles se foram, desapontados — mas não tanto quanto Lady Bisson, que chamou sua carruagem e partiu para Sussex sem mais nenhuma palavra. Ainda assim, era preciso admitir, embora os detalhes não tenham sido partilhados, que o espetáculo em si foi memorável. E o papel que Payton Dixon desempenhou foi algo que poucos convidados esqueceriam. Aparentemente, a nobre Srta. Payton Dixon não entraria para a história como a primeira capitã de navios, mas como a garota que tentou impedir o casamento de Sir Connor Drake.

Não era um título que agradava a Payton.

Sua família também não estava muito satisfeita.

— Se o convento não a aceitará — disse Ross, finalmente —, talvez a América a aceite.

Aquilo foi o suficiente para chamar a atenção de Hudson.

— Você não pode estar falando sério, Ross — disse. — Mandar Payton para a América?

— Por que não? — Ross, ainda andando de um lado para o outro, pareceu gostar da ideia. — Pelo que sei, temos primos na América, em Boston. Vamos mandar Payton para lá. Ninguém terá ouvido falar de Connor Drake. Podemos até arranjar um casamento com um americano.

Aquela foi a gota d'água. Payton respirou fundo e gritou:

— Eu *não* me casarei com um americano...

Nem com mais ninguém, ela pretendia acrescentar, mas Ross a cortou.

— Você não tem escolha. — Após ter pensado em um plano viável, Ross estava satisfeito. — Nenhum inglês a aceitará depois do papel ridículo que fez hoje. Mas um americano a aceitaria, de boa vontade, penso eu, com o nosso dinheiro. E — acrescentou, de mau humor —, você não é tão feia quanto Raleigh sempre afirma. Pelo menos para um americano, deve dar para o gasto.

— Eu não vou! — bradou Payton. — Não pode me obrigar!

— Você vai — assegurou-lhe Ross —, e eu posso, sim.

— Ei, Ross — disse Raleigh, indulgente. — Nisso eu devo concordar com Payton. Parece uma solução extremista demais. Mandá-la para a América só porque ela, muito acertadamente, devo acrescentar, tentou salvar Drake? Penso que está sendo um pouco severo.

— Sim. — Hudson levantou-se. — Ela só estava tentando ajudar um companheiro de mar.

— O problema é exatamente esse — insistiu Ross. — Payton não é uma marinheira. Supostamente, é uma moça pronta para se casar. Mas não parece se lembrar disso, não é? Talvez, se nós a afastarmos do mar...

— Eu não vou! — gritou Payton. — Portanto, saia do meu caminho, seu merdinha detestável!

Diante daquela frase, Georgiana tirou o lenço do rosto e se sentou.

— Ross — disse ela, numa voz baixa. — Posso encontrá-lo no outro quarto, por favor?

Ross fez um gesto para que a esposa aguardasse.

— Num instante, Georgie. Antes, eu preciso dar uma surra em Payton.

Georgiana deixou o lenço de lado.

— Não, Ross. *Agora.*

Mas o que quer que Georgiana pretendesse dizer ao marido ficou para a imaginação de todos, pois naquele exato instante, a porta que dava para a saleta privada do casal se abriu, e um jovem pálido e ofegante desmoronou no chão diante deles.

— Capitão Dixon — exclamou ele, estendendo a mão na direção de Ross. — Felizmente o encontrei!

A Sra. Peabody apareceu no corredor de onde o jovem viera, logo depois de ele desmoronar no chão. Horrorizada com o fato de que o rapaz de aparência imunda pudesse ser o amado da mocinha, e entendendo perfeitamente por que a família estava tão inconformada perante a perspectiva do casamento, ela o seguira pela escada.

— Ah, eu tentei impedi-lo, senhor, sinceramente, mas ele não me ouviu. Disse que tinha algo muito urgente a lhe dizer e...

— Está bem. — Ross fez um sinal com a mão indicando que já bastava de desculpas. — Nós o conhecemos. Você é o jovem Hill, não é? Se não estou enganado, é um grumete no *Constant*.

— Isso mesmo, senhor. — O menino mal conseguia respirar, de tão ofegante, mas não esquecera as boas maneiras. Ao ver que havia senhoras na sala, tirou o quepe, e agora, prostrado no chão, o amassava nas mãos, de tanta ansiedade. — Jeremiah Hill, senhor.

— Então, Hill, qual é o problema? Você não deveria estar a bordo do *Constant* com o capitão Drake? Ele já deve ter partido há algumas horas.

— Isso mesmo, senhor, o *Constant* já partiu. Só que eu não fui. Eu estava... Lamento dizer que perdi a saída, senhor. Estava bebendo com um amigo e o tempo passou. Quando dei por mim, o navio já estava longe...

— Ora — disse Ross, com ar severo. — Trata-se de um delito grave, meu jovem, perder a partida do navio. O capitão Drake não gostará disso nem um pouco.

— Eu sei, senhor. — Hill passou a mão trêmula pelo cabelo castanho bem-aparado. — Mas não foi isso que me trouxe aqui. Quero dizer, não estou aqui para pedir o seu perdão, senhor.

— Bom — disse Hudson, oferecendo ao garoto uma caneca de cerveja que ele servira de uma jarra sobre a mesa. — Porque não vale a pena implorar pelo perdão de Ross. Nosso irmão é um velhote malvado.. Aqui, beba isto.

O garoto pegou a caneca e bebeu de um gole só. Quando sentiu que a garganta não estava mais ressecada, limpou a boca na manga da camisa e contou:

— Foi o que vi nas docas, senhor, quando finalmente percebi que estava atrasado e saí correndo, que me trouxe aqui. O *Constant* já partira, não passava de uma manchinha à distância, e eu vi que tinha feito uma grande besteira. Praguejei tanto que era capaz de queimar os ouvidos do capitão... — Ele olhou para Payton e Georgiana, culpado. — Desculpem-me, madames. E enquanto eu estava ali, de repente levei um empurrão do maior homem que já vi: um sujeito enorme, de pele escura, com argolas nas orelhas e no nariz. Atrás dele, vieram vários homens mal-encarados, do tipo que eu só tinha visto a caminho de Nassau. Eles estavam com pressa de zarpar, por conta de... foi o que eu ouvi um deles dizer... por conta daquele canalha. Perdoem-me, senhoras. O tal canalha era o capitão Drake, que deixara o porto cedo, e eles tinham ordens de segui-lo.

— Droga!

Ross ficou quase tão pálido quanto o rapaz trêmulo à sua frente. Trocou olhares com os dois irmãos mais novos.

— La Fond? — perguntou Ross a ambos.

Hudson fez que sim com a cabeça.

— Parece que sim. Ele não ousaria mostrar o rosto em Portsmouth, mas pode ter certeza de que o estará esperando em algum lugar a pouca distância da costa.

— Mas como ele poderia saber? — Raleigh balançava a cabeça. — Como ele soube que Drake partiria hoje?

Payton levantou-se da poltrona de couro, tremendo de raiva, e virou-se para os irmãos.

— Pois eu lhes direi como ele soube — disse ela, com as mãos em punho ao lado do corpo. — Becky Whitby contou a Marcus Tyler esta manhã!

Isso foi o bastante para que até Raleigh, o mais preguiçoso dos Dixon, se levantasse.

— Uau! — exclamou. — Ela tem razão!

— Ross, nós temos que ir para lá imediatamente. — Hudson já pegava o chapéu e as luvas. — Madame. — Ele se dirigiu à Sra. Peabody. — Peça ao criado que traga nossa carruagem. E rápido!

A Sra. Peabody, assustada com o modo imperioso do cavalheiro, saiu depressa, alvoroçada, numa confusão de saias e avental. As coisas não estavam saindo como ela planejara para a mocinha. E ela começava a achar que era melhor não entender, afinal.

— Nós temos algum outro navio em Portsmouth no momento? — quis saber Raleigh, que também já vestia as luvas.

— Sim, senhor. — O garoto Hill finalmente se levantara e agora voltara a torcer o quepe. — Logo que ouvi aqueles homens falarem sobre o capitão Drake, fui correndo para o mestre de cabotagem e descobri que a fragata *Virago*, da Dixon, atracou ontem à noite. Procurei o capitão. Ele sabia que os senhores estavam no casamento e me mandou aqui. Pediu que lhes avisasse que estará pronto para partir no instante em que colocarem os pés a bordo.

Hudson parecia contente.

— O *Virago*, é? Ele servirá. Vem armado com oito canhões de 15 quilos.

Ross, com a cara fechada, agiu rapidamente.

— O que estamos esperando? Vamos.

Todos os quatro irmãos se viraram e saíram correndo da sala, deixando o pai, Georgiana e o grumete olhando um para o outro.

— Georgiana. — Sir Henry desviou os olhos da bala de mosquete que estava polindo. — Para onde foram todos?

Georgiana não estava com ânimo para acalmar o sogro. Ela se sentou no banco de madeira e, cobrindo novamente o rosto com o lenço de algodão, respondeu, numa voz muito irritada:

— Para o diabo.

E, pior, ela não estava completamente errada.

Capítulo 13

DRAKE ESTAVA NO CONVÉS DO seu navio. E *era* de fato o seu navio, não apenas sob o seu comando. O *Constant* agora lhe pertencia. Esse pensamento lhe voltava à mente muitas vezes e o enchia de culpa, pois ele sabia o quanto Payton o desejara. Mais que isso, sabia o quanto ela o *merecia*, o quanto trabalhara com afinco por ele, polira seus metais com amor, e influíra no desenho.

Ainda assim, também havia alegria em seu íntimo, justo quando tinha começado a achar que talvez nunca mais fosse experimentar a felicidade. Alegria por aquele ser um belo navio, seguro, rápido, feito com tanto primor quanto uma porcelana chinesa.

Sim, ele deveria pertencer a Payton. E talvez, lá no fundo de seu coração, ele soubesse que *era* dela, que só estava tomando emprestado, cuidando dele, até que sua dona legítima pudesse reivindicá-lo. E não se importava. Era algo que poderiam compartilhar, algo que os uniria através das ondas, através das milhas que os separavam.

Era o bastante.

Tinha de ser.

Mas, neste momento, ele tinha problemas mais importantes do que a propriedade legítima do *Constant*. Aquele navio ao norte, por exemplo. No início, Drake não tinha certeza, mas agora não havia dúvidas: o navio os estava seguindo. E a tripulação também já percebera.

— Capitão. — O imediato, um rapaz talentoso chamado Hodges, se aproximou. — Acabei de receber uma notícia de que um veleiro de três mastros se aproxima a norte. Ele vem a toda velocidade, senhor.

Drake fez um aceno de cabeça.

— Eu o vi quando o sol nasceu. Quem sabe nosso menino Hill tenha pegado uma carona e agora esteja tentando nos alcançar?

O segundo imediato ouviu a conversa e riu.

— Não duvido. Ele é o tipo que faria qualquer coisa para escapar de uma surra.

Hodges balançou a cabeça.

— Ele não está naquele navio, senhor. Ou melhor, se estiver, não é por vontade própria. O navio não tem bandeira.

Drake coçou o queixo, pensativo.

— Não tem bandeira, hein? Quem você acha que é, Hodges?

— Eu nunca soube de o francês vir tão a norte, mas se eu fosse um apostador, poria meu dinheiro nele. Na taberna, dizem que ficou furioso com a maneira como você atirou nele perto da ilha Cat no agosto passado.

Drake deu um sorriso irônico de arrependimento.

— Aquele pirata não tolera uma brincadeira. Hodges, deixe os homens a postos para o caso de ser alguma coisa séria. Parece-me que não é nada, mas não custa estarmos preparados.

— Sim, capitão.

Hodges se afastou, e Drake olhou na direção do horizonte, parecendo, a um observador desinteressado, um oficial frio e reservado. Com as mãos para trás e um dos pés sobre a base da amurada, ele parecia absorto do perigo em direção ao qual eles navegavam — se não absorto, pelo menos confiante, despreocupado.

Era essa a impressão que queria passar para seus homens. Por dentro, no entanto, Connor Drake não conseguia se conter de tanta alegria. Uma grande batalha estava para acontecer, e ele não poderia estar mais feliz. Não pela perspectiva de excesso de sangue derramado. Um homem não podia se sentir feliz com isso. Sua felicidade se devia ao fato de que as coisas que pareciam tão desanimadoras até então talvez fossem enfim se resolver, e ao seu gosto.

No dia anterior, no instante em que Drake ouviu Payton pronunciar o nome de Marcus Tyler, tudo finalmente começou a fazer sentido. Ele tinha suas suspeitas, mas o que Payton viu no labirinto de cerca viva as confirmou. Era difícil não esfregar as mãos de satisfação. Por essa razão, ele as manteve para trás, sob controle. Após dias, ou melhor, semanas de tensão diante de sua impotência para mudar a maneira como os acontecimentos estavam se descortinando ao seu redor, ele *finalmente* teria condições de tomar uma atitude.

Sua primeira providência seria explodir o navio que vinha em seu encalço. Esperava que a tripulação lutasse com vigor. Se La Fond estivesse no comando, seria assim. Mas se fossem mercenários contratados por Tyler, não dava para esperar muita coisa. A motivação deles era o dinheiro, não a glória — não eram como La Fond, cujo orgulho estava em jogo. *Deve* ser La Fond, pensou Drake. Ele *tem de* estar envolvido nisso de alguma maneira. Drake ficaria desapontado caso se confirmasse que La Fond não tinha nenhuma ligação com aquele navio.

Drake não tinha certeza do que faria depois de explodir a embarcação que o perseguia. Se achasse seguro, talvez retornasse com o *Constant* para a Inglaterra. Tinha algumas providências a tomar, coisas que deixara inacabadas, e imaginou que, uma vez que se livrasse de Becky Whitby, poderia voltar e cuidar delas adequadamente.

— Ei! — gritou para o marinheiro que estava no cesto de vigia. — O que está vendo?

— Eles estão com as armas de fogo a postos, capitão. Eu diria que estão prestes a atirar, tão logo estejamos ao alcance deles.

— Excelente. Hodges! Providencie para que os canhões sejam carregados. — Drake tirou as mãos das costas. Com uma delas, segurou o cabo da espada que trazia de um lado, e com a outra, a coronha da pistola que trazia do outro. — Mude a direção. Quero tentar abalroá-lo.

Hodges hesitou.

— Capitão?

— Ah, não iremos abalroá-los *de verdade*, Hodges. Você acha que eu faria algo assim com este navio maravilhoso? Jamais. Mas eles não sabem disso. Vamos amedrontá-los um pouco. Pelo menos isso nos aproximará o suficiente para lançarmos fogo.

Hodges tocou o braço de Drake.

— Capitão, me desculpe — disse, o mais baixo possível, mas ainda podendo ser ouvido, apesar dos gritos dos homens e do barulho do mar. — Mas o senhor não está esquecendo de que há uma mulher a bordo? Não seria melhor se tentássemos acelerar e ultrapassá-los? Quero dizer, afinal, este é o navio mais rápido que existe, senhor.

— Fugir? — Drake encarou Hodges, que era mais baixo. — Quando temos tempo suficiente para nos preparar para a luta? Nem pense nisso, Hodges.

O homem acenou a cabeça, concordando.

— Eu só estava pensando na moça, senhor.

— Deixe que eu me preocupo com ela. Você deve providenciar que os canhões sejam carregados.

— Sim, senhor.

Hodges se afastou, e Drake, embora ainda sem conseguir conter sua alegria, reconheceu que ele tinha razão. Havia uma moça a bordo. Concluiu que precisava lhe fazer uma visita.

Logo após entrar no navio, Becky se trancara na cabine do capitão, alegando estar enjoada. Drake achou que era de se esperar. Ela não estava acostumada a navegar e, como a maioria das mulheres, seguramente ficaria mareada.

E na condição de Becky devia ser pior. Drake sentiu pena dela. Mesmo assim, enquanto passava pelos marinheiros ocupados em direção aos alojamentos do capitão, Drake pensava que *isto* era viver. Era assim que sempre quisera viver. Jamais tinha imaginado que um dia pudesse herdar o título, a fortuna e as terras do irmão. No dia em que lhe deram a notícia, no escritório do advogado, ele não ficou feliz. Connor Drake pertencia ao mar, não a algum título de baronete na região produtora de laticínios. Que tipo de homem passa a vida preso a uma mesa, fazendo contas, declarando quanto leite conseguiram tirar de sabe-se lá quantas vacas Jersey que por acaso ele possa ter naquele período específico? Esse tipo de vida foi satisfatória para seu irmão, Richard, que com sua inteligência precária e sua maneira desajeitada, servia para isso.

Mas Drake, não, ele não suportaria. Sentar-se a uma mesa, quando poderia navegar em alto-mar, comandando o próprio navio? Não, obrigado. Ele preferia o mar, com todos os seus perigos, qualquer dia da semana.

Claro que Drake não esperava que Becky Whitby entendesse isso. Na verdade, não esperava que nenhuma mulher entendesse. Por isso resolvera adiar o máximo que pudesse o momento de dar a notícia a Becky, por isso não lhe contara até aquele instante, quando eles estavam na sala de estudos do reverendo, depois do incrível anúncio de Payton. Drake achava que Becky iria desmaiar de novo no momento em que informou que poria Daring Park à venda. Ela manteve uma expressão de choque durante toda a viagem para Portsmouth. E tão logo embarcaram no *Constant*, se fechou na cabine, recusando-se a falar com qualquer pessoa.

O que Drake deveria ter feito? Ele não era como o irmão, Richard, e jamais seria. O mar era seu lugar. Becky *sabia* disso; ele lhe explicara. Drake foi franco com ela desde o início. Não quanto à intenção de vender a propriedade e instalá-la na casa de Nassau, mas quanto à vida que ele teria no mar. Que diferença faria, na verdade, se Becky seria a dona do solar na Inglaterra ou da casa em New Providence? Ela ainda seria o que sempre quis ser: uma dama.

Ou talvez não. Pelo menos, se o que ele desconfiava se confirmasse. Ah, sim, aquela história nos aposentos do reverendo tinha sido muito bonita. Ele quase se dispusera a acreditar. Pelo menos em parte.

Enquanto isso, porém, ele ainda era um cavalheiro, e tentaria se comportar como tal. Tinha a sensação de que teria mais sorte agindo como um cavalheiro com Becky Whitby, que talvez não fosse nenhuma dama, do que com Payton Dixon, que definitivamente era. De um tipo incomum.

Drake bateu na porta. Afinal, não eram marido e mulher. Ele não podia simplesmente entrar, embora fosse a sua cabine.

Mas ninguém respondeu. Ou Becky não ouviu — o que era possível, considerando a atividade que acontecia no deque em preparação para a batalha e o rangido da proa quando eles fizeram a virada em direção ao navio que vinha no encalço deles — ou não queria responder. Isso também era compreensível. Becky só respondera uma ou duas vezes desde quando se trancara ali, no dia anterior. Drake não sabia o que ela fazia, além do que ele supunha, isto é, vomitar. Ela ficaria menos enjoada no deque, mas preferira ignorar a sugestão. Drake nem sabia se ela o ouvira. Era difícil dar instruções através de uma porta, principalmente com metade da tripulação rindo escondido pelo fato de a noiva do capitão não abrir a porta para ele, e a outra metade se perguntando por que o capitão simplesmente não abria a porta e dava na noiva a sova merecida.

— Srta. Whitby — chamou ele. — É Connor Drake. Abra a porta, por favor. Há um assunto que preciso conversar com você.

Do fundo da cabine, veio uma voz muito calma.

— Vá embora.

— Não posso ir embora, Srta. Whitby. Nós estamos com uns probleminhas...

— Que tipo de problema?

— Bem, há outro navio...

— O que eu tenho a ver com isso?

— De fato, poderia não ter nada. Porém, não quero alarmá-la, mas o navio não é um dos nossos. Pode haver tiros de canhão. Eu só queria que soubesse...

Para que não tivesse medo, ele quase disse. E saísse fugindo para o deque como uma galinha sem cabeça, e fosse cortada em pedaços, pois, a julgar pelo seu comportamento anterior, Becky Whitby não era o tipo de pessoa que consegue ficar calma nos momentos de perigo.

Pelo menos a Becky Whitby com quem ele antes achava que se casaria. Esta nova Becky Whitby, que encontrava homens como Marcus Tyler em labirintos de cerca viva, podia manter o equilíbrio em praticamente qualquer situação. Drake não tinha nenhuma dúvida disso.

— Agradeço pela sua preocupação, senhor — veio a voz atrás da porta. — Mas, a não ser que tenha um padre com você e um plano para terminar o que começou, vá embora.

— Eu estaria mais propenso a encontrar um padre se você fosse mais sincera comigo.

— Eu *fui* sincera com você! — gritou a Srta. Whitby. Para uma pessoa tão reservada como era no início, gritava bem alto quando lhe convinha. — Mas nós estamos casados? Não! E tudo isso porque aquela garota Dixon terrível atrapalhou! Não posso acreditar que você prefira aceitar a palavra *dela* em vez da minha!

Drake teve de sorrir. Mesmo passadas quase 24 horas, ele ainda não conseguia ficar sério quando se lembrava do jeito calmo de Payton ao erguer a mão para falar. Deixe a cargo da nobre Srta. Payton Dixon bagunçar o mais solene dos eventos. Ela parece ter um dom especial para descobrir a fonte mais próxima de problemas e se jogar de cabeça nela.

Claro que aquele momento divertido em que ela ergueu a mão foi seguido de outro, horrível, no qual o reverendo perguntou a natureza do impedimento, e Drake achou que Payton estava a ponto de revelar sua investida sobre ela na noite anterior. Evidentemente, era uma ideia absurda. Ele deveria saber que Payton jamais faria isso... Pelo menos não na frente dos irmãos.

Ah, eles sem dúvida repreenderiam Drake severamente por ter tocado na irmã. Quando não estavam convenientemente se esquecendo da existência de Payton, ou tratando-a com a rudeza com que costumavam se tratar entre si, protegiam-na implacavelmente.

Não houvera necessidade disso antes, considerando que, até recentemente, poucas pessoas na verdade tinham se conscientizado de que Payton não era um menino. Mas agora que Georgiana finalmente a fizera usar um espartilho, aparentemente Ross e os irmãos teriam de começar a rechaçar os admiradores da irmã aos montes. E por um instante lhe parecera que a primeira vítima seria o melhor amigo deles, ele próprio.

Mas mesmo enquanto Drake, ao lado do altar, se preparava para proteger-se do ataque deles, de alguma maneira também exultava de alegria. Pois a Srta. Whitby não poderia deixar de ouvir sobre sua investida à Srta. Dixon, na véspera do casamento, e não se sentir compelida a cancelar a cerimônia, deixando-o livre...

Para iniciar mais investidas semelhantes à nobre Srta. Dixon.

Mas quando, em vez de uma condenação severa por ele a ter beijado na noite anterior, Payton pronunciou o nome de Marcus Tyler, Drake sentiu um frio no coração. Ele sabia que, se Payton achava ter visto Marcus Tyler no labirinto, era porque ela de fato o vira. Sua visão era tão boa quanto a de uma gaivota, e, diferentemente da maioria das mulheres que ele conhecia, ela era incapaz de mentir.

E se Payton vira Becky Whitby com Marcus Tyler, isso significava que todos estavam em considerável perigo. Pois Marcus Tyler, embora muitos não soubessem, não era simplesmente um magnata da navegação, ou mesmo um homem de negócios sem escrúpulos que vendia seres humanos, algo que nenhum Dixon jamais pensaria em fazer, apesar dos lucros que se podia obter transportando escravos, ou "ouro negro", como Tyler se referia a eles. Marcus Tyler era pura e simplesmente um vilão, com tanta moral e escrúpulo quanto um grande tubarão branco que mutila e devora qualquer coisa que esteja entre ele e a sua presa.

E, ao que parecia, esta semana ele queria Connor Drake.

Drake estava preparado para deixar que ele tivesse o que queria, mas não antes de ter-se afastado uma boa distância de seus amigos. Estava feliz demais por se confrontar de igual para igual com Sir Marcus, mas nos seus termos e do seu jeito. E quanto mais para longe ele pudesse levar a batalha, melhor sua chance de poupar a família Dixon do *pior* aborrecimento.

Drake olhou para a proa. Pôde ver o navio do qual se aproximavam com rapidez, movendo-se, inexoravelmente, através do mar revolto.

— É que eu conheço a Srta. Dixon há mais tempo do que a você...

— Parece que não o suficiente para descobrir que tipo de mentirosa ela é. — A voz de Becky estava trêmula; dava para perceber mesmo com o painel de madeira que os separava. — Você é tão estúpido que não enxerga por que ela impediu o casamento? Ela quer você. E fará qualquer coisa para consegui-lo.

Drake balançou a cabeça, negando. Ora, o que ele esperava que ela dissesse? Becky Whitby podia ser qualquer coisa, mas não era cega. Ela deve ter notado... Na noite passada, no jardim, ela deve ter imaginado...

A não ser... — e esse pensamento lhe causou um arrepio — que Drake estivesse errado quanto ao que se passou entre ele e Payton no jardim. Que o que para ele fora uma troca emocional e passional extraordinária, para Payton não tivesse passado de um teste interessante de sua recém-descoberta capacidade de atrair os homens. Seria ele especial ou Payton pretendia tocar todos os homens que a beijassem?

E aqueles malditos irmãos dela estavam decididos a arranjar-lhe um marido. Estavam prontos para levá-la aonde ela pudesse conhecer rapazes solteiros adequados. Quem sabia quantos homens ela iria beijar na sua ausência? Era melhor se apressar, pensou Drake, se pretendia voltar para a Inglaterra antes que aquela danadinha se visse no mesmo tipo de problema em que Becky Whitby se encontrava.

— Espere... — Por um instante, Drake achou que Becky abriria a porta. Mas não, ela continuou, num tom de voz de quem acabou de ter uma ideia brilhante: — Espere! Não é *você* que ela quer, mas este navio! Este navio estúpido! Mas é claro! Ela sempre falou nisso...

Drake ergueu o queixo.

— Eu sugiro que você aguente firme, Srta. Whitby — disse, friamente, através da porta fechada. Nós vamos na direção de águas revoltas.

Sem mais palavras, Drake se afastou e se dirigiu para o leme. Chegando lá, pegou a luneta das mãos de Hodges e olhou.

— Quais são as novidades?

— A coisa mais estranha que já vi. — Hodges falou com sua usual lentidão. — É um navio pirata que avança na nossa direção, não tenho dúvidas quanto a isso; e com armas apontadas e engatilhadas... Mas olhe para o sul.

Drake olhou e soltou um assobio diante do que viu.

— Nada menos que um navio de Tyler.

— Foi o que pensei. Agora eu lhe pergunto, senhor: por que um navio de Tyler viria em *nosso* socorro?

— Não é isso. — Drake deixou a luneta de lado com toda calma e acrescentou: — Ambos estão no nosso encalço, Hodges.

O marinheiro arregalou os olhos, que pareciam duas bússolas.

— Desculpe-me, senhor, mas embora eu pudesse jogar o *Constant* contra qualquer navio de qualquer frota, não acredito que ele possa suportar um ataque de dois navios vindo de direções opostas!

— Você tem razão, claro, Hodges — concordou Drake com um aceno de cabeça. — Dê meia-volta. Vamos tentar correr mais que eles.

Porém, mesmo ao transmitir as ordens de retirada, Drake sabia que seria inútil. O *Constant* era o clíper mais veloz da frota Dixon, mas nenhum navio, por mais rápido que fosse, podia correr mais que um veleiro de no mínimo três mastros com velas quadradas, impulsionado pelo vento de popa. Ele deveria ter desconfiado de que se tratava de uma armadilha; Tyler, conhecendo-o como conhecia, sabia que Drake não fugiria da luta — pelo menos não de uma luta justa. Agora ele estava preso numa armadilha, sem escapatória.

Seu único consolo era que a nobre Srta. Dixon, por mais que estivesse a centenas de quilômetros de distância, na Inglaterra, tocando as ereções de qualquer homem que a beijasse, pelo menos não estava ali, exposta àquele tipo de perigo.

Por isso, pelo menos, ele devia estar agradecido.

Capítulo 14

PAYTON ABAIXOU A LUNETA E gritou, irritada:

— Ora, os covardes! Dois navios! Como ele poderá derrotar *dois* navios?

— Ele não derrotará — informou Raleigh, levando a luneta aos olhos. — Eis a questão. — Ele tentou melhorar o foco da lente. — Eles não podem arriscar que ele escape, por isso colocaram dois barcos contra o dele. Ah! Lá está.

Payton, segurando com toda força a amurada lateral do navio, pulava de alegria.

— Ah, Raleigh, deixe-me ver!

— Não. E pare de segurar o meu braço.

— Raleigh!

— Ei, acalme-se, Pay. — Raleigh investigou o horizonte. — O *Constant* está bem. Eles seriam uns idiotas se o danificassem. Ele vale mais que esses dois navios juntos. O que me preocupa é *Drake*.

Payton não ousou dizer ao irmão o que pensava, isto é, que sua preocupação também estava voltada para Drake. Dane-se o *Constant*! Ela queria de volta o capitão inteiro, não o navio.

— Engraçado, ele está com a espada na bainha — informou Raleigh. — Eu pensei que ele a tinha perdido na luta naquele bar em

Havana. Hud! — Raleigh chamou o irmão, que caminhava em passos pesados pelo deque, preparando os canhões do *Virago* para atirarem. — Drake não perdeu a espada dele em Havana no ano passado?

— Perdeu. — Hudson ergueu uma tocha e encostou a chama no estopim do canhão mais próximo. — Mas ele a recuperou num jogo de cartas. Pronto?

— Cuidado com o lugar para onde aponta isso aí — recomendou Payton, preocupada, tapando os ouvidos com os dedos.

— Caramba, Payton, eu não vou atingir o seu maldito navio, está bem?

Dane-se o navio, ela quase gritou. Não acerte Drake! Mas antes que pudesse dizer alguma coisa, Hudson gritou:

— Fogo!

Os canhões emitiram um estrondo ensurdecedor ao catapultarem bolas de ferro de 15 quilos em direção ao navio que estava à esquerda do *Constant*. Só uma das bolas teve o efeito desejado, atingindo a proa do navio não identificado.

— Um belo tiro — comentou Raleigh, afastando a luneta do rosto.

Hudson curvou-se humildemente em sua modéstia.

— Obrigado.

— Ah! — Payton destapou os ouvidos e voltou correndo para a amurada, onde se debruçou o máximo que pôde. — Ah, Raleigh, eles estão entrando no *Constant*! Estou vendo daqui!

— Não se preocupe, Pay. — Raleigh estava ajustando novamente o foco da luneta. — Connor Drake jamais permitirá que eles tomem o *Constant*. Pelo menos enquanto estiver vivo.

— Seu estúpido ignorante, você acha que eu estou com medo do quê? Passe essa luneta para cá. Ande logo!

Raleigh, mantendo o objeto facilmente fora do alcance de Payton, murmurou:

— A-ham.

— O quê? — Payton, sentindo que iria explodir se eles não avançassem logo, foi em cima do irmão, bombardeando-o com perguntas. — O que foi? Ele afundou? *Ele afundou, Raleigh?*

— Ainda não, mas é melhor você abaixar a cabeça para não ver.

— Abaixar a cabeça? — Payton continuou ali, olhando para ele como uma tola. — Por quê?

Uma bala de canhão passou por Payton e se espatifou no deque a poucos metros com uma explosão ensurdecedora, estilhaçando a madeira e fazendo um grande buraco que emitia fumaça. Payton, indignada, gritou:

— Esses cretinos! Eles quase me explodiram!

A reação de Ross foi dura. Ele desceu de um pulo do mastro de mezena, de onde distribuía ordens com a rapidez de um raio, e deu mais algumas, acompanhadas de alguns palavrões.

— Preparem esses canhões! Sim, todos eles! Nós explodiremos esses ratos desprezíveis! Eles vão ver só!

Porém era tarde demais. Pois naquele instante, formou-se uma labareda no deque do *Constant*. Logo a seguir, o mundo de Payton foi escurecido por alguma coisa grossa e pesada que lhe cobriu os olhos.

— Raleigh! — gritava ela, furiosa. — Deixe-me ver!

— Não. — Apesar das unhas de Payton o arranharem loucamente, Raleigh recusava-se a tirar as mãos dos olhos da irmã. — É horrível demais. Partirá seu coração, Pay.

Com o coração na garganta, Payton finalmente conseguiu afastar a mão de Raleigh, justo a tempo de ver o casco do *Constant* desaparecer numa explosão de fumaça preta e chamas.

Payton nem percebera que estava chorando até sentir a mão de Raleigh em seu ombro.

— Era um lindo navio — disse ele, pesaroso. — Tinha razão em querer comandá-lo.

Payton movia os lábios sem emitir sons, até que finalmente conseguiu formar palavras.

— Navio? Quem se importa com o maldito *navio*? Onde está *Drake*?

Eles estavam próximos o suficiente para Payton conseguir ver, sem a ajuda de uma luneta, o casco fumegante do que fora o *Constant*. Seu deque — o que restava dele — estava repleto de homens, entrando e saindo da densa fumaça preta. Era impossível dizer quais pertenciam à tripulação do *Constant*, quais eram do navio pirata atingido há poucos instantes, e quais eram do terceiro navio — identificado por Raleigh como da frota de Tyler, nomeado, ironicamente, de *Rebecca*. Totalmente ileso, protegido dos canhões do *Virago* pelos cascos do navio pirata e do *Constant*, o *Rebecca* estava evidentemente de prontidão, preparado para receber passageiros — ou prisioneiros —, se necessário.

— Ah — exclamou Payton. — Lá está ele! Lá está ele!

Agora ela podia ver Drake perfeitamente, movendo-se pelos destroços do que fora seu navio, gritando ordens para aqueles de seus homens que ainda não tinham sido capturados ou mortos. O *Virago* agora estava tão perto que, se eles não jogassem a âncora, colidiriam com o navio pirata — tão perto que seus quatro canhões, ao serem detonados naquele mesmo instante, lançaram uma saraivada de balas que furaram o casco do veleiro de no mínimo três mastros que estava entre eles e o navio de Drake.

Mas eles também estavam próximos o suficiente para que o *Rebecca*, que estava a estibordo do *Constant*, lançasse uma bala que liquidou o quarto superior do mastro de mezena do *Virago*. A tripulação se espalhou em todas as direções quando velas e cordames caíram sobre suas cabeças. Payton por pouco escapou de uma concussão quando um enorme pedaço de mastro caiu exatamente onde ela estivera pouco antes de pular por cima da amurada...

Para o deque do navio pirata.

Que ela logo concluiu não ser o lugar onde deveria estar. Na verdade, devia estar do lado oposto.

Mas, com um rápido olhar ao redor, Payton viu que esse não era o problema maior. A queda do mastro de mezena do *Virago* foi uma calamidade tamanha que, por um instante, ninguém prestou atenção na direção que o navio estava indo...

E aquele tempo foi suficiente para sua proa entrar na lateral do navio pirata. Deu-se uma explosão de madeira estilhaçando, e pôde-se ouvir Ross e alguns de seus homens praguejarem.

Formou-se um emaranhado de três navios: o *Virago*, o navio pirata — agora que Payton estava nele, pôde ver seu nome, *Mary B* — e o que restava do *Constant* —, enquanto, *próximo*, flutuava o *Rebecca* incólume.

Caindo de joelhos com o impacto do choque dos dois navios, Payton ficou onde estava por um breve instante. Afinal, era um navio estranho, e ela não tinha intenção de ficar muito visível.

Mas a tripulação do *Mary B* parecia totalmente ocupada em saquear o *Constant*, tirando tudo o que pudesse pegar — e isso parecia incluir o enxoval da Srta. Whitby, que Payton viu sendo retirado da cabine do capitão, calção de renda por calção de renda. Quanto à Srta. Whitby, Payton não soube ao certo o que lhe aconteceu, mas só pôde concluir que ela fora levada com os outros prisioneiros pela prancha que tinha sido colocada por cima das amuradas do *Constant* e do *Rebecca*...

E de fato, lá estava ela, o cabelo ruivo brilhando no meio de toda a fumaça. Estava sendo levada aos tropeços, apoiada nos ombros de um homem que usava um chapéu de plumas, lhe envolvia a cintura e a conduzia para o *Rebecca* — embora não parecesse ir contra sua vontade, pois não estava se debatendo. O que, aliás, não combinava nada com a Srta. Whitby, que sempre gritava para tudo...

Então Payton concluiu que o motivo de a Srta. Whitby não estar se debatendo *só* podia ser por estar inconsciente. Ora, era óbvio. Afinal, a Srta. Whitby era uma mulher delicada. Não foi por isso que ela e os irmãos se sentiram compelidos a socorrê-la naquele dia, próximo à hospedaria em Londres? Ela era uma vítima. Uma eterna vítima, ao que parecia, pois ali estava *novamente* em apuros.

Pois bem, Payton não cometeria o mesmo erro duas vezes. Na primeira vez, salvara Becky Whitby do perigo, e o que recebera em troca? Nada. Isto é, na verdade não fora exatamente nada. O simpático agradecimento de Becky tinha sido lhe roubar o amor de sua vida. Que tal essa demonstração de gratidão?

Além do mais, o que importava a *ela, Payton*, se Becky Whitby terminaria como prisioneira de algum capitão pirata, isca de tubarão, ou simplesmente morta? Ela rezara durante dias para que algo assim acontecesse — aliás, durante semanas. E agora suas orações finalmente estavam sendo atendidas. Só que...

E se ela de fato estivesse grávida de Drake? Payton não podia deixá-la morrer, não é?

Ou podia?

Foi nesse momento que Payton viu o que estava acontecendo a algumas dezenas de metros de onde ela se encontrava, e a própria situação a levou a tomar a decisão. Vários homens — todos realmente *muito* grandes — estavam puxando o que parecia ser Connor Drake, inconsciente, por cima da amurada do *Constant* para o deque do *Rebecca*.

Pelo menos Payton deduziu que ele estava inconsciente. Certamente não poderia estar morto. Do contrário, eles o teriam jogado no mar ao invés de levá-lo para o porão do navio.

Ah, meu Deus, Payton orou, procurando ao redor, alucinada, para ver se alguém mais tinha visto que Drake fora capturado. *Por favor, não permita que ele esteja morto. Leve-me em seu lugar.*

Aliás, melhor ainda; leve a Srta. Whitby!

Mas seus irmãos e o resto da tripulação do *Virago* ainda se esforçavam para sair de debaixo da vela superior que caíra sobre eles. Levariam um bom tempo para se libertarem. E quando isso acontecesse, o *Rebecca* e seus prisioneiros já estariam bem longe...

Payton não pensou no que estava fazendo de fato. Se tivesse parado para refletir, não teria agido dessa forma.

Ela acabara de passar uma perna por cima da amurada estilhaçada do *Constant* quando ouviu uma voz muito hostil:

— Onde diabos *você* pensa que vai, hein?

Ao se virar, Payton viu um rapaz saindo do *Constant*, cujo alojamento dos marinheiros agora estava em chamas, munido de uma sacola enorme cheia de pães e frutas cítricas. Era evidente que ele invadira a cozinha do navio e estava extremamente aborrecido por ter encontrado alguém no seu caminho.

— Você é surdo? — perguntou ele quando Payton não respondeu de imediato. — Eu fiz uma pergunta, menino. Quem é você?

Payton olhou para baixo e se examinou. Esquecera que pouco depois de embarcar no *Virago* pegara emprestado uma camisa, um colete e uma calça comprida de um grumete, pois era muito mais fácil se movimentar no deque de uma fragata usando calça. Payton achou que, com seu cabelo curto — e, era preciso admitir, os seios não muito grandes —, seria fácil se disfarçar. Ainda assim, não era nada elogioso ser confundida com um menino, mesmo por um grosseirão desajeitado e sujo como aquele.

— Você quer que eu derrube esse chapéu da sua cabeça com um tapa? — O rapaz parecia irritado com o silêncio de Payton. — Farei isso. Não pense que não farei.

Payton não gostava de ser ameaçada — pelo menos não por alguém que não era tão maior que ela. Levantou-se e disse:

— Saia da minha frente.

— Por quê? Aonde pensa que vai? — perguntou o menino.

Payton apontou para o deque do *Rebecca*.

— Para lá — respondeu ela.

O menino deixou cair no chão a sacola cheia de comida.

— Não vai, não — afirmou ele.

— Ah, é? — Payton o encarou nos olhos. Ele era da mesma altura que ela, mas parecia ter uns 20 quilos a mais. — Você acha mesmo?

— Se eu acho? Eu sei...

Mas ele não chegou a terminar a frase, porque o soco de Payton atingiu bem o nariz dele. De acordo com seu irmão Raleigh, que era lutador de box, o nariz era o segundo melhor lugar para se socar um homem, sendo o primeiro o estômago. Muitos boxeadores cometiam o erro de golpear o oponente na boca, esquecendo que os dentes podem cortar as articulações dos dedos gravemente. A cartilagem nasal, por ser fina, tem a dupla vantagem de não machucar facilmente sob o punho cerrado e de se fragmentar dentro do rosto quando golpeada.

Em seguida, quando Payton se aproximava do adversário com a intenção de resgatar Drake, viu-se presa pela cintura e erguida do chão. De repente, tinha as pranchas de madeira do deque sob a cabeça, e os pés passaram a apontar para o céu cinzento, coberto de nuvens.

— Pequeno canalha — disse-lhe uma voz cruel. — Vou te ensinar...

O que o cavalheiro — aplicando o termo de forma genérica — quis dizer com ensinar a ela, Payton jamais soube, pois no seu mundo de cabeça para baixo entrou um homem negro extremamente grande, com várias argolas de ouro nas orelhas e outra na narina direita. Ele também carregava uma sacola pesada de mantimentos. E não parecia feliz.

— Coloque-o no chão, Tito — disse numa voz que soava como o trovão.

— Ora, Clarence. — O captor de Payton, a quem ela ainda não vira, exceto pelas botas, de um tamanho exageradamente grande, não parecia feliz. — Veja o que ele fez a Jonesy.

— Isso não importa agora. Lembre-se do que o capitão disse. Nenhum prisioneiro, exceto a mulher dele e Drake. Solte-o.

— Mas *Clarence*...

— Eu disse *solte*.

Payton entendeu o que Tito estava prestes a fazer pouco antes de ele agir, mas ainda assim caiu com as costas nas tábuas duras do deque do *Constant*. Assustada, ela esfregou as nádegas doloridas e olhou para os dois homens que a interrogavam.

— Eu lhe digo, ele não devia escapar depois do que fez a Jonesy!

Payton surpreendeu-se ao ver que Tito era um homem branco, de meia-idade, e totalmente careca. Além de bastante barrigudo. O que talvez explicasse o fato de ele estar puxando a carcaça de um porco enorme com um anzol pesado. Como ele também era muito alto, Payton achou que era o maior homem que já vira — pelo menos até olhar para Clarence, quando rapidamente mudou de opinião.

— Nenhum prisioneiro. — Clarence balançou a cabeça enorme, e suas muitas argolas balançaram como pêndulos. — Só Drake e a mulher do capitão. Você sabe que não temos alimento suficiente para mais gente. Com o *Mary B* afundando rápido, teremos que alimentar a tripulação dele e a nossa. E mal temos o suficiente até Nassau...

Payton, ao ouvir pela segunda vez que a intenção do ataque ao *Constant* era capturar Drake e a Srta. Whitby — a quem os piratas se referiam, estranhamente, como a mulher de *seu* capitão, e não de Drake —, decidiu que eles não poderiam deixá-la para trás. Quem cuidaria de Drake? Todos os seus irmãos estavam ocupados tentando liberar os canhões que estavam sob a vela principal.

Dependia dela, somente dela.

Mas quando Payton se virava para o outro lado, preparando-se para rastejar, se fosse preciso, em busca de Drake, sua cabeça foi erguida com certa violência. Ela usava um gorro por causa do vento, e sentiu a ponta de uma faca na garganta.

Logo percebeu que não era uma faca, mas sim a ponta de um gancho que há alguns segundos estava enfiado no porco que Tito roubara da cozinha do *Constant*.

— Deixe-me matá-lo, Clarence. — Payton sentia em seu rosto o calor da respiração irregular de Tito. — Por favor! O francês não se importará. Eu *sei* que não.

A hesitação na voz de Clarence levou Payton a crer que, se agisse rápido, teria uma chance.

— Ele é só uma *criança*, Tito...

Payton, com a nuca apoiada no ombro maciço de Tito, perguntou, com a voz rouca:

— Você não quer dizer... Você não está dizendo que o seu capitão é *o* francês, não é?

— É ele mesmo — rosnou Tito em seu ouvido. — E nenhum outro. Por quê? Já ouviu falar do francês?

— Ah, claro. — Era muito difícil engolir com a ponta de um gancho na garganta, mas Payton conseguiu. — Não há um marinheiro vivo que não tenha ouvido falar de Lucien La Fond. Ora, ele é o flagelo dos mares do sul! Eu daria *qualquer coisa* para vê-lo, só uma vez. Conte-me, é verdade que em certa ocasião ele escapou das forças navais de Sua Majestade no oceano Índico usando apenas uma única vela, quando uma tempestade arrancou seu mastro principal?

— É, sim — respondeu ele, e Payton sentiu que a pressão na garganta diminuiu um pouquinho. — Eu estava naquele navio, sabe.

— É sério? — Payton tentou infundir na voz o entusiasmo de um menino.

— Claro que sim. Quem você acha que segurou o mastro no lugar depois que ele quebrou?

— Foi você? — Payton balançou a cabeça, o que exigiu algum esforço, pois ele ainda segurava um punhado de seu cabelo através do gorro. — Você deve ser muito forte. Ah, por favor, senhor, não acha que, ao invés de me matar, poderia me levar a bordo com o senhor? Eu ficaria honrado de navegar sob o comando de um capitão de primeira classe como o francês.

— Olhe — disse Clarence, obviamente sem gostar nada da conversa. — Nós não estamos aceitando nenhuma tripulação nova. Já temos marujos ruins suficientes...

— Não sou um marujo ruim — replicou Payton com severidade. — Minha última posição foi de grumete do almirante Kraft!

— Almirante Kraft? — Payton sentiu que os piratas trocaram olhares por cima de sua cabeça. Na Marinha, o almirante Kraft foi um dos maiores defensores da erradicação do que ele chamava a "praga da pirataria". Payton o conhecera num jantar e não acreditava que ele fosse se importar de ela estar usando seu nome com tanta liberdade, muito embora tenha reclamado com seu pai, algumas semanas depois do evento, de ela ter passado a maior parte da noite conversando com sua filha mais velha, que se casaria em breve, sobre "coisas de mulher". Ela então insistira em praticar algumas dessas coisas com o novo marido.

— Você trabalhou sob o comando do almirante Kraft? — Tito virou-se para olhar Payton no rosto. — Se estiver mentindo...

— Não estou mentindo. — Payton enfrentou aquele olhar sem titubear, embora a respiração de Tito lhe desse ânsia de vômito. Ela por acaso dirigiu um olhar observador para os dentes dele e viu por que seu hálito cheirava tão mal. Poucos dentes lhe restavam, e esses poucos estavam pretos de tão estragados. — Eu cuidei dele muito bem, e de sua filha também. — Payton olhou para Jonesy, ainda caído no deque com as duas mãos sobre o nariz. O sangue jorrava pelo rosto e tinha manchado a frente da camisa, já suja, de marrom-escuro. — Talvez eu possa compensar o que fiz ao seu menino Jones assumindo as responsabilidades dele. Não acredito que ele vá conseguir fazer muita coisa nos próximos dias...

Houve uma série de explosões. Instintivamente, Payton abaixou a cabeça. As balas passavam por cima deles. Um rápido olhar para trás lhe mostrou que seus irmãos tinham desistido de tentar desemaranhar os canhões da vela principal do *Virago* que desabara sobre eles e resolvido atirar em qualquer coisa que se movesse.

Payton teve a ideia de gritar para eles olharem para onde estavam atirando... Mas antes que tivesse chance de respirar, o ar foi invadido pelo som vindo de uma concha no *Rebecca*. Ao seu redor, Payton viu cabeças se erguerem e rostos se virarem na direção do único navio ainda inteiro que permanecia ali. Era evidente, pela atividade a bordo, que as velas caídas estavam sendo hasteadas de novo, e que a âncora estava sendo levantada. A partida era iminente, graças a uma repentina saraivada de balas do *Virago*. Os homens que estavam enchendo os braços e os bolsos com itens do *Constant* começaram a recuar, e rápido.

O que seria o assassino de Payton não foi exceção. Sem dizer mais nada, Tito a soltou e enfiou o gancho de novo no porco que arrastava. Ela, que estava numa boa posição para ver o animal, engoliu com dificuldade ao perceber o pesado gancho entrar até o cabo no pedaço de carne com aspecto de mármore.

Podia ter sido eu, pensou.

Payton nunca mais conseguiria olhar para um porco como antes.

— Aqui vamos nós — anunciou Tito ao começar a puxar a carne em direção ao veleiro armado. — Jonesy, levante-se.

Clarence já se abaixara para erguer o saco de alimentos que Jonesy deixara cair e o apoiara facilmente no ombro, juntamente com a sacola pesada que já carregava.

— Levante-se, menino. Foi só o nariz.

— Eu sei, mas dói muito — reclamou Jonesy, levantando-se meio cambaleante.

Payton olhou para trás justo quando os irmãos lançaram mais uma saraivada de balas. Desta vez, o *Rebecca* respondeu. Payton, no meio de uma chuva de projéteis, ficou de pé em um pulo. Sabia que não tinha muito tempo. Precisava decidir, naquele instante, qual seria seu caminho:

Voltar para a segurança com seus irmãos.

Ou ir para o *Rebecca*, com todos os seus perigos... e com Drake.

Payton virou-se e começou a correr atrás dos homens que, momentos antes, estavam prontos para matá-la.

— Ei! — chamou. — Esperem por mim!

Capítulo 15

Não era difícil para ele manter a noção de tempo.

Havia luz no ambiente em que estava preso; entrava pelas frestas do teto. Sabia que o deque do navio era o que tinha sobre a cabeça. Quando o tempo estava muito ruim, as ondas quebravam ali, e ele era banhado com água salgada. Quando chovia, só precisava juntar as mãos para pegar água doce.

O fato de luz e água penetrarem pelas frestas entre as tábuas do deque era um sinal de acabamento de segunda. Foi assim que Drake soube, desde quando acordou no chão duro forrado de palha que acabou conhecendo tão bem, que estava num navio de Tyler. Sir Marcus era conhecido por perseguir os construtores para terminarem seus navios no prazo, não necessariamente se importando com os sacrifícios que isso implicava à qualidade da embarcação.

Desse modo, pela luz que entrava em sua cela, Drake sabia quantos dias tinham se passado desde que seu navio, o *Constant*, fora atacado por outro em alto mar. Contando o número de vezes que a porta da cela fora aberta e as refeições, entregues, ele tinha até mesmo uma ideia das horas. E, julgando pelo ar que lentamente se aquecia, tinha uma ideia vaga da direção em que se moviam: para o sul.

Mas Drake não sabia nada mais além disso. O homem que vigiava sua porta não lhe falava nada. O gigante que lhe levava as refeições, muito menos.

Drake tinha uma boa noção do que acontecera. Fora capturado, muito provavelmente pelo pirata Lucien La Fond, que não simpatizava com ele. Embora fosse uma situação perturbadora, não era propriamente aflitiva. Parecia óbvio que o francês queria alguma coisa — do contrário não deixaria seu prisioneiro vivo por tanto tempo. E Drake supunha saber o que era. Portanto, só lhe restava aguardar.

Sua preocupação principal era, evidentemente, seus homens. Eles tinham lutado com bravura para proteger o *Constant* do enxame de piratas que o invadira. Drake suspeitava que vários deles tinham dado a vida defendendo-o. E se culpava por isso. Mesmo antes de partirem, ele desconfiava de que alguma coisa do gênero poderia ocorrer. Sabia que não deveria jamais ter permitido a presença da Srta. Whitby a bordo. Fora uma imprudência, como concordar em transportar uma carga de cobras. Não que fosse fazer alguma diferença. Eles ainda teriam vindo atrás dele. Mas não teriam conseguido a informação que tinham agora, fornecida por seu informante.

Ora, ora. Não havia nada que ele pudesse fazer a respeito. Lamentaria eternamente as vidas perdidas nesse confronto que, segundo suas suspeitas, ocorrera por sua culpa. Quando se libertasse — e sabia que, de um jeito ou de outro, conseguiria —, tentaria compensar as esposas e as famílias desses homens da maneira que pudesse. Era o mínimo que podia fazer por pessoas que tinham se lançado sem hesitar no caminho do perigo.

Aquele mapa. Aquele maldito mapa. Se ao menos ele nunca tivesse desenhado aquela coisa miserável.

Tudo começara como uma brincadeira. Uma noite no verão anterior, ele, Hudson e Raleigh Dixon tinham visitado um bordel de que gostavam muito em New Providence — certamente nada do que se orgulhar, mas estavam há muito tempo no mar, e os homens têm certas necessidades. Enfim, eles tinham satisfeito essas necessidades e voltavam para o salão no andar de baixo quando Drake percebeu por acaso uma pessoa conhecida acompanhando uma jovem até um dos quartos. Era o famoso capitão pirata Lucien La Fond, que eles suspeitavam estar por trás de vários ataques repentinos a navios dos Dixon naquela região.

Embora Drake tenha sempre considerado Monsieur La Fond uma monstruosidade, era claro que o francês não tinha a mesma impressão de si mesmo, pois era ainda mais cuidadoso e meticuloso com seu guarda-roupa e sua aparência do que Raleigh Dixon. É verdade que Drake podia estar um pouco bêbado. Talvez para um homem mais sóbrio, a ideia parecesse um tanto infantil. Mas ocorreu-lhe que poderia ser divertido esperar o francês estar ocupado e então privá-lo de sua roupa supercolorida. Hudson e Raleigh fariam então uma fogueira com muita fumaça, mas fácil de ser controlada. Depois, se reuniriam novamente, a uma distância segura, para observar o que La Fond usaria na pressa de sair do edifício que ele suporia estar em chamas.

O plano ridículo teve sucesso além das expectativas. Ao entrar em silêncio no quarto em que Monsieur La Fond estava, foi fácil para Drake agir. Ele encontrou o pirata dormindo a sono solto, depois de ter feito uso rápido da mulher que cochilava ao seu lado. Assim, quando o grito de fogo soou, o pirata Lucien La Fond saiu correndo pelas portas da casa usando uma camisola feminina transparente, com apenas metade do bigode preto do qual ele tanto se orgulhava, pois a outra fora cortada.

Ao ouvir a risada ruidosa e sem ver nenhum sinal de fogo, o capitão La Fond virou-se e deu de frente com o arqui-inimigo, Connor Drake, que tinha o paletó de veludo e a calça numa das mãos, e um longo cacho de cabelo preto entre o indicador e polegar da outra.

— *A tout à l'heure, Lucien* — exclamou Drake, e então ele e os irmãos Dixon viraram-se e correram o mais rapidamente que puderam.

É bem verdade que se tratava de uma brincadeira infantil, mas a notícia se espalhou pela cidade rapidamente. A situação de fato tornou-se tão difícil que o capitão não podia entrar num restaurante sem inspirar risadas. Finalmente ele voltou para seu navio e partiu, supostamente para o clima mais suave de Key West, mas na verdade, segundo os rumores, para uma das outras ilhas, a fim de esperar que um lado do bigode se igualasse ao outro.

Ao saber disso, e sem ter nada melhor a fazer — eles estavam aguardando uma remessa que ficaria pronta a tempo da viagem de retorno para a Inglaterra —, Drake partiu em busca do pirata, determinado a desentocá-lo de seu esconderijo. Enquanto procurava La Fond, resolveu começar a mapear cada área percorrida para ter um registro de por onde já tinha navegado.

Quando ele finalmente encontrou o pirata, numa pequena enseada próxima à ilha Cat, já tinha registrado quase duas mil ilhotas, quinhentos recifes e cerca de seiscentas ilhas, além de todos os rochedos e bancos de areia que deveriam ser evitados nas viagens. Isso nunca tinha sido realizado, e ele só fizera por puro tédio.

Em seguida, para botar mais lenha na fogueira, Drake lançara uma bala de canhão em direção ao navio de La Fond; uma só, para que ele o francês soubesse que o encontrara. Depois, voltou para Nassau, triunfante.

Drake supunha que aquilo seria suficiente para irritar qualquer homem. Mas realmente, fazer esse ataque ao *Constant*, provocando a morte de homens inocentes por pura vingança, foi demais. Se ele soubesse que La Fond era tão intolerante com brincadeiras, nunca teria feito nada.

Mesmo tendo apreciado muitíssimo segurar aquele pedaço de bigode na frente de todo mundo.

Mas as coisas tinham ido longe demais. Agora ele estava trancado na prisão de um navio de Tyler, e só Deus sabia o que havia acontecido com o resto de sua tripulação. Ele não conseguia se lembrar do que ocorrera depois que foram embarcados. Levou um golpe forte na cabeça, e depois só se lembrava de ter acordado ali. Recordava-se vagamente de balas de canhão, o que o levava a acreditar que sua tripulação talvez tivesse sido salva, mas por quem, e com que intenção, não sabia.

Na verdade, Drake tinha algo a agradecer: se La Fond queria se vingar do papel ridículo por que passara no verão anterior, não poderia ter escolhido momento mais oportuno. Drake estava a caminho de Nassau para se casar com uma mulher que não amava e começava a desconfiar de que ela poderia ter motivos mais sérios do que admitira para se unir a ele. La Fond dera um fim conveniente a isso.

Portanto, as coisas não iam *tão* mal assim. Teria sido totalmente diferente se, além de estar sendo mantido em cativeiro por Lucien La Fond, o pirata também tivesse capturado pessoas que fossem de fato importantes para Drake. Qualquer um dos Dixon, por exemplo, mesmo a mais nova, que, em seus momentos mais melancólicos, ele imaginava estar muito bem, se preparando para se tornar a beldade de Londres. Pelo menos se a cunhada tinha algum poder de decisão nesse assunto.

E Drake afirmou para si mesmo que assim deveria ser. Seria muito melhor para Payton casar-se com algum conde ou visconde, como queria a mulher de Ross — alguém que pudesse mantê-la sob controle e afastada de problemas —, do que continuar a viver sem nenhuma disciplina, como os irmãos permitiram até agora. Esse tipo de comportamento lhe traria problemas. Drake esperava que ela encontrasse um marido, e logo.

Ainda assim, por mais que tivesse a esperança de que, quando ele voltasse para a Inglaterra — se vivesse para isso —, Payton Dixon estivesse casada, a ideia lhe deu vontade de puxar as correntes das algemas e arrancar as argolas que as prendiam à parede. *Queria* que Payton se casasse, para o bem dela e para o seu próprio também. Ela precisava de um marido para fazê-la ficar longe de problemas. E *ele* precisava de uma boa razão para ficar longe dela. Bem, uma razão além do fato de que, se não ficasse longe, os irmãos dela o matariam.

Sempre que Drake se via pensando na ideia de que *ele* poderia ter se casado com Payton se não tivesse sido tão idiota a ponto de não notá-la até a véspera de seu casamento com outra, batia a cabeça numa das paredes algumas vezes. Não tanto por remorso, mas pelo ridículo da ideia. *Ele,* se casar com Payton Dixon? Será que estava enlouquecendo? Ela não passava de uma criança.

Tudo bem, talvez Payton não fosse uma criança, mas era a irmã mais nova de seus melhores amigos, os melhores amigos que já tivera. Por mais que a ignorassem e a intimidassem com palavras e olhares severos, os irmãos a adoravam e jamais permitiriam que se casasse com alguém como Drake. Eles o conheciam muito bem, e nem tudo o que sabiam dele era recomendável. Eles frequentaram *bordéis* juntos, tiveram as mesmas mulheres, e aquelas que não compartilharam, eles descreveram em detalhes uns para os outros. Seria *esse* o tipo de homem que desejariam para a irmã? Um homem que talvez não tivesse o menor escrúpulo em contar para outros exatamente como ela era na cama?

Não, sem dúvida, não. Uma atitude hipócrita, talvez, mas perfeitamente compreensível. Afinal, tratava-se da *irmã* deles.

E mesmo que eles se dispusessem a relevar esse lado — e ele conseguisse convencê-los de que um homem se gaba de seus encontros com prostitutas, mas jamais falaria da mesma forma sobre a esposa —, isso mudava o fato de que eles tinham sido, poucas semanas antes, os padrinhos do seu casamento? É bem verdade que o casamento não fora consumado ainda — em nenhum sentido da palavra —, mas não fazia diferença, a união fora anunciada no *The Times.* Se ele vivesse o bastante para voltar à Inglaterra, seria apenas para se tornar um grande escândalo: afinal, estaria voltando sem a esposa.

Não. Não havia nada mais a favor dessa ideia. Payton Dixon tinha que se casar com alguém, e rápido.

Talvez, se sobrevivesse a tudo isto, Drake até chegasse a gostar do rapaz.

Isso mesmo.

À medida que as horas se transformavam em dias, e os dias em semanas, Drake procurava manter o corpo ativo, de modo que não se atrofiasse no nível que obviamente acontecera com sua cabeça.

Ele não conseguia se afastar muito com as correntes, mas podia dar três passos para a frente e três para cada lado dos elos aos quais estava acorrentado. Em termos de prisão, esta não era a pior que já enfrentara. Tinha muita palha limpa e duas refeições por dia. É bem verdade que a comida era deplorável, mas pelo menos alimentava. Além desses luxos, ele recebia um balde de água salgada todas as manhãs. Procurava manter-se limpo, pois a limpeza era amiga da pureza, ou alguma bobagem dessas.

Drake estava enlouquecendo aos poucos. Tinha certeza disso.

E na manhã em que a porta de sua cela se abriu, e, ao invés de entrar o homem imenso que costumava lhe trazer as refeições, entrou Payton Dixon, ele teve certeza de estar completamente maluco.

Não era Payton Dixon. Não podia ser. Payton Dixon estava a centenas de milhas de distância, na Inglaterra. Porém, por mais que Drake piscasse, a imagem à sua frente não mudava. Era exatamente igual a Payton Dixon quando estava a bordo dos navios dos irmãos, usando roupas de meninos. Seu rosto estava sujo, e o cabelo curto, coberto por um gorro de tricô, mas sem dúvida era Payton Dixon.

Drake sabia que estava alucinando, e isso o irritou. Por que não tinha uma alucinação com Payton Dixon naquele vestido que ela usou na véspera de seu casamento? Ou então, melhor ainda, uma alucinação com ela nua?

Mas, nesse momento, a alucinação falou:

— Ainda não entendi o motivo ou o que eles planejam fazer com você. A Srta. Whitby está a bordo e bem, mas temo que seja a amante de Lucien La Fond. O bebê é dele, não seu. Espero que não fique muito desapontado.

Em seguida ela ergueu a caneca vazia e a tigela que continha a água e o mingau da noite anterior e se foi. O guarda bateu a porta e a trancou.

E foi só.

Foi só isso. Exceto que o mundo de Drake virou de cabeça para baixo. Payton Dixon, que ele imaginava estar segura na Inglaterra, indo a bailes e chás como qualquer outra garota de sua idade, na verdade estava a bordo deste navio — e aparentemente estivera ali o tempo todo. Obviamente, ela havia se disfarçado — Payton jamais usara chapéus, exceto quando estava frio. Além do mais, sempre se mantinha muito limpa. Ela sujara o rosto deliberadamente. Na verdade, tentava se passar por um menino.

Será que ela estava *louca*?

De onde ela *viera*? O que estava *fazendo*? *O que Payton fazia a bordo deste navio?*

Drake teve a sensação de que seu coração estava sendo envolvido por tentáculos de medo. Se antes ele não se sentia propriamente feliz, sentado ali dia após dia preso a uma parede, ao menos não tinha nenhuma preocupação específica além da óbvia, que era estar próximo de ser morto. Agora tinha outra muito mais preocupante: teria de ver Payton Dixon morrer, pouco antes de ele mesmo ser assassinado.

Enquanto a própria morte não preocupava Connor Drake — por que deveria? —, a ideia de assistir à morte de Payton Dixon o perturbava muito. Tanto que, por uma hora inteira depois de ela ter entregado o almoço, ele teve um acesso de raiva, atacou as correntes, praguejou e gritou, a ponto de perturbar os outros. Quando o vigia abriu a porta e mandou que calasse a boca, Drake jogou a tigela de mingau em cima dele.

E recebeu em troca uma forte pancada na cabeça. Ficou grato pela dor que sentiu, pois teve algo em que pensar, além de Payton Dixon.

Durante toda a tarde, ele permaneceu caído junto à parede, sangrando da ferida na testa e tentando ouvir a voz de Payton. Antes não pensava nisso, pois não imaginava que ela podia estar por perto. Ele aguçou os ouvidos, mas não ouviu a voz. Onde ela *estaria*? Estava a bordo todo esse tempo? Como chegara àquele navio? E onde aqueles seus irmãos estranhos estavam com a cabeça ao permitirem que ela se colocasse numa situação tão perigosa?

Durante todo o dia, Drake ficou ali, preocupado e furioso com a presença de Payton no navio. Quando a luz na cela finalmente começou a diminuir, ele ouviu chaves arranhando a fechadura, dando a impressão de que alguém tentava abrir a tranca. Ele logo conseguiu se levantar. Payton voltaria? Teria sido a visita daquela manhã um acaso? Teria ele imaginado tudo aquilo?

Não. Drake jamais teria imaginado que Becky Whitby era a amante de Lucien La Fond. Ele poderia de fato ter imaginado a presença de Payton Dixon, mas não a parte relativa à Srta. Whitby.

A porta se abriu, e lá estava ela de novo. Os olhares se encontraram, e desta vez ele a viu dar um rápido passo para trás, como se estivesse amedrontada pelo que via em seu rosto. Claro, não era para menos. Porque se La Fond não a matara, *ele* certamente o faria, tão logo alguém o livrasse das correntes.

— Entre logo, Hill — murmurou o vigia, colocando uma das mãos no meio das costas de Payton e empurrando-a para dentro da cela. — E seja rápido.

Drake afastou o olhar mortífero do rosto de Payton e o fixou no vigia. Agora teria de matá-lo também, por tocar nela.

Tão logo Drake desviou os olhos de Payton, ela correu para ele com o jantar. Mais um balde de água e uma tigela de mingau. Payton se agachou para colocá-los no chão, próximo aos pés de Drake. Enquanto a observava, ele sentiu o sangue se esvair de seu rosto. Ao se agachar, a parte traseira da calça de Payton, que era larga o bastante para servir em alguém que tivesse o dobro de seu tamanho, se ajustou, revelando nitidamente as nádegas em formato de coração. Nenhum menino na história da humanidade jamais tivera uma bunda como *aquela*.

Drake engoliu em seco e olhou na direção do vigia, certo de que seria impossível ele não notar o formato redondo das nádegas de "Hill". Mas, quando ele olhou, ouviu-se uma explosão bem próxima — não tão forte como um canhão, mas também não tão fraca como um trovão distante —, seguida de um berro que parecia vir de um touro.

O vigia rapidamente olhou para trás, na direção de onde viera a explosão, e começou a correr naquela direção, deixando a porta da cela de Drake se fechar e trancando lá dentro o prisioneiro e o criado.

Payton olhou para Drake, e ele viu um sorriso nos lábios dela. Era um sorriso tímido. Ainda estava um pouco desconcertada com a forma como ele a fitara quando ela entrou.

— Eu inventei algo que pudesse atrair a atenção deles — explicou, empertigando-se. — Teremos algum tempo a sós até Tito se lembrar de que estou aqui com você e voltar. Tentei pegar as chaves das algemas, mas não consegui. Estão no cinto dele, e ele é muito alto. Sinto muito.

Drake fixou os olhos em Payton. Sentiu uma compulsão repentina de agarrá-la e sacudi-la até o pescoço estalar. Chegou a estender as mãos, muito mais pesadas por causa do ferro em torno dos pulsos, e pousou-as nos ombros dela, apertando-os com os dedos.

Mas quando ela o fitou, havia algo naqueles olhos castanhos que o impeliu a puxá-la para si — não muito gentilmente — e enterrar o rosto na curva graciosa que aparecia através da gola aberta da camisa, onde o pescoço encontra a clavícula.

— Payton — disse ele, inalando seu perfume suave. — O que está *fazendo* aqui? Como você *veio parar* aqui?

Ela passou as mãos pelo peito de Drake. Quando falou, sua voz foi abafada pela camisa dele.

— Drake — murmurou ela. — *Drake.*

Ele a abraçou, pressionando-a com mais força.

— Você ficou doida, sabe disso, não é? — disse, enterrado em seu cabelo. — Eles nos matarão.

— Não seja imbecil.

Drake quase soltou uma gargalhada. Era uma resposta típica de Payton. Ela claramente se importava o suficiente para arriscar a vida por ele, no entanto o chamava de imbecil. Outras mulheres que o amavam muito menos o tratavam com muito mais respeito.

Nesse momento, toda a vontade de rir desapareceu, pois lhe ocorreu que talvez Becky Whitby tivesse razão, e Payton quisesse salvar não a ele, mas a outra *coisa* que ela amava...

Abruptamente, ele a afastou sem lhe soltar os ombros.

— Ouça bem, sua tolinha. — Desta vez ele a sacudiu com bastante força, a ponto de fazer com que sua cabeça oscilasse sobre o pescoço esguio. — O *Constant* acabou, está me ouvindo? Eles o aniquilaram. Eu vi com meus próprios olhos. O que você achou que conseguiria vindo atrás dele assim?

Payton levantou a cabeça para fitá-lo, e seus olhos castanhos não demonstravam nenhuma compreensão.

— O qu-quê? — gaguejou ela.

— Além do mais, mesmo que o *Constant* não estivesse no fundo do oceano, ele é *meu*, entendeu? Você nunca terá o comando daquele navio, não enquanto eu viver. O mar não é lugar para uma mulher... Se eu sobreviver a isto e *algum dia* souber que você conseguiu o comando de um navio, qualquer navio, irei no seu encalço e torcerei seu pescoço, está me ouvindo?

Payton piscou.

— Estou. Acho que você enlouqueceu, mas estou ouvindo.

— No instante em que nos aproximarmos da terra firme, não importa onde, você vai esperar até escurecer e então descerá um barco e remará até a praia. Entendeu? E depois esperará até que um navio Dixon atraque no porto. Você me ouviu, Payton? Entendeu bem?

Agora o olhar dela não estava confuso. Payton fixou os olhos nele com uma expressão irritada.

— Por que não fala um pouco mais alto, Drake? Não creio que o navio inteiro tenha ouvido.

— Falei sério, Payton. — Drake pontuou cada sílaba com uma sacudidela. — Isso não é uma brincadeira. Esses homens são maus, além de criminosos. Se descobrirem quem você é...

— Deus. — Payton levou as mãos à cabeça e puxou o chapéu para baixo, pois ele havia caído ligeiramente de tanto ser sacudida. — Até agora eu estava muito mais segura com *eles* do que estou com você. Nenhum *deles* encostou em mim...

— No instante em que descobrirem que é uma mulher, farão muito mais do que encostar em você, minha querida, isso eu garanto. — Só de dizer aquilo, Drake sentiu como se alguém lhe tivesse esmurrado o peito. Ele a apertou com tanta força quanto a tensão em seu peito. — Quero que saia deste navio, Payton. Quero você fora daqui o mais rápido possível.

— Já disse que não farei isso — Ela ergueu os dois braços e, passando-os por baixo dos braços dele, soltou-se. Em seguida, para evitar ser alcançada de novo, afastou-se.

— Payton — Drake arrastou furiosamente as correntes, tentando segurá-la —, estou falando sério. Quero que faça exatamente o que eu disse.

— O que aconteceu com a sua cabeça? — perguntou ela, fitando-o com curiosidade.

Drake levou a mão ao local que o vigia golpeara mais cedo. Estava pegajoso de sangue.

— Nada — respondeu, abaixando a mão. — Payton, onde estão seus irmãos? Como deixaram você sair da vista deles?

— Pelo que sei, ainda estão tentando livrar os canhões do *Virago* do mastro principal que desmoronou sobre eles. É o que estavam fazendo na última vez que os vi, e depois não soube de mais nada. Eu pulei do *Virago* para cá. — Payton explicou naturalmente, como se não fosse nada extraordinário. — Ele colidiu com o *Mary B*, o navio que atacou o *Constant*. Desde então estou trabalhando aqui, na cozinha... Mas isso não importa. O importante é que precisamos descobrir uma maneira de sair deste navio antes de chegarmos a Nassau. — Payton analisou Drake com seus olhos castanhos incandescentes. — Você ficou muito frustrado com o que eu contei sobre a Srta. Whitby?

Drake franziu a testa.

— A Srta. Whitby? Como assim?

Payton olhou para o céu; neste caso, para o teto malvedado.

— Eu lhe *contei*. Ela está grávida de Lucien La Fond...

— Ah, sim, sim. — Drake sentiu a cabeça latejar de repente e levou a mão ao ferimento. — Eu ouvi quando você contou da primeira vez. Payton, quero que me prometa que, no instante em que avistar terra firme, irá para lá. Prometa-me que fará o que eu disse.

Payton balançou a cabeça.

— Não. Por que eu deveria? Não pode me dar ordens. Não é meu capitão.

Felizmente, ela ficou longe do alcance de Drake. Ele estava louco para colocar as mãos em volta daquele pescoço.

— Payton. — Drake parecia convencido de estar no inferno. Ele não vinha sendo mantido prisioneiro por Lucien La Fond. Na verdade, estava morto, no inferno. Era isso. Não podia haver nada pior. Ele respirou fundo, tentando ser paciente. — O *Constant* se foi, eu já disse. Vi com meus próprios olhos. Ele pegou fogo. Não sei o que você acha que está fazendo aqui...

— Ora, eu achei que isso era óbvio — disse Payton. — Estou aqui para resgatá-lo.

— Payton. — Drake procurou respirar fundo algumas vezes. Era como mergulhar. Falar com Payton era como mergulhar em alto-mar. Entre os mergulhos, era preciso continuar respirando, profunda e equilibradamente. — Você não pode me resgatar. Minha querida, você não pode sequer imaginar o que teria de enfrentar...

— Ah, entendi — retrucou Payton. Ela examinava as mangas de sua camisa no ponto em que ele se segurara a ela com tanta força que o tecido estava úmido. — Eu suponho que ache isso pelo fato de eu ser uma simples mulher.

— Payton. Eu falo de motim, de desordem violenta.

— Eu sei, e estou surpresa, Drake. De fato. Porque você certamente nunca notou que eu sou uma mulher até agora.

— Do que está falando? É claro que eu...

— Ah, sim. Aquela noite no jardim você percebeu, de fato. Mas antes, nunca. Nenhum tipo de reconhecimento.

— Payton, isso é loucura...

— Ah, não. — Payton tinha as mãos na cintura e o queixo erguido. — Você não podia se casar *comigo*. *Eu* era uma pessoa sujeita a objeções. Mas você podia facilmente se casar com uma mulher que carregava no ventre o bebê de outro homem.

— Do que você está *falando*?

— Da Srta. Whitby, claro.

— Payton, eu pensei que *tinha de* me casar com ela — explicou Drake, entre os dentes cerrados.

— Se você mantivesse as calças abotoadas, não teria de se preocupar, certo? Mas não, teve de ir e...

Drake não podia acreditar que estava tendo esse tipo de conversa.

— Para sua informação — interrompeu ele antes que Payton pudesse continuar, pois temia o que ela viesse a dizer —, *eu* mantive as minhas calças abotoadas. Ela me disse que o bebê era de Richard.

Aquilo chamou a atenção de Payton. Suas mãos soltaram os quadris.

— *O quê?*

— Ela me disse que era de Richard.

— De Richard? O seu irmão? Ela disse a você que estava grávida do seu irmão?

Drake acenou com a cabeça positivamente.

— Agora, por favor, Payton. Espere até escurecer e *saia deste navio.*

Mas Payton parecia não ter ouvido.

— Mas Richard está morto. Como ela podia estar grávida do seu irmão se ele está morto?

— Eles se conheceram antes de Richard morrer, Payton. — Ele tinha razão. Isto *era* o inferno. E Payton Dixon o torturaria até ele enlouquecer. — Em Londres. Ele estava lá, e os dois se conheceram em alguma loja. Quando meu irmão voltou para Daring Park, escreveu-lhe cartas de amor. Becky me mostrou as cartas. Ela lhe escreveu sobre a criança, e ele a pediu em casamento. Richard morreu ao cair do cavalo quando voltava a Londres para vê-la. Naquele dia em que nós a conhecemos, do lado de fora daquela taberna, tudo parecia ser apenas uma coincidência. Ela ia a uma entrevista marcada com os advogados, para ver se havia alguma cláusula que a beneficiasse no testamento de Richard. Mas é claro que não havia.

— Ah.

Drake balançou a cabeça.

— Agora eu sei que todo aquele teatro, o roubo da bolsa, o fato de Marcus Tyler ter visto ela e meu irmão juntos, o que, segundo ela me contou na sala de estudos do reverendo, seria o motivo de ele a estar chantageando para obter o mapa... Tudo foi planejado. — Drake sentiu o cheiro de fumaça no ar. Qualquer que fosse a manobra de Payton, ele esperava que não terminasse matando a ambos. — Mas, naquela época, eu não sabia disso e acreditei nela. Achei que meu irmão a engravidara. Ela não aceitou meu dinheiro. Representou um papel e foi muito convincente. E eu, consequentemente, fiz a única coisa que podia fazer...

— Ah — repetiu Payton. Mas desta vez ela cruzou os braços. — Casar-se com ela era a *única* coisa que você podia fazer? Não me menospreze, Drake. Você *gostava* dela. Achou que ela era...

— Payton, será que precisamos analisar isso agora?

Ela ergueu o queixo, obstinada, e respondeu:

— Sim.

— Eu achei que ela era uma garota bonita — disse, o mais alto que ousou —, a quem meu irmão deixara numa situação horrível. Sim, eu *gostei* dela. Não a *conhecia*, mas ela parecia o tipo de garota que daria uma boa esposa, e eu certamente não sou mais tão jovem assim, então imaginei...

— Você imaginou que tinha resolvido dois problemas. — Payton o fitava, furiosa. — Daria um nome ao filho bastardo do seu irmão e arranjaria uma esposa dissimulada que ficaria sentada em casa cerzindo as suas meias enquanto você estaria no mar.

— Está bem — concordou ele, com um aceno brusco de cabeça.

— Sim, foi exatamente o que pensei. Agora, quer fazer o favor de sair daqui? Porque se eles voltarem e a encontrarem aqui repisando o mesmo assunto como uma megera rabugenta, *saberão* que é uma mulher.

— Silêncio. — Payton estava andando de um lado para o outro na pequenina cela, só que para isso dava o dobro de passos que Drake. Seis para a direita, seis para a esquerda. — Você acabou conseguindo muito mais, certo? Porque a bela noiva de lábios pálidos se revelou uma espiã de Marcus Tyler. — Ela parou de andar e ficou na frente de Drake, furiosa. — Como pôde ser tão estúpido, Drake? Como *pôde*?

Drake passou a língua nos lábios, que estavam rachados de tão pouca água que tivera para beber nas últimas semanas, e disse, maldoso:

— Talvez, se você tivesse agido como *mulher* e usado um *vestido* de vez em quando, eu não tivesse sucumbido tão rápido aos encantos da Srta. Whitby...

Payton engoliu em seco. Sempre que ficava muito indignada, parecia um gato em cujo rabo alguém havia pisado inadvertidamente. Era o que parecia agora, ao inflar o peito e responder:

— Como você *ousa* distorcer a história para parecer que a culpa é *minha*? Se não soube ver que havia uma mulher sob as minhas calças durante todo aquele tempo, só posso concluir que você e a Srta. Whitby se merecem! Espero que sejam muito felizes jun...

Funcionou. Drake conseguira enfurecê-la a tal ponto que ela, inadvertidamente, se aproximara dele. Num instante, Drake a tinha segura pelos ombros, só que desta vez ele não a sacudiu. Ele a manteve presa num aperto férreo, levantando-a do chão e inclinando a cabeça até os rostos praticamente se encontrarem.

— Agora me ouça, Payton Dixon, e ouça bem. Não importa o que me aconteça, porque de um jeito ou de outro, sou um homem morto. Se eu não sair deste navio, La Fond me matará, e se eu sair, seus irmãos o farão, por ter metido você nessa enrascada. Francamente, entre o francês e os seus irmãos, prefiro La Fond. Provavelmente, ele me deixará ter uma morte mais rápida. — Payton se contorcia como um golfinho tentando escapar. E Drake só a segurava mais firme. — Nós já estamos no mar há quase três semanas. Se eu conheço La Fond, ele escolheu o caminho mais longo, pois deve achar que qualquer um que o seguisse suporia que ele voltaria a Nassau pelo caminho mais curto. Portanto, em breve estaremos nos aproximando da costa americana. Logo que você a avistar... eu disse *logo* que a avistar... espere anoitecer, então entre num bote, corte as cordas e *vá embora*.

Payton ainda se contorcia.

— Não sem você.

— *Não!* Eu *não* quero que você espere por mim, Payton. Se eu *começar* a desconfiar que você está aguardando uma oportunidade para me resgatar, eu juro por Deus que vou...

Payton parou de se mexer. Arregalou os olhos e abriu levemente os lábios. Drake notou, e isso desviou um pouco sua atenção. Ela perguntou, numa voz desafiadora:

— Você vai o quê?

Drake realmente achou que o que aconteceu em seguida foi culpa de Payton.

Capítulo 16

A nobre Srta. Payton Dixon não se considerava religiosa. Na verdade, houve ocasiões em que teve sérias dúvidas sobre a existência de Deus.

Essa, todavia, não era uma dessas ocasiões. Porque Deus — aquele mesmo que levara sua mãe embora quando ela nasceu e depois a amaldiçoara mais ainda permitindo que ela se tornasse adulta quase sem ter seios — ouvira suas preces:

Ela estava nos braços de Connor Drake, e ele a beijava.

Payton não sabia ao certo como tudo acontecera. Num instante, as mãos dele seguravam-lhe os ombros e os sacudiam — muito —, e no outro, ele a beijava apaixonadamente, com a mesma força com que antes gritava.

Payton só pensava, mesmo ao corresponder aos beijos dele, que este momento fazia todo o resto valer a pena — tudo o que ela sofrera desde que embarcara neste navio miserável. As suíças de Drake, que haviam se transformado em bigode e barba crescidos nas semanas em que passara encarcerado, roçaram a pele sensível em torno de seus lábios. Quando, logo em seguida, ele afastou os lábios de sua boca para pressioná-los contra seu pescoço, a respiração quente lhe queimou a garganta, e ela estremeceu de prazer. Seus mamilos se intumesceram sob o linho macio da camisa e a fazenda mais pesada do colete emprestado.

Só aquela sensação dos lábios de Drake em seu pescoço a convenciam de que tudo valera a pena: as panelas que fora obrigada a arear; os baldes de água que tinha carregado de um lado a outro do navio; a dificuldade para conseguir tomar banho direito durante um mês inteiro; o fato de precisar esperar até meia-noite diariamente para encontrar um canto calmo para resolver seus assuntos pessoais, pois não podia abaixar a calça sem temer ser pega por não ter aquele apêndice específico que o resto da tripulação balançava com orgulho para fora sempre que a vontade surgia.

Tudo valera a pena. Até mesmo a recepção que tivera ao entrar na cela do prisioneiro; até aquilo estava perdoado agora. Ah, de início ele fora carinhoso ao recebê-la, mas depois começara a sacudi-la. *Aquela* não foi a recepção que ela esperava. De fato, não imaginava que Drake fosse pular de alegria ao vê-la, pois achava que ele certamente ficaria mais feliz se visse sua preciosa Srta. Whitby, mas também não esperava que ele pudesse ficar tão *zangado*. O que havia de errado com ele? Ali estava ela, arriscando a vida por ele, e Drake não parecia nem um pouco agradecido.

Quando Payton viu pela primeira vez a raiva em seus olhos, quase se virou e saiu correndo. Mas depois de ter passado por tantas dificuldades — despejar a pólvora na mistura de biscoito com melado e cronometrar a explosão de modo que pudesse ter um pouco de tempo sozinha com ele —, ela não conseguia ir embora.

Parecia ter valido a pena superar a indignação inicial de Drake. Os lábios dele nos seus faziam a coisa toda valer a pena; a ansiedade e o desespero nos beijos dele, como na noite da véspera de seu casamento, a fizeram saber, imediatamente, que fizera a coisa certa. Este homem precisava dela. Payton notou que ela era vital para ele. Era evidente pela avidez com que a beijava, a ânsia com que sua língua trabalhava para separar os lábios de Payton. Ela fora uma tola por não ter notado isso antes.

Talvez tenha notado sim, e por isso mesmo, apesar de tudo, nunca tenha permitido que ele a afastasse totalmente, por mais que tentasse. Payton era tão vital para ele como o alimento e o ar. Drake não queria admitir, isso era óbvio. Mas também era óbvio pelo modo como a beijava que não podia viver sem ela.

Essa conclusão encheu Payton de uma alegria incontida, e ela o abraçou. Drake tinha o sabor exatamente igual ao cheiro dele, de oceano — salgado, estimulante. Estar de novo em seus braços era maravilhoso, mais do que poderia ter sonhado. Ele estava nesta cela abafada há semanas, e mesmo assim tinha o mesmo odor salgado, o mesmo aroma de homem saudável e limpo. Aquilo era tão familiar para Payton quanto sua própria casa. Era *Drake*. Não havia fragrância mais doce no mundo que a dele.

Payton mergulhou a mão em seu cabelo louro e fino como de um bebê, que parecia tão inadequado àquele homem grande e forte. Sentiu que ele estava excitado, assim como sentia a maciez do cabelo e o pelo áspero da barba lhe arranhando o rosto. Desta vez, ela sabia o que estava acontecendo lá embaixo, mas certamente não o tocaria ali, não depois do que acontecera na outra vez.

No entanto, de algum modo, lhe parecia que agora Drake queria que ela o tocasse. Porque conforme a beijava, ele aos poucos foi chegando para trás — levando-a consigo — até encostar na parede à qual estava acorrentado. Então, lentamente, escorregou pela parede, ainda agarrado a ela, e se sentou no chão da cela...

Fazendo *Payton* ficar sentada no colo dele.

Só que na verdade ela nem estava sentada. Estava mais *montada* no colo de Drake, de frente para ele, com as pernas para os lados numa posição que Georgiana desaprovaria totalmente, mas que Payton achava absolutamente normal. E Drake parecia concordar com ela, principalmente quando dizia seu nome junto ao pescoço. Payton ouvia, porém, mais que isso, ela *sentia* a reverberação da voz de Drake em seu peito. Ele a abraçava tão apertado que, quando falava, parecia que o som a percorria. Aquela voz dizendo seu nome provocava algo em sua coluna, a relaxava, a transformava de osso rígido em uma substância mais semelhante à manteiga. Payton afastou o rosto do pescoço de Drake, onde o enterrara, e olhou para ele, perguntando-se como fazia essa mágica com a voz.

Mas logo ele lhe proporcionou outras coisas para pensar. Moveu as mãos, que antes lhe contornavam a cintura, para seus ombros. Em seguida uma das mãos escorregou para o braço e a outra retornou à cintura de Payton. Ela notou que a da cintura, na verdade, mergulhou sob o colete e desapareceu. Sentiu o calor daquela mão em suas costelas, os dedos dele separados de seu corpo apenas pelo linho fino da camisa emprestada.

E outra coisa estava acontecendo. No início, Payton achou que era um acidente quando aquele membro rijo, que pressionava com tanta insistência o tecido macio dos calções dele, de repente se esfregou nas costuras que uniam as duas pernas de sua calça. Payton sabia que Drake não gostava de ser tocado ali, portanto tentou se afastar, mas a mão que ele tinha em seu braço a empurrou de volta — na verdade, com firmeza. Com tanta firmeza que aquele membro rijo golpeou seus locais mais íntimos. E Payton não esperava. Ela soltou uma leve exclamação de surpresa e interrompeu o beijo, chegando para trás para poder ver esse homem que a atacava tão de repente e em tantas frentes.

— O que... — começou Payton através dos lábios avermelhados, mas sua voz ficou presa na garganta quando ele, com o olhar voltado para muito abaixo do pescoço dela sem nenhum constrangimento, silenciosa e cuidadosamente desamarrou o cordão do colarinho da camisa. Payton, confusa, acompanhou o olhar dele, mas só viu seu próprio corpo, que, segundo Georgiana, era desgraçadamente bronzeado. Que interesse Drake poderia ter na pele de seu peito, ela não fazia a menor ideia... Até que a mão que desatara o colarinho mergulhou e segurou um de seus pequenos seios.

Payton prendeu a respiração. Jamais sentira calor assim, não *ali*. Quando Drake apertou os dedos, roçou a palma da mão no bico sensível do mamilo, que ficara rígido — ambos ficaram — no instante em que começara a beijá-la. Era uma tortura — uma tortura maravilhosa — sentir aquela pele tão perto, sem tocar, no entanto exatamente aquela parte que se pronunciava, ansiando pelo toque dele...

Foi nesse momento que Payton percebeu por que Drake reagira daquela forma no jardim, quando ela estendera a mão para tocá-lo. Ele não estava aborrecido. Ele *queria* que ela o tocasse ali, da mesma forma que ela ansiava para que ele segurasse seu seio. Provavelmente só ficara surpreso diante da sua ousadia.

Ora, então ele não a conhecia de verdade, não é?

Apertando os braços em torno do pescoço de Drake, Payton puxou a cabeça dele para beijá-lo novamente — e habilmente colocou o seio em sua mão. Ela estremeceu de prazer quando os dedos lhe acariciaram a pele macia, massageando, explorando. Talvez Payton não tivesse seios para preencher os corpetes decotados da moda, mas era evidente que, para este homem, pelo menos, o que ela possuía era mais do que suficiente.

Então aconteceu de novo, aquelas pontadas nas suas partes íntimas. Desta vez, Payton não se surpreendeu, nem tentou se afastar. Fez justo o oposto, na verdade. Pressionou a pélvis contra o corpo dele, sentindo uma prazerosa contração entre as pernas. Só para se certificar de que não estava imaginando coisas, pressionou de novo, ganhando a mesma reação, um leve pulsar. Isto é, não propriamente um pulsar, mas uma espécie de puxão...

Mas, desta vez, além do puxão, ela também provocou uma reação em Drake: uma espécie de gemido no fundo da garganta. Ela imediatamente se afastou, preocupada em tê-lo ferido. Talvez, por mais rijo que aquele membro desse a impressão de ser, ela não devesse investir contra ele com tanta energia...

Mas Drake novamente a encaixou sobre ele. Desta vez, quando a puxou, ele a olhava direto nos olhos. Payton conseguiu fitá-lo sem sentir que aqueles olhos azuis eram de gelo. Na verdade, Drake tinha um sorriso no rosto. E Payton concluiu que, se ele sorria, não podia estar com muita dor.

Aparentemente, longe disso. Pois logo em seguida ele desabotoou o colete e abriu totalmente a camisa dela, abaixando a cabeça para admirar-lhe o peito nu. Ela, olhando para baixo, não conseguia ver o que o mantinha tão interessado. Só via seus seios, tão pequenos e firmes que mal se moviam por si sós, sem balançar mesmo quando ela corria. Ela também achava os mamilos insignificantes, as aréolas muito estreitas e de um tom de rosa terrível. Desnudos, à fresca brisa do mar, estavam ambos rijos. Payton achou que devia se desculpar pelo tamanho pequenino e pela cor pavorosa. Estava pronta para fazê-lo quando Drake fez algo extraordinário e nada adequado: ergueu uma das mãos, a corrente batendo no chão, até lhe cobrir o seio direito com os dedos em forma de cálice e então, inclinando a cabeça, prendeu o mamilo intumescido em sua boca.

Para Payton, a torrente de sensações resultante foi esmagadora. O calor que a boca de Drake emanava, o roçar quente de sua língua... tudo a queimava, fazendo suas costas arquearem e certa umidade molhar levemente o pano de sua ceroula. O que estava acontecendo com ela? O puxão que sentira entre as pernas se transformara em uma tração, e de repente ela estava pressionando o corpo contra o dele, não porque lhe dava prazer, mas porque lhe parecia necessário para sua sanidade. Ele era uma rocha sólida à qual ela podia se agarrar nesse turbilhão de desejo em que se transformara...

Payton prendeu a respiração ao sentir a barba de um mês de Drake roçar a pele macia de seu peito no momento que ele moveu a boca de um mamilo para o outro. Agora ele lhe aprisionava os seios com as duas mãos. Payton segurou-se nos ombros dele, sentindo-o mover-se sob ela e notando que começava a se mover também, se aproximando e se afastando, depois pressionando o máximo que podia sem tomá-lo dentro de si.

Então uma das mãos de Drake desceu para remexer a fivela de seu cinto. Payton mal percebeu. Sua respiração era curta e ofegante. Ela lhe segurou a camisa, ainda se movendo contra o corpo dele, alheia a tudo exceto a tração entre suas pernas, que parecia ter assumido seu corpo inteiro e se transformado numa dor, uma dor que só ele podia aliviar. Ela o usava, sabia, para seu próprio prazer egoísta, e se sentia culpada por isso, principalmente porque em alguma parte distante de sua mente ela parecia se lembrar de que antes ele não quisera que ela o tocasse ali...

Mas ela não estava tocando. Não com as mãos, pelo menos.

Foi aí que Payton explodiu, sentindo-se um dos canhões dos navios de seus irmãos. Era como se alguém tivesse acendido um rojão sob ela, fazendo-a subir em direção ao céu cada vez mais rápido até que de repente colidiu com uma estrela, num feixe de luzes cintilantes. Suas costas arquearam, as unhas cravaram-se nos ombros de Drake, as coxas envolviam-no, apertadas como um torno. Ela estava vagamente ciente de que as mãos de Drake tinham se afastado dos seios e agora seguravam seus quadris enquanto ela se contorcia contra ele.

Então ela soltou um gemido e desmoronou sobre o peito nu de Drake.

Capítulo 17

DRAKE ANINHOU A CABEÇA DE Payton em seu ombro, ouvindo sua respiração irregular, embora fosse quase abafada pelo barulho das ondas através das quais o *Rebecca* avançava com dificuldade. Abaixo, ele podia ouvir o rangido do navio malfeito conforme a madeira reclamava do esforço a que o capitão a obrigava, viajando a velocidades tão excessivas. Acima, ele ouviu o grito do vigia e a batida violenta de uma costura rasgada numa vela superior. E junto a si, sentiu a batida do coração de Payton desacelerar para um ritmo lento e regular.

Ela era tão pequena que, mesmo com todo o peso de seu corpo sobre ele, parecia leve como uma criança. Drake precisava se lembrar de que ela era uma mulher adulta — provavelmente a esta altura já tinha 19 anos, se eles de fato estavam a bordo deste navio caindo aos pedaços há tantos dias quanto as marcas que ele fizera na parede indicavam. Dezenove não era a idade de uma anciã, mas tampouco era algo a ser desprezado.

Claro que Payton Dixon podia ter 19 anos, mas era virgem. Isso a fazia parecer mais jovem do que qualquer outra mulher com quem ele já se relacionara... Apesar de ela o atacar de uma maneira que não sugeria nenhuma modéstia virginal. *Que tipo* de virgem ela era, capaz de atacá-lo daquela maneira?

E era exatamente assim que ele se sentia. Como se tivesse sido vítima de uma agressão. Ah, ele iniciara tudo. Sabia que tudo partira dele, com aquele primeiro beijo ardente. Não que se incomodasse com o que aquele beijo tinha ocasionado. Pelo menos, não muito. Nenhum homem se incomodaria em ser atacado dessa forma por uma garota jovem e bonita. Ele certamente não estava reclamando...

Embora talvez tivesse sido bom se ele houvesse encontrado algum alívio, como Payton. Drake ainda estava rijo e começava a sentir dor. Mesmo através da camada dupla de roupa, ele podia sentir o calor úmido que emanava do meio das pernas de Payton. A tentação de desatar-lhe a calça, posicioná-la sob seu corpo e possuí-la por completo era forte.

Felizmente, apesar das semanas que passara acorrentado a essa maldita parede — e de seu comportamento inicial, do qual já se arrependia —, Drake não se esquecera de que era um cavalheiro. Ainda que vagamente. Portanto, mudou o corpo sem energia um pouco de lugar para aliviar a pressão em sua ereção e simplesmente a abraçou, procurando pensar em coisas que não fossem ligadas a fazer amor com Payton Dixon.

Porém era mais fácil dizer do que fazer. Era uma experiência totalmente nova para Drake estar com uma mulher cuja única motivação era se dar prazer; com todas as outras com quem havia se relacionado, o prazer *dele* vinha em primeiro lugar. Ora, ele geralmente pagava, e muito bem, pela cortesia.

Mas mesmo as mulheres a quem não pagava — as garotas nativas, curiosas a respeito dos homens brancos que chegavam nos grandes navios — nunca tinham montado nele e cavalgado como se ele fosse um garanhão.

E Payton era *virgem*. Essa era a pior parte. Ela era *virgem*. *Ele* deveria ter lhe mostrado o jeito certo de fazer amor. Mas ela não havia lhe dado chance. Quando Drake começou a beijá-la, ela investiu para cima dele com uma sensualidade tão ingênua que ele mal conseguiu respirar, que dirá conduzi-la. Quem pensaria que naquele corpinho compacto que descansava tão confortavelmente sobre o seu haveria tanta sensualidade?

Ele deveria saber. Afinal, o tempo todo estava óbvio, no modo como ocasionalmente a pegava olhando para ele; nos olhos castanhos desaparecendo por trás de um véu de cílios grossos tão logo ele olhava em sua direção; na maneira como ela criara o hábito de se sentar próximo a ele nas refeições — nunca exatamente ao seu lado, mas perto o bastante para ouvir suas conversas e fazer uma observação maliciosa; na maneira como ela sempre escolhia ficar ao seu lado — nunca muito perto, do contrário um de seus irmãos poderia perceber, mas perto o bastante para, se ele se virasse, quase esbarrar nela.

Há quanto tempo Payton Dixon o observava, o queria? E há quanto tempo ele andava perdido por aí, pulando de galho em galho, sem ter a menor ideia de que tudo o que ele sempre procurara numa mulher estava bem ali ao seu lado? Somente depois daquele beijo no jardim, na véspera de seu casamento, ele havia percebido a incrível sensualidade transbordante da nobre Srta. Payton Dixon. Descobrir isso na véspera de se casar com outra mulher quase o enlouquecera. Como ele poderia, mesmo que pela melhor das razões, ter se casado com Becky Whitby sabendo que Payton Dixon existia?

Ainda assim, nos momentos em que Drake ousava sonhar com um futuro que incluísse Payton — momentos esses raros e com longos intervalos, pois, trancado na prisão de um navio inimigo, ele não acreditava ter muito futuro, com ou sem Payton —, jamais imaginara que a primeira vez deles juntos pudesse ser *assim*. Quando se imaginava fazendo amor com ela, sempre acontecia na cama grande, com lençóis de cetim, da cabine do capitão do *Constant*, com o luar entrando pelas janelas e o barulho suave das ondas do mar como único acompanhamento. Drake certamente jamais tinha se visto fazendo amor com Payton na cela fedorenta desse navio pirata, ao som das correntes de metal, e muito menos supusera que, quando a ocasião finalmente chegasse, qualquer um dos dois continuaria inteiramente vestido...

Como se tivesse lido os pensamentos de Drake, Payton ergueu a cabeça e disse:

— Acho que não agi certo.

Ele tentou não sorrir, pois ela parecia muito séria, mas não foi muito bem-sucedido.

— Bem — replicou ele, numa voz vacilante graças ao desconforto nos calções. Limpou a garganta. — Creio que isso é uma questão de opinião.

— Minha opinião é de que eu deveria ter esperado que tirássemos as calças.

— Geralmente é assim que a coisa é feita.

— Mas eu não consegui esperar — informou ela. E então, com um leve movimento dos quadris e um rápido olhar para baixo, no lugar onde a frente da calça de Drake estava saliente, evidenciando sua excitação, ela disse, radiante: — No entanto não é tarde demais, não é? Quero dizer, *você* teve o autocontrole de esperar. Por que nós não...

Ora, o que ele esperaria dela? Havia muito pouco que a nobre Srta. Dixon não aceitasse com tranquilidade. Podia-se deduzir que transgressões sexuais como a que eles tinham acabado de partilhar não a chocavam mais do que qualquer outra coisa. Payton tinha os dedos no cinto de Drake quando ele segurou seu pulso.

— Payton.

A expressão aflita que tomou conta do rosto dela ao fitá-lo era triste de se ver.

— Ah — disse, afastando a mão como se a fivela do cinto de repente estivesse muito quente. — Sinto muito. Eu só pensei... Eu pensei que talvez você quisesse. — Novamente o rápido olhar em direção à frente da calça de Drake, seguido de um: — Mas está tudo bem, de verdade.

— Payton. — Drake não lhe soltou o pulso, embora ela o puxasse e tentasse sair de cima dele. Ele não deixou. — Ouça.

— Não. Está tudo bem, mesmo. Eu sei que às vezes me deixo levar. Não ligue, eu já vou indo...

Drake curvou-se rapidamente e, usando os músculos, conseguiu evitar que ela lhe escapasse. A agilidade de Payton era surpreendente, porém ele tinha mais força, apesar das correntes incômodas ao redor do pulso. Num instante, ele a tinha presa sob seu corpo, exatamente onde fantasiara tê-la. Só que agora era para evitar que ela se fosse, não para deflorá-la.

— Não — murmurou ele. — Você não vai a lugar algum até me ouvir.

Payton parecia muito surpresa para contestar. Encorajada por esse raro silêncio da parte dela, Drake continuou.

— Ouça, Payton — falou. — Não era assim que deveria ter sido...

— Eu sei. — Sua voz era plena de autodepreciação. — Eu fiz tudo errado. Exatamente como no jardim.

Drake soltou um dos pulsos de Payton para lhe acariciar os cachos curtos e afastá-los do rosto.

— Não, minha querida, você não fez nada errado. Só que não era exatamente assim que eu queria que fosse a nossa primeira vez...

O desespero que Drake vira nos olhos de Payton desapareceu, sendo substituído por algo que ele não identificou.

— Você *pensou* nisso antes? — perguntou ela, ansiosa. — Você pensou em você e eu fazendo *aquilo*?

Drake precisou limpar a garganta. Realmente, ele não estava nada acostumado a ter esse tipo de conversa assustadoramente franca. Mas, quando se tratava de Payton, era impossível ser diferente.

— Em fazer amor com você? Sim, claro que já pensei. E isso não...

— *Verdade?* — Payton começou a se contorcer sob o corpo de Drake de um jeito provocante demais para a paz de espírito dele. — Quando?

— Quando o quê?

— Quando você começou a pensar em fazer amor comigo?

— Quando eu... — Drake interrompeu a frase e balançou a cabeça. — Isso não importa. Eu estou tentando dizer, Payton, que o que você e eu fizemos não era a maneira que eu...

— É importante para mim.

Se ele não a conhecesse melhor, poderia desconfiar de que ela estava fazendo beicinho. Mas Payton Dixon nunca fazia beicinho.

— Eu nunca soube que você *gostava* de mim — continuou ela —, tampouco que pensava em fazer amor comigo.

— Se você me deixar terminar — disse Drake, com os dentes cerrados —, eu lhe contarei. — Ele não estava com os dentes cerrados por causa da impaciência, mas porque era muito desconfortável tê-la se contorcendo sob seu corpo daquele jeito quando ele ainda estava tão excitado. Ora, ora, o que se podia esperar? Fazia meses que não se deitava com uma mulher. E *nunca* tivera uma como *esta*, que ficava montada de pernas abertas sobre ele com tanta naturalidade, sem se importar nem um pouco de os seios estarem totalmente nus. Mesmo agora, ele podia sentir os mamilos cor-de-rosa se pressionando contra o pelo denso de seu tórax, intumescidos pela brisa do oceano que se infiltrava e os envolvia.

— Ah, sinto muito — disse Payton, parecendo mais indignada do que se desculpando —, mas eu nunca fiz nada disso antes...

— Eu sinceramente espero que *não* — interrompeu ele, horrorizado.

— Portanto não estou bem certa de como devo agir — continuou, como se Drake não tivesse falado. — Eu gostaria de ser vulnerável e feminina como a Srta. Whitby, mas...

— Você não deve agir como ninguém além de si mesma. Muito menos como Becky Whitby.

— Bem — Payton fungou num gesto bem feminino —, você demorou muito para concluir *isso*.

Agora Drake tinha os dentes cerrados de impaciência.

— Payton, se nós sobrevivermos a isto...

— O que quer dizer com esse *se*? — Payton fitou-o, assustada, como se ele repentinamente tivesse entrado nos estágios iniciais da demência. — Não se preocupe, Drake. Nós já passamos por situações muito piores. Isso não é nada. Eu vou tirar a gente daqui.

Payton falou com tanta convicção que, por um instante, o sentido real das palavras escapou a Drake. Quando ele finalmente entendeu, foi tomado por um arrepio que não tinha nada a ver com a temperatura fora da cela, que estava cada dia mais alta.

— Não — respondeu ele, levando as mãos ao rosto dela. — Não, Payton. Ouça.

Drake percebeu que fora um tolo. Em primeiro lugar, fora um tolo por tê-la beijado. Deveria ter feito o possível, feito tudo o que *vinha* fazendo para afastá-la, para convencê-la de que não a queria antes de deixar que ela aproximasse os lábios dos dele. Talvez assim ela agisse corretamente e abandonasse esse maldito navio...

Mas ele se deixara levar por aqueles malditos lábios. Que tolo ele fora!

— Payton, você tem de me prometer que aproveitará a primeira oportunidade para sair deste navio. Não se preocupe comigo. Posso cuidar de mim...

Payton bufou.

— Ah, sim. Até agora você teve um desempenho exemplar.

Drake apertou com mais força o rosto dela.

— Falo sério, Payton. Você ainda não foi descoberta por pura sorte. Por mais quanto tempo pensa que conseguirá manter esse disfarce?

Ela deu de ombros.

— Indefinidamente. Nem mesmo Becky Whitby me reconheceu. Não vejo por que outra pessoa qualquer no navio iria...

Incrível. Drake não entendia como alguém podia olhar para ela e não ver que se tratava de uma mulher, no pleno sentido da palavra. A simples ideia do que lhe aconteceria quando alguém finalmente descobrisse (e isso era inevitável) fazia seu sangue gelar.

— Payton, você tem de...

— Sim, sim. — Ela revirou os olhos. — Eu ouvi da primeira vez, Drake. Vamos voltar para o que você dizia antes, quando falava sobre como costumava pensar em nós dois fazendo amor.

— *Não*. Payton, você precisa me prometer...

Mas antes que Drake pudesse continuar, ouviram-se passos próximo à cela. Payton logo se retesou.

— Tito está de volta. Solte-me.

Drake não a libertou.

— Prometa-me que irá embora. Prometa.

Payton voltou a se contorcer. Drake notou que desta vez ela teve o cuidado de não o fitar nos olhos.

— Drake...

Os dedos dele afundaram através do linho da camisa na pele suave do braço de Payton.

— *Prometa*.

— Meu Deus, está *bem*, eu prometo. Agora, me *solte*...

Tito abriu a porta justamente no instante em que Drake a soltava. Payton ficou de pé num pulo e endireitou a roupa. Felizmente, o vigia só tinha olhos para o punhado de comida gordurosa que tinha nas mãos.

— Ei, Hill — disse, entre as mordidas. — O cozinheiro está à sua procura.

Hill — Jeremiah Hill — foi o nome com que Payton se apresentou aos colegas marinheiros. Ela se abaixou e pegou a caneca e a tigela vazias deixados na primeira visita a Drake.

— Estou indo — respondeu, baixinho.

— É melhor se apressar. — O gigante ainda mastigava laconicamente. — O fogão explodiu. Um desses canalhas do *Mary B* deve ter jogado pólvora nele. Nunca vi nada igual. Tinha biscoito com melado por toda a cozinha. — Tito engoliu, em seguida ergueu o punhado de comida e deu outra mordida. Escorria gordura pela barba. — Se vai querer jantar, é melhor ir logo, ou vai acabar.

— Certo. Obrigado, Tito. — Payton se levantou e, sem olhar para Drake, deixou a cela.

Observando-a ir embora, Drake se perguntou como alguém podia confundi-la com um menino, mesmo usando aquela calça larga. Para ele, era como se a cada instante a feminilidade dela gritasse. O fato de ele não ter percebido o quanto Payton era feminina até recentemente só servia para irritá-lo mais ainda. Drake só pensava no que aconteceria quando a verdadeira identidade de Payton fosse descoberta, e ele sabia que era uma questão de tempo, não uma hipótese. Ele não se achava capaz de suportar isso. Jamais se sentira tão impotente, tão inútil.

Impotência não era uma sensação à qual Connor Drake estava acostumado. Na verdade, era um sentimento totalmente estranho para ele. Sentado na cela o resto daquela noite, contudo, ele percebeu que era algo a que teria de se acostumar. Pelo menos enquanto estivesse acorrentado àquela parede.

E enquanto Payton Dixon permanecesse a bordo daquele navio.

Capítulo 18

ORA, DANE-SE ELE.

Quem ele achou que era, lhe dando ordens como se ela fosse seu contramestre?

Na manhã seguinte, ao esfregar o chão do navio, Payton estava quase feliz de a explosão que provocara ter espalhado crostas de pão por quase toda a superfície do castelo de proa. Precisava de algo para afastar seu pensamento de Drake.

Não que estivesse funcionando. Enquanto esfregava, não conseguia deixar de repassar várias vezes os acontecimentos inquietantes do dia anterior.

Drake achava que tinha sido fácil para ela? Não tinha. Principalmente a parte de convencer Clarence a deixá-la levar as refeições do prisioneiro. Ela o atormentara durante semanas. Por fim, não foi o esforço de Payton que mudou a maneira de pensar do cozinheiro, mas o fato de que, quando o *Rebecca* assumiu a tripulação do *Mary B*, destruído pelos canhões do *Virago*, o alimento ficou tão escasso que Clarence não ousou mais sair de perto da cozinha, temendo que roubassem qualquer migalha de comida. Payton agora precisava entregar as refeições do capitão sob escolta armada, enquanto o resto da tripulação observava, lambendo os lábios diante das travessas que ela levava.

Dentre os três — ela, Drake e Becky Whitby —, Payton considerava sua parte a mais difícil. Afinal, Drake estava bem-acomodado, trancado num pequeno espaço sozinho. Becky Whitby vivia num ambiente de luxo e conforto nos aposentos do comandante, como Payton vira com seus próprios olhos logo na primeira manhã em que fora entregar o café da manhã.

Não, Payton era a que tinha menos sorte dos três, trabalhando muito e sendo explorada desde a chegada, descascando batatas, cortando aipo e fervendo pedaços de porco.

Então ela deveria ser censurada por se agarrar àquela pequena cota de felicidade que encontrou no colo de Drake?

Payton não entendia o motivo de ele estar tão aborrecido, e dificilmente conseguiria descobrir. Na verdade, até aquela tarde, não havia diferença entre a sua estadia no *Rebecca* e nos navios de seus irmãos, exceto quanto às suas obrigações, agora significativamente mais manuais, pois não traçava as rotas. Também não havia um camarote com uma cama reservada para ela. Aliás, não havia cama para ela *em lugar nenhum*, visto que a tripulação do *Mary B* estava amontoada no castelo de proa do *Rebecca*. Payton se acostumou a pegar uma manta e se deitar o mais próximo possível da cela de Drake. Não podia falar com ele através das paredes grossas, mas a simples noção de que ele estava ali tão perto já a confortava.

Ela não sabia o que o preocupava tanto. Por outro lado, começava a perceber que não *entendia* muita coisa sobre os homens.

Por exemplo, Payton achava estranho um homem querer se casar com uma mulher que supostamente seu falecido irmão engravidara. Drake havia falado de obrigação, dever, mas Payton desconfiava de que, se Becky Whitby não fosse atraente, ele provavelmente teria encontrado outro meio de cumprir com sua responsabilidade com relação à criança, em vez de se casar com a mãe dela.

E a piadinha de que, se Payton tivesse se dado ao trabalho de agir como mulher, ele talvez não houvesse sucumbido com tanta facilidade ao charme da Srta. Whitby doera mais do que Drake jamais saberia. Por que ele não conseguira enxergar que os modos violentos e impetuosos que ela aprendera com os irmãos não eram sua verdadeira natureza?

Perto de seus 20 anos, Payton imitava o comportamento que via ao seu redor. Ela só foi perceber que havia um tipo de comportamento inadequado para alguém do seu sexo quando um de seus irmãos finalmente se casou e uma influência inegavelmente feminina começou a ser exercida sobre Payton.

Ainda assim, isso não explicava o comportamento de Drake na cela. Payton começava a acreditar que não havia explicação racional para aquilo.

Homens. O que havia de *errado* com eles?

Por exemplo, examinemos aquela promessa ridícula que Drake a forçara a fazer. Convenhamos: ele não podia achar que tinha intenção de cumpri-la. Sair do navio sem ele? Absolutamente improvável.

Para Drake, era fácil dizer a Payton para abandonar o navio.

Se ela não gostasse tanto dele, quem sabe pudesse seguir sua vontade. Mas talvez nem assim. Somente um covarde fugiria para se salvar deixando para trás um membro de sua tripulação. Drake estava pedindo que ela fosse uma covarde? Porque ela não faria isso. Payton era uma Dixon, tinha um nome a zelar. Jamais deixaria alguém para trás, nem o mais humilde grumete, nem mesmo o cachorro mais desprezível de um simples marinheiro.

Nem mesmo Becky Whitby.

Ou pelo menos era o que Payton dizia a si mesma antes de saber a verdadeira natureza do relacionamento da Srta. Whitby com o capitão La Fond. Ela se lembrou da primeira vez em que levou o café da manhã para o comandante, de como ficara nervosa, sem saber o que encontraria atrás da porta da cabine. Vira Becky Whitby ser transferida para lá e depois não a vira sair mais. Será que aquela porta se abriria para revelar o corpo ensanguentado da moça?

Mas quando Payton bateu e a porta se abriu, ela ficou aliviada. Não havia nenhuma Becky Whitby à vista, e o homem à sua frente não parecia particularmente amedrontador.

Era *esse* o famoso pirata, conhecido como o terrível capitão Lucien La Fond?, perguntara-se Payton na ocasião. O tal francês cujo nome, quando mencionado em Kingston ou Havana, fazia os homens desembainharem as espadas? Certamente ele *parecia* ser o tal. Era alto o bastante para intimidar os membros de sua tripulação de estatura mediana ou baixa. E certamente seu traje era tão vistoso quanto o de qualquer pirata, considerando que o senso de moda era algo inexistente para os mercenários que ela conhecera. O paletó era de veludo, num tom de turquesa meio escandaloso. Os dedos estavam carregados de anéis, e os cordões no punho da camisa eram tão compridos que quase alcançavam os nós dos dedos.

Mas de modo algum ele parecia amedrontador, como o mais famoso dos piratas, o Barba Negra. Na verdade, o francês era até bonito, com o cabelo preto preso num rabo de cavalo e um bigode bem vistoso. Naquele momento, porém, seus músculos faciais estavam tensos. Era evidente que ele estava preocupado com alguma coisa e andava de um lado a outro em frente a uma porta fechada que Payton deduziu que levasse a uma saleta particular.

Ela se perguntou o que ele fizera com Becky Whitby. Será que ele, como Payton certamente teria feito, havia jogado a odiosa Srta. Whitby ao mar, depois de ter sido obrigado a ouvi-la chorar noite após noite? Ou teria ela se trancado com medo atrás daquela porta? Os piratas são de dar medo, eles estupram com a maior facilidade qualquer mulher em que possam colocar as mãos, mas Lucien La Fond parecia o tipo que poderia tentar, pelo menos, passar-se por cavalheiro. E sua preocupação com quem quer que estivesse atrás daquela porta parecia genuína. Quando o médico do navio chegou pouco depois de Payton, o capitão se aproximou e lhe perguntou imediatamente:

— Não há nada que se possa fazer para ela se sentir melhor? — indagou, com a voz, que continha um leve traço de sotaque francês, um pouco desesperada. — E que tal láudano?

— Mas, senhor, pense no bebê — exclamou o médico.

— Dane-se o bebê! — explodiu o capitão. — Não suporto vê-la sofrer tanto!

O médico balançou a cabeça.

— O senhor não pode estar falando sério. Certamente não quer que eu arrisque a vida do seu filho só porque a mãe está sofrendo de enjoo...

— Lucien? — A voz que veio de trás da porta almofadada era fraca, mas parecia ter um efeito eletrizante no capitão pirata. Ele se lançou para a porta imediatamente e a abriu.

— Sim, meu amor?

Payton percebeu de relance o rosto em formato de coração que se ergueu, pálido, do encosto de um sofá de cetim.

— É o Sr. Jenkins? — perguntou aquela voz muito familiar.

— Sim, senhora. — O médico correu para o aposento atrás do francês, e Payton não conseguiu mais ver a dama aflita, pois sua visão foi bloqueada por costas masculinas bem largas.

Payton, contudo, não precisava ver a mulher de novo. Já vira o suficiente para saber quem era. Conhecia a voz quase tão bem quanto a sua própria. O cabelo vermelho brilhante derramado sobre o braço do sofá só confirmara tudo.

Foi quando Payton caiu em si. Ela estava a bordo do *Rebecca*. *Claro*.

A verdade estava ali, diante dela, o tempo todo, e não tinha percebido. Teria ela sido sempre tão tola, ou só depois de se apaixonar perdidamente por Connor Drake?

Becky Whitby, a quem vira com Sir Marcus Tyler na manhã de seu casamento com Drake, era a amante e companheira do pirata Lucien La Fond, cujos ataques aos navios Dixon dizia-se serem custeados há tempos por seu principal concorrente, a Cia. de Navegação Tyler and Tyler.

A história que Becky contara na sala de estudos do reverendo sobre Sir Marcus querer colocar as mãos no mapa de Drake parecera a Payton a desculpa perfeita. Mas e se fosse verdade? Não a parte sobre Becky ser um fantoche inocente na história toda — isso ela sabia ser uma mentira —, mas a parte sobre Sir Marcus estar desesperado para colocar as mãos no mapa. Essa parte poderia ser verdadeira. E explicaria por que Drake ainda estava trancado lá embaixo em vez de já ter sido fatiado há muito tempo e virado isca de tubarão, o que certamente era a vontade do francês.

Ao mergulhar o escovão na fria água do mar que usava para limpar o chão, Payton apertou os lábios, determinada. Ela o tiraria dali. Precisava fazê-lo. Assim como sabia que ele jamais a abandonaria caso a situação fosse inversa, ela também não poderia deixá-lo para trás

Além disso, as coisas não iam *tão* mal assim. Afinal, eles já tinham passado por situações muito mais difíceis. Payton não conseguia se lembrar de nenhuma, mas tinha quase certeza disso. Na verdade, ela só precisava tirá-los deste navio antes que eles chegassem a Nassau. Payton ainda não sabia que destino o francês guardava para Drake naquela cidade, mas qualquer que fosse, não seria bom. Portanto, a missão era de fato simples. Ela só precisaria resgatá-lo antes que chegassem a New Providence.

Claro que Drake não ia gostar muito de ouvir isso. Ele sempre fora um comandante muito exigente, esperando que suas ordens fossem cumpridas palavra por palavra e punindo prontamente aqueles que não o fizessem — a não ser que tivessem uma boa razão. Drake era um chefe severo, porém justo.

Payton achou que tinha um bom motivo para não obedecer à ordem de deixar o navio. O motivo era que ela simplesmente não podia. Não podia abandoná-lo. Payton desconfiava de que Drake não consideraria essa uma boa razão, mas, por outro lado, o que ele poderia fazer? Não muito. Acorrentado à parede, o que ele poderia fazer com ela?

A resposta ela descobriu na ocasião em que voltou a levar o jantar do prisioneiro e entrou na cela de Drake — desta vez distraindo Tito com uma garrafa de uísque roubada do armário de bebidas do capitão.

Já era noite quando Payton finalmente conseguiu escapar da cozinha e entrar na cela, e demorou um pouco para seus olhos se ajustarem à escuridão. Ela não pensara em trazer uma vela, pois não teria condições, com as mãos ocupadas, protegendo toda a comida que conseguira tirar clandestinamente da cabine do capitão e guardar dentro da camisa. Mas a luz da lua que entrava pelos espaços entre as tábuas do teto era suficiente para Payton ver que, embora Drake obviamente a tivesse notado, não se dera ao trabalho de se levantar.

Isso a chocou mais do que tudo o que vira até aquele instante a bordo do *Rebecca*. Nos dias em que eles navegavam com seus irmãos, Drake *sempre* se levantava quando ela entrava num ambiente, ou mesmo quando ia ao deque. Seus irmãos caçoavam, pois, de pés descalços e tranças no cabelo, Payton não parecia propriamente o tipo de moça fina com quem os cavalheiros praticavam delicadezas. Mas Drake sempre os ignorava e continuava se levantando sempre que ela aparecia.

Aparentemente, até agora. Ele se limitou a fitá-la de onde estava, encostado na parede distante, com os cotovelos apoiados nos joelhos. Olhou para ela e desviou o olhar.

Raios! Ali estava ela, com todo tipo de alimento que conseguira surrupiar com o maior esforço — frutas, pão, para não mencionar os pedaços de porco salgado que a incomodavam junto à barriga —, e ele tinha a coragem de esnobá-la assim! Não que ela se importasse com o fato de ele não ter se levantado. Mas ele podia ao menos *reconhecer* a sua presença...

Nesse momento ela compreendeu. Talvez ele estivesse doente!

Deus do céu! Só podia ser isso! Aqueles canalhas. O que teriam feito a Drake? Ela os mataria. Todos.

Correndo até ele, Payton ajoelhou-se ao seu lado, as frutas e os pães caindo de debaixo da camisa e rolando pelo chão de madeira.

— Drake — chamou, com sua voz naturalmente rouca. — Você está bem? O que fizeram com você?

Drake virou a cabeça para fitá-la, mas dessa vez os olhos prateados não produziram nela nenhum efeito. Payton estava muito ocupada procurando feridas. Eles o teriam espancado? Chicoteado, talvez? Ele certamente não tinha um bom aspecto. Mesmo à luz da lua, Payton podia ver que a calça, antes castanho-clara, estava cinza e suja, com dois rasgos através dos quais os joelhos bronzeados se projetavam. O colete e a jaqueta tinham sumido, e Payton lembrou-se de ter visto o imediato do francês usando ambos, além das botas alemãs de Drake. Só lhe restaram a calça e uma camisa de linho que já fora branca e inteira, mas que agora estava cinza e rasgada no meio, revelando todo seu peitoral e a maior parte da barriga musculosa.

Porém, apesar de Drake não estar vestido de acordo com o rigor da moda, ao examiná-lo, Payton não detectou nenhum ferimento. Ele de fato parecia incrivelmente bem para um homem que subsistira durante o último mês com pouco mais que mingau e água. Mesmo a barba e o bigode não contribuíam para prejudicar sua beleza, servindo apenas para enfatizar os traços aristocráticos de seu rosto. Observando-o, Payton lamentou que a Srta. Whitby afinal fosse a amada de outra pessoa. Os dois teriam formado um belo casal.

Mas como Drake continuava a fitá-la em total silêncio, um pensamento horrível lhe ocorreu. Payton o segurou pelos ombros e gritou:

— Drake! Eles cortaram a sua língua fora?

O lábio superior que há pouco ela admirava, mesmo coberto com o bigode dourado, curvou-se.

— Não — disse ele, com a voz rouca tão baixa que não passava de um murmúrio gutural. — Claro que não, Payton. O que ainda está fazendo aqui? Creio que eu disse a você para sair deste navio.

Payton piscou.

— Quer dizer que não está ferido?

— Claro que não. Mas você vai sentir o seu traseiro arder um bocado se não sair daqui neste instante...

Drake pareceu se lançar para cima dela, mas Payton escapuliu recuando de quatro, como um caranguejo. Quando chegou a uma distância segura, longe do alcance das correntes, ela se sentou em total silêncio e ficou a observá-lo, de olhos arregalados.

Drake agora estava de pé, mas não em razão de qualquer tipo de cavalheirismo. Não, ele queria segurá-la, sem dúvida para fazer valer a promessa de esquentar-lhe o traseiro. Ele emitia todos os tipos de grunhidos e resmungos, tentando, desastradamente, quebrar as correntes. Payton, que raramente vira Drake perder a cabeça, e certamente nunca em razão de alguma coisa que *ela* tivesse feito, não desviava os olhos, horrorizada. Já vira os irmãos perderem a calma, principalmente Ross, mas nenhum a ponto de ficar *tão* furioso *assim*.

Payton passou algum tempo a observá-lo durante o acesso de raiva. Ele agora praguejava sem parar, com palavras que teriam queimado as orelhas de qualquer jovem senhorita bem-educada, mas que Payton ouvira todos os dias e algumas vezes repetira para si mesma. Às vezes, ela dava uma olhada para a porta da prisão. Embora a tivesse fechado ao entrar, não significava que a voz dele não seria ouvida em outras partes do navio. Não tinham que se preocupar com Tito, pois ele não os ouviria. Mas havia outras pessoas a bordo que não estavam com uma garrafa nas mãos e poderiam ficar curiosas.

Payton concluiu que precisaria calar Drake, ao menos para conversar com ele e fazê-lo voltar à razão, mas não tinha a menor ideia de como fazer isso sem se aproximar. Lembrava-se de como ele a sacudira no dia anterior, e não tinha qualquer intenção de se aproximar daquelas mãos enormes. Tentou lembrar-se de qual fora a providência de Georgiana na última vez em que Ross tivera uma explosão de raiva semelhante, e pareceu se recordar de que houve lágrimas.

Lágrimas? Ela teria de *chorar*?

Ah, Deus. Quando suas provações teriam fim?

Levando os joelhos ao peito, ela emitiu um som, esperando que parecesse um soluço, e apoiou o rosto nos braços cruzados sobre as pernas. Ficou sentada assim, contraindo os ombros e emitindo sons de fungadas, espreitando de vez em quando para ver se Drake percebera. Mas não, ele não tinha percebido. Drake segurara uma das correntes e tentava arrancá-la do apoio de ferro que a prendia à parede.

Payton, insatisfeita, achou que devia provocar um choro mais convincente. Ela fungou um pouco mais alto, e rapidamente escondeu o rosto nos braços quando Drake finalmente olhou em sua direção.

— Payton? — Ele não estava nada preocupado, como Ross sempre ficava quando Georgiana chorava. Parecia mais desconfiado.

Que droga! Ela teria que derramar lágrimas verdadeiras? Payton tentou pensar em alguma coisa triste. Sua mãe morta. Não, isso não era triste. Ela havia acabado de nascer quando a mãe morreu. Nem se lembrava dela, jamais a conhecera, não era como seus irmãos que às vezes suspiravam e ficavam com o olhar distante quando Sir Henry mencionava o nome da amada esposa. O que mais? Mei-Ling a deixando, retornando para sua própria família. Mas isso também não era triste. Mei-Ling tinha sido *muito feliz* com eles. O *Constant*! Sua família dando a outro a única coisa que ela já quis? Não, isso também não. Ainda a aborrecia, mas no momento tinha preocupações mais importantes.

Drake. O que o francês faria com ele? Era isso que a preocupava, que a transtornava a cada instante, há semanas. Se alguma coisa acontecesse a Drake...

De repente, as lágrimas vieram, como que por milagre. Payton ficou muito surpresa e quase parou de chorar de tão assustada. Até que se lembrou de que estava *tentando* chorar, então relaxou e soltou um soluço lá do fundo. Deus, a sensação foi quase *boa*.

Uma espiada dissimulada para Drake — embaçada pelas lágrimas, mas ainda com bastante visibilidade — mostrou que ele a fitava com uma expressão de espanto. Bom. Payton escondeu o rosto nos braços de novo. Realmente, essa coisa de chorar era muito eficaz. Ela deveria ter pensado nisso antes.

— Payton. — Ela ouviu o chacoalhar da corrente, depois dois golpes surdos. Olhou para Drake e viu que ele estava de joelhos.

Mesmo a uma distância ainda fora do alcance dele, Payton podia ver que Drake tinha se acalmado e não aparentava mais estar furioso. pelo menos por agora, tamanha era sua preocupação com as lágrimas.

— Payton, você está bem? — Toda a desconfiança desaparecera da voz de Drake, sendo substituída pelo tom de preocupação e muito carinho. — Aconteceu alguma coisa, querida? Alguém a feriu?

Querida. Ele a chamou de *querida.* Ele a chamara assim antes. E de *amor* também, uma vez. Como essas palavras soavam bem nos lábios dele! Payton soltou outro soluço, mas este foi de alegria.

— Payton.

Deus, como o som da voz de Drake dizendo seu nome a emocionava! Payton nunca havia reparado antes como aquelas duas sílabas, pronunciadas por aquela boca, naquela voz rouca, podiam provocar calafrios que desciam por sua coluna. Ela precisou se esforçar para não começar a rir em meio às lágrimas.

E então o extraordinário aconteceu. Algo quente e suave tocou-lhe o tornozelo nu.

Payton ergueu a cabeça imediatamente, imaginando que ratos haviam invadido a cela. Mas logo viu não se tratar de ratos, mas de Drake, que estendera a mão o máximo possível até encostar no seu pé direito, que estava apertado num sapato que ela pegara emprestado há muito tempo do grumete do *Virago*.

Payton olhou para a mão, tão grande e morena em contraste com a pele de seu fino tornozelo. Se aquela mão — tão intimidadoramente masculina, com os pelos dourados brotando em grossas camadas da pele muito bronzeada, tão predatória no tamanho e na força — pertencesse a qualquer outro, ela teria sacado a faca que roubara da cozinha e enterrado a lâmina bem no meio.

Mas ela pertencia a Drake, e a mais ninguém.

Erguendo o rosto, Payton viu que os olhos dele já penetravam os seus.

No instante seguinte, ela se lançou sobre ele. Embora tivesse uma figura delgada, a força de seu corpo sendo catapultado foi suficiente para fazê-lo cair de costas no chão. Antes que ele pudesse reagir — Payton estava certa de que Drake faria tudo para afastá-la —, ela montou nele, como no dia anterior, e imediatamente estendeu o corpo, de modo que seu coração ficou sobre o dele e seus rostos ficaram a uma curta distância.

— Será que podemos tentar aquilo de novo? — perguntou Payton meio sem ar. — O que fizemos ontem? Só que desta vez sem as calças?

Drake cerrou os dentes. Ela percebeu, mesmo à luz da lua, e entendeu ser um mau presságio.

— *Não* — murmurou ele. — Não *aqui*, Payton...

Sem dúvida ele tinha planos mais românticos em mente para a primeira vez dela. Payton ficou lisonjeada, de verdade. Mas era tarde demais. Ela já o sentia rijo junto ao seu corpo.

Podia não ser romântico, mas era o que eles tinham. Talvez a única coisa que teriam.

Payton inclinou a cabeça e roçou os lábios nos dele. Uma vez. Com os braços estendidos de cada um dos lados por causa do peso das correntes, Drake permaneceu imóvel, olhando para o teto, com a expressão dura. Ela roçou os lábios nos dele novamente.

— Payton — disse ele em tom de aviso. Desta vez, sua voz era pouco mais que um murmúrio, que ela sentiu reverberar no fundo da garganta.

Ela o ignorou. Se Drake realmente quisesse interrompê-la, poderia fazê-lo apesar das correntes, e ela sabia disso. Ele tinha o dobro de seu tamanho. Mesmo com os punhos acorrentados, poderia afastá-la. Mas não o fez.

Payton aproximou os lábios dos dele mais uma vez.

Desta vez, ele retribuiu o beijo, e depois disse, quase com selvageria:

— Está bem. Está bem, então. Se é isto o que você quer...

Em seguida ergueu os braços, segurou os ombros de Payton e a puxou para si, esmagando-lhe a boca com a sua.

Capítulo 19

O BEIJO DE DRAKE NÃO doeu. Talvez fosse o objetivo, mas Drake era muito educado para machucar uma mulher propositalmente. De fato, quando ela protestou — diante da pressa do movimento, não de sua violência —, ele aliviou um pouco a pressão sobre os lábios. Mas não de todo. Era tarde demais para isso.

Ele jamais a deixaria ir. Não agora.

Não que Payton quisesse que ele a soltasse. Não, o que ela queria, o que sempre quisera, era se aninhar o mais próximo possível do coração desse homem. E estava conseguindo. Ela podia senti-lo batendo sob a parede firme do peito dele, e pensou um pouco surpresa: eu *causei isso. O coração dele está batendo tão forte por minha causa.* Esse pensamento se reafirmou logo em seguida, quando ela sentiu a excitação dele através das calças de ambos. Eu também fui a causa *disso,* pensou.

Uma sensação rápida de poder tomou conta de Payton, mesmo enquanto Drake a beijava. A língua dele percorria o interior de sua boca. Obviamente, ele queria que fosse perfeito. Encorajada pelo som que escapou da garganta de Drake — algo entre um gemido e um suspiro — quando encontrou a pressão da língua dele em sua boca, Payton surpreendeu-se quando ele, abruptamente, afastou a boca e começou a beijar seu pescoço... Mas na verdade não estava tão surpresa, e ofereceu o pescoço para melhor receber cada lambida ardente. Entretida com essa doce tortura, Payton só estava vagamente atenta para as mãos dele, que se moviam por seu corpo, acariciando-a através das roupas emprestadas. Pelo menos até sentir os dedos sobre a pele nua e perceber que ele habilmente lhe abrira novamente a camisa.

Payton prendeu a respiração diante das mãos grandes e experientes cobrindo-lhe os seios. Já sabia o que eram capazes de fazer, conhecia a intensidade daqueles dedos calejados. Achava incrível como a carícia dele podia ser tão suave... Especialmente porque sabia, pelo fogo nos lábios dele, quanto tempo ele devia ter esperado por esse momento. Não era óbvio na respiração irregular, na batida acelerada de seu coração? O fato de Drake conseguir manter o desejo sob controle e continuar com essa paciência, esse cuidado por ser a primeira vez dela só reforçava sua convicção de que este homem era único.

Quando sentiu as mãos dele roçarem seus mamilos sensíveis, Payton esqueceu o quanto admirava o autocontrole de Drake. Em vez disso, seu corpo se entregou. Seus seios pareciam dilatar-se, preenchendo-lhe as palmas das mãos. Ao mesmo tempo, suas pernas, ainda enganchadas em Drake, separaram-se mais ainda, até que ela sentiu um golpe em sua genitália. Payton sabia que a sensação deveria assustá-la, como ocorreria a qualquer garota inglesa bem-educada. Mas, como o dia anterior evidenciara, apesar dos melhores esforços de Georgiana, Payton estava longe de ser educada. Logo que o sentiu pressionar seu corpo com tal insistência, seus quadris começaram a se movimentar, de um modo instintivo, sem qualquer vergonha.

Sob ela, Drake emitiu um som que pareceu um gemido de dor. Temendo tê-lo machucado de alguma forma, ela ficou paralisada, mas logo retomou a confiança quando viu que, em vez de parecer dolorido, ele mostrou apreciar seu entusiasmo erguendo a cabeça e prendendo um dos mamilos em sua boca molhada e quente. Agora Payton sabia o que aquele gemido significava. Não era dor, era prazer.

E ela também sentiu ondas de prazer percorrerem seu corpo enquanto Drake sugava um, depois o outro seio firme, com o mamilo arrepiado.

Porém, enquanto acima da cintura, a boca de Drake a elevava a novos patamares estonteantes de excitação, mais abaixo os dedos iniciavam uma nova ofensiva. Sem que Payton percebesse, Drake desabotoou-lhe a calça, deixando-a totalmente exposta, embora só tenha notado quando sentiu que os dedos dele acariciavam os pelos sedosos entre suas coxas. Diante daquele toque suave, quase investigador, as pálpebras de Payton, que estavam pesadas de desejo, se abriram. Ela se assustou diante da visão que o luar mostrava com tanta clareza: os dedos grandes e bronzeados de Drake afastando o tufo de pelos castanhos de sua genitália. Sem contar com o fato de que aqueles dedos estavam lhe provocando sensações que ela nem em um milhão de anos imaginara ter, golpeando-a, acariciando-a, *preenchendo-a...*

O que explicaria o porquê de ela estar gostando tanto.

Tão logo Payton abriu os olhos, ela os fechou de novo, perdida nas sensações de prazer que Drake evocava com seus dedos talentosos e ágeis. Sabia que poderia interrompê-lo agora, antes que fosse tarde demais. Segurar-lhe o punho e afastar-lhe a mão. É o que Georgiana gostaria que ela fizesse.

Mas em vez disso, Payton levou a mão à frente da calça dele. Será que desta vez Drake lhe permitiria tocá-lo como ele a tocava? Será que ele ansiava pelo seu toque como ela, durante tanto tempo, ansiara pelo dele?

A resposta à pergunta de Payton chegou de imediato. Embora ela só roçasse levemente a ponta do pênis de Drake, ele reagiu prontamente, como se aquele toque o tivesse marcado a ferro quente. Afastando os lábios do mamilo de Payton, ele a beijou de uma forma assustadoramente possessiva. Depois, sem que ela percebesse realmente o que estava acontecendo, ele mudou de posição, e, de repente, o que pouco antes estava coberto agora estava livre, pressionando a pele suave do interior das coxas de Payton.

Livre, e de certo modo, assustadoramente grande.

Drake olhou para ela. Sua respiração era ofegante, como se ele tivesse acabado de correr um quilômetro e meio, o peitoral dourado subindo e descendo sob o corpo de Payton, no entanto, as palavras que conseguiu pronunciar evidenciaram que sua única preocupação, naquele momento, era ela:

— Não quero machucá-la — sussurrou.

Ela não sabia que o luar revelara a Drake a sensação de pânico que havia em seus olhos. Ela não sabia que a aspereza da barba de Drake tinha manchado seu queixo e seu pescoço com um rubor permanente. Ela também não sabia, como Drake sabia, que estava molhada de desejo por ele, como nenhuma outra mulher estivera. Ela só sabia que, apesar da necessidade evidente de Drake, a única preocupação dele tinha sido o seu bem-estar. Isso, tanto quanto o autocontrole, fizeram com que uma onda de amor a inundasse, poderosa como o desejo que ela sentia há anos.

— Eu sei — disse Payton, subitamente tímida. Via pela expressão de Drake que não o tranquilizara e buscava em sua mente uma maneira de fazê-lo quando, mais uma vez, seu corpo assumiu e respondeu por ela. Sem perceber, ela movera os quadris levemente, o suficiente apenas para que a cabeça do membro rijo atingisse a abertura úmida de sua vagina. Embaixo dela, Drake pareceu momentaneamente espantado e, instintivamente, ficou paralisado, com os olhos tão ocultos na sombra que já não pareciam prateados, mas — como Payton percebeu em alguma parte distante da mente — pretos como o mar antes de um temporal.

Então ela se movimentou novamente, envolvendo mais um pouco dele, curiosa para ver quanto ela conseguia abarcar. Não muito, imaginou. Ele era um homem muito grande, e ela, uma mulher absurdamente pequena...

O controle de Drake desapareceu. Toda a contenção que ela tanto admirava se foi num piscar de olhos. De repente, ele mergulhou dentro dela, enterrando-se naquele calor molhado onde ansiara estar pelo que parecia uma eternidade...

A escolha das imprecações de Payton foi descritiva e variada, mas infelizmente sua originalidade ficou perdida para Drake, que, de tão preocupado com o bem-estar dela, logo após aquela investida inicial imediatamente voltou a si e perguntou, sem muita coerência:

— Você está bem?

Mas Payton descobrira que, depois da explosão inicial de uma dor muito forte, o que se seguia, embora ainda não fosse algo exatamente confortável, não podia ser qualificado como doloroso. Tendo colocado as mãos defensivamente contra o peito de Drake e apertado os quadris em torno dele para que ele não se movesse mais, ela começou a desconfiar de que essa sensação era equivalente à do dia anterior, só que melhor.

— Payton? — chamou Drake, soando mais lúcido e bem menos paciente. Suas correntes chacoalharam quando ele a segurou pelos braços para sacudi-la levemente. — Payton? *Você está bem?*

Após um sinal para ele silenciar, Payton fez uma leve ondulação com os quadris. Drake deixou a cabeça cair junto ao chão e gemeu. Mas não foi isso que a interessou naquele momento, e sim o fato de ter descoberto que já não sentia mais nenhuma dor. Apenas sentia um puxão insistente, um desejo de pressionar o corpo contra o dele.

E logo aquele desejo transformou-se em necessidade. Movimentando os quadris, ela se prendeu a Drake, ciente, mas só vagamente, de que ele lhe dizia coisas. Não tinha ideia do que era. A um dado momento, quase teve certeza de tê-lo ouvido dizer que a amava.

Depois ele passou a se mover com ela, as mãos segurando-lhe as nádegas, não só guiando-a quanto tentando se manter unido a ela...

Em seguida, como que numa maré alta, ela foi pega, sugada sob uma violenta e adorável onda de prazer que se quebrava, sacudindo-a do couro cabeludo às solas dos pés. Por alguns instantes, ela não estava ali, nem em nenhum lugar perto do oceano. Estava entre o mar e o céu, brilhando levemente, como a luz do sol no fim da tarde. Ela gemeu o nome de Drake, porque lhe parecia que ela não devia sair voando assim sem ele...

E no momento seguinte, subitamente, Payton estava de volta dentro de si mesma, exausta e ofegante, agarrada ao tórax nu de Drake. Só que ele não percebeu, pois ainda estava lá, onde ela estivera há poucos instantes. Payton notou pela expressão no rosto dele, com os olhos cerrados e a boca comprimida como se estivesse sentindo dor. E também pela violência com que fincava nela, cada vez mais forte, até que quase teve certeza de que ele iria parti-la ao meio, mas nem se importou.

Depois, com uma última pressão quase selvagem, Drake pareceu ter uma crise nervosa, e todas as rugas sumiram de seu rosto, tornando-o anos mais novo e mais bonito do que ela jamais o vira, fazendo com que se apaixonasse por ele mais uma vez.

A seguir ele ficou quieto, sem energia, como ela estava há poucos instantes. Ficaram deitados assim na escuridão da cela, juntos, ofegantes e molhados de suor.

Até que Drake ergueu a cabeça, afastou os cachos do rosto de Payton e perguntou, meio desconfiado:

— Você está bem? Eu... Eu não a machuquei, não é?

Payton analisou a pergunta. Estava um pouquinho espantada ao ver que se sentia bem. Aliás, na realidade, jamais se sentira tão bem em toda sua vida.

Mas sabia que não era assim que deveria ser. Ela deveria estar com muita dor, sangrando profundamente em decorrência da perda da virgindade, do rompimento do hímen. Só que Payton desconfiava de que jamais tivera um hímen, pois quando Drake a penetrara, ela só sentira uma dor relativa — intensa, de fato, mas breve. Ela deveria ter sentido mais desconforto, além do temor inicial de que ele não ia caber. Que tipo de dama perdia a virgindade e não sentia uma dor imensa?

Pois bem, a nobre Srta. Payton Dixon, aparentemente. Mais uma prova de que, como uma dama, ela era um grande fracasso. Sem dúvida perdera sua virgindade mil vezes, inserindo as esponjas do mar que Mei-Ling lhe ensinara a usar durante as menstruações. Que frustrante!

— Eu estou bem — suspirou ela, com ar triste.

Drake a fitou, preocupado.

— Pela voz, não parece.

— Eu só pensei... Bem, eu achei que haveria sangue.

— Ah — disse ele, parecendo muito aliviado. Mas se era porque não havia nenhum sangue ou por saber agora que conseguira levá-la ao clímax, Payton não sabia ao certo. — Não precisa ficar tão desapontada. Eu não queria machucá-la.

— Eu sei. Mas se você vivesse em tempos menos civilizados, exigiriam que mostrasse um lençol manchado com o sangue da minha virgindade para provar para a sua família que eu era pura antes de ir para a sua cama.

— Eu não posso nem imaginar — disse Drake, secamente — que, no caso improvável de sobrevivermos, alguém da minha família, especialmente a minha avó, queira exigir alguma prova da sua virgindade, Payton.

— Mesmo assim, não deixa de ser uma decepção. A mulher só perde a virgindade uma vez, e...

— E gostaria que fosse o mais dramático possível?

— Bem, um *pouco* de sangue teria sido bom.

Drake chegou a se sentir um grosseirão. Ele lhe roubara algo a que não tinha direito. E mais, fizera-o sabendo perfeitamente que era errado. Tinha jurado para si mesmo que, se algum dia tivesse a sorte de fazer amor com Payton Dixon, seria numa cama — de preferência no leito nupcial. E, se não fosse assim, pelo menos esperava poder se controlar o bastante para não a amedrontar.

E embora acreditasse que Payton tivesse sentido algum prazer no ato, também se repreendia severamente por ter agido sob tanta excitação, de uma forma que afirmara para si mesmo que não faria. Mesmo se ela *estivesse* no comando...

Mas como poderia tê-la impedido? Jamais estivera com uma mulher que recebia tão prontamente quanto dava. E aquele momento em que a agitação nos olhos castanhos se transformou em êxtase foi a sua destruição. Depois, ele não conseguiu se segurar, principalmente após a penetração e a descoberta de que entre as pernas de Payton Dixon estava o paraíso, o lugar mais prazeroso e mais enlouquecedor que ele poderia imaginar.

Drake deveria ter conseguido se controlar. Afinal, não era um jovem imaturo, sem experiência sexual. Mas ele a tomara de uma maneira selvagem, sem nenhuma suavidade — sendo ela uma *virgem,* nada menos que isso.

Não importava se ela parecia ter gostado e se seu único pesar — ou o único que ela admitia — era não ter um hímen para romper. Ele a usara de forma abominável. De algum modo, precisaria compensá-la por isso.

Drake segurou o rosto de Payton entre as mãos.

— Ajudaria se eu dissesse que amo você? — perguntou ele.

O coração de Payton acelerou.

— Você me *ama?*

Drake ergueu uma das sobrancelhas.

— Por que parece surpresa?

— Porque já amo você há anos e anos, e nunca achei que tivesse percebido.

— Eu percebi — assegurou Drake. — Levei algum tempo, mas percebi.

Payton sorriu, feliz, e abraçou-lhe o pescoço. Mas o que pretendia dizer se perdeu para sempre quando uma chave arranhou a fechadura.

Instantaneamente, Payton afastou-se de Drake, levantou-se, abotoou o colete e a calça comprida e insistiu que ele fizesse o mesmo, ordem que ele obedeceu sem perder tempo.

A porta se abriu, e o carcereiro de Drake ergueu uma vela para examinar o ambiente.

— Hill — chamou, e em seguida deu um soluço.

— Estou aqui — respondeu Payton, com voz indiferente, encaminhando-se para a parte da cela iluminada pela vela. — O que é, Tito?

— O cozinheiro está atrás de você. — Tito não conseguia se manter de pé com firmeza. Estava nitidamente bêbado. A garrafa quase vazia que tinha nas mãos revelava o motivo. — Ele está fechando a cozinha para a noite.

— Certo. — Payton deu um puxão na calça. Drake, observando do chão, percebeu que o gesto era uma imitação do irmão dela, Ross, que costumava puxar a cueca da mesma maneira. — Vamos, então.

Tito voltou o olhar suíno para Drake.

— Ele lhe deu algum trabalho? — perguntou, sem grandes interesses.

— Esse aí? Não. Ele, não.

Tito acenou com a cabeça.

— Bom.

E então, sem mais nenhum olhar na direção de Drake, Tito se virou. Da escuridão da sombra do gigante, Payton dirigiu a Drake um último olhar furtivo. Em seguida, a porta pesada bateu com força, deixando-o só mais uma vez. A única evidência de que Payton estivera ali era a comida no chão e uma leve mancha úmida na frente de sua cueca.

E um buraco, que Drake estava convencido de que queimava seu coração.

Capítulo 20

Payton não ficou particularmente surpresa ao saber que o navio que apareceu no horizonte na manhã seguinte ao seu encontro secreto com Drake era da Tyler and Tyler. Ela o vira muito antes do homem que estava no cesto de vigia e, durante a maior parte da manhã, alimentara esperanças de que fosse um clíper da Dixon com seus irmãos, que finalmente estavam chegando para salvá-la.

Mas notícias posteriores que chegaram à cozinha revelaram que infelizmente ela não estava com tanta sorte. Era um navio Tyler. E mais, já estava sendo esperado. Sir Marcus Tyler tinha marcado de ir ao encontro do *Rebecca* tão logo ele entrasse nas águas das Bahamas. Embora por um lado Payton estivesse desapontada, pois se fosse um navio Dixon tudo seria muito mais simples, estava feliz de ver que, pelo menos, se aproximavam da terra firme. Agora ela poderia começar a preparar sua fuga com Drake.

Na cabine do comandante, enquanto entregava o café da manhã dele e de sua dama naquele dia, ela percebera preparativos diferentes.

— Não consigo — Payton ouvira Becky reclamar para o comandante. — Eu preciso voltar para a cama.

— Não, querida — replicara Lucien La Fond. Ele se esquecera de fechar a porta que dava para a sala de estar, portanto a conversa era facilmente ouvida por qualquer pessoa no aposento externo. — Você sabe que Jenkins falou que o ar fresco lhe faria bem.

— Ah, e Jenkins entende de alguma coisa? Ele é um inútil. Não acredito que esteja me obrigando a sair da cama para vê-lo. Você sabe que ele vai brigar com você quando souber que Drake e eu não estamos casados.

— Brigar *comigo*, minha querida? — O francês ainda falava com ternura. — Mas você sabe que não fui *eu* quem estragou tudo.

— Não, mas foi você quem mandou aqueles homens estúpidos atacarem o *Constant* antes de os votos se concretizarem.

— Como eu poderia saber que o casamento não tinha se realizado? Você deveria estar viajando para a lua de mel. Ninguém viaja para a lua de mel antes de se casar.

— Eu já disse um milhão de vezes. Não foi culpa minha, foi daquela maldita Dixon mau-caráter.

Naquele instante, Payton quase deixou escapar uma exclamação indignada. Felizmente conseguiu se conter ao refletir que ela mesma se referira à Srta. Whitby em termos muito mais duros.

— Sim, sim, eu sei. — La Fond falou como se o assunto tivesse sido discutido tantas vezes que já o entediava. — A verdade, querida, é que a culpa é *dele*.

Deu para ouvir o suspiro de Becky até mesmo da distância em que Payton estava.

— Creio que você está certo. Ele não devia ter se arriscado a ir a Daring Park. Não me importa se ele não confiava em ninguém mais para fazê-lo. Foi pura idiotice.

— Eu não quis dizer isso. Mas se ao menos a mantivesse afastada dos terríveis planos dele, eu não teria motivos para me preocupar tanto com você. Foi só por não suportar imaginar o que podia estar acontecendo naquele maldito navio que mandei o *Mary B* cedo demais.

— Mas querido, você me *conhece*. — O tom de voz de Becky era nitidamente amoroso, especialmente para uma mulher que há tão pouco tempo reclamava de enjoo. — Você sabe que eu não deixaria aquele homem me tocar.

— Será? — O francês soou levemente distante. — Mas certamente o mesmo não poderia ser dito em relação ao irmão dele, não é?

— Mas no caso de *Richard*, eu precisei, seu tolo.

— Pois é. Eu não quero que você precise fazer nada com nenhum outro homem que não seja eu.

— Bem, você certamente deixou isso bem claro.

O francês pareceu indignado.

— Eu fiz com que parecesse um acidente, não foi? Do jeito que ele pediu.

— Papai pediu que parecesse um acidente. Ele não disse que precisava ser tão sangrento.

Papai? Payton fez uma pausa enquanto enchia um prato com geleia. Quem é *papai*?

— Isso também não foi culpa minha — disse La Fond. — Ele já estava morto quando aqueles cavalos o puxaram pelo matagal. Foi o diagnóstico do médico.

Becky riu.

— Foi o mesmo médico que disse que Sir Richard morreu de um golpe na cabeça em um galho baixo enquanto cavalgava? Ah, eu certamente acredito muito nas habilidades desse médico.

— Rebecca, eu só estou dizendo que, se você não permitisse que ele a usasse dessa forma...

— Mas, querido, você sabe que as ideias de papai sempre acabam dando certo.

— Essa certamente não deu.

— Mais uma razão para *você* ser a pessoa a lhe dizer isso...

A discussão continuou até o instante em que o navio de Sir Marcus, o *Nassau Queen*, emparelhou com o *Rebecca*, e foi colocada uma prancha entre os dois. Payton não tinha certeza de quem era o *ele* da conversa. Seria Sir Marcus? Ou seria o pai da Srta. Whitby? E quem era o Richard a quem ela se referira? Certamente só poderia ser o irmão de Drake, o qual a Srta. Whitby dissera ser o pai do filho que trazia na barriga. Como o francês sabia tanto sobre o acidente fatal de Richard Drake?

Era tudo muito confuso. Payton queria muito dar uma escapulida e entrar furtivamente na cela de Drake para ver se ele conseguia desvendar esse quebra-cabeça. Infelizmente, estava muito ocupada para escapulir de suas obrigações. O clima no *Rebecca* era de festa: a chegada do *Nassau Queen* significava a chegada de suprimentos frescos, de alimento e roupa de cama, e, principalmente, de *rum*. A tripulação nunca obedecera a ordens com mais entusiasmo do que naquele dia, quando a bandeira do *Nassau Queen* foi vista pela primeira vez. Payton teria de esperar, talvez até anoitecer, com o rum fluindo livremente, para poder ver Drake.

Foi somente quando ela e Jonesy, com quem estabelecera a mais instável das alianças, foram mandados para baixo com ordens para limparem o derramamento de um barril de melado trazido do *Nassau Queen*, que Payton viu Sir Marcus pela primeira vez. Eles estavam quase afundados até o tornozelo na substância pegajosa quando, subitamente, a escotilha sobre suas cabeças se levantou. Pensando que era algum tipo de inspeção surpresa de Clarence, Payton e Jonesy deram um pulo, atentos, mas viram que era Sir Marcus, e não o cozinheiro.

Mas Payton jamais o vira assim. Havia em seus olhos um ar mortífero quando ele passou por eles e se dirigiu para o local onde Tito vigiava a porta da cela de Drake.

— Abra! — gritou Sir Marcus para o infeliz Tito que, como o resto da tripulação, mordia inocentemente um pedaço de porco salgado que lhe fora dado na tentativa de aplacar a fome até que Clarence pudesse preparar uma refeição apropriada com os suprimentos do *Nassau Queen*.

Tito se levantou rapidamente e remexeu o cadeado cheio de chaves. Estava nitidamente de ressaca e passara o dia sentindo pena de si mesmo. Payton já estava resolvida a lhe garantir mais uma garrafa, até porque esta noite pretendia mesmo pegar todas as chaves e fugir com Drake.

Quando Tito se apressou para destrancar a porta da prisão, ouviram-se mais passos sobre suas cabeças. Era Becky Whitby, que descia a escada batendo os saltos do sapato alto nos degraus.

— Papai — dizia ela numa voz aduladora. — Não foi culpa de Lucien. Você sabe como ele fica ciumento. Realmente, se alguém teve culpa, foi você. Como pôde ser tão tolo a ponto de aparecer em Daring Park naquela manhã? Claro que o reconheceram!

Payton, assistindo escondida, pensou: *Papai? Mas Sir Marcus não tem filhos.* Até onde Payton sabia, ele nem sequer se casara. Ela imaginou que Sir Marcus teria alguma coisa a dizer com relação a Becky Whitby chamá-lo de pai. Já o vira apontar uma pistola para o rosto de um homem simplesmente porque ele se recusava a sair do seu caminho. Como ele reagiria a essa mulher lunática que o chamava de papai?

Sir Marcus Tyler não era um homem velho como o pai de Payton. Devia estar perto dos 50 anos, mas ainda era um homem bonito, alto e corpulento, com apenas as têmporas grisalhas. O resto do cabelo era bem escuro e espesso e se enrolava por cima da gola alta da camisa com uma elegância ilusoriamente casual. À sua maneira, ele parecia ser tão atento às tendências da moda quanto Lucien La Fond.

Mas Sir Marcus certamente não era um homem equilibrado. Ele se virou para gritar com a Srta. Whitby.

— Não ouse *me* acusar de estragar tudo. Se alguém aqui fez um trabalho malfeito foi aquele idiota cabeçudo que você insiste em defender. "Não é culpa dele." — Sir Marcus imitou a Srta. Whitby de maneira cruel. — "Não é culpa dele." Claro que é! Se ele ao menos tivesse esperado a hora certa, em vez de atacar cedo demais, você agora já seria Lady Drake!

Deus do céu! Ele não negou! Becky Whitby é mesmo filha de Marcus Tyler!

Não é para menos que ele tenha no bolso Lucien La Fond, o mais terrível pirata dos mares do sul: ele é o namorado de sua filha!

— Não, não seria. — Payton notou que Becky desceu a escada íngreme com bastante agilidade para uma mulher em suas condições. A raiva do pai, embora nitidamente a amedrontasse, não a afastaria de seu propósito. — Eu *nunca* seria Lady Drake, papai. Estou lhe dizendo, ele investigou. Não sei como, mas ele descobriu, antes mesmo de aquela Dixon irritante dizer alguma coisa sobre tê-lo visto...

Sir Marcus ignorou a filha.

— Abra aquela porta — gritou mais uma vez para o pobre Tito.

— Estou tentando, senhor — resmungou Tito, numa voz surpreendentemente baixa para um homem tão grande. — Estou tentando!

— Eu *nunca* seria Lady Drake — insistiu a Srta. Whitby, caminhando em direção ao pai. Payton, acostumada à meiga Srta. Whitby, que se assustava com tanta facilidade e que uma vez fora ao seu quarto implorar que matasse uma aranha no quarto dela, mal podia acreditar que era a mesma pessoa. *Esta* Srta. Whitby parecia não temer nada. — Você está me ouvindo? Drake *sabia*, eu não sei como, mas ele *sabia* que havia algo... Não exatamente sobre mim e Richard. Não culpe Lucien. A culpa foi *sua*, não dele.

Para grande espanto de Payton, Sir Marcus virou-se e deu um tapa no rosto da filha com o dorso da mão. Becky soltou um grito e caiu no chão, os grossos cachos vermelhos cobrindo o rosto. Sem pensar, Payton se aproximou, com a intenção de ajudá-la. Foi interrompida pela mão que lhe segurou o braço. Mesmo um cabeça-dura como Jonesy sabia que era uma péssima ideia se envolver.

No instante seguinte, Becky estava de pé novamente. Exceto pela mancha avermelhada no rosto, ninguém diria que ela havia acabado de ser golpeada com força suficiente para seus dentes chacoalharem. Podia essa beldade de olhos ardentes ser a mesma garota por quem os irmãos de Payton tinham tropeçado uns sobre os outros poucos meses atrás, na tentativa de salvá-la? Ela parecia precisar ser salva tanto quanto... bem, tanto quanto Payton.

— Eu já disse — gritou Becky —, não foi culpa de Lucien!

A esta altura, Tito já estava com a porta da cela de Drake aberta. Sir Marcus, com um último olhar de desaprovação para a filha, virou-se e desapareceu dentro da cela. Becky, após olhar furiosamente para ele por um momento, subiu correndo para o deque, gritando por Lucien a plenos pulmões. Quando ela passou por eles, Payton percebeu que Jonesy virou a cabeça para olhar a garota furiosa. Acompanhando o olhar dele, Payton notou que dava para ver as saias da mulher através dos espaços abertos entre os degraus. Jonesy estava boquiaberto com as coxas provocantes de Becky, reveladas a cada degrau.

No instante seguinte, o menino estava pulando sem parar, segurando o braço por causa da dor do beliscão de Payton.

— Ai! — gritou ele. — Por que fez isso?

Payton semicerrou os olhos e disse:

— Não é educado olhar assim — respondeu ela.

Jonesy a fitou, furioso.

— Eu juro, Hill — declarou ele. — Às vezes eu acho que você é uma maldita *garota*.

Ela o encarou de novo, com raiva.

— Verdade? Então eu não creio que você vá se importar de limpar tudo isso sozinho enquanto aproveito minhas horas de lazer, como uma dama.

Payton jogou seu esfregão para ele e se afastou, deixando Jonesy resmungando ameaças. Mas ela não ligou. Sua atenção estava voltada para o que acontecia na cela, atrás da porta entreaberta.

E Payton não era a única interessada. Tito, que, apesar da ressaca, ainda estava grato pela garrafa que Payton lhe dera no dia anterior, se moveu para que ela pudesse se aproximar da abertura da porta através da qual ele espiava com quase tanto interesse quanto ela.

Mas Payton duvidava de que Tito estivesse fazendo a mesma oração silenciosa que ela fazia.

Por favor, Deus, orava ela. *Não deixe Drake morrer hoje. Por favor. Eu lhe imploro. Se o Senhor tiver que levar alguém, leve a mim.*

Então teve uma ideia melhor.

Ou, melhor ainda, leve a Srta. Whitby!

Capítulo 21

Q<small>UANDO</small> S<small>IR</small> M<small>ARCUS</small> T<small>YLER</small>, <small>ABAIXANDO</small> a cabeça para não bater na moldura baixa da porta, entrou na cela de Drake, o prisioneiro saudou-o laconicamente:

— Ah, Sir Marcus, finalmente. Que bom. Saiba que eu o esperava.

Se Sir Marcus se espantou com a recepção tão amável, ficou ainda mais perplexo diante do comentário casual do prisioneiro:

— Eu gostaria de lhe oferecer uma cadeira, mas como pode ver, não tenho nenhuma. Eu percebi que este lugar, contudo, não é tão desconfortável quanto parece. Sinta-se à vontade para se juntar a mim, se quiser.

Sir Marcus estava sorrindo quando entrou na cela. De algum modo, o sorriso desapareceu diante da recepção tranquila de Drake. Como podia um homem acorrentado a uma parede, especialmente um homem como Connor Drake, que passara boa parte da vida ao ar livre, estar tão calmo, Sir Marcus não podia imaginar. A atitude de Drake o irritou, tanto quanto a filha e a tolice do namorado dela. Ele recuou e chutou uma das pernas estendidas do prisioneiro, de modo nada gentil.

— Levante-se — murmurou Sir Marcus. — Fique em pé, Drake. Talvez ache que isso não passa de uma grande brincadeira, mas eu lhe asseguro que é sério, muito sério.

No início, Drake não parecia inclinado a se levantar. Mas depois de um momento de reflexão, ficou sobre os pés descalços. Foi então que Sir Marcus percebeu seu erro: deveria ter deixado o prisioneiro sentado no chão. Aquela seria a única posição em que estaria em vantagem. Connor Drake, mesmo sem as botas, era cerca de 5 centímetros mais alto.

No entanto, Sir Marcus preferiu ignorar isso e se concentrar no prazer de ver que sua ordem fora obedecida.

— Capitão Drake — disse, pronunciando cada sílaba com evidente satisfação. — O grande capitão Drake. Ah, eu *sinto* muito. Esse título não se adapta mais a você, não é? Não desde a infeliz morte do seu irmão. Prefere que o trate de Sir Connor?

— Pode me tratar do que quiser — respondeu Drake, dando de ombros. — Estou numa pequena desvantagem para impedi-lo. — Ele levantou as correntes mostrando a que se referia.

— Sim, uma falta de sorte. — Sir Marcus estalou a língua. — Mas temo que isso seja necessário. Não podíamos correr o risco de o grande capitão Drake abandonar a nossa hospitalidade antes de termos a chance de o conhecermos adequadamente. O senhor adquiriu uma grande reputação de escapar por milagre em situações aparentemente impossíveis. Ora, conseguiu até mesmo escapar do casamento. Devo dizer que fiquei pasmo ao descobrir que ainda estava solteiro. Achei que estivesse tudo certo.

Drake fez um aceno de cabeça.

— Não era o único a pensar assim. Mas, no final, parece que havia algumas objeções contra a moça.

— Não posso nem dizer o quanto lamento. — Tyler parecia de fato lamentar. — Posso perguntar qual foi o problema com relação à jovem dama que tanto o ofendeu?

— O fato de aparentemente ela ter laços com você foi parte do problema — respondeu Drake, bastante afável.

— Ah. — Sir Marcus pareceu um pouco sombrio. — Então você me despreza tanto, capitão, que a ideia de se associar a alguém da minha família, mesmo uma pessoa tão adorável quanto Rebecca, o repugna?

Se Drake não sabia que Rebecca Whitby era filha de Marcus Tyler, disfarçou muito bem.

— Certamente, senhor — respondeu, polidamente. — Considerando que qualquer filho seu deve necessariamente ser a cria do diabo.

Sir Marcus riu como que encantado com o insulto.

— Se o senhor conseguiu perceber algum tipo de semelhança entre mim e Rebecca, eu o congratulo por sua perspicácia. Levei mais tempo para identificar nela algum sinal da família Tyler. Faz apenas alguns anos que uma mulher de virtude um pouco, digamos, *questionável*, com quem me diverti na juventude, me apresentou uma criatura ruiva e exageradamente magra que ela insistia, de forma persecutória, ser minha filha. Eu não teria considerado a possibilidade de essa garota, a quem a mulher vulgarmente chamava de Becky, ser minha filha, não fosse pelo fato de, como você colocou sem rodeios, nossas mentes parecerem ter sido feitas do mesmo material. Por vezes, chega a dar medo. Veja bem, foi Rebecca quem concluiu que a mãe, no passado, fora amante do Marcus Tyler da Cia. de Navegação Tyler and Tyler. Foi dela a ideia de ambas recorrerem a mim para lhes dar dinheiro, com o objetivo de aliviar minha consciência. No início, eu dei, um pouco em dúvida. Afinal, sou um homem de negócios. Não preciso de publicidade negativa, ainda mais tendo Henry Dixon, o bastião da honestidade, como principal concorrente. Com o passar do tempo, porém, Rebecca e eu nos tornamos amigos, e comecei a ver as vantagens de ter uma bela jovem por perto para me ajudar nas situações mais delicadas, nas tramas e conspirações. Ela não fez nenhuma objeção, claro. Rebecca, como a maioria das mulheres, gosta muito de dinheiro. Ela faria quase tudo por dinheiro.

— E você se pergunta quais são as minhas objeções quanto a me casar com a dama? — disse Drake, pausadamente.

— Ah, sim, entendo. — Sir Marcus, rindo, balançou a cabeça. — Sim. Uma chantagista, e pior ainda, do meu sangue. Ofensas pesadas, de fato. Ah, Drake, eu quase lamentarei quando você se for. Realmente aprecio sua companhia. Você é um dos poucos homens que conheço que fala exatamente o que pensa. A maioria tem medo. Você sabe, eu exerço certo poder, especialmente nesta região.

— Não é você que eles temem — murmurou Drake. — É La Fond.

Tyler ficou perplexo.

— La Fond? Ah, bem, sim. Entendo. Ele pode ser amedrontador, digo, se você não o conhecer muito bem. Eu, lamentavelmente, tenho uma convivência intensa com ele, portanto não fico tão impressionado. — Tyler suspirou. — Eu deveria saber, claro, que um homem como Connor Drake, com tantos recursos e com sua inteligência, enxergaria além do meu plano simples e objetivo. Talvez não seja um dos meus melhores ardis. — Em seguida acrescentou, como se numa reflexão tardia: — Mas o seu irmão apaixonou-se prontamente. Dá para entender o motivo, e depois, eu fiquei com a esperança...

— Esperança?

— Certamente. De que o novo baronete também fosse ficar tão... Ah, como eu deveria dizer? Desconcertado pela dama?

— Começo a desconfiar — replicou Drake com firmeza — de que a atração de meu irmão por sua filha terminou por levá-lo à morte.

— De certa forma, sim, claro, está correto. Lamento dizer, mas é verdade. A morte do seu irmão foi necessária, no final das contas, entende? No meu esforço de garantir os seus interesses na empresa do meu concorrente.

Drake assentiu.

— Claro — declarou sem emoção. — Você precisava que eu me casasse com Rebecca para que, com a minha morte, ela herdasse a minha parte na Cia. de Navegação Dixon e Filhos.

Mas Sir Marcus limitou-se a rir.

— De modo algum. Deus do céu, Drake, eu posso ser muitas coisas, mas a clarividência não é uma das minhas qualidades. Eu não tinha meios de saber que o meu velho amigo Henry, aquele tolo de coração mole, seria idiota o bastante para oferecer a você uma parte na empresa da família, que dirá uma parte igual à dos próprios filhos.

Drake analisou e falou, pensativo:

— Tem razão. Eles só fizeram aquela oferta na véspera do casamento. Então o que você *esperava* ganhar com a minha união com Becky? Certamente não era Daring Park. Você devia estar atrás de mais do que aquilo, ou não teria assassinado Richard antes que eles tivessem a chance de se casar.

— Eu nunca tive muito interesse em Daring Park — confirmou Sir Marcus —, embora admita que Becky passou a gostar muito do lugar. Compreendo que tenha colocado a propriedade à venda antes de partir. Lamentável. Rebecca tinha planos de fixar residência ali, com a criança.

— Ah, sim — disse Drake. — Ela sem dúvida criaria o filho para ser o próximo baronete. Posso ver como uma mulher de sua natureza pecuniária deve ter achado esse plano atraente. Mas esse não era o *seu* plano. Você queria outra coisa. O que era? O mapa?

Sir Marcus sorriu.

— Devo dizer que sempre admirei sua perspicácia, Drake. É uma pena, de fato, que você *não seja* meu genro. Eu talvez me orgulhasse de chamar alguém com a sua inteligência de filho, em lugar daquele grande e vaidoso francês com quem minha filha teve a má ideia de se associar. Sim, meu caro, o motivo de tudo isso foi aquele seu mapa. Quem teria pensado que um mapa que você fez como uma brincadeira causaria tanta desgraça e tristeza? Mas é isso mesmo. Na condição de sua viúva, Rebecca obviamente herdaria todos os direitos a ele, bem como as cópias que você mandou fazer. Ela seria livre para fazer com eles o que quisesse. E, naturalmente, iria dá-los ao seu pai para que os guardasse em segurança.

— Claro — disse Drake. — A existência daquele mapa deve estar preocupando muitos dos seus funcionários. Se uma cópia caísse nas mãos erradas... digamos, nas mãos das autoridades... não haveria mais enseadas seguras ou qualquer lugar para esses criminosos e ladrões que você mantém na sua folha de pagamento se esconderem...

— Ah. — Sir Marcus sorriu. — É isso que sempre gostei em você, Drake. Não faz rodeios, vai direto ao ponto sem hesitar...

— Isso ainda não explica — interrompeu Drake, numa voz dura — por que você achou necessário assassinar meu irmão. Não teria sido mais fácil simplesmente mandá-la para a minha cama, em vez de para a cama dele?

— Claro. Suponho que Becky poderia tê-lo atraído para algum bordel cubano e depois ter alegado uma gravidez sua. Mas você se casaria com uma garota que tivesse levado para a cama num bordel cubano? Pouco provável. Você lhe daria dinheiro e ficaria de olho nela. Já uma boa moça, uma moça casta... Esse tipo de garota, a sua honra o obrigaria a desposar. Mas quando você ficava no porto tempo suficiente para conhecer uma garota assim? Nunca. Você sempre estava no mar. Não tivemos escolha, precisamos usar seu irmão, sabendo que um homem como Connor Drake se veria obrigado a honrar a memória do falecido irmão junto à sua noiva.

Você estava sempre no mar. Drake fora para o mar para fugir da família, na esperança de perdê-la, junto com as lembranças dolorosas, no grande azul do oceano. Mas agora parecia que, por causa da sua decisão, pelo menos um membro de sua família estava morto. Porque ele sempre estava no mar.

— Quem foi o responsável? — perguntou Drake com a voz muito calma.

— Quem foi o responsável pelo quê, rapaz?

— Quem matou Richard? Não deve ter sido você, suponho.

— Ah, não. Eu não gosto de matar. É muito sujo. Não, La Fond cuidou disso. E gostou, lamento dizer. Ah, isso era de se esperar, claro. Ele não estava nada satisfeito com o fato de a pobre Becky ter que, hum, você sabe, com o seu irmão para nosso plano dar certo.

— Quando eu sair daqui — disse Drake, com uma expressão muito dura —, vou matar você.

Sir Marcus jogou a cabeça para trás e deu uma gargalhada vigorosa, que preencheu a pequena cela na qual geralmente não há risadas.

— É mesmo? — perguntou Sir Marcus quando recobrou a compostura. — Perdoe-me, Sir Connor, mas acredito que não. Na verdade, sinto-me obrigado a avisá-lo que o oposto irá acontecer. *Eu* matarei *você*.

Drake riu diante daquela frase.

— Não. Você é covarde demais para isso.

— Bem, não matarei pessoalmente, claro, mas acredite, você *morrerá*. A única razão pela qual foi mantido vivo até agora é que La Fond é um idiota. Os amigos dele só deveriam atacar o *Constant* depois de você e Rebecca terem assinado os documentos legais, tornando-a sua legítima esposa. Como, pelo que eu soube, a cerimônia foi interrompida no meio, La Fond entrou em pânico e o escondeu aqui embaixo. Não sei por que simplesmente não o matou logo. Ele não gosta de você. Não sei o que o ofendeu mais, se foi você cortar o bigode que ele cultivava ou partir para a lua de mel com a mulher dele. Penso que o tenha mantido vivo por supor que haveria uma chance de que, quando eu chegasse, conseguisse obrigá-lo a seguir com nosso plano e se casar com Rebecca. Ele quer aquele mapa quase tanto quanto eu.

Drake deu de ombros.

— Todos nós queremos coisas que não podemos ter.

— Ah, mas veja bem, neste assunto, o namorado medíocre da minha filha agiu certo. Veja bem, fico feliz por ele não o ter matado. Estou convencido de que você e eu ainda poderemos realizar algum feito. Sei que não é um homem intratável. É isso que o torna tão admirado como líder. Você tem fama de estar disposto a se comprometer e de reconhecer quando erra. Embora eu admita que parecerá estranho se a cerimônia for realizada no mar, e por um capitão empregado da Tyler, ainda assim será legal. Os Dixon sem dúvida questionarão, mas, afinal, você de fato deixou a Inglaterra dizendo que se casaria com a moça quando chegasse às Bahamas, e, como estamos aqui...

Drake caiu na gargalhada.

— Você acha que eu concordarei em me casar com aquela garota, afinal? A esta altura, seria mais fácil você conseguir casá-la com o príncipe de Gales.

— Ah, você se casará com ela. Tudo estará dentro da lei. Pelo menos assim parecerá aos seus amigos enlutados quando a sua viúva retornar à Inglaterra e lhes apresentar os fatos. Sua assinatura na certidão de casamento, sua aliança no dedo dela, e uma história tocante de amor e perda em alto-mar. Santo Deus, sem dúvida isso sairá em todos os jornais.

— E como exatamente você pretende me induzir a assinar alguma coisa? — perguntou Drake, secamente.

— Ah, é muito simples, na verdade. Se você não concordar em se casar com Rebecca — Tyler deu uns passos para fora da cela e em seguida retornou, trazendo Payton pelo pulso, com a expressão apavorada —, eu matarei a nobre Srta. Dixon.

Capítulo 22

PAYTON PRESSIONOU O OUVIDO CONTRA a parede da cela, esforçando-se para escutar o que acontecia no deque acima. Ouvia o som da água lambendo o casco — os navios tinham baixado âncora para passar a noite — e, mais distante, o som de um acordeão e alguns fragmentos de cantigas do mar cantadas por marujos bêbados. Às vezes ouvia passos. Aparentemente, alguns membros da tripulação ainda estavam acordados, embora já devesse passar da meia-noite. Mesmo com o relativo silêncio, ela não conseguia ouvir o que queria mais que tudo: a voz de Drake.

Será que ele ainda estava vivo? Payton não sabia. Com certeza estava vivo até poucas horas atrás, antes de o rum começar a fluir livremente. Ela ouvira o ruído surdo de sua voz quando proferiu os votos de casamento. Será que eles assassinaram Drake logo após isso? Se ao menos ela estivesse lá! Se pelo menos tivesse recebido permissão para sair deste buraco horrível, ela poderia ter impedido. Não sabia como, mas tinha certeza de que poderia. Ela já o fizera antes, afinal.

Anteriormente, contudo, não precisara lidar com Sir Marcus. Ah, ela se assustou muito quando ele saiu da cela de Drake e a agarrou. Como a reconhecera? Ela sequer percebera o olhar dele em sua direção. Como *ele* tinha notado, numa questão de instantes, que Payton não era quem fingia ser, quando uma tripulação inteira de piratas convivera com ela durante um mês sem saber que era uma garota?

Ah, ninguém jamais disse que piratas são inteligentes. Diabólicos, talvez, e certamente impiedosos, mas não inteligentes.

Como o rosto de Drake ficou pálido quando Sir Marcus apareceu com ela! Ora, se não fosse pelas correntes que o seguravam, Payton tinha certeza de que ele teria desmoronado de susto bem ali. Mas Drake continuou de pé e, fitando Tyler calmamente nos olhos, disse:

— Se ela tiver qualquer tipo de sofrimento, você morrerá.

O que só fez Sir Marcus rir. Claro, o que Drake poderia fazer? Estava acorrentado, em total desvantagem. Ainda assim, ela sentiu um calafrio quando ele disse aquilo, pois sabia que falava sério. Mesmo que fosse preciso voltar do túmulo, Drake mataria Marcus Tyler. Não havia a menor dúvida. Mas ele não teve essa oportunidade. Em vez disso, eles o soltaram, amarraram-lhe as mãos atrás das costas e o levaram. Payton foi deixada ali, trancada na mesma cela em que Drake sofrera por tanto tempo. Eles tentaram acorrentá-la também, mas as algemas que mantinham Drake aprisionado eram grandes demais para os pulsos finos de Payton. Elas escorregavam e saíam. Aparentemente, não a consideravam uma ameaça, pois limitaram-se a fechar a porta e trancá-la por fora — embora Payton tivesse a impressão de que Tito se entristecera com isso. Ele gostava de Hill, afinal.

O casamento aconteceu pouco depois. Payton ouviu a tripulação se reunir para testemunhar. Eles fizeram uma série de observações rudes durante a cerimônia oficiada pelo capitão do *Nassau Queen*. Quando terminou, ouviu-se um grito de hurra generalizado, embora Payton não estivesse certa de se era porque tinham matado Drake ou por terem aberto os barris de rum. Certamente, se Drake estivesse morto, ela saberia. Tinha certeza de que, se a vida dele fosse de repente anulada, ela sentiria. Amava-o há tanto tempo que *teria* de saber. Sempre soubera tudo sobre ele.

Afastando o ouvido da parede, com os olhos entorpecidos e desfocados, Payton observou a cela na qual estava trancada. Se

Drake estivesse morto, não havia muito sentido em continuar vivendo. Começou a se perguntar se poderia se estrangular com as tiras de couro que agora havia no chão, mas não acreditou que fosse viável. Não havia nem mesmo uma viga sobre a qual ela pudesse jogá-las para fazer um nó apropriado. Além disso, ela não deixaria esta vida sem levar consigo os responsáveis por terem matado Drake. Payton já matara homens antes — ao menos pensava que sim. Ela certamente mirara as pistolas, puxara os gatilhos e vira os alvos caírem. Era incrivelmente fácil tirar uma vida, na verdade, se você não pensasse no que estava fazendo. Seria capaz de tirar a vida de Sir Marcus sem nenhum escrúpulo. Só o sonho de fazê-lo, pelo menos, já era algo por que valia a pena viver.

Olhando ao redor, Payton não pôde reprimir um suspiro. Como Drake suportara isso durante as últimas semanas? Ela só estava ali havia algumas horas e já se convencera de que estava enlouquecendo. Não era a solidão que a incomodava, nem mesmo os ratos. Ela na verdade recebia os ratos com alegria. Eles eram boa companhia e não queriam nada com ela além das migalhas de comida que pudesse dar a eles. Não, era a escuridão que a incomodava. Só uma ínfima luz se infiltrava através das fendas no deque. Como Drake suportou tanto tempo sem nenhuma luz?

Payton apoiou as costas na parede e escorregou até ficar sentada, os cotovelos nos joelhos. Não parava de pensar que tudo era culpa sua. Se não tivesse embarcado como clandestina, Drake nunca teria sido obrigado a se casar com a Srta. Whitby. Ele teria preferido morrer, ela sabia. Agora ela pusera sua família inteira numa posição horrível. Com Drake morto, a Srta. Whitby — ou Lady Drake, como Payton supôs que ela se chamava agora — voltaria para a Inglaterra e reivindicaria a parte de Drake na Dixon e Filhos. A empresa seria arruinada em pouco tempo. E tudo por culpa sua.

A não ser, claro, que ela conseguisse fugir. Não tinha dúvida de que conseguiria. Mas precisaria convencer alguém a abrir aquela porta.

Payton sabia o que Marcus Tyler pretendia fazer com ela. Tyler a manteria prisioneira até chegar o momento de pedir resgate. Sua família jamais saberia que ele estava por trás de tudo e pagaria. Mas, obviamente, seu captor não permitiria que ela retornasse para casa, pois ela lhes contaria a verdade sobre Drake.

Assim, Payton tinha a honra de servir a um duplo propósito a bordo do *Rebecca*. Sua presença asseguraria que Drake fizesse o que lhe era pedido, e ela garantiria aos seus captores o recebimento de uma boa quantia antes de assassiná-la.

Que boa sensação, pensou Payton com uma ironia amarga, servir a tantas pessoas.

Acima da cela, o acordeão parou de tocar e a seguir caiu, com um baque, no chão do deque. Um silêncio se instalou. O último dos farristas caíra no sono ou desmaiara de tanto rum. Payton devia ser a única criatura acordada a bordo — isto é, a única viva. Drake, certamente, se não estava morto, também estaria acordado. Se ao menos ela soubesse! Se ao menos pudesse descobrir se ele estava vivo...

Uma chave arranhou a fechadura da porta da cela.

Então ela *não* era a única acordada.

Payton se levantou e rapidamente se dirigiu para o canto da porta, de modo que quem entrasse não a visse antes de passar pelo umbral. Se for qualquer pessoa que não Drake, pensou Payton, eu lhe causarei muito desconforto. Raleigh tinha lhe dito uma vez que, se ela batesse as mãos com os dedos unidos dos dois lados da cabeça de uma pessoa com muita força, lhe furaria os tímpanos. Agora parecia uma boa oportunidade para testar a teoria.

Mas tão logo ela ergueu as mãos, viu, através da escuridão, que o visitante tinha mais ou menos a sua altura, embora fosse consideravelmente mais gordo. Ele tentava enxergar, procurando algo com afinco, mantendo um braço num ângulo estranho.

— Hill? — sussurrou.

Deus do céu, pensou Payton, abaixando os braços. É Jonesy.

— Jonesy — disse ela, de trás da porta.

Ele se virou, com os olhos arregalados.

— E você, Hill? — perguntou Jonesy.

— Claro que sou, amigo! Quem você esperava? O que está fazendo aqui? Vai se meter em encrenca. — Payton não pôde evitar o sentimento de proteção que esse menino idiota lhe provocava. Sim, ela havia quebrado o nariz dele, mas desde então lamentava o fato.

— Eu precisava vir — sussurrou ele.

— Fico emocionada. — Payton estendeu a mão para ele. — Ah, Jonesy — disse. — É tão gentil de sua parte. Você pode me dizer... Você sabe... Drake ainda está vivo?

Jonesy olhou para ela de soslaio. A luz da lua, muito fraca, entrava por frestas no teto, apenas o suficiente para que ela pudesse distinguir as feições do menino.

— Aquele sujeito que estava preso aqui? Sim, eu ouvi dizer que ele não está morto ainda. Eles o amarraram ao mastro principal. Vai ficar lá sem água nem alimento, nem nada, até morrer.

— Deus do céu. — Payton ficou muito aflita. Tinha ouvido dizer que esta era uma maneira popular de punir os marinheiros. Sem alimento nem água, amarrados o dia inteiro no sol impiedosamente quente, logo ficavam desidratados e eram sujeitos a acessos de loucura e alucinações antes que a morte, dolorosamente lenta, chegasse. Payton supôs que Tyler escolhera este modo porque era muito demorado. Obrigá-lo simplesmente a passar por debaixo da quilha, embora fosse uma diversão para o resto da tripulação, seria rápido demais. Desta maneira, eles poderiam aproveitar a tortura por dias, até semanas, antes de ele finalmente morrer.

— Eles pegaram a minha faca — disse Payton. — Mas se você me deixar ficar com a sua, poderei libertá-lo. Podemos usar um barco salva-vidas...

Jonesy a encarou.

— Do que você está falando? — perguntou.

Payton piscou para ele.

— Não foi para isso que você veio? Para me ajudar a fugir?

O lábio superior de Jonesy, acima do qual Payton notara ultimamente um sinal de penugem começando a aparecer, curvou-se.

— Não — respondeu com ar de desprezo. — Eu vim porque ouvi eles dizerem que você era uma garota. É verdade?

Payton o encarou, irritada.

— Ora, é claro que é verdade, seu grande tolo. Você levou tempo demais para perceber. Agora me deixe passar. Eu sairei daqui, com ou sem a sua ajuda.

Jonesy sacudiu a grande cabeça em formato de lua, embora Payton não estivesse certa de que ele a ouvira.

— Eu quero ver — disse ele.

— Você quer o quê? — Payton achou que não tinha ouvido direito.

— Ver. — A voz do menino agora estava curiosamente grossa. A penugem do bigode brilhava um pouco por causa do suor. Ele dirigiu as mãos para a frente do colete de Payton. — Eu quero ver — disse, numa voz muito mais grossa do que costumava usar.

Payton não podia se afastar porque havia uma parede atrás dela. À direita, estava a parte de trás da porta, e à esquerda, outra parede. Ela estava presa numa armadilha. Jonesy, por quem sentira pena há poucos instantes, a prendera, e parecia firme no propósito de desfrutar do que via dos seus seios.

— Ouça, Jonesy — argumentou rapidamente. — Eu achei que nós éramos amigos, você e eu. Lembra-se do melaço? Como nos divertimos limpando aquilo tudo? Não creio que esta seja uma maneira de se tratar um amigo...

Mas Jonesy não a ouvia. Seu olhar estava fixado nos seios de Payton. Quando ela sentiu os dedos grossos nos botões de seu colete, fechou os olhos e fez uma rápida prece, pedindo perdão pelo que estava prestes a fazer.

Então ergueu as duas mãos e, juntando os dedos, bateu-as o mais forte que pode sobre as orelhas de Jonesy.

Ele conseguiu se manter firme e não gritou. Sequer emitiu um som, a princípio. Apenas pareceu consideravelmente surpreso. Em seguida emitiu um som baixo de lamúria. Suas mãos deixaram o colete de Payton e foram para seus ouvidos, de onde ela podia ver dois riachos de sangue escorrendo. Ele caiu de joelhos diante dela, como um homem atingido por uma força superior.

Payton não perdeu tempo. Passou por Jonesy e correu para a porta. Pelo buraco da fechadura, viu que tudo estava escuro, exceto pela luz fraca que entrava pela escotilha aberta acima da sua cabeça. Tito roncava espasmodicamente no chão ao lado da cela. Uma das mãos estava agarrada à borda de uma caneca vazia. A outra segurava as chaves da cela.

Rapidamente, Payton se aproximou e pegou as chaves. Trancou Jonesy do lado de dentro, ainda gemendo. Em seguida, guardou as chaves no bolso e pegou a faca que sabia que Tito mantinha na bota. Era uma adaga longa e de aparência mortal, mas serviria a seu propósito adequadamente. Tão logo a enfiou no cinto, Payton subiu correndo a escada que levava ao deque.

Deus, que bagunça. Era uma felicidade não precisar limpar aquilo tudo. Para todo canto que olhava, via piratas desmaiados. Havia homens caídos no mastro de mezena, homens sobre as bombas, homens enroscados em pilhas de cordas apoiadas na vela superior. Onde não tinha alguém roncando, via-se uma garrafa virada ou uma poça de vômito. Lembrou a Payton a casa de Londres, quando seus irmãos retornavam ao porto e saíam para farrear.

Payton concluiu, desgostosa, que os homens eram criaturas revoltantes, fossem eles piratas ou filhos de comerciantes ricos.

Felizmente, ela não demorou a encontrar Drake. Como Jonesy lhe assegurara, ele tinha sido amarrado ao mastro principal. Mas a princípio não deu para acreditar que ele de fato não estava morto. Jamais tivera uma visão tão horrível quanto a de Drake amarrado ao mastro principal do *Rebecca*, com a possível exceção da visão do mesmo Drake se casando com a Srta. Whitby. Ambas quase lhe causaram uma apoplexia de pavor.

Drake estava nu da cintura para cima, amarrado de costas para o mastro grosso. Somente as cordas pesadas em torno de seu corpo, que penetravam os pelos densos de seu tórax, o mantinham de pé. A cabeça pendia entre os ombros largos, e a pele ainda brilhava do sol quente que a queimara de forma inclemente durante toda a tarde. Os braços estavam quase hiperestendidos, de tão esticados em torno do mastro. Mesmo à meia-lua, Payton podia ver as veias dilatadas de seus poderosos bíceps.

E isso não era tudo. Parecia que a tripulação estivera se divertindo à custa do prisioneiro. Trançada no espesso cabelo louro havia uma guirlanda de flores — as mesmas que Payton vira serem trazidas do *Nassau Queen* aquela manhã como um presente para a repugnante Becky Whitby. E aos pés de Drake havia um cartaz no qual tinham rabiscado, com letras grosseiras, os seguintes dizeres: "Eis que chegou um senhor mui bem-vestido, tão guapo quanto um noivo."* Payton supôs que teria sido uma contribuição de Sir Marcus, pois durante todo o tempo em que convivera com a tripulação do *Rebecca*, não conhecera quem pudesse citar Shakespeare. Ela já não gostava de Marcus Tyler, e seu sentimento se transformou em verdadeiro ódio.

Somente quando viu o tórax dolorosamente queimado se mover, Payton percebeu que Drake ainda respirava. Como o tomara por morto, já se perguntava se Sir Marcus estaria dormindo no *Rebecca* ou na cabine do comandante do *Nassau Queen*, e, neste caso, como ela iria subir a bordo do navio sem ser vista para lhe cortar a garganta, pois a prancha entre os dois navios havia sido retirada.

Mas então Drake respirou, e toda a preocupação de Payton sobre como matar Sir Marcus desapareceu. Ela sabia o que fazer e partiu imediatamente para a ação.

A faca de Tito era afiada e mantida em boas condições por seu orgulhoso dono. Payton não levaria mais que um instante para cortar os nós espessos que mantinham Drake preso ao mastro. Ela concluiu que precisaria sustentá-lo para evitar que seu corpo desabasse para a frente quando a corda fosse removida, e foi aí que notou um problema: Drake pesava uma tonelada, muito mais do que ela podia levantar. Gemendo, ergueu um ombro para apoiar uma das axilas de Drake e começou a assobiar perto do ouvido dele para

---

* Tradução livre. (*N. do E.*)

acordá-lo. Se pretendia sair dali com ele, precisaria de um pouco de ajuda de sua parte.

Drake pareceu ouvi-la. Pelo menos abriu os olhos. Quase nada, é verdade, mas Payton achou que ele a reconheceu. Ou talvez tenha estendido as pernas inconscientemente. Em todo caso, ele ficou de pé — mais ou menos. Isso ajudou um pouco. Lentamente, ela conseguiu levá-lo em direção ao único barco salva-vidas no qual não havia marinheiros dormindo.

Havia barcos pendurados a estibordo e a bombordo do *Rebecca*. Reservados para quando o capitão decidia ir a terra, eles ficavam suspensos por cordas e podiam ser baixados para a água com a ajuda de um sistema de roldanas. Payton se certificara de que sua longa lista de obrigações a bordo do *Rebecca* incluísse lubrificar regularmente essas roldanas, portanto sabia que, quando começasse a baixar o barco, não haveria nenhum rangido revelador para entregá-la.

Ela não estava errada. Mesmo assim, não foi fácil abaixar o pesado barco sozinha. E como ele só tinha um passageiro, o inconsciente Drake, o peso não estava distribuído por igual, o que piorou ainda mais a situação. Até que finalmente Payton ouviu o som de algo batendo na água. Examinou por cima da amurada e viu que o barco flutuava suavemente ao lado do casco do *Rebecca*, com Drake descansando confortavelmente no fundo, como um bebê no berço. Isto é, não propriamente um bebê, corrigiu-se ela, pois os bebês não costumam pesar tanto, nem serem cobertos de tanto pelo castanho-dourado.

Mas Payton não tinha tempo para pensar nisso. Num instante, cortou as cordas que prendiam a embarcação. Em seguida, segurou a faca de Tito entre os dentes, tirou os sapatos e, se esforçando muito para não pensar em tubarões e águas-vivas, passou as pernas por cima da amurada do *Rebecca* e mergulhou no mar.

A água escura estava morna e a recebeu como um abraço materno. O coração de Payton parecia explodir quando ela voltou à superfície, mas não era por falta de oxigênio, e sim de alegria. Fazia tempo que não tomava um banho, e mais tempo ainda que não nadava. Sentia-se tão à vontade na água quanto na terra, tendo aprendido a nadar quase tão cedo quanto aprendera a andar.

Enquanto flutuava nas ondas, Payton notou que o mar estava calmo e parado. A terra, na forma de uma das muitas ilhas que Drake mapeara, não se encontrava longe. Naquela mesma manhã, ela vira alguns morros distantes no horizonte.

Eles estavam em casa.

Isto é, quase.

Payton nadou para perto do barco e subiu pela lateral, pingando como uma sereia. Drake, que recuperara brevemente a consciência, continuava desmaiado, morto para o mundo, no fundo do barco. Ele se surpreenderá, pensou Payton com prazer, ao acordar e descobrir que está muito longe de Sir Marcus, do francês, e da odiosa Srta. Whitby.

Payton preferiu não lembrar que a odiosa Srta. Whitby era agora a mulher dele. Mantinha esse pensamento afastado, no mesmo lugar em que guardava o medo de que o vigia do *Nassau Queen* percebesse a partida deles. Não fazia sentido preocupar-se com isso agora. Não havia nada que pudesse fazer quanto a nenhum dos dois problemas.

À exceção de orar.

Assim, tão logo largou a faca e pegou o remo, Payton começou a orar com fervor.

Capítulo 23

A BOCA E A GARGANTA de Drake estavam secas. Ele não se lembrava de ter sentido tanta sede.

Já fora amarrado ao mastro antes, fazia muitos anos. Foi na sua juventude, quando saiu para navegar sob o comando de um jovem capitão que Sir Henry havia contratado recentemente. O homem não tinha talento para comandar, mas Sir Henry não sabia disso. Não havia de fato nenhuma maneira de avaliar como agiria em alto-mar um homem cujo contato fora feito exclusivamente num confortável gabinete. Ele enlouquecera e passara a punir seus homens pelas mínimas ofensas. A ofensa que ele atribuiu a Drake foi por deixar cair sua água de barbear. Por isso, Drake ficou amarrado ao mastro principal por um dia e a maior parte de uma noite, até que o capitão foi dormir e o primeiro oficial o soltou. Ele sofreu uma insolação tão severa que não conseguiu se mover por um dia inteiro. Sua pele encheu-se de feridas por todos os lugares, exceto onde as cordas o seguravam. Até mesmo os lábios, cortados do sol e dos respingos das ondas, incharam tanto que dobraram de tamanho, tornando extremamente dolorido beber a água que eventualmente lhe ofereciam.

Ainda assim, Drake não se lembrava de já ter sentido tanta sede. É claro que ele era consideravelmente mais jovem e capaz de tolerar melhor as privações e sofrimentos. Agora, contudo, não estava em condições disso.

Desta vez não haveria nenhum companheiro que, com pena, viesse livrá-lo dali. Ele morreria naquele mastro.

Porém isso, talvez, não tivesse tanta importância, pois Drake não temia a morte. Ele não se importaria, se Payton não estivesse presente. Não podia morrer e deixar Payton sozinha. Alguém precisava cuidar dela. Drake não sabia o que Tyler pretendia, mas desconfiava de que planejava matá-la. Afinal, não poderia permitir que ela retornasse à Inglaterra e contasse a todos que Connor Drake fora coagido a se casar com Becky Whitby, sendo depois morto pelo sogro. Não, Tyler não podia deixar que isso acontecesse.

Mas ele não precisaria necessariamente matá-la para evitar que falasse. Havia maneiras piores de manter as pessoas em silêncio. Especialmente as mulheres brancas como Payton Dixon, bem cotadas nos tipos de mercado que homens como Tyler frequentavam, especializados no comércio de seres humanos. Já fazia algum tempo que a Inglaterra aprovara as leis antiescravagistas, mas nem todos os países seguiram seu exemplo de imediato, e nem todas as companhias de navegação tinham se comprometido a não transportar mercadoria humana, como fizera a Dixon e Filhos.

Drake não podia deixar isso acontecer. Não a Payton.

Mas o que ele podia fazer? Estava amarrado ali, fraco como um gatinho por causa do sol escaldante. O que estava acontecendo lá embaixo? O que estariam fazendo a Payton agora? Ele os mataria a todos se a ferissem. Havia falado sério, embora Marcus tenha achado engraçado. Aliás, ele rira um bocado naquela tarde em que a filha e Drake foram declarados marido e mulher. O casamento era uma farsa, mas o que ele podia fazer? Drake sabia que Tyler não tinha honra. Também sabia que ele mataria Payton, ou pior, quer ele concordasse em se casar com Becky ou não. Mas, pelo menos, se desse a eles o que queriam, tinha esperança de não serem tão cruéis com Payton. Era só o que podia fazer.

E agora ele estava morrendo. Sabia disso porque começava a ter alucinações. Era o que acontecia no mastro. Primeiro vinham as alucinações, depois as convulsões, e então, finalmente, a morte. Suas alucinações pelo menos não eram desagradáveis. Sonhava que estava deitado numa areia fresca e macia, numa sombra suave, deliciosa. Era realmente uma imagem muito real. Drake lamentou não ter tido alucinações mais cedo. Ouvia o canto dos pássaros e sentia o perfume doce do limão em floração. Os limões! Eles crescem em abundância nas Bahamas. Quando ele levava um carregamento de limões para as Ilhas Britânicas, tinha garantida uma recepção entusiástica por quase todas as anfitriãs de Londres. O limão era uma iguaria muito procurada e um presente precioso. E as laranjas, dadas às crianças no período natalino, eram um regalo mais apreciado que o chocolate. Como seria bom se ele pudesse se perder totalmente nesta alucinação antes de as convulsões começarem. Se ao menos estivesse *mesmo* deitado na sombra de uma ilha das Bahamas, respirando o perfume doce das árvores frutíferas, ouvindo os cantos dos periquitos...

A alucinação era tão forte que, quando Drake flexionou os dedos, sentiu mesmo a areia fresca entre eles. E concluiu que esta não era a pior maneira de morrer. Quando ele finalmente conseguiu reunir forças para lamber os lábios, eles pareciam úmidos, como se tivessem recebido água recentemente. Água fresca. Retirada de um rio, não de um barril cheio de água salobra.

Até que Drake percebeu que não se tratava de uma alucinação. Isso era *real*.

Foi difícil, a coisa mais difícil que já precisou fazer, mas conseguiu abrir os olhos. Por um instante, só conseguiu piscar, um pouco confuso. Não entendia o que estava vendo. Deveria ser o deque do *Rebecca*, ou, no caso de sua cabeça ter tombado para trás, como parecia, a vela mestra. Mas o que via não era nada daquilo. Era um emaranhado de galhos cheios de folhas. Acima deles, abria-se um céu azul sem nuvens. Os galhos estavam pesados de frutas. Frutas redondas, amarelas. Limões.

Drake estava deitado sob um limoeiro. Parecia ser o meio da tarde. E não era uma alucinação.

Tampouco estava morto.

Santo Deus. Ele estava vivo.

Vivo e não mais a bordo do *Rebecca*. Apoiando-se nos cotovelos — ele estava estirado de costas sob a sombra da árvore —, Drake olhou ao redor. À sua esquerda parecia haver uma floresta. Viu uma massa confusa de trepadeiras e árvores frutíferas, bananeiras, mangueiras e limoeiros de diferentes espécies. À direita, a mesma coisa. Não muito longe havia um barco, aparentemente trazido do mar, embora não distante o suficiente a ponto de evitar que a maré alta o arrebatasse de volta. Olhando adiante, ele viu o mar, as ondas cor de água-marinha encrespando numa espuma branca sobre uma praia cor de creme, pontilhada de palmeiras.

E olhando para baixo, viu seu corpo *nu*.

Isso mesmo. *Nu*. Ele não estava usando nenhum pedaço de pano.

Aquela visão fez com que ele rapidamente se sentasse. Suas roupas tinham desaparecido. A camisa, ele sabia que se desintegrara a bordo do *Rebecca*. Mas a calça estava intacta, para não mencionar que, pelo que se lembrava, estava usando roupa de baixo.

Agora, nem a roupa de baixo, nem a calça.

Não dava para ouvir muita coisa acima do ruído surdo das ondas e do gorjeio dos pássaros. Mas parecia que, em algum lugar atrás dele, havia um som fraco, porém inconfundível, de água corrente. Isso, pelo menos, explicaria a presença de uma cuia a meio metro de distância, cheia até a borda com o que parecia ser água doce. Se era um presente dos deuses ou algo deixado por alguma garota nativa que passara por ali, Drake não parou para pensar. Pegou a cuia e, levando-a aos lábios, bebeu todo seu líquido.

Foi a melhor água que ele já bebeu. Fresca e doce, ela logo aliviou a secura da garganta dolorida e saciou sua imensa sede. Quando afastou a cuia do rosto, já se sentia inteiramente diferente.

Diferente o suficiente para se perguntar onde diabos ele estava e como tinha chegado ali.

Ele não estava só. Isso era certo. Além da cuia, Drake notara agora que havia os restos de uma fogueira a poucos metros dele. Era pequena, e com certeza não fora acesa por ele. Havia uma adaga com cabo de marfim sobre a areia ao lado do buraco parcialmente queimado e enegrecido pelo fogo. A adaga o desconcertou. Ele não conhecia ninguém que possuísse uma arma de aparência letal como aquela.

Mas a fogueira era mais ou menos do tipo que Payton fazia. Ele a assistira discutir com os irmãos sobre a melhor maneira de fazer fogo. Ela defendia que era melhor iniciar somente com itens de combustão rápida, como gravetos, pinhas, jornal etc., ao invés de acrescentar a lenha desde o início, pois o fogo queimava melhor do que sufocado pela lenha pesada. Seus irmãos, contudo, garantiam que o oposto era melhor. O fogo que estava diante dele tinha uma aparência estranha, como se alguém o tivesse preparado, passado algumas horas tentando acendê-lo, e então, por causa do cansaço, caído no sono antes de acrescentar a madeira.

Esse alguém, pensou ele, com o coração de repente batendo forte, só podia ser a nobre Srta. Payton Dixon.

Aquela ideia foi suficiente para colocá-lo de pé, mesmo cambaleante. Esquecendo a nudez, Drake olhou ao redor e reconheceu o lugar. Sim, estava na Ilha de San Rafael. Ele mesmo a indicara a Payton uma vez, em seu mapa. Sendo uma das menores ilhotas no arquipélago das Bahamas, não era apenas a mais isolada, mas também uma das poucas que continha sua própria fonte de água doce, sem depender das chuvas que regularmente bombardeavam os trópicos para encher seus lagos. Como San Rafael era cercada de recifes de coral, ela só era acessível por barco. Qualquer embarcação maior danificaria o casco. Na verdade, dava para ver, no mar, mastros de navios cujos capitães haviam tomado a decisão errada de tentar se aproximar da ilha transformados em poleiros de gaivotas e outras aves marinhas, enquanto o corpo do navio descansava muito mais ao fundo, sobre o recife.

Payton conseguira. Ele não sabia como, mas ela conseguira, exatamente da maneira que tinha dito que faria.

Então os pés de Drake começaram a se mover. Ele se abaixou para evitar os galhos mais baixos e as trepadeiras no seu caminho em direção ao centro da ilha, de onde vinha o som de água corrente. Seus pés estavam nus, mas ele nem notou as pedras ásperas e as raízes torcidas que o espetavam enquanto corria. Toda sua concentração estava no que encontraria mais adiante.

Finalmente, passou pelas últimas folhagens de palmeiras, galhos de limoeiros e videiras.

Os nativos não convertidos ao cristianismo consideravam San Rafael um lugar sagrado. Seu nome para a ilha não era pronunciável, mas traduzido significava mais ou menos Ilha dos Deuses. Por esta razão, e, é claro, pelos recifes perigosos que a cercavam, a ilha não era habitada. Uma vez por ano, os nativos se reuniam para ali deixar sacrifícios, principalmente frutas e vegetais, ou uma ocasional cabra, mas durante o resto do ano San Rafael ficava vazia.

O que era uma pena. Porque, passando os recifes e a floresta densa que tomava a maior parte da ilha, encontrava-se o lugar mais bonito que se possa imaginar. Uma fonte borbulhava no centro. A água, fresca e límpida, vinha com sua força natural das profundezas da terra até o topo do que deve ter sido um pequeno vulcão, mas que agora era um morro coberto de pequenas flores a cerca de 6 metros acima do nível do mar, o ponto mais alto da ilha. A água borbulhava no topo e caía em cachoeira até embaixo, onde formava uma piscina funda. As margens eram de pedra, impiedosamente sem sombra. Mas, com uma água tão fresca e límpida, quem se importaria de não ter sombra? Era possível ficar em pé sobre as rochas sob o precipício e deixar a força total da cachoeira cair sobre você, uma sensação que Drake por acaso conhecia e achava uma das mais prazerosas da Terra. Talvez por isso os deuses nativos tenham proibido seus seguidores de vivenciar essa experiência. Em suas viagens pelo mundo, Drake percebera que os deuses costumavam proibir o que era mais prazeroso.

Mas a nobre Srta. Payton Dixon obviamente ignorava a lei religiosa das Bahamas. Ou então a desafiava intencional e notoriamente. Pois, quando Drake saiu da densa floresta, seu olhar foi atraído de imediato para a cachoeira.

A força da água não era muito intensa; era mais um fluxo constante do que uma cascata. E foi assim que Drake pôde ver, com muita clareza, a jovem que estava sob a cascata, totalmente nua e aparentemente nem um pouco constrangida com isso.

Drake imaginou que, se ele não soubesse que estava sendo observado, também ficaria muito à vontade. Mas já vira muitas mulheres nuas na vida, e nenhuma tão, digamos, *feliz* — esta era a única palavra para descrevê-la. Payton Dixon estava obviamente muito feliz por estar sem roupa.

Levando em consideração que, sem dúvida, era a primeira oportunidade que Payton tinha de tomar um banho inteiramente nua em mais de um mês, Drake podia entender seu entusiasmo. Ainda assim, não havia como negar que tinha diante de si uma jovem mulher perfeitamente confiante e satisfeita com seu próprio corpo. Payton sempre se sentira mais à vontade usando roupas de homens, e, naquele momento, Drake entendeu o motivo: ela era perfeitamente feliz com sua aparência. Por que alguém que se sentia tão bem com o próprio corpo acharia necessário apertá-lo num espartilho que aperta e restringe os movimentos e ocultá-lo sob inúmeras camadas de anáguas?

Por outro lado, Drake admitia que ela ter se rendido às roupas femininas tinha sido uma boa providência. Pois ele não teria notado seu corpo fascinante se ela não o houvesse exibido naquele vestido de baile e naquele espartilho.

Mas Payton nunca mais precisaria vestir um espartilho, no que dependesse de Drake. Na verdade, ele faria tudo ao seu alcance para convencê-la a usar roupas masculinas de agora em diante. Não havia necessidade de deixar ninguém mais saber que o corpo de

Payton Dixon era perfeito, a essência de tudo o que era feminino. Melhor que o resto do mundo permanecesse na santa ignorância daqueles seios pequeninos, mas de formato perfeito; daquela cintura fina; das coxas longas e esguias; dos sedutores pelos castanhos entre as pernas. Ele sabia, ela sabia, e isso bastava. Ele imaginava que já teria problemas suficientes para conquistá-la, que dirá para mantê-la, sem atrair concorrentes.

Ignorando totalmente a presença de Drake — ele já vira prostitutas muito mais modestas, mesmo quando pensavam não estarem sendo observadas —, Payton ergueu os braços para massagear o couro cabeludo, jogando a cabeça para trás e revelando a parte da frente do pescoço. Ela era esbelta e bem delineada, e muito mais baixa que a maioria das mulheres, mas não havia como negar que suas curvas, embora sutis, eram evidentes. Ela se virou para a cascata, apresentando a Drake uma visão desimpedida das nádegas nuas, e ele precisou se sentar de repente numa pedra próxima. Aquelas nádegas que, através da calça, ele percebera serem agradavelmente redondas, se uniam num formato de coração perfeito abaixo da cintura fina. Ele teria de repensar seu plano de fazê-la usar roupa masculina a partir de agora. Aquelas nádegas não poderiam ser reveladas para ninguém mais além dele mesmo, e uma calça certamente as exibiria vergonhosamente.

Sacos de farinha. Ele precisaria ter certeza de que Payton, de agora em diante, vestisse apenas sacos de farinha. Essa era a única roupa possível. Qualquer outra seria reveladora demais.

Quando se sentou, incapaz de afastar os olhos daquela visão, Drake se conscientizou de uma umidade desagradável no lugar onde se sentara. Procurou saber o que era e viu que estava sentado sobre sua roupa de baixo. Pelo que pôde concluir, ela fora muito bem lavada e depois exposta ao sol para secar sobre as pedras que circundavam a fonte. Olhando ao redor, Drake viu sua calça, depois a camisa e o colete de Payton, todos expostos ao sol para secar. Isso explicava o mistério do desaparecimento de sua roupa. Ele ergueu uma sobrancelha e olhou novamente para a banhista nas rochas. Então ela o havia despido. Salvara sua vida, o despira, depois lavara sua roupa. Ali estava uma mulher que valia muito mais que seu peso em joias.

Drake refletia sobre esses fatos quando Payton virou-se e o avistou. Ela afastou um pouco do cabelo molhado dos olhos e os fixou nele como se não pudesse acreditar no que via.

Depois soltou um grito horrível e pulou dentro da fonte.

Drake ficou sentado onde estava, o grito ecoando em seus ouvidos. O som agudo amedrontou um bando de papagaios nos topos das árvores. Protestando, indignados, eles fugiram, as asas batendo ruidosas. Payton, que havia desaparecido sob a superfície da água, reemergiu. Esfregou os olhos para secá-los e pestanejou.

— Drake? — disse ela sem ar. — É você mesmo?

Ele olhou para si.

— Acho que sim.

— Ah, meu Deus. — Parada, ela mantinha a cabeça acima do nível da água. A cachoeira tinha uns 2 metros de profundidade, mas Payton mal conseguia ficar em pé, tendo pouco mais de um metro e meio. Seus pés não encontravam apoio no fundo rochoso. E se ela pensava que a água era opaca o bastante para esconder sua nudez, estava muito enganada. Drake conseguia ver muito mais do que antes, pois ela precisava manter as pernas afastadas para flutuar.

— Vi você quando me virei — falou, ofegante —, mas tinha água nos olhos e não o reconheci, então pensei... Você está *bem*?

Drake baixou os olhos e se examinou.

— Eu acredito que sim.

— Porque você não se mexeu. — Payton se movimentava, mantendo a cabeça fora da água, em busca de um lugar por onde pudesse sair sem machucar os pés. Ela falava tão rápido quanto se movia. — Eu estava muito preocupada. Você não se mexeu a noite toda. Tem *certeza* de que está bem?

Drake sorriu. Ele simplesmente não pôde evitar. Jamais sentira tamanha atração por uma mulher. Era absurdo, porque ela não estava fazendo o menor esforço para seduzi-lo. Mas isso só servia para lembrá-lo — se é que precisava ser lembrado — do quanto Payton era diferente das mulheres afetadas, tímidas ou desinibidas que já conhecera. Payton Dixon não saberia como flertar nem se sua vida dependesse disso. E um sorriso afetado? Esqueça.

Drake, sentindo-se ridiculamente feliz, mais do que se lembrava de algum dia ter sido, levantou-se e caminhou decidido até a beira da fonte. Os olhos de Payton arregalaram-se.

— O que pensa que está fazendo? — perguntou.

— Vou me juntar a você. — Drake mergulhou um dedo do pé na água cristalina.

Payton parecia incapaz de afastar o olhar da região do corpo dele diretamente abaixo do umbigo. Olhando para baixo, Drake notou que seu estado de excitação era ostensivamente aparente. Tarde demais, lembrou-se de que na noite em que fizeram amor pela primeira vez, em sua cela, estava bastante escuro. Embora sem intenção, ele acabara de fornecer a Payton sua primeira visão à luz do dia da nudez masculina.

E ela não pareceu nem um pouco entusiasmada com o que viu.

— Hum, está bem — gaguejou, nadando para longe dele com vigor. — Eu já estava de saída...

Drake percebeu que era preciso agir com rapidez. Conhecido por sempre manter a calma numa crise, ele saiu das pedras e mergulhou na água fria.

Capítulo 24

Coberta pela onda provocada pelo corpo enorme de Drake no lago, Payton emergiu meio sem ar. Não era tanto a água que a sufocava, mas saber o que ela ocultava, agora que Drake estava ali dentro. Ao que parecia, havia muito mais naquela parte de Connor Drake que ela sentira sem ver, mais do que imaginava. Tanto que Payton concluiu que a melhor estratégia no momento era se recolher. Antes que ele voltasse à superfície, ela se encaminharia para a praia.

Mas Payton não chegou muito longe. Uma espécie de tentáculo subaquático a alcançou e segurou-lhe um dos tornozelos, interrompendo seu movimento com firmeza.

Drake finalmente apareceu na superfície, o cabelo castanho-dourado grudado na cabeça, mas não lhe soltou o tornozelo. Na verdade, ele parecia puxá-la como os pescadores fazem com os peixes. Primeiro a mão livre, a que não estava em volta do tornozelo, segurou-lhe o joelho, depois uma coxa, e então, inexoravelmente, a cintura, até que ele a puxou com ambos os braços. E durante todo esse tempo, Drake sorria para ela de um jeito suave que realmente não estava fazendo nenhum bem às suas emoções e aos seus sentimentos mais profundos.

Payton, com o coração disparado, ainda teve a presença de espírito de gaguejar:

— Eu acho que t-talvez você devesse descansar um pouco mais...

— Não, obrigado — foi a resposta educada. — Já descansei um bocado.

E logo ele a estava beijando. Mas, para surpresa de Payton, não era um beijo possessivo. Não, era suave como o sorriso.

Pelo menos começou suave. Até ela cometer o erro — e percebeu que foi um erro no instante em que o fez — de levar sua língua rápida, curiosa e investigadora de encontro à dele, e o beijo mudou de suave para selvagem numa questão de segundos. Num instante, ele a beijava com ternura, e no seguinte, sua barba de um mês feria a pele macia em torno dos lábios de Payton, pois sua boca parecia engolir a dela.

Payton dissera a si mesma, ao tirar a calça de Drake naquela manhã, que em nenhuma circunstância repetiria o que havia feito no *Rebecca*, isto é, nunca mais se jogaria para cima dele. Aquilo, ela sabia agora, não tinha sido correto de sua parte. Connor Drake era um homem extremamente viril, e por isso reagira daquela forma. É verdade que ele dissera que a amava... Mas certamente por ter achado que precisava dizer algo assim, considerando o fato de que ela era virgem. Ele deve ter se sentido culpado...

Embora tudo tenha sido causado por ela. Payton passara quase a vida inteira apaixonada por Drake e o perseguira ativamente nos últimos meses. É muito provável que ele tenha cedido às suas exigências por pena ou tédio, ou pela convicção de que seria morto a qualquer momento e portanto deveria aproveitar o tempo que lhe restava. Ele certamente não podia estar falando a verdade quando disse que a amava.

Ou podia?

Porque agora... Agora não havia razão para beijá-la assim, nenhuma razão. Ele poderia ignorá-la, poderia ter se afastado quando a encontrou ali tomando banho. E ela nunca saberia, pois só notou a presença de Drake quando ele já estava ali há algum tempo, a julgar pela evidência de sua ereção.

Ah, droga. *É claro* que ele sentia atração por ela. Estava *obviamente* atraído por ela. E desta vez ela não se jogara para cima dele — pelo contrário. Que importância tinha se era verdade ou não que ele a amava? Seu beijo não demonstrava que ao menos ele gostava dela?

A firme decisão de Payton de nunca mais fazer amor com Drake ficou reduzida a pó no instante em que seus lábios se tocaram. Primeiro, ela não conseguiu afastá-lo. Os braços fortes que a abraçaram a mantinham flutuando. Segundo, a sensação do corpo desnudo de Drake contra o seu era diferente de tudo o que conhecia: a maneira como os pelos do peito dele excitavam seus mamilos ao se esfregarem neles; a rigidez controlada da coxa que ele insinuava entre as suas, roçando uma vez, como que acidentalmente, e depois outra, mostrando que não era por acaso; os pelos macios entre suas pernas. Suas mãos se apoiavam nos ombros largos de Drake, ombros que na noite anterior estavam vermelhos do sol, mas que agora já tinham assumido um bronzeado intenso. Payton sentiu os músculos sob aquela pele bronzeada se contraírem quando os braços dele a apertaram. Parecia que ele não conseguia beijá-la com intensidade suficiente, ou pressionar o corpo próximo o bastante.

Por que ninguém havia lhe contado como era gostosa a sensação de ter a pele de um homem junto à sua? Mei-Ling nunca tinha mencionado isso. Georgiana jamais dissera uma palavra a respeito. Por que ela nunca tentara isso antes? Deveria ter tirado as roupas de Drake naquela noite no *Rebecca*. Mas estava tão dominada por outras sensações que nem tinha pensado nisso...

Então os lábios de Drake deixaram os seus. Agarrando suas nádegas nuas — quase como naquela noite no jardim, algum tempo atrás —, ele a ergueu, tirando-a da água, escorregadia e pingando em cima dele, até ter a boca na altura dos seios dela. Em seguida pressionou aqueles lábios que a tinham capturado com tanta firmeza contra um mamilo intumescido.

Ela soltou um gemido. Não pôde resistir: o contraste entre a água fria e o calor daquela língua foi delicioso. E seu gemido pareceu provocar algo nele. Drake levou os lábios do seio à boca de Payton, que o cobriu de beijos rápidos e sôfregos. De repente, a coxa dura e masculina que se esfregava nela, leve como um peixe prateado, pressionou-a fortemente entre as pernas. E Payton reagiu de forma meio travessa, meio licenciosa, pressionando o corpo à coxa dele numa imitação do ato de amor.

Em seguida, Drake a ergueu da água de novo. Só que desta vez, Payton sentiu que ele a colocara sentada em algo gelado e duro. Ela examinou e viu que estava sobre uma plataforma natural formada por uma das pedras grandes e planas que circundavam a cachoeira. Não podia imaginar qual era a intenção de Drake, até que percebeu que ele estava de pé entre suas coxas, na água rasa o bastante para ela ter uma visão desimpedida da parte dele que tocara sem a menor temeridade quando estava segura, vestida: aquele órgão que, por não ter, Payton havia colocado a culpa por inúmeros desapontamentos na sua vida, mais recentemente a perda do *Constant*.

Só que agora precisava fazer uma pequena oração de agradecimento por ter nascido mulher. Pois do contrário, não haveria razão para Drake abri-la gentilmente e a penetrar, como fez com os dedos, ao mesmo tempo em que invadia sua boca com os lábios e a língua, num assalto em tantas frentes que Payton ficou impotente, sem forças para opor qualquer resistência. Ela só conseguiu soltar um pequeno murmúrio de aceitação e afastar as pernas mais ainda...

O que pareceu um convite para Drake substituir os dedos por algo bem maior.

E em seguida ela não conseguiu mais falar, nem mesmo pensar, pois os lábios dele estavam de novo em seu pescoço, e as mãos nos seus quadris, e ele se movia lentamente para fora dela, logo após ter acabado de entrar. Mas a sensação de tê-lo ali era tão boa, portanto para onde ele ia?

Payton moveu os quadris, guiando-o sofregamente de volta para dentro. Ela o sentiu prender a respiração.

E então ele falou seu nome, numa voz que era entre um grunhido e um gemido, e sua boca esmagou a dela, as mãos apertando-lhe

as nádegas enquanto os quadris moviam-se com uma ânsia frenética entre as pernas de Payton. Ela podia entender aquela ânsia,
porque também a sentia. Todo seu ser estava focado em Drake, em
sua respiração irregular, na aspereza da barba roçando sua boca e
seu pescoço, e, acima de tudo, na força por trás de cada impulso
enquanto ele se enterrava tão profundamente dentro dela.

Quando o orgasmo veio, foi diferente dos que Payton vivencia-
ra antes, na cela de Drake. Pareceu-lhe que, num instante, cada
terminação nervosa de seu corpo estava tensa de frustração, e no
seguinte, ela se afogava num fluxo de lava, embora o vulcão de San
Rafael já estivesse extinto há muito tempo. Ela parecia arder num
mar de fogo e de luz, onda após onda de ouro líquido sobre seu
corpo. Embora Payton não soubesse, o gemido que soltou era ao
mesmo tempo um soluço, e, ao ouvi-lo, Drake perdeu todo o autocontrole. Ele forçou o impulso final, lançando-se o mais fundo que
pôde dentro dela, não mais preocupado com machucá-la ou não,
buscando somente a sua liberação e o seu alívio.

Ele chegou, inundando-o em torrentes e em espasmos poderosos, e Drake bradou seu prazer tão alto que assustou o mesmo bando de papagaios que Payton assustara antes com seu grito. Drake
desmoronou sobre ela, e, por um breve momento, ela só teve consciência do ritmo acelerado das batidas do coração dele, do peso
do corpo dele contra o seu e da brisa suave que começava a vir do
oceano, refrescando sua pele febril.

E nesse momento ela percebeu, com uma sensação semelhante ao deslumbramento, que, ao que parecia, era isto — *isto*, este
instante — o que sempre quisera e esperara durante a vida inteira:
ter Connor Drake em seus braços, o coração dele batendo contra o
seu... Ela jamais pedira nada além disso.

Payton achou apropriado fazer uma breve oração de agradecimento. Esperava que não fosse sacrilégio orar nua. Mas como o
Senhor a criara assim, supôs que Ele não se importaria muito.

Capítulo 25

— Você NÃO PODE SIMPLESMENTE chegar perto de um deles e cortá-lo de cima a baixo — disse Drake enquanto estavam deitados de bruços, olhando para dentro da piscina. — É preciso esperar que ele se aproxime. — Ele tentava impressioná-la com as sutilezas de como fisgar um peixe.

Payton deu uma mordida na banana que tinha na mão.

— Por que eu preciso saber isso?

— Para o caso de algo acontecer comigo. — Drake virou a cabeça para fitá-la. Eles estavam tão próximos um do outro que os lábios se tocaram. Ele não precisou virar muito a cabeça, e, quando o fez, os narizes quase se chocaram. Drake recuou um pouco o rosto. Era importante que ela entendesse.

— Eles nos procurarão, Payton. Se eu conheço o francês, ele passará cada minuto esquadrinhando a área até nos encontrar. Por isso é importante que você saiba cuidar de si mesma.

Payton o fitou com aqueles olhos que eram às vezes verdes, às vezes dourados, e algumas vezes, como agora, do mais intenso e impenetrável castanho-claro.

— Eu sei cuidar de mim mesma — informou ela num tom muito suave. — Além do mais, você fala como se eles fossem pegar só você e me deixar em paz.

— Se nós planejarmos bem, é exatamente isso que irá acontecer. Eu escondi o barco, portanto não há chance de eles o verem dos bancos de areia. E se nós só fizermos fogueiras à noite, e perto do centro da ilha, temos uma boa chance de não sermos vistos. Mas se por acaso eles aparecerem por aqui e nos encontrarem, eu os distrairei, e você se esconderá.

Payton soltou uma gargalhada alegre. Era algo familiar, e Drake percebeu que a fonte, que borbulhava da terra, fazia o mesmo tipo de som.

— Onde? — quis saber Payton. — Onde vou me esconder, pelo amor de Deus? Nós estamos numa *ilha*, Drake, caso você não tenha percebido.

Ele apontou para o topo das rochas, onde a água caía formando uma curva, fazendo um som semelhante ao da risada de Payton.

— Você poderia subir até ali — disse ele. — E ficar deitada. Eles não pensariam em procurar naquele lugar.

Payton acompanhou o olhar dele.

— Bem — disse ela —, eu poderia. Mas não vou.

— Por quê?

— Porque não vou ficar lá em cima assistindo a você ser morto. — Ela voltou sua atenção de novo para a piscina. — Ah, ali tem um, Drake.

Payton queria distraí-lo, e ele sabia disso. Era especialista em mudar de assunto quando se tratava de algo que a desagradava. Mas ele olhou para a água e viu que não era mentira. Um grande peixe cinzento os observava das profundezas musgosas. Parecia gordo e indefeso, altamente comestível.

— Certo — disse Drake, erguendo o arpão. — Agora preste atenção, Payton. O importante é não deixar o peixe saber que você está aqui. E então... Zás! Bem no meio dos olhos. — Ele demonstrou a técnica usando a adaga de cabo de marfim que amarrara à ponta de uma vara comprida. — Está vendo? Você joga a partir do ombro, não do cotovelo. Agora tente. Veja se consegue pegá-lo.

— Drake — disse Payton, ainda olhando para o peixe —, o que fez para o francês ficar tão furioso com você?

Ele abaixou a adaga.

— Você não sabe?

Payton encolheu os ombros.

— Não. Toda vez que pergunto, Ross só responde que é uma longa história.

Drake pigarreou.

— Ele tem razão. É uma história longa e muito chata.

Era difícil acreditar na sorte de nenhum dos irmãos de Payton ter contado a história a ela. Drake começava a achar desanimador estar com uma mulher que sabia absolutamente tudo sobre ele, ou pelo menos pensava que sabia. Ela não precisava saber que ele frequentara bordéis. Isso já fazia muito tempo. Ele tinha mudado, e Payton sabia disso.

— E você acha mesmo que ele tentará vir atrás de nós? — perguntou ela. — O francês, quero dizer.

— Provavelmente. Por isso, na próxima vez que acender uma fogueira, é melhor que não seja na praia.

Payton o fitou de cara feia.

— Eu só acendi uma fogueira ali porque você estava com frio e era muito pesado para eu carregar, seu maldito imbecil.

Ocorreu a Drake que a maioria das mulheres que se diziam apaixonadas não se referiam ao amado como maldito imbecil. Mas a relação deles ainda era muito recente, e ele achou melhor deixar passar.

— Não estou criticando — disse Drake. — O que você fez foi um ato de muita coragem. — Ele se inclinou e afastou um cacho de cabelo dos olhos dela. — E de muita insensatez.

— Eu sei — respondeu ela, feliz. — Veja o que consegui. Estou arruinada.

Payton não poderia ter falado de uma maneira mais alegre, mas mesmo assim o incomodava ouvi-la dizer aquilo. Ah, não havia dúvida de que ela não poderia estar mais contente. Usando apenas a camisa recém-lavada, com os pés nus balançando, Payton era o quadro perfeito da mulher bem-amada e bem-alimentada. Ainda assim, Drake achava que falhara com ela. Não se lembrava de nada de seu resgate corajoso. Payton lhe contara que ele estava semiconsciente durante metade do tempo, mas ele não se lembrava de nada. Isso era indesculpável. Deveria estar pelo menos um pouco lúcido para persuadi-la a deixá-lo para trás. Ele deveria ter ordenado que ela fugisse sem a sobrecarga de um grande fardo parcialmente consciente que, para compensar a generosidade dela, a tomava como uma espécie de animal toda vez que ela se virava.

Mas como ele podia evitar? Não queria que fosse assim, gostaria de fazer tudo da maneira apropriada, cortejá-la, namorá-la...

Em vez disso, aparentemente, Drake não conseguia olhá-la sem precisar conter uma ânsia incontrolável de se jogar em cima dela.

— Drake — disse Payton, levando a mão à água para agitá-la um pouco, afastando, amedrontado, o peixe que ele esperava golpear para o jantar. Para alguém que estava tão sanguinária algumas noites atrás, Payton parecia estranhamente pacífica agora. Ela não o deixava matar nenhum dos papagaios, privando-os da possibilidade de comer uma ave assada. Chegou até a protestar quando ele se ofereceu para cortar a garganta de uma tartaruga que passava por perto, declarando que não gostava de ovas. Se ela achava que depois de um mês comendo mingau de farelo e água ele ficaria satisfeito vivendo de bananas e amor...

Bem, talvez ela estivesse certa.

— O quê? — perguntou ele, começando a se sentir tão preguiçoso quanto ela. Tinha sido uma façanha arrastar o barco, que devia pesar algumas centenas de quilos, até que ficasse escondido na vegetação rasteira mais para o interior da ilha.

— Você acha que Becky Whitby voltará para a Inglaterra e alegará ser sua viúva? Mesmo sem eles saberem ao certo se você está morto?

Becky Whitby? Quem se importa com Becky Whitby? Há coisas muito mais importantes para serem discutidas! Por exemplo, que nome eles darão aos filhos.

— Não sei. Ela poderá tentar. Imagino que, a esta altura, sua família deve ter todos os navios da marinha de Sua Majestade à sua procura. Se o *Rebecca* for alcançado antes de chegar à Inglaterra, não sei o que poderá acontecer.

Payton olhou para Drake.

— Você acha que eles pensariam em nos procurar aqui? — A voz dela tinha um leve tom de preocupação. — Eu me refiro aos meus irmãos.

Drake assentiu.

— Se eles tiverem algum motivo para acreditar que ainda estamos vivos, nos encontrarão, Payton. Não se preocupe.

Payton deu um sorriso tranquilizador.

— Ah, não estou preocupada.

Foi estranho, mas ele teve a sensação de que ela realmente não estava — pelo menos não com relação a ser encontrada. Seria por estar tão feliz quanto ele com a maneira como o destino os reunira? Ou estaria ela tão confiante — cega e infantilmente — em suas habilidades a ponto de ter certeza de que seriam socorridos? Essa ideia o confundia um pouco. Drake se acostumara a comandar, a dar ordens e ser obedecido. Mas, pelo que sabia, jamais inspirara esse tipo de confiança em nenhum de seus homens. Tinha menos lógica ainda o fato de que Payton se sentisse assim em relação a ele quando fora *ela* quem o resgatara, *ela* quem o levara para ali em segurança.

Drake sentia como se não pudesse continuar por muito tempo gozando da luz adorável dos olhos de Payton. Não a culpava por isso. Mas de certa forma desejava que o francês os encontrasse e que ele pudesse se livrar de algumas de suas frustrações no belo rosto do pirata.

— Payton — disse Drake, levantando-se e vestindo a calça. Não se sentia à vontade com sua nudez como ela. Bem, ele tinha mais a cobrir. — Vou procurar um pouco de madeira seca para fazermos uma fogueira. Fique aqui e, se aquele peixe grande e cınzento chegar perto de novo, quero que o acerte como ensinei. Combinado?

Obediente, Payton pegou o arpão da mão dele, mas depois rolou, ficando de costas sobre a areia e olhando para o céu.

— Ah, veja — disse, sem parecer nem um pouco preocupada. — Um pôr do sol cor-de-rosa. O tempo amanhã será bom.

Era impossível Drake não notar que a blusa de Payton não ia muito abaixo da cintura. Sob a blusa, ela estava completamente nua. Ele não ficou muito surpreso de ver que o trecho triangular de pelos entre as pernas dela, que tanto o atraíra poucas horas atrás, ainda o fascinava da mesma forma. Esse seu desejo insaciável pelo corpo de Payton era vergonhoso. Ele precisou afastar o olhar e fixá-lo numa parte menos atraente do corpo dela.

— Ei — disse Drake, apontando o tornozelo dela com a cabeça. — O que é isso?

Payton ainda admirava o céu do fim do dia.

— O quê? — perguntou ela.

— Essa fita em torno do seu tornozelo.

Payton rapidamente se levantou. Num movimento leve e gracioso, arrancou a fita sem desamarrá-la, e a jogou, por cima do ombro, dentro da fonte.

— Nada, só um lembrete. Não preciso mais dele.

Drake se aproximou do lago e procurou a fita dentro da água. Ela flutuava na superfície, e o peixe cinzento a observava de baixo, certamente confundindo-a com algum alimento.

— O que era?

— É uma história longa e muito chata — respondeu Payton.

Drake a fitou atentamente, sem saber se ela estava caçoando ou não, pois a resposta era igual à sua quando ela perguntara sobre o francês. Mas ela se limitou a rir para ele e perguntar:

— Você se lembra daquela noite no *Virago*... deve ter sido dois ou três anos atrás, pelo menos... quando eu disse que queria deitar no deque e observar as estrelas cadentes e você levou o seu travesseiro e o seu cobertor para mim?

Drake ficou surpreso. Mais uma vez Payton tentava mudar de assunto.

— Sim.

— Mesmo? — Ela pareceu bastante surpresa. — Ross disse que você estava bêbado demais para se lembrar e até para saber o que estava fazendo.

Drake sentiu uma repentina e excessiva antipatia por todos os irmãos de Payton, especialmente Ross.

— É claro que eu sabia o que estava fazendo — retrucou ele rapidamente. — Eu não queria que você se resfriasse. Nenhum dos seus irmãos jamais lhe dedicou um pouco de atenção. Deixaram que você crescesse meio selvagem. Quando penso em algumas das coisas a que eles a submetiam diariamente, coisas que nenhuma mulher deveria sequer saber a respeito, meu sangue chega a gelar. Eles merecem uma boa surra, cada um deles, Ross mais do que todos, por permitir esse tipo de situação.

Payton olhou para Drake calmamente.

— Mas no final eu dei certo — lembrou ela, dando de ombros.

— Não graças aos seus irmãos! Você deu certo porque... Bem, eu não sei. Suponho que seja porque você tem bom senso... mais, devo dizer, que os seus três irmãos juntos.

Payton abriu um sorriso tão deslumbrante quanto o pôr do sol.

— Obrigada — foi só o que disse, com muita simplicidade.

Mas as palavras fizeram algo no interior de Drake se quebrar, algo que ele lutava para manter sob controle. E logo ele estava de joelhos diante dela, com as mãos grandes e bronzeadas sobre suas coxas macias, separando-as.

Olhando para ele de cima, Payton, que não se movera, falou, curiosa:

— Drake?

Ele ergueu a cabeça, com o queixo tensionado.

— Pelo amor de Deus, você pode me chamar de Connor?

— Connor, então. O que você está fazendo?

Ele mostrou, em vez de dizer, abaixando a cabeça até seus lábios chegarem àquele trecho de pelos macios entre as coxas. Isso a assustou — ela tentou se afastar. Então levou as mãos à cabeça de Drake e agarrou punhados de seu cabelo comprido.

— *Drake* — disse ela, ofegante.

Mas ele lhe abraçou os quadris para que ela não se afastasse. Experimentou-a com a língua e viu, sem muita surpresa, que tinha o sabor do mar, salgado e refrescante. Ora, claro. Assim *teria de ser* o sabor de Payton Dixon.

— *Drake* — repetiu ela, um pouco mais ansiosa.

Payton não estava molhada. Nas outras vezes, ele deslizara para dentro dela, e fora incrivelmente fácil, embora muito apertado. Se não soubesse com certeza que ela era virgem naquela noite a bordo do *Rebecca*, talvez nunca tivesse imaginado que era seu primeiro homem, pois ela estava sempre tão molhada, tão pronta para ele. Mas agora estava seca, esgotada, e os pelos castanhos fugiam toda vez que ele os afastava na tentativa de traçar com a língua cada curva deliciosa de seu corpo. Ele beijou longa e ardentemente o montículo aveludado. Sentiu que, em reação, os dedos dela se fecharam no seu cabelo. De novo ela tentou recuar, mas agora já devia saber que Drake não a soltaria. Ele manteve os lábios ali e começou a sondar, explorando com a língua.

Foi quando Drake se sentiu inundado, literalmente banhado da essência de Payton. Ele ergueu o rosto e viu que ela estava deitada, de modo que os mamilos, apontados para o céu, tinham formado um relevo no tecido da blusa. Através do linho fino, Drake podia ver as curvas rosadas das aréolas. Os dedos dela ainda se encontravam no cabelo dele, e a cabeça de Payton estava jogada para trás, os cachos escuros espalhados na areia como um leque. Payton parecia o epítome de tudo o que era feminino, e, estranhamente, mais ainda do que quando estava totalmente nua.

Querendo admirá-la e gravar aquela imagem na mente, Drake colocou uma das mãos onde antes tinha a boca, e sentiu-a erguer o corpo e arquear as costas novamente. Ela pressionava o osso pélvico contra a palma de sua mão, e um murmúrio desamparado, uma evocação de desejo ou súplica, vinha dos lábios úmidos entreabertos. Sem afastar os olhos dela, Drake moveu os dedos ásperos sobre o monte de pelos quente e molhado até se centrarem sobre a vulva. Ela se friccionou contra ele com o instinto de um gato, sem se importar com nada além do prazer.

Drake não conseguiu mais se segurar. Livrando a cabeça das mãos dela com um puxão, afastou-se e, com os dedos trêmulos, alcançou a parte frontal da calça e arrancou os botões. Sem se preocupar em abaixar a calça toda, colocou-se sobre Payton e ficou parado por um instante, querendo se certificar de que desta vez conseguiria se controlar para que ela tivesse prazer primeiro. Assistiria quando ela atingisse o orgasmo, e depois teria o seu.

Porém, como da última vez, ela se moveu contra ele, elevando os quadris de modo que só a ponta do membro rijo lhe penetrasse o calor macio. Ela se moveu pouquíssimo, recebendo uma parte ínfima do órgão de Drake dentro de si. Mas foi o suficiente. Ele emitiu um gemido e arremeteu fundo dentro dela, tão fundo que teve medo de tê-la pregado ao chão. E talvez quisesse fazê-lo, pois, se pudesse passar o resto da vida ali, exatamente onde estava, encaixado entre as pernas longas e macias de Payton, pressionadas contra as suas, morreria um homem feliz.

Depois, enquanto ele se maravilhava ao sentir o calor imenso que o interior dela irradiava e a maneira incrivelmente apertada com que ela o prendia, tudo sem sequer ter consciência disso — Drake tinha certeza de que Payton agia por instinto, desconhecendo o poder que exercia sobre ele —, os braços dela apertaram seu pescoço e as costas arquearam. O músculo quente entrou em espasmos. Era incrível, mas Payton estava tendo um orgasmo sem que ele houvesse sequer se movimentado. Drake duvidava que ela sequer tivesse conhecimento dos músculos que o provocavam, tentando puxá-lo para bem fundo dela. Ele gemeu e abaixou a cabeça para beijá-la, com a boca ainda molhada do líquido quente que o havia inundado.

Desta vez, quando o orgasmo de Drake chegou, ele não se controlou. Só que agora Payton estava sobre a areia suave, não na pedra dura, portanto, quando a penetrou bem fundo, sabia que não poderia machucá-la. E quando terminou e pôde olhar para ela e se certificar de que ainda estava inteira, ela sorriu para ele com uma expressão de satisfação.

— Eu pensei — disse Payton com a voz rouca — que você ia procurar lenha.

Drake pegou uns fios do cabelo dela e levou aos lábios.

— Mudei de ideia.

— Pode mudar de ideia sempre que quiser.

Capítulo 26

Payton não se lembrava de ter sido tão feliz. Ah, ela achava que quando ainda usava tranças e perambulava descalça pelos deques dos navios do pai também era feliz. E nos tempos antes da Srta. Whitby surgir, quando para ela era suficiente sentar-se ao lado de Connor Drake de vez em quando, na hora das refeições, também se considerava feliz.

Mas desde que se tornara mulher — e Payton achava que essa ocasião importante acontecera em algum momento depois do seu décimo sétimo aniversário, quando Mei-Ling anunciou que voltaria para sua família, tendo completado sua tarefa —, jamais se sentira tão satisfeita, tão calma, tão feliz.

Talvez ela não tivesse nenhum direito de estar tão satisfeita consigo mesma. Afinal, eles ainda se encontravam em perigo mortal. O *Rebecca* ou o *Nassau Queen* poderiam aparecer no horizonte a qualquer momento. Ainda precisavam esconder as fogueiras e ficar o mais longe possível da praia. Mas o que isso importava? Ela estava isolada numa ilha com o homem que amava desde os 14 anos. E mais, ele a amava também. Estava firmemente convencida disso. Além do fato de ele o admitir livremente e nos momentos mais estranhos, como quando ela acabara de lavar o rosto e procurava, aos tropeços, algo com que enxugá-lo. Ele demonstrava a cada dia, de mil formas diferentes. Ela só precisava mencionar o menor desejo — um capricho de comer lagosta no jantar, por exemplo —, e ele concedia. Payton era a mulher mais sortuda do mundo e sabia disso. Tinha até dado uma trégua a Deus e o perdoado, finalmente, por ter-lhe roubado a mãe. Sentia que, ao fazer Drake amá-la, Deus a compensara pelos danos causados no passado.

Ainda assim, por mais feliz que estivesse, Payton tinha de admitir certa prudência no que se referia a Drake. Não que tivesse nada a temer — por exemplo, se eles fossem resgatados, que ele pudesse abandoná-la por outra mulher, alguém não tão facilmente confundida com um menino, ou que fosse virgem. Na verdade, o motivo era algo que Georgiana dissera uma vez, quando Payton lhe perguntara por que ela havia se casado com Ross.

Em sua inocência, Payton supunha que Georgiana estava se casando com seu irmão por amá-lo, e agora de fato sabia que a cunhada amava Ross, pelo menos à sua maneira, que era bem diferente da que ela amava Drake.

Enfim, Georgiana, que era muitos anos mais velha que Payton, aproveitara a oportunidade para oferecer à cunhada um pequeno conselho: "É sempre melhor", dissera ela, "a mulher se casar com um homem que a ama um pouco mais do que ela o ama. Assim, ela sempre poderá ter certeza de ter o controle da relação."

Payton jamais esquecera aquele conselho. Ela não tinha ideia de se era ou não correto, embora desconfiasse de que, no caso de Ross e Georgiana, devia ser. E tinha de admitir que isso a preocupava, pois sabia muito bem que amava Drake com todas as fibras de seu ser, com todo o fervor e a impetuosidade de um primeiro amor. Ela não estava nada convencida de que ele a amava mais do que ela a ele. Na verdade, nem imaginava como ele poderia: afinal, Drake era um homem do mundo. Certamente já conhecera dezenas de mulheres muito mais experientes e sensuais que Payton. Se, depois de serem resgatados — e ela estava quase certa de que algum dia seriam —, ele continuasse com ela, como poderia saber se era por amá-la realmente ou porque, depois de tudo o que tinham feito juntos, seus irmãos o matariam se a abandonasse?

Tratava-se de um dilema. Nada que a preocupasse a todo instante, nem mesmo diariamente, mas que lhe ocorria às vezes, tarde da noite, quando estava nos braços dele, olhando para as estrelas. Drake não era um desses amantes poéticos — ele raramente lhe dizia que a amava sem empregar um expletivo na frase (ele a amava como o diabo), e certamente nunca fizera elogios à sua beleza (exceto para observar uma vez que os pés dela eram muito pequenos, comparados aos seus). Ainda assim, Payton sentia que ele realmente estava ligado a ela, ao seu modo. Concluía isso nem tanto pela maneira como ele fazia amor — que era sempre muito apaixonado —, mas pelas dicas sutis que soltava aqui e ali, provavelmente sem nem perceber.

Por exemplo, o fato de estarem presos juntos naquela ilha. Eles mal podiam se afastar um do outro. Na verdade, quando Payton queria ficar a sós, precisava esperar Drake dormir ou ir caçar algum animal para o jantar. O resto do tempo ele ficava conversando com ela, ou fazendo amor, ou simplesmente olhando-a, algo que fazia com uma regularidade tão irritante que, quando Payton percebia, se tivesse um coco à mão, o lançava na direção dele.

Mas apesar de eles quase nunca ficarem longe um do outro, parecia que Drake não suportava ficar sem a companhia de Payton. Mesmo quando ela estava dormindo, ele fazia de tudo para acordá-la. Totalmente apaixonada por ele, Payton sabia que Drake tinha seus defeitos, e um dos mais irritantes era sua tendência a acordar muito cedo. Como não havia muita coisa para fazer em San Rafael, ele ocupava essas horas matinais inventando maneiras de acordá-la. Depois das primeiras manhãs que passaram juntos, ele não ousava simplesmente sacudi-la. Já experimentara isso, e seu rosto quase fora mordido. Também não podia tentar métodos mais eróticos para despertá-la — ela havia acordado, muitas manhãs, com o rosto dele enterrado entre suas coxas, e, na maioria das vezes, reagira colocando um pé no ombro dele e o empurrando.

Então Drake passara a acordá-la "acidentalmente". Alguns desses "acidentes" incluíam o volume alto de uma concha (ele precisava soprar nela, segundo alegara, para se certificar de que não havia um molusco dentro; Payton gostava de comer moluscos no café da manhã, não gostava?); um jato de água da fonte derramada de uma cuia (ele dizia ter tropeçado); e o preferido de Payton, uma borboleta que por acaso pousara no nariz dela enquanto dormia (ele negou ter espalhado pólen em algum lugar perto do rosto, embora, quando ela o esfregou, um sinal revelador amarelo saiu na sua mão).

O mais terrível era que, todas as manhãs, depois de acordá-la com essas desculpas absurdas, Drake não levava mais tempo para explicá-las do que para lhe desabotoar a blusa. Em seguida, a beijava, fazendo-a esquecer toda sua fúria e irritação por ter sido despertada com o amanhecer. E Payton o beijava de volta! Era extremamente difícil zangar-se com alguém que, com o mais simples beijo, era capaz de deixá-la tão embevecida. Ela temia que Georgiana fosse repreendê-la se soubesse como estava se comportando no seu primeiro caso de amor.

E se Georgiana por acaso visse seu comportamento numa noite específica, após um delicioso jantar de papagaio assado — ela rapidamente superara o coração mole — com mangas, era provável que a repudiasse. Depois de dar o último nó numa rede feita de fibras naturais que passara literalmente dias tecendo, Payton pediu a Drake que a pendurasse entre duas palmeiras na praia. Como já era noite e não havia chance de eles serem vistos além dos bancos de areia, ele concordou. Drake observara secamente que, considerando o tempo que Payton dedicara à criação, ela poderia ter feito algo mais útil que uma rede. Uma rede de pesca, sugerira ele, pois assim não precisaria passar todo seu tempo tentando fazer o peixe querer se aproximar dele: poderia simplesmente esticar a rede e pronto! Ali estaria o jantar.

Payton, seguindo-o pelo caminho, o ignorou. Era uma linda noite, como todas as que passaram em San Rafael, e ela ansiava por aproveitá-la na rede que fizera — se ela provasse ser forte o bastante para aguentar seu peso. Ainda não tinha certeza disso. Para tanto, precisava de Drake. Payton tinha toda a intenção de fazê-lo experimentar primeiro. Se a rede não cedesse sob o peso dele, sabia que estaria segura o bastante para ela.

Como Drake se sentiria se soubesse que ela exigira sua presença meramente como teste, Payton nunca soube, pois sabiamente não lhe contou. Mas quando ele pendurou a rede, nem perguntou se ela gostaria de experimentá-la primeiro. Em vez disso, ajeitou-se nela, a princípio cauteloso, depois cada vez mais confiante.

— Payton — declarou, sentando na rede de fibras —, isto é perfeito.

Depois, tirando o pé da areia, se esticou na rede, que só rangeu um pouco com seu peso.

— É assim que se deve viver — falou ele para o céu sem luar. — Como estávamos dormindo no chão? Devíamos estar loucos. Venha, experimente.

Payton, contudo, que o observava, ao lado, teve outra ideia. Ela jamais poderia dizer como aquilo lhe ocorrera, ou o que a fizera pensar nisso. Talvez tenha sido a maneira que Drake ergueu os braços acima da cabeça, revelando a pele clara e o pelo aveludado das axilas! Em todo caso, em vez de se juntar a ele, ela estendeu os braços e, usando um pouco da fibra que sobrara, amarrou os pulsos dele aos cantos da rede.

— Payton — disse ele, parecendo só levemente curioso —, o que está fazendo?

Certificando-se de que Drake estava mesmo preso — puxando cada um dos braços dele para verificar —, Payton começou a tirar a calça.

— Você se lembra de quando estava preso à parede, na cela do *Rebecca*? — perguntou ela.

— Não é muito provável que eu esqueça.

— Bem, era isso que eu queria fazer quando estava lá. — Ela tirou a blusa. — Só que, naquela ocasião, você não me deixou.

Os olhos de Drake, normalmente tão claros que a enfraqueciam, ficaram escuros, as pupilas dilatadas como duas moedas enquanto ele a fitava.

— Payton — disse, num tom entretido —, o que você está tramando?

Ela estava de pé ao lado da rede. Inclinou-se e pressionou os seios nus contra o braço de Drake. Normalmente, ele teria estendido as mãos para pegá-los. Era absurdamente fascinado pelos seios dela — tanto que ela já não os considerava muito pequenos, mas do tamanho perfeito para as mãos de Connor Drake. Mas desta vez ele não podia tocá-los, nem brincar com eles como gostava de fazer, levando primeiro um dos mamilos à boca, depois o outro, porque tinha os pulsos bem-amarrados.

— Payton — falou novamente, num tom de voz diferente. Ela sentiu os músculos no braço dele pulsarem sob seus seios. Ignorou-os e estendeu as mãos para desabotoar-lhe a calça.

Ele tentou soltar os nós que prendiam seus braços.

— Payton — alertou, quando descobriu que não conseguia se libertar, pelo menos não sem que as fibras ásperas lhe cortassem a pele. — Isso não é engraçado.

Ela se debruçou sobre ele e lhe beijou os lábios.

— Eu sei. E não se preocupe. Eu o soltarei. — A barba de Drake era algo digno de se ver, de tão cerrada e desalinhada. Payton desceu os lábios pelo lado do rosto áspero levando-os ao pescoço de Drake onde a pulsação batia. — Eu o soltarei — assegurou, num sussurro rouco —, quando estiver pronta.

Então correu os dedos levemente sobre o tórax de Drake, sentindo as marcas em relevo de cicatrizes antigas, as protuberâncias dos mamilos, que eram marrons e em grande parte perdidos num campo de pelos castanho-dourados. Ela achou um e o beliscou delicadamente entre o polegar e o indicador.

— Gosta? — perguntou Payton.

— Não — respondeu Drake. — Quero que pegue uma faca agora e me solte.

— Quer mesmo? — Ela ergueu uma perna e a passou sobre o corpo dele, depois ergueu a outra, até ficar montada nele na rede, que rangeu um pouco, mas suportou o peso, para seu alívio. Payton olhou para Drake, triunfante. — Ainda quer? — perguntou mais uma vez, inclinando-se para beliscar com os dentes o que antes comprimira com os dedos.

Payton sabia perfeitamente qual seria a resposta de Drake. Sentia que ele enrijecia sob seu corpo. Afastou os dentes do mamilo e passou a lambê-lo suavemente.

— Bem — disse Drake, num tom de voz diferente. — Talvez...

Payton moveu a cabeça e beijou a parte inferior das costelas, passando pela cicatriz de uma antiga ferida de faca em direção ao local onde o pelo castanho-dourado que o cobria era mais espesso.

— Payton — chamou ele, ofegante, quando ela se afastou da parte da frente da calça.

Ela não respondeu. Em vez disso, segurou-lhe o pênis, que estava de fato absurdamente rijo para alguém que dizia não gostar que ela lhe tocasse os mamilos, e, com extrema delicadeza, provou a ponta com a língua, como ele costumava fazer com ela.

Uma agitação frenética se seguiu quando Drake tentou mais uma vez libertar as mãos. Payton ergueu a cabeça e disse, categórica:

— Se você não parar com isso, eu o abandonarei aqui a noite toda, exatamente como está.

— Payton — disse com esforço, parecendo pronunciar uma palavra obscena, e não o nome dela.

Mas Payton notou que ele estava muito mais calmo. Ela voltou a atenção para o enorme membro que segurava. Parecia-lhe que, se ele reagira tão intensamente ao mero toque de sua língua ali, talvez tivesse uma reação mais interessante ainda se ela cobrisse a cabeça inchada com a boca inteira, se ela coubesse. Hum, só havia um meio de descobrir.

Desta vez, Drake respirou fundo, com tanta intensidade que, de início, Payton se preocupou, achando que o havia machucado. Mas depois viu que não. Ele não tentou afastá-la, portanto, o que ela fazia não devia ser doloroso. Na verdade, era o oposto. Ele ficou totalmente imóvel, quase sem ousar respirar. Payton então, suavemente, escorregou a boca o máximo que pôde em torno do pênis e curvou os dedos sobre ele, apertando-o, tentando simular o que supunha ser para ele a mesma sensação de quando estava dentro dela.

Aparentemente, Payton teve sucesso, pois a respiração de Drake estava cada vez mais irregular, e o peito, molhado de suor apesar do ar fresco da noite. Mas o órgão era grande demais, e sua boca, muito pequena para continuar. Além disso, a excitação evidente era contagiosa. Payton começou a sentir uma contração que já lhe era familiar entre as pernas, uma ânsia que precisava ser preenchida. Posicionou-se sobre ele e, com muito cuidado, desceu o corpo sobre o membro que pulsava, ainda escorregadio da umidade de sua boca.

Drake emitiu um gemido, por sinal bastante alto. Payton também gemeu um pouco, mas o som dele abafou o seu. O órgão parecia maior naquela noite, embora ela estivesse mais do que pronta para recebê-lo. Aparentemente, o fato de beijá-lo ali provocou algum tipo de reação correlata, e ele ficou ainda mais excitado. Começou a pensar que amarrá-lo fora mesmo uma boa ideia. Agora tinha perfeito controle sobre os movimentos de ambos e podia cronometrar tudo exatamente como lhe agradasse...

Exceto que, montada sobre ele, Payton experimentou uma ânsia maior que a usual. Aquela sensação pulsante que ela sentia entre as pernas era mais facilmente satisfeita quando ela se esfregava naquela parede dura que formava os músculos da barriga de Drake. Payton esqueceu-se de tudo que pretendia fazer e começou a se mover rapidamente para cima e para baixo ao longo do membro de Drake, as mãos atravessadas sobre o peito dele. Drake também se movia — desta vez não era para soltar a fita, mas para penetrá-la mais fundo. Entretanto Payton não permitia, só o deixando chegar na metade do caminho. Isso parecia levá-lo à loucura, mas não havia nada que ele pudesse fazer. Sem usar as mãos, Drake não podia obrigá-la a ficar parada. Embriagada com a sensação de poder, ela o cavalgou com energia e rapidez, até que de repente um formigamento que já conhecia começou nas solas dos pés...

E um vulcão celestial irrompeu. Ao seu redor, um espetáculo magnífico de fogos de artifício tremulava e cintilava. Era como naquela noite de verão no deque do *Virago*, em que Drake lhe oferecera o travesseiro, só que, desta vez, ela não estava deitada na madeira dura do castelo de proa; voava acima dele, em sua própria carruagem de fogo. Payton estremeceu inteira de puro êxtase e desmoronou, sorrindo, no peito cabeludo e molhado de Drake.

Mas ele ainda se contorcia, tentando obter o mesmo alívio. Abrindo os olhos, Payton viu que o rosto de Drake estava rijo e tenso, como se estivesse sofrendo. Mesmo no estado de letargia do pós-orgasmo, apiedou-se e estendeu os braços para soltá-lo.

Payton imediatamente libertou os pulsos de Drake. Sempre fora craque em soltar nós.

Drake abriu os olhos e a fitou, assustado. Ela sorriu para ele, orgulhosa, mas só por um instante. Logo em seguida estava ofegante, pois ele se lançou com uma força inesperada bem fundo dentro dela. As duas mãos de Drake já pressionavam as nádegas de Payton, mantendo-lhe os quadris imóveis enquanto ele se enterrava nela, como um homem que não fazia amor há muito tempo.

Meu Deus, pensou Payton, eu certamente o amarrarei mais vezes.

Em seguida, sentiu-o explodir dentro dela. Drake o fez com tal violência que ela precisou se segurar para não ser jogada para fora da rede.

Quando tudo passou, porém, ele arrefeceu e a puxou para si, para que descansasse o rosto em seu peito. Ela ouvia o coração de Drake bater, de início rápido como as asas do beija-flor, depois mais lento, num som surdo e calmo, já com a respiração de novo equilibrada.

— Nunca mais faça isso — disse ele, aninhando o rosto no cabelo de Payton.

Ela sorriu junto a ele.

— Qual parte? — Ela estendeu a mão e passou um dedo sobre um dos mamilos de Drake. — Esta parte? — Depois mergulhou a mão mais baixo, para segurar-lhe a genitália, agora consideravelmente menor. — Ou esta parte?

Drake levou um tempo para analisar a pergunta.

— A parte da amarração.

Payton ergueu a cabeça para fitá-lo.

— Essa foi a *melhor* parte.

— Ah, não — disse Drake. — Da próxima vez, vai ser você, e vamos ver se vai gostar.

Payton sentou-se, ansiosa.

— Sério? Mesmo?

— Deus do céu. — Drake estendeu o braço para puxá-la de volta, de modo que seus corpos permanecessem unidos. — Durma, Payton.

— Mas da próxima vez, nós podemos...

— *Sim* — respondeu Drake, como se estivesse exasperado, mas Payton viu, antes de fechar os olhos, que ele sorria.

Capítulo 27

E ENTÃO, NA MANHÃ SEGUINTE, os irmãos de Payton chegaram.

Infelizmente, nessa manhã específica, Drake — talvez por ainda estar exausto das atividades da noite anterior — não acordou cedo. Ele dormia profundamente, com Payton aconchegada em seus braços, quando um grito ensurdecedor os acordou.

Payton, de sua parte, confundiu o berro com o som de uma concha e tentou tapar os ouvidos jogando um braço por cima da cabeça — só que o braço ficou preso sob Drake. Mas como, se era ele quem estava soprando a concha?

Foi nesse momento que o berro se transformou em palavras e ela abriu os olhos, vendo o irmão, Ross, de pé, com o rosto vermelho de raiva.

— O que diabos vocês pensam que estão fazendo? — gritou ele.

— Nós passamos semanas, *semanas, estão ouvindo?*, vasculhando os mares em busca de vocês, temendo que os dois estivessem mortos; eu disse *mortos*. E o que descobrimos afinal? Que não estão mortos nada, pelo contrário, estão obviamente muito vivos. Vivos e *fornicando*!

Payton teria corrido para salvar sua vida, não fosse pelo fato de seu braço estar preso sob o corpo de Drake. Aliás, Drake, pelo que ela viu num rápido olhar, não parecia nem um pouco alarmado. Na verdade, analisava Ross com interesse do fundo da rede, com um braço jogado por cima de Payton, mais para lhe cobrir a nudez, ela supôs, do que por achar que Ross poderia atacá-la.

Porém era tarde demais para isso. Ross já percebera a nudez da irmã. Aliás, a de Drake também.

— Não fique aí deitado, seu imoral! — gritou. — Saia dessa rede e vista uma roupa! *E tire as mãos da minha irmã!*

Mesmo com a boca seca, Payton reuniu coragem para dizer:

— Ross, você está fazendo isso parecer maior do que é. Drake e eu só...

— Shhh. — Drake apertou o abraço em torno de Payton. — É melhor eu falar, meu amor.

— *Amor?* — vociferou Ross, furioso. — Saia dessa rede. Ouviu bem, Drake? Saia já dessa rede, antes que eu o tire daí!

— Ei, Ross. — Raleigh surgiu vindo de outra parte da praia. — Acho que viemos ao lugar certo. Há um barco escondido no meio daqueles arbustos ali... Ah, eles estão aí! Olá, Drake, Pay. Que bom ver vocês! Nós achamos que estavam mortos.

— Não se aproxime mais — ordenou Ross. — Fique onde está.

Raleigh pareceu preocupado.

— Por quê? Há alguma cobra?

— Sim. Mais ou menos. — Ross tirou o paletó e jogou-o por cima de Payton. Era um paletó preto forrado de cetim branco que evidenciava o luto pela irmã que pensavam ter se afogado em alto-mar. Payton o afastou da cabeça e fixou o olhar no irmão.

— Drake não fez nada de errado — afirmou ela. — Não sei por que você está sendo tão desagradável. *Raleigh* está feliz por me ver.

— Claro que estou — confirmou Raleigh. — Você não sabe o que passamos lá em casa. Georgiana chora o tempo todo, papai explodiu as bolas de mosquete, Hudson está sempre de mau humor. Sabe que ele parou de beber desde que você desapareceu? Não tocou em uma gota de álcool. — De repente, ele pareceu espantado. — Vocês dois estão meio aconchegados aí, não estão?

— *Aconchegados?* — Ross virou-se para o irmão mais novo. — Eu lhe direi o quão *aconchegados* eles estão! Nenhum dos dois tem uma tira de pano cobrindo o corpo!

O queixo de Raleigh caiu.

— Ah, Drake — disse ele com um suspiro. — Diga que não é verdade.

— Por que todo mundo está culpando Drake? — quis saber Payton. — Foi minha...

— Shhh — repetiu Drake, cobrindo-lhe os lábios com um dedo. Ele arrumou o paletó de Ross de modo que a cobrisse inteiramente, em seguida disse, numa voz baixa: — Seu irmão Hudson deve estar por aqui em algum lugar. Por que não tenta encontrá-lo?

— Não seja idiota — aconselhou Payton. — Eles o matarão.

— Absurdo. — Drake sorriu para ela, confiante. — Somos velhos amigos. Velhos amigos tentariam se matar?

Payton deu uma olhada na direção de Ross.

— Nessas circunstâncias...

— Vá — disse Drake, alegre. Ele estava de fato extraordinariamente feliz. Payton imaginou que devia ser por eles finalmente terem sido salvos. Engraçado, ela não imaginava que sua companhia fosse tão cansativa.

— Vá procurar Hudson, querida — ordenou ele. — E deixe os homens conversarem.

Payton o encarou. Deixar os homens conversarem? Não era uma frase tipicamente masculina? Como se qualquer coisa que seus irmãos tivessem a dizer pudesse valer a pena. Então ele não se lembrava do quanto se indignara outro dia com o modo como eles agiam? Pelo menos ela supunha ter sido há poucos dias. Já perdera a noção do tempo. Mesmo assim, Drake não precisava mandá-la sair como se fosse uma criança.

Ela decidiu que iria procurar Hudson, sim, *mas* não por ser um pedido de Drake. Ela o faria somente porque tinha a sensação de que ele precisaria de reforço. Pela expressão de Ross e de Raleigh, haveria socos a qualquer momento. Ah, como os homens às vezes são tolos!

Graciosa como um gato, Payton saiu da rede, fechando bem a frente do paletó de Ross. Antes de se afastar, virou-se e dirigiu um olhar perverso para os dois irmãos.

— Se vocês fizerem mal a um único fio de cabelo da cabeça de Drake, eu farei com que se arrependam até o dia de sua morte.

Depois jogou a cabeça para trás e se afastou.

Payton logo achou o irmão, claro. Ele estava agachado na areia, como se fosse um detetive, examinando de perto uma série de pegadas que ela havia deixado na noite anterior.

— Ei! — exclamou ele. — Acho que encontrei algo aqui!

— Hudson — disse Payton.

Hudson se endireitou e a fitou como se ela fosse uma aparição.

— Pay? — Ele parecia terrível. Todo vestido de preto, não cortava o cabelo há algum tempo. Usava-o preso atrás por um elástico preto, mas uns fios não obedeciam e flutuavam em torno da cabeça. Parecia um maluco. — É você mesmo, Pay?

— Sim, claro que sou eu, seu idiota. Quem você esperava? A Virgem Maria?

— Pay! É você mesmo!

Se Raleigh não lhe tivesse contado que Hudson deixara de beber, Payton talvez acusasse o irmão de estar bêbado, de tanto que cambaleava, bastante inseguro, na sua direção. E para piorar as coisas, depois de lhe dar um abraço sufocante, ele parecia estar chorando — embora Payton soubesse perfeitamente que Hudson jamais faria algo como derramar lágrimas de alegria por vê-la.

— Você está bem? — perguntou ele quando ela finalmente conseguiu se livrar do abraço afetuoso e apertado. — Todos diziam que você estava morta. Eu jamais acreditei, nem por um instante, mas, num dado momento, a situação pareceu feia.

— Eu estou bem — disse Payton. — Hudson, você precisa vir comigo imediatamente. Ross e Raleigh vão matar Drake.

— Drake? — O rosto de Hudson se encheu de mais alegria ainda. — Drake também está vivo? Ora, eles eram bem enfáticos quanto ao fato de *ele* estar morto. Que dia feliz! Vocês dois vivos e bem!

— Drake não continuará vivo por muito tempo, a não ser que você venha imediatamente. Ross enlouqueceu. — Payton pegou a mão dele e o puxou. — Ele acha que Drake me desonrou, ou algo assim, e ao que parece pode fazer algo terrível.

— Isso é absurdo. — Hudson a seguiu, gentilmente. — Todos sabem que Drake jamais faria algo assim.

Payton olhou para ele por trás do ombro.

— Bem — disse ela. — Exatamente. Fico feliz por um de vocês ainda ter bom senso. Vocês todos parecem ter enlouquecido depois que eu desapareci. Corra, Hud. São dois contra um, e isso não é justo.

— Sabe — retrucou Hudson, feliz —, eu serei obrigado a entrar para a Igreja agora. Fiz um acordo com Deus. Eu entraria para o sacerdócio se nada tivesse acontecido a você. Vou parecer meio imbecil com um colarinho branco, não acha?

— Não seja idiota, Hudson. Nenhuma igreja o aceitará.

— Você acha? — Hudson parecia muito aliviado. — Ah, bom. Eu estava um pouco preocupado com o voto de celibato. O resto não seria tão mau, mas essa parte...

A essa altura, eles já tinham alcançado a praia, e Payton soltou a mão dele. Ela viu que Drake tinha saído da rede, como Ross ordenara, e que eles lhe permitiram vestir a calça. Mas não havia nenhuma indicação de ter acontecido a *conversa* que Drake prometera. Ao que tudo indicava, houvera muita briga e nada de conversa.

E, aparentemente, todos os golpes tinham sido dirigidos a um único indivíduo: Drake.

Payton soltou um grito agudo e correu. O peito de Drake subia e descia, a única indicação de que ele não estava morto. Corria sangue de um corte na sobrancelha, e a boca estava meio torta, mas não em um gesto proposital, como ele costumava fazer quando queria dar a impressão de desaprovar alguma coisa. Drake não estava morto — ao menos, não ainda —, mas parecia muito perto disso. Payton nunca o vira assim.

Ao ver que a irmã se aproximava, Ross se endireitou e gritou:

— Ora, Hudson, não deixe que ela se aproxime. Só faltava isso, histeria feminina.

Hudson, obediente, estendeu um braço e segurou Payton pela cintura antes que ela pudesse se aproximar de Drake. Ele a ergueu, a apoiou num de seus quadris e a manteve ali, sem ligar para os pés e mãos da irmã que voavam para todos os lados em sua tentativa de se libertar.

— Solte-me, seu imbecil! — gritou Payton. — Eu o matarei por isso, eu juro. Eu matarei vocês todos!

— Ah, *pare* de gritar, sua garota idiota — disse Ross, desgostoso. — Nós não o *matamos*, afinal. Só lhe demos uma boa lição.

Hudson, ao observar o corpo caído sobre a areia, comentou que Drake estava fora de forma mesmo, para deixar que um gordo como Ross o derrubasse assim.

Ross, ofendido, declarou que não era gordo e agradeceu se Hudson não voltasse a desacreditar de suas habilidades de pugilista.

Raleigh bufou, com ar de ironia.

— Ah, sem essa, Ross — zombou ele. — Drake *deixou* você atacá-lo. Ele sequer levantou um dedo contra você em sua própria defesa.

Hudson comentou que não fazia o estilo de Drake deixar qualquer homem golpeá-lo, que dirá um gordo como Ross.

— Pare de me chamar assim! — vociferou Ross. — E é muito bom que Drake *não tenha* tentado se defender. Eu o teria surrado até ele quase perder a vida.

Olhando para o homem inconsciente, Hudson observou:

— Parece que foi o que você fez mesmo assim.

— E por que eu não deveria? Ele admitiu tudo, sem problemas. E não pareceu lamentar nada. Você teria feito o mesmo, Hud, se estivesse aqui.

— Não — declarou Hudson, cruelmente. — Sempre gostei de Drake. Não me importa o que ele tenha feito.

Ross o encarou, os olhos castanhos cintilando perigosamente.

— Ah, não? Está bem, se você gosta tanto assim de Drake, posso deduzir que, se eu dissesse que ele dormiu com Payton, você nem ligaria.

Hudson pareceu desolado.

— *Drake* fez isso? Aqui, Raleigh, fique com Payton por um instante. Eu vou dar uns bons socos...

— Não ouse! — gritou ela. — Hudson, se você fizer isso, nunca mais darei nó nas suas gravatas!

— E não é só isso — continuou Ross, como se Payton não tivesse falado. — Você sabia que eles estão aqui, andando nus como selvagens, há quase dois meses?

— Isso é mentira! — gritou Payton, num tom agudo. — Não faz *tanto* tempo assim...

— A cinco milhas de New Providence. Cinco malditas milhas — continuou Ross. — Ele poderia ter posto um fim na nossa preocupação há semanas...

— Não poderia — negou Payton. — O francês estava procurando por nós. Marcus Tyler queria nos matar! Não tínhamos como saber se eles ainda estavam por perto...

— Marcus Tyler? — interrompeu Ross, impaciente. — Marcus Tyler? Ele não está tentando matar vocês. Ele e aquela mala que se diz esposa de Drake estão numa cela em Nassau, aguardando julgamento pelo assassinato de vocês.

Payton ficou sem ar.

— *O quê?* Mas como...

Ross fez pose de convencido.

— Ah, sim. Na verdade, não foi nada. Você entende, quando nós conseguimos substituir a vela principal do *Virago*, foi só uma questão de...

— E quanto ao francês? Vocês o pegaram também?

Os olhos de Ross faiscavam.

— Se você me deixar terminar, eu chegarei lá. — Ele pigarreou e continuou. — O capitão La Fond, infelizmente, escapou. Mas nós conseguimos...

— Vocês o deixaram escapar? — A voz de Payton se elevou até se transformar de novo em um grito. — Ele matou o irmão de Drake!

— Nós não *deixamos* ninguém escapar, sua mocinha ingrata. O francês armou uma senhora luta. Perdemos uns 12 homens de qualidade para os canhões dele antes de nos aproximarmos o suficiente para bombardear o navio. Eu, por acaso, tenho culpa se ele pulou do navio covardemente, arriscando a sorte com os tubarões em vez de enfrentar o julgamento como um homem? Mas o comportamento dele não me surpreendeu. O que me deixou estupefato mesmo foi saber que vocês estão aqui há dois meses. Nós interceptamos o navio do francês há sete semanas, isto é, há quase dois meses, Payton. Como você não estava a bordo do *Rebecca* na ocasião, só posso concluir que você e Drake estão aqui em San Rafael, fazendo o que quer que você chame isso, desde então!

Dois meses? Seria possível? Seria possível que tanto tempo tivesse se passado desde a noite em que ela levara Drake, inconsciente, do barco salva-vidas do *Rebecca* para a areia branca? Não, não podia ser verdade. Algumas semanas, certamente. Ela mesma levara esse tempo para fazer a rede. E o abrigo que Drake construíra para mantê-los secos durante as chuvas também levara algum tempo para ser erguido, talvez um mês, no máximo.

Mas *dois? Dois meses?* Não era possível.

— Nós... Nós não tínhamos meios de saber — gaguejou Payton — Não tínhamos como saber que vocês já haviam pegado Sir Marcus e... E se vocês acharam que estávamos mortos, o que estão fazendo *aqui*?

— Um camarada grande, negro, de cujo nome não me recordo, mas que era o cozinheiro do *Rebecca*, disse aos policiais que vocês dois não tinham morrido, e sim escapado. Aliás, ele foi muito enfático. Então nós pensamos: que diabo! É melhor darmos uma olhada...

Clarence! Fora Clarence! O doce e adorável Clarence.

O que ela estava pensando? O horrível e torpe Clarence contou a todos e a colocou nesta confusão.

— Mas eu lhe direi uma coisa, Payton — continuou Ross. — Eu agradeceria a Deus se Tyler tivesse matado vocês dois! Seria infinitamente preferível ter um melhor amigo morto a ter esse libertino vivo — Ross cutucou o corpo inerte de Drake com a ponta da bota —, e ter uma irmã morta a essa, que eu descobri ser uma imoral.

Payton olhou para Ross, furiosa.

— Ah, muito obrigada, Ross. Pois eu lhe asseguro que isso pode ser resolvido. Hudson, passe a sua pistola. Eu prefiro explodir a minha cabeça a ter que ouvir mais uma palavra desse disparate...

— Chega! — exclamou Raleigh, estendendo as duas mãos para o alto. — Chega de teatro. Hudson, leve Payton para o navio. Ross e eu iremos daqui a pouco com o libertino.

— Eu odeio e desprezo todos vocês — disse Payton quando Hudson a jogou por cima do ombro. — Espero que todos queimem no inferno!

Ross fez um sinal de indiferença para Payton.

— Não se enfureça tanto. Ele estará bem dentro de mais ou menos uma semana. A tempo do casamento, pelo menos.

— Casamento? — perguntou Payton. — Que casamento? — Como não recebeu resposta, ela começou a gritar de novo. — *Que casamento?*

— Pare de gritar — resmungou Hudson ao entrar na água em direção ao barco que aguardava. — Está arrebentando meus tímpanos.

— *Que casamento?*

— O seu, eu acho — respondeu Hudson. — Com o libertino. — Ele resmungou e segurou mais firme os quadris de Payton. — Você não achou que Ross se satisfaria trucidando Drake, não é? O infeliz também terá que se casar com você, Pay. É a única maneira de solucionar essa questão.

Capítulo 28

— PAYTON, QUERIDA, *TENTE* COMER alguma coisa. Por baixo dessa pele bronzeada você parece totalmente exausta.

Ela pegou o garfo e furou as gemas, que escorreram em direção às batatas assadas do outro lado do prato que tinha no colo. Fingia que os ovos eram vulcões, as gemas furadas, as lavas, e as batatas, Pompeia. Não tinha nenhuma vontade de comer.

— Tem certeza de que não está quente demais? — Georgiana arrancou o lençol que Payton havia puxado até o queixo no instante em que ela entrara no quarto. — Você não pode estar com frio, minha querida. Está um calor infernal.

— Estou perfeitamente bem — disse Payton. — Mas não tenho vontade de conversar agora. Você foi muito gentil em me trazer o café da manhã, mas se não se importa...

— Ah, não me importo nem um pouco — interrompeu Georgiana com ar alegre. — E compreendo que você não queira falar. Só ficarei aqui sentada enquanto você come, depois levarei a bandeja de volta lá para baixo.

Droga! Payton observou a cunhada começar a separar a correspondência que chegara mais cedo e estava na bandeja ao lado de seu café da manhã. Ao que parecia, todas as mulheres inglesas de Nassau tinham vindo visitar os Dixon em sua casa de praia nas Bahamas enquanto eles aguardavam o julgamento de Marcus Tyler e Becky Whitby. Payton pensou, com amargura, que essas mulheres deviam estar competindo para ver quem seria a primeira a ver a testemunha, a desonrada, muito bronzeada e *outrora nobre* Srta. Payton Dixon.

— Olhe aqui. — Georgiana mostrou um cartão de visita, convenientemente esquecendo a vontade de Payton de não conversar. — Lady Bisson. Você sabia que a avó de Sir Connor está aqui na ilha? Nós a trouxemos quando soubemos que vocês tinham desaparecido. Quero dizer, você e Sir Connor. Ela está ansiosa para vê-la.

Payton pegou a pimenta e cobriu o prato com ela. Cinza vulcânica.

— Devo lhe dizer para vir na hora do chá? Esse horário seria bom para você?

Payton fixou os olhos na cunhada por cima da bandeja.

— Considerando que não tenho permissão para sair do quarto, talvez seja um pouco estranho receber a avó de Drake aqui, não acha, Georgiana? A não ser que eu possa usar esta bandeja de cama como mesa de chá.

Georgiana, totalmente serena diante da explosão de raiva da cunhada, largou o cartão de visita.

— Você sabe que seus irmãos permitirão que saia tão logo comece a agir com sensatez.

— Sensatez? — Payton tirou a bandeja do colo. Pensou em arremessá-la pelo quarto, mas já fizera isso antes e não houvera nenhum efeito, exceto terem enviado uma das criadas para limpar a desordem. E ela, constrangida pelo acesso de raiva, viu-se na obrigação de ajudá-la.

Desta vez, Payton deixou a bandeja de lado, mas cuidou para não deixar o lençol escorregar.

— Georgiana, certamente *você* sabe que eu estou sendo razoável. Quero dizer, precisa entender que são *eles* que estão sendo totalmente estúpidos quanto a tudo isso.

— Estúpidos? — Georgiana olhou para a cunhada, serena. Sua nova calma, etérea, era enlouquecedora. Mais enlouquecedor ainda, porém, era o motivo que havia por trás da serenidade... Bem, Payton supunha que aquilo iria acontecer, mais cedo ou mais tarde. Mesmo um ogro como Ross deve ter seus momentos de ternura, e, ao que parecia, durante um deles, conseguira *engravidar* a esposa. Embora Payton não pudesse imaginar como Georgiana podia ficar tão calma diante do fato de que dentro de quatro ou cinco meses estaria dando à luz um bebê-ogro. — Eles não estão sendo estúpidos, Payton. Eles só estão fazendo o que acham melhor para você. *É você* quem está sendo...

— *O quê?* — interrompeu Payton, numa voz dura. — Sou eu quem está sendo *o quê*, Georgiana?

— Bem. — Georgiana parecia querer pedir desculpas pelo que ia dizer. — Teimosa?

— Ah, entendo. *Eu* sou teimosa só por não querer me casar com quem meus irmãos insistem que devo me casar.

— Sim. Porque todos nós queremos que você se case. Payton, todos sabem que você o ama. Então por que está tornando tudo tão difícil? Concorde em se casar com ele, e nós poderemos voltar a ser uma grande família feliz.

— Será que todos se esqueceram de que ele está casado com outra mulher? — perguntou Payton.

Georgiana fez um sinal de desprezo com a mão coberta por uma luva de renda.

— Ah, céus. O juiz O'Reardon anulou aquela farsa logo que Drake, quero dizer, Sir Connor, recobrou a consciência e lhe explicou tudo. Não será *isso* que irá impedi-los.

— Não — concordou Payton, com os lábios cerrados.

— Então o que é? Por que todo esse protesto? Você deveria estar nas nuvens por ter conseguido exatamente o que sempre quis.

— Mas Georgiana — disse Payton, a voz um tanto presa. Ah, Deus, ela ia começar a chorar de novo? Já chorara três dias seguidos, esperava que estivesse melhorando. Aparentemente, não. — Georgiana, você não vê? Eu nunca o quis *assim*.

— Assim como, querida?

— Você sabe. Prendendo-o numa armadilha. Forçando-o. É exatamente do mesmo jeito que a Srta. Whitby...

— Não é — interrompeu prontamente Georgiana. — Payton, sinceramente. Isso não é como a Srta. Whitby fez. Você foi para a cama com Sir Richard e depois contou ao irmão dele que estava grávida? Não, claro que não fez isso. Seu caso é muito, muito diferente...

— Mas ele ainda assim não tem chance de escolher — insistiu Payton. — Não vê? Ele se sentiu *obrigado* a se casar com Becky Whitby, não importa se essa obrigação afinal não era baseada numa verdade. E agora está se casando pela mesma razão: *obrigação*.

— Como pode saber como ele se sente? Já perguntou a ele?

A resposta de Payton foi uma fungada, e Georgiana respondeu por ela.

— Não, não perguntou. Você se recusou a vê-lo. Nem sequer leu as cartas dele. — Georgiana pegou a correspondência na bandeja de prata ao seu lado. — Veja, há três cartas dele só desta manhã, e o sol acabou de nascer. O homem obviamente está desesperado para vê-la.

— Claro que está — murmurou Payton. — Ele está desesperado para recuperar sua reputação e voltar às boas graças da avó, para não mencionar às de Ross. Não esqueça, Georgiana, que a Dixon e Filhos o emprega. Suponho que ele faria qualquer coisa para ficar nas boas graças de papai.

— Ora, essa! — exclamou Georgiana, com uma risada. — Que conversa sem nexo, Payton. Connor Drake não é exatamente Matthew Hayford. Ele não *precisa* do salário insignificante que seu pai lhe paga. Ele tem uma fortuna considerável. Quanto à reputação, jamais conheci um homem que se preocupasse menos com o que qualquer um tivesse a dizer do que Connor Drake.

Payton cerrou os dentes.

— Não vou me casar com um homem só porque meus irmãos dizem que eu devo fazer isso. *Não vou!*

— Então não se case por isso. Case-se porque o ama.

Mas Payton a ignorou.

— Minha vida inteira eu fiz o que meus irmãos mandaram. Vivi da maneira que *eles* me ensinaram. Se algum deles estivesse preso naquela ilha, eles teriam agido *exatamente* como eu. Então por que estou sendo punida por isso?

E as lágrimas voltaram a correr. Droga, ela achava que já tinha chorado o suficiente nessa última semana para secar os canais lacrimais. Aparentemente, não, ainda havia alguns galões sobrando.

Suspirando, Georgiana pegou a bandeja do café da manhã e saiu do quarto, cuidando de trancar a porta, como o marido lhe ordenara, embora ela achasse desnecessário. Havia uma grande sacada que dava para o quarto de Payton, da qual a garota poderia pular a qualquer momento sem o menor problema, ágil como era. Então por que se preocupar em trancar a porta do quarto? Se ela quisesse escapar, já o teria feito.

Mas Georgiana não se preocupou em mencionar isso para o marido. Isso só o levaria a cobrir as portas francesas da sacada com tábuas, o que acabaria com a beleza externa da casa, além de gerar mais fofocas do que a jovem Dixon já conseguira provocar.

— E aí?

Georgiana quase deixou cair a bandeja. Mas era só Connor Drake, aguardando ansioso por sua reaparição na saleta do café da manhã.

— Nada mudou — respondeu Georgiana, deixando que ele pegasse a bandeja. — Ela ainda não cedeu.

— Mostrou as minhas cartas?

— Claro que mostrei. Ela sequer tocou nelas. Eu avisei que não tocaria.

Georgiana não gostava de desapontar Drake, pois ele já parecia abatido demais, com o lábio rasgado e o corte profundo provocado pela aliança de seu marido na sobrancelha direita. Ainda assim, na opinião dela, ele tinha tanta culpa quanto Ross. Afinal, deveria ter conseguido se conter naquela ilha. Um cavalheiro sempre consegue.

— Por que não posso vê-la? — Drake virou-se para encarar seus futuros cunhados. — Deixem-me ir até lá. Eu conseguirei trazê-la à sensatez.

— Não! — Ross levantou-se da cadeira em que estava. — Ah, não. Não podemos deixar que Payton saiba que nós o perdoamos.

— Fale por você — resmungou Hudson de sua própria cadeira.

Ignorando o irmão, Ross continuou:

— Se ela pensar que nós o perdoamos, *nunca* se casará com você. — Ross balançou a cabeça. — Você precisa entender como as mulheres *pensam*, Drake. Esse é o seu problema. Você nunca entendeu como elas *pensam*.

Georgiana precisou morder o interior das bochechas para evitar rir do marido falando sobre as complexidades da mente feminina.

— O que você deveria ter feito — disse ela, calma — era proibi-la de se casar com Sir Connor. Payton está tão irritada com você, Ross, que teria encontrado uma maneira de fugir de casa com ele na primeira oportunidade. Da maneira como colocou as coisas, a única forma de puni-lo é recusar-se a casar.

— *Eu?* — berrou Ross, lamuriando-se. — O que eu fiz?

— Bem, foi você quem surrou o namorado dela — relembrou Raleigh, do grosso peitoril de pedra em que se apoiava.

— Desculpe, Ral, mas você não estava bem ali ao meu lado? Eu o vi dar um bom soco ou dois.

— Certo. Mas eu não *gostei* de dar a surra. Detesto sangue.

— Não é por isso que ela está zangada com você — disse Georgiana.

— Como assim, não é por isso? — Ross olhou rapidamente para a esposa. — Que outro motivo ela tem para nos punir?

Georgiana suspirou.

— Tudo. O fato de o negócio de seu pai se chamar Dixon e Filhos, não Dixon e Filhos e Filha; o fato de todos vocês a encorajarem a atirar, subir em mastros, navegar etc. e depois lhe negarem o direito de fazer essas coisas; o fato de que qualquer um de vocês naquela ilha teria agido exatamente como ela agiu, mas a trancaram no quarto por isso.

— Não é por isso que ela está trancada no quarto! — berrou Ross. — Ela está trancada lá porque não quer se casar com o libertino!

— Ela não comeu. — Hudson examinava a bandeja que Georgiana trouxera do quarto. — Veja isto. Ela só mexeu na comida. Não comeu nada. Por que não a obrigou a comer, Georgiana?

— Não posso obrigá-la a comer, Hudson.

— Ela não comeu desde que chegou. — Hudson ergueu uma das mãos e a passou pelo cabelo terrivelmente comprido. Tão logo Georgiana tivesse chance, iria atrás dele com uma tesoura. — O que ela pretende fazer? Vai se enfraquecer aos poucos? É esse o plano? Punir todos nós ficando sem comer até morrer?

— Ouçam — disse Ross, inclinando-se para a frente. — Tudo isso terminará no mês que vem, após o julgamento. Depois que ela testemunhar...

Georgiana ficou sem ar.

— Mas será preciso? Com toda a publicidade que tudo isso já provocou, primeiro quando pensamos que ela estava morta, depois quando descobrimos que não estava... Meu Deus, isso só vai piorar as coisas. O testemunho de Sir Connor não será suficiente?

— Não. Tenha dó, Georgiana, Marcus Tyler está sendo julgado, e a pena é de morte. Ele foi acusado de pirataria, e só por isso poderia ser enforcado. Mas há também acusações de sequestro, tentativa de assassinato e cumplicidade no assassinato do irmão de Drake. Payton é uma testemunha-chave. O depoimento dela é crucial.

— Ainda assim... — Georgiana balançou a cabeça. — Não gosto disso. Payton está diferente.

— O que quer dizer com isso? — perguntou Drake de imediato.

— Só que... Bem, eu nunca a vi assim. Mal a reconheço. Você a manteve trancada naquele quarto por uma semana, Ross, e ela não tentou escapar nem uma vez. A Payton que eu conheço fugiria em meia hora, depois riria na sua cara.

Ross pareceu preocupado.

— Você tem razão. Você tem toda razão!

— Eu só acho difícil acreditar que a garota que viveu durante um mês a bordo de um navio pirata disfarçada com roupas de menino e aquela garota lá em cima chorando no travesseiro sejam a mesma pessoa — disse Georgiana. — Ora, ela está agindo de um modo tão estranho que eu quase penso...

Ela logo interrompeu a frase. Deus do céu, o que ela estava dizendo? E na frente de homens! Ora, ela estava se transformando em Payton, não havia dúvidas, pois sentia-se muito a vontade para dizer esse tipo de coisa na frente deles.

— Você quase pensaria o quê, Georgie? — perguntou Ross, curioso.

Georgiana sabia que estava abrindo e fechando a boca, como um peixe que tinha fisgado um anzol. Mas não podia evitar. Toda vez que pensava em algo para dizer, não conseguia falar, absolutamente. Não tinha nenhuma prova. E Payton não estava doente. É verdade que não estava comendo e não tentara fugir, mas depois da experiência traumática por que passara, isso tudo seria de se esperar.

Pelo menos, em qualquer outra garota que não fosse Payton. Ela sempre conseguira suportar bem experiências traumáticas, como se, por alguma razão, acreditasse ser sua obrigação.

— Bem — declarou ela finalmente, consciente de que todos na sala aguardavam, atentos, sua resposta. — Eu só estava pensando que uma explicação para o comportamento meio, hum, atípico de Payton, isto é, não comer, toda essa choradeira, o fato de não querer ver Drake, quero dizer, Sir Connor, e de não ter tentado fugir, poderia ser um sinal de que ela está, hum...

— Está o quê? — gritou Ross. — Fale logo, mulher! Ela está o quê?

— Bem — disse Georgiana, engolindo em seco. — Esperando.

— Esperando o quê? — Ross estava inclinado para a frente na cadeira, mas agora jogara o corpo para trás de novo, desgostoso. —

Uma desculpa? Ora, ela esperará um bom tempo por isso. Eu não me desculparei enquanto ela não o fizer primeiro. Afinal, ninguém pediu para ela salvar Drake. Ele poderia muito bem ter se salvado. Já o fez mil vezes antes.

— Hum — disse Georgiana. — Não foi isso que eu quis dizer. Eu quis dizer que ela pode estar esperando, talvez... um bebê.

Georgiana sentiu o rosto ficar rubro. Ela não podia acreditar que tinha acabado de dizer aquilo. Não se falava dessas coisas na frente de homens, mesmo sendo da família; a maioria, pelo menos. Seu rosto estava ficando quente, o que era desconfortável, considerando que estava muito quente mesmo em New Providence, apesar de as janelas de 2 metros de altura estarem escancaradas e de a construção da casa ser toda em pedras grossas para isolar a temperatura externa. Se ela não tivesse que continuar falando sobre esses assuntos constrangedores, não estaria com tanto calor.

— Esperando um bebê? — Ross repetiu sem pensar após um instante de silêncio, durante o qual ela ouvira perfeitamente o jardineiro do lado de fora podando a buganvília. — *Payton?*

Georgiana não gostou de ver que Ross parecia tão incrédulo. Ora, talvez Payton tivesse razão. Eles a trataram como um quarto irmão a vida inteira, e agora esperavam que ela se comportasse como uma irmã submissa e respeitosa. No entanto, sempre que surgia algum tipo de evidência de que Payton pertencia ao sexo feminino, eles se recusavam a aceitar, empacados feito mulas.

— Seria uma consequência natural do que vocês a acusaram de fazer com Drake — disse Georgiana, calma. — Quero dizer, Sir Connor.

— Mas... — Ross olhou ao redor na sala. Georgiana não sabia o que ele procurava, a não ser que fosse algum tipo de confirmação da impossibilidade daquela hipótese. — Mas então por que ela não quer se casar com ele?

— Talvez a própria Payton não saiba. Eu não sei. Só desconfiei disso esta manhã, quando vi que ela continuava sem querer comer. Isso explicaria sua melancolia.

— Mas não explicaria o motivo de ela não querer se casar com ele! — berrou Ross.

— Mas claro que explicaria. Você não vê? Ela me disse que não quer que ele a veja como mais uma Srta. Whitby, com quem ele se sentiu obrigado a se casar.

— Srta. Whitby? — explodiu Ross. — Srta. Whitby? *Ainda* a Srta. Whitby? *Quando* eu deixarei de ouvir o nome dessa maldita criatura?

— Quando ela for enforcada? — sugeriu Raleigh.

— Drake — gritou Ross, virando-se. — A culpa disso é toda sua. Eu avisei para você não...

Mas a voz dele sumiu, porque Connor Drake desaparecera da sala.

Eles o encontraram facilmente, contudo. Seus palavrões podiam ser ouvidos escada abaixo, quando ele abriu a porta do quarto de Payton e o encontrou vazio, com as portas francesas que davam para a sacada balançando preguiçosamente na brisa da tarde.

Capítulo 29

Tão logo Georgiana se foi, Payton ergueu o rosto do travesseiro. Realmente, como atriz, estava cada vez melhor. Começava a conseguir ligar e desligar as lágrimas com uma facilidade que qualquer profissional invejaria. Sorrindo com amargura, ela afastou o lençol que a cobria.

Era evidente que estava inteiramente vestida sob o lençol. Embora isso talvez não fosse surpreender tanto sua cunhada, o fato de as roupas que Payton estava usando pertencerem a Georgiana poderia lhe causar algum constrangimento. Georgiana era demasiado generosa quando se tratava de emprestar objetos pessoais, mas poderia ter perguntado a Payton por que ela se sentia compelida a pegar emprestada, dentre tantas coisas, sua capa comprida mais volumosa. Ela cabia tão mal em Payton que a fazia parecer muito mais pesada, e a cauda era maior do que a moda ditava.

Mas tudo isso, é claro, era necessário, se era para o plano que Payton maquinara durante a noite dar certo.

Não era um plano particularmente bom. Com certeza não era um dos seus melhores. Não oferecia nenhuma solução para nenhum dos diversos problemas que Payton precisava enfrentar, por exemplo, o fato de seus irmãos quererem obrigá-la a se casar com um homem que tinha acabado de escapar de um casamento forçado com outra pessoa. Era, todavia, o único problema que ela podia resolver. E, como não podia resolver os próprios problemas, pareceu-lhe razoável, pelo menos, tentar solucionar os de outra pessoa.

Payton saiu da cama com dificuldade e foi buscar atrás do sofá um chapéu que também pegara no quarto da cunhada. Colocou-o, amarrando a fita amarela bem presa sob o queixo, depois abaixou o véu branco de musselina que pendia dele. Não era impossível enxergar através da musselina, mas também não era muito fácil, e Payton se perguntou por que qualquer mulher consentiria em usar tal coisa, se não para afastar mosquitos.

Mesmo assim, ela conseguiu encontrar o caminho através das portas francesas para a sacada. Num instante, passou as pernas por cima do parapeito e desceu pela buganvília que crescia abundantemente junto à parede da casa. Sua aterrissagem não foi a mais graciosa, e ela quase perdeu o equilíbrio, mas logo se recuperou. Payton concluiu que não era mais tão jovem quanto da última vez em que pulara da mesma sacada. E nem de longe tinha a mesma inocência.

Mas apesar da inocência do passado, ela sempre andara sem problemas por Nassau, uma cidade populosa e infestada de piratas. Quando menina, sua diversão principal no porto de New Providence era passear pelas docas, remexendo em engradados que continham cargas estranhas de navios estrangeiros, ouvindo as historias que os marinheiros gostavam de repetir para as mais diferentes plateias, e geralmente se metendo em encrenca. Era por isso que ela sabia, com absoluta certeza, a localização da prisão de Nassau, e chegou ali dez minutos depois de ter deixado seu confinamento. Os carcereiros se deliciavam com o almoço quando Payton bateu à porta. Eles eram tão duros e inflexíveis quanto seus prisioneiros, mas na verdade precisavam ser assim. Do contrário, considerando o tipo de escória que ia parar na prisão de Nassau, as insurreições seriam a norma, e não a exceção, como era o caso.

Os carcereiros não gostavam nada de ser incomodados, e no caso de Payton não foi diferente. Mas quando viram que o visitante era uma dama, e principalmente a mais famosa em Nassau, aquela que voltara dos mortos desprestigiada e difamada, eles foram bem mais cordiais.

E quando a famosa dama que não estava mais morta informou o objetivo da visita, eles foram francamente corteses. A dama queria visitar um dos presos? Mas é claro! O carcereiro-chefe em pessoa escoltou Payton até a cela. Graças às circunstâncias especiais que envolviam a pessoa a ser visitada, ela fora alojada em outro local mais adequado, porém bem próximo, na estrebaria da cidade, ao lado da prisão. Evidentemente, houve muito protesto quanto a esse lugar não ser o ideal, mas, como o chefe dos carcereiros explicou a Payton, não havia nenhum outro lugar para colocar essa pessoa, a não ser que ficasse na própria casa do carcereiro, e, como ele brincou, a mulher dele se recusou a permitir!

A estrebaria não pareceu um lugar tão ruim na visão de Payton. Uma coisa era certa: ela cheirava bem melhor que a prisão. E os rostos que pressionavam as barras nas janelas, embora também cabeludos, eram consideravelmente mais simpáticos. O guarda que fora designado para vigiar a porta da cela era um rapaz agradável e de boas maneiras, que se levantou quando Payton entrou e a cumprimentou com um aceno de cabeça, tudo antes de saber que se tratava *da* nobre Srta. Payton Dixon.

— Sim — assegurou-lhe o acompanhante de Payton —, a que acreditavam estar morta.

O guarda, de modo amável, concordou em lhe permitir uma breve visita, mas só depois de informar, seriamente, da extrema periculosidade da pessoa sob seus cuidados. Payton não deveria se deixar enganar pela aparência inocente.

Com aquela última advertência e a promessa de que ele estaria logo ali perto, o guarda abriu a porta da baia, permitindo que Payton entrasse no recinto ensolarado coberto de palha.

A Srta. Rebecca Whitby, que certamente ouvira tudo o que fora dito do outro lado da porta, já se levantara do catre que alguém atenciosamente lhe providenciara e fitava Payton, sem esconder o quanto a desprezava.

— Ora, ora — disse numa voz dura, muito diferente daquela que Payton costumava ouvi-la usar —, se não é a nobre Srta. Payton Dixon, de volta dos mortos. Você deve ser muito popular. Não costumam ter ressurreições nesta parte do mundo. — Ela jogou o cabelo avermelhado para trás. — Fico muito lisonjeada por você ter encontrado tempo para fazer uma visita a uma criatura tão humilde como eu, mas me perdoe por não lhe oferecer nenhum refresco. Não há conforto nem cortesia neste estabelecimento deplorável.

Payton afastou o véu de musselina branca de modo que pudesse ter uma visão melhor da mulher que por tanto tempo havia desprezado. Ela precisou ser aprisionada naquele lugar para ficar separada dos amigos canalhas, e Payton pôde facilmente ver o motivo. Oito semanas de encarceramento não tinham ofuscado a beleza de Becky Whitby. Ela estava mais bela do que nunca, com o sol entrando pelas barras da janela às suas costas, fazendo brilhar o cabelo ruivo espesso e realçando a cremosidade da pele. A gravidez agora já era visível, mas, ao invés de só lhe aumentar o corpo, dava uma certa leveza à sua figura, uma perfeição que nem mesmo o vestido de algodão disforme fornecido pelos guardas conseguia esconder.

Em todos os aspectos, ela ainda era a mulher mais bonita que Payton já vira. Mas isso não teve nada a ver com o fato de Payton tirar o chapéu e entregá-lo a ela, inexpressiva.

— Pegue — disse.

Becky Whitby olhou para o chapéu. Era uma criação fútil, muito mais adequada a Georgiana do que a qualquer outra pessoa que Payton conhecesse, e devia ter custado uma boa quantia em dinheiro, apesar das fortes objeções de Ross. Becky Whitby, contudo, não parecia tão contente de ter sido presenteada com aquilo.

— E o que eu devo fazer com *isso*? — perguntou, com o lábio superior rosado curvado ligeiramente para cima.

Payton, ocupada em desabotoar os botões de madrepérola da capa comprida da cunhada, respondeu simplesmente:

— Vista-o.

Becky Whitby riu. Era um som irritante, como o de vidro quebrando.

— Você ficou maluca? Eles irão me enforcar, Payton. Isto poderia servir para disfarçar meu pescoço do algoz, mas pelo que sei, o machado não será o instrumento da minha execução. E embora eu tenha usado muita coisa sua emprestada quando fiquei hospedada na sua casa de Londres, esse acessório em especial não vai bem com a minha cor de pele. Eu lhe agradeço muito, mas...

— Eu sempre achei que você era muitas coisas, Becky: egoísta, vaidosa, manipuladora, fútil...

— Agradeço muito! — interrompeu Becky, sarcástica. — Já que estamos sendo sinceras, permita-me devolver o elogio dizendo que sempre achei você muito irritante, com sua franqueza ridícula e sua obsessão masculina por tudo que é náutico. O mais patético, contudo, era sua obsessão por Connor Drake, que, devo acrescentar, contou-me confidencialmente, espero que não se importe de eu dizer isso, que sempre achou você muito pouco feminina, a ponto de ser fisicamente repulsiva.

Payton ergueu uma sobrancelha ao ouvir aquilo, pois, na última vez que vira Connor Drake, ele parecia sentir tudo menos repulsa por ela. Mas Payton certamente não ficaria ali, discutindo o assunto. Falou calmamente, como se Becky não tivesse dito nada:

— Eu nunca achei, Srta. Whitby, que você fosse idiota. Mas é o que está sendo agora. Idiota.

— Hã? Idiota, eu? Por não aceitar este chapéu ridículo de presente? — Becky jogou-o no chão. — Não *preciso* de um chapéu, sua ignorante. O que eu *preciso* é de um advogado decente.

Payton se surpreendeu.

— Eu achei que o seu pai fosse cuidar disso para você. Sir Marcus sempre teve amigos tão influentes...

— Ele tinha, até se envolver neste caso. Aparentemente, e não me pergunte como, vocês, Dixon, reuniram um grupo de amigos poderosos na Inglaterra. Com grande influência junto a pessoas do setor público para evitar que eles representem homens inocentes como meu pai...

— Ah, por favor — disse Payton. Era sua vez de rir. — Esqueça. Eu estava lá, Becky. Ouvi tudo, sei tudo. Serei testemunha no seu julgamento, assim como no de seu pai. — Ela balançou a cabeça. — Você está enganada, eles não a enforcarão. Não se pode enforcar mulheres grávidas. Além disso, você não matou ninguém, que eu saiba. Eles condenarão seu pai. E você sabe qual será a punição

Becky estremeceu. Não era intenção de Payton lembrá-la disso, mas também não havia necessidade de a garota ser tão arrogante. O pai teria o mesmo destino que qualquer pirata que fosse considerado culpado de seus crimes: seria acorrentado a um poste no banco de areia da enseada durante a maré baixa. E lá ficaria, oscilando segundo *intra infra fluxum et refluxum maris*, entre as marés baixa e alta, até que os ossos amarrados, limpos pelas gaivotas e peixes, finalmente se desintegrassem no mar.

Não era uma forma agradável de morrer. Talvez Becky devesse ser perdoada pelo mau humor. Não que ela fosse sofrer um destino semelhante.

— Eles a levarão, Becky, após o nascimento do bebê — disse Payton. — Talvez para a Austrália, ou, quem sabe, para outro lugar das Américas.

Becky Whitby olhou fixamente para Payton.

— Onde eu certamente serei a condenada mais elegante da história — disse, com amargura. — Usando seu bonito chapéu.

Payton deu de ombros, e a capa de seda que desabotoara desceu um pouco nos braços.

— E a minha capa — acrescentou ela.

Becky apertou os olhos. Eles eram muito azuis, quase do mesmo tom da enseada onde seu pai morreria afogado.

— Do que você está falando? — perguntou Becky, desconfiada.

Payton deixou a capa cair no chão. Sob a capa, usava somente um vestido branco de algodão fino, infantil demais para ela, além de um pouco apertado. Acreditando que ela estava morta, sua família não lhe trouxera nenhuma roupa de Londres. Assim, Payton estava sendo obrigada a usar o que deixara para trás durante sua última estadia em Nassau: muitos vestidos que ficariam melhor numa garota de 14 anos do que numa moça de 19 que passara dois meses isolada numa ilha tropical deserta com um baronete.

— Coloque o chapéu — ordenou Payton, falando entre os dentes, não para que o guarda não ouvisse, mas porque já perdia a paciência. — E a capa. Eles devem servir. São de Georgiana, e ela é mais ou menos do seu tamanho. Prenda o cabelo e abaixe o véu. Depois vá.

— Vá? — Becky balançava a cabeça, sem entender. — O quê...?

— Vá. Seu francês está lá, em algum lugar. Vá atrás dele.

Becky ficou boquiaberta.

— Você está louca — murmurou ela. — Absolutamente louca.

Payton balançou a cabeça.

— De modo algum. Você o ama, não é?

— *Quem?*

— O francês. — Payton revirou os olhos diante da lentidão da outra. — O capitão La Fond. Você não o ama?

Becky só conseguiu fazer que sim com a cabeça, um gesto muito menos inteligente do que Payton esperaria de uma jovem tão hábil na arte da manipulação.

— Pois então. Eu sei que ele a ama muito. Vocês dois ficarão melhor juntos do que separados. Se eu estivesse grávida de um homem, ia querer tê-lo ao meu lado, se pudesse. — Payton a afugentou com um gesto de mão. — É melhor se apressar, antes que eles comecem a investigar.

Becky olhou para a capa, depois para o chapéu. Em seguida, fitou Payton.

— Você está falando sério — disse. Não era uma pergunta.

— Sim, eu estou. É melhor você me dar essa coisa marrom que está usando. Eu os segurarei enquanto puder, mas...

Num instante, o vestido que Becky usava saiu pela cabeça. Por baixo, ela usava uns calções surpreendentemente ousados e uma camisola de seda bordada a mão.

— Aqui — disse, praticamente jogando a roupa para Payton, como se temesse que ela mudasse de ideia a qualquer momento.

Payton calmamente vestiu a roupa, ainda quente do corpo de Becky. Em sua estrutura óssea pequena, parecia um saco. Ela sabia que não estava com uma aparência deslumbrante naquela roupa.

E já resolvera antes que isso não importaria.

Becky, claro, era uma visão de encanto e graça nas roupas emprestadas. A capa lhe assentava com perfeição, a cintura alta escondendo a gravidez, e a seda turquesa salientando-lhe o tom claro da pele, que infelizmente precisou ser escondida logo em seguida pelo véu de musselina. Olhando para ela, Payton sabia que qualquer mulher seria capaz de ver a diferença entre a moça que entrara na baia antes e a que estava saindo agora. Mas nenhuma das pessoas que elas teriam de enganar era mulher, portanto isso não seria problema.

Payton se aproximou do catre que Becky abandonara com sua chegada e se deitou, certificando-se de ficar de costas para a porta. Becky estava pronta para chamar o guarda quando ergueu uma das mãos.

— Eu preciso saber — sussurrou. — Por quê?

Payton sabia que em algum momento a pergunta seria feita. O problema era que ela não estava preparada para respondê-la agora como estivera durante a madrugada, quando o plano lhe ocorrera e ela se fizera a mesma pergunta. Por quê, realmente? Por que passar por tantos problemas por uma mulher que ela sempre desprezou?

— Realmente — murmurou Becky. — Eu preciso saber. Por que está fazendo isso por mim? — Em seguida, antes que Payton pudesse abrir a boca para dar qualquer tipo de resposta, Becky continuou, com a respiração entrecortada. — É porque ele me ama, não é?

No catre, Payton se apoiou nos cotovelos e perguntou:

— O quê?

— Ele me ama. — Payton só conseguia visualizar um leve contorno da cabeça de Becky sob o véu, sem enxergar o rosto, mas viu o chapéu se mover e só pôde concluir que era um aceno de cabeça

— Eu sabia. Foi ele quem a convenceu a fazer isso, não foi?

— Quem?

— Ora, o capitão Drake, claro. — Becky deu uma risada, com a qual já atraíra muitos homens, mas que Payton achava difícil distinguir dos relinchos vindos das baias vizinhas. — Ele sempre me amou. Não deve ter suportado me imaginar trancada aqui e a convenceu a passar por isso. Você é tão tola que concordou. — O véu oscilava da esquerda para a direita. Becky balançava a cabeça. — Pobre, pobre Payton.

Payton sorriu. Não conseguiu evitar. Não era engraçado, de fato, só que... sim, *era* engraçado.

— Exato — afirmou para Becky Whitby. — Foi isso mesmo.

O véu oscilou quando Becky jogou a cabeça para trás, triunfante.

— Eu sabia. — Em seguida, ela chamou o guarda para abrir a porta.

Payton teve tempo de sobra, durante aquela longa tarde que passou na prisão no lugar de Becky Whitby, para refletir sobre os motivos por trás de seu ato. Seria, perguntou-se ela, porque Mei-Ling dizia que as mulheres deviam se apoiar umas às outras? Ou porque ela não gostava de ver uma mulher grávida na prisão? Ou seria por causa da expressão no rosto do francês, no dia em que ela lhe levou o café da manhã e o viu preocupado com a saúde de sua amada e do bebê? Payton não sabia naquele momento a identidade da tal amada. Ela só vira que Lucien La Fond, o autoproclamado flagelo dos mares do sul, era um homem tão violentamente apaixonado por alguém quanto ela era por Connor Drake. E podia um homem que amava assim ser de todo mau?

Então ela estremeceu. Mas é claro que podia! Ele era Lucien La Fond, o homem que matara o irmão de Drake! O que ela havia feito? Ah, o que ela havia feito?

Quando o guarda abriu a porta para trazer o jantar da prisioneira e descobriu a troca, ela fingiu estar inconsciente. Depois, quando foi acordada, disse que a maldita Srta. Whitby deve tê-la atingido por trás e lhe roubado as roupas. Na verdade, tinha uma dor de cabeça tão forte que era como se realmente tivesse sido golpeada. Só que sua dor não era proveniente de nenhum golpe da Srta. Whitby, a não ser que contasse o golpe que a própria consciência havia lhe dado. O que diria Drake quando descobrisse? Ele a desprezaria, se já não a odiasse por ter se recusado a vê-lo durante toda a semana.

Somente quando os policiais finalmente a liberaram, frustrados pela ausência de respostas às suas muitas perguntas, e Payton saiu e viu os irmãos esperando por ela, foi que soube. Ela soube, naquele momento, exatamente por que tinha feito aquilo.

Agora seu único problema era como explicar a Drake.

Somente Hudson e Raleigh vieram recebê-la no gabinete do juiz. Quando ela perguntou por Ross, eles se limitaram a se entreolhar, até que Hudson respondeu:

— Quando Ross descobriu que você tinha ido embora, e não sabíamos para onde, ele começou a beber...

— Por causa do choque, você sabe — acrescentou Raleigh. — Ele não esperava que você fosse desobedecê-lo tão ostensivamente.

— Certo. E depois, quando o mensageiro chegou há pouco para contar que você estava na prisão...

— Ah, ele ficou meio furioso.

Payton, sentada entre os dois irmãos, olhava de um para o outro.

— Muito? — perguntou ela, resignada...

— Bem — disse Hudson, depois de pensar seriamente na pergunta —, o bastante para dar um soco na parede.

— Certo — emendou Raleigh. — Mas ele esqueceu que não estamos na Inglaterra. As paredes aqui são feitas de pedra, não de emboço. Espero que fique bem dentro de algumas semanas.

Payton fez um aceno de cabeça. Sabia que Ross teria que estar seriamente incapacitado para mandar esses dois em seu lugar — e numa carruagem aberta. Ainda vestida com a roupa de prisão da

Srta. Whitby, era objeto de curiosidade dos passantes, muitos dos quais apontavam para ela e diziam:

— É ela! Aquela que estava morta e voltou!

Payton não percebera antes o quanto a prisão era distante da casa de sua família. Mas era longe o bastante para Hudson comentar, durante a viagem.

— Espero que sua cabeça esteja doendo onde ela a golpeou.

Como a cabeça de Payton de fato doía, ela não achou que estaria mentindo.

— Sim, um pouco.

— O que ela usou para atacá-la, afinal? — quis saber Raleigh. — Uma ferradura?

Payton esticou o pescoço para olhar para o céu da noite.

— Acho que sim.

— Que lenga-lenga — Raleigh suspirou. — Realmente, Pay, é bom você aparecer com uma história melhor se não quiser que Ross a parta em pedacinhos. Golpeá-la com uma ferradura! Ah!

Hudson, que segurava as rédeas dos dois cavalos baios, concordou.

— Ele vai querer sentir o galo na sua cabeça. É melhor você aparecer com uma explicação muito boa, Pay, e rápido.

Sentindo-se infeliz, Payton desviou os olhos do céu.

— Suponho que é melhor simplesmente contar a verdade.

— A verdade? — Raleigh revirou os olhos. — Para quê? Você já contou a verdade a ele uma vez e veja o que aconteceu: ficou trancada no quarto durante uma semana.

Payton suspirou.

— Você tem razão. Drake sabe?

Nenhum dos dois respondeu de imediato. Payton, sentindo que algo estava errado, olhou de um para o outro e repetiu a pergunta, com uma sensação crescente de desconforto. Finalmente, Hudson respondeu.

— Se ele não sabe, é o único. Todo homem, mulher e criança nesta ilha sabe que esta tarde, a nobre Srta. Payton Dixon...

— Também conhecida como a jovem senhorita que estava morta — ajudou Raleigh.

— Esteve envolvida numa fuga de presos que resultou no escape de uma criminosa que é procurada pela polícia.

— O que exatamente Drake disse quando descobriu?

— Não muito. — A carruagem tinha parado em frente à casa, e Hudson largou as rédeas. — Foi ele quem descobriu que você tinha fugido.

— O quê? — Payton ficou sem ar de tão espantada. — Mas como? Eu pensei que Ross não o deixasse se aproximar da casa!

Raleigh desceu do veículo.

— Não seja idiota, Pay — aconselhou ele. — Você conhece Ross. Ele não consegue ficar aborrecido com ninguém por mais tempo do que um mosquito consegue ficar parado num lugar. Drake esteve aqui durante todo esse tempo, esperando que você parasse de agir daquela forma. Quando descobriu que tinha fugido, foi direto para a casa dele, achando que você tinha ido para lá. Quando, passado algum tempo, você não apareceu, ele saiu à sua procura. Mas não creio que lhe tenha ocorrido procurar na prisão.

— Ele estava aqui quando o mensageiro chegou — acrescentou Hudson. — Deu uma passada para saber se tínhamos alguma notícia. Quando soube o que acontecera, e que você havia ido visitar a Srta. Whitby na prisão e que ela fugira, ele...

— Ele o *quê*? — Payton se apoiou à lateral da carruagem, olhando para o irmão à luz suave do lampião que refletia das janelas da casa.

— Ele foi embora — concluiu Hudson.

— Foi embora? — perguntou Payton. — Para onde?

— Ora, como posso saber? Não sou babá dele. — Hudson desceu da carruagem, depois virou-se para oferecer ajuda a Payton.

— Mas como ele *estava*?

— Desgostoso é a única palavra que me vem à mente. Tive a sensação de que ele sabia.

— Sabia o quê? — Payton estava tão distraída que nem sequer se perguntou por que seu irmão a ajudava a descer da carruagem, um ato de cavalheirismo que ele jamais dedicara a ela.

— Bem, aquela pobre Srta. Whitby não fugiu exatamente sozinha. — Hudson lançou-lhe um olhar significativo. — Não é mesmo?

Payton engoliu em seco. Deus do céu. Isso era pior do que esperava. Drake, desgostoso com ela? Sim, pelo que ela tinha feito, pelo menos. E por que não estaria? Ela ajudara a escapar da prisão uma mulher que tivera papel fundamental no assassinato do irmão dele! Como ela esperava que ele se sentisse? Contente? Um homem como Drake, orgulhoso, um homem de verdade, dificilmente teria algum tipo de compreensão diante do que ela fizera. Ódio, talvez, mas não compreensão.

— Ah — disse Payton, em voz baixa. Ela tentou pensar num palavrão apropriado para descrever seus sentimentos, mas só conseguiu dizer: — Meu Deus.

Então percebeu que tinha feito mais uma maldita confusão, e das boas.

Capítulo 30

O SONO DEMOROU MUITO A chegar naquela noite. Não que Payton não estivesse exausta. Embora não tivesse se cansado fisicamente, foi para a cama tão exaurida quanto costumava ficar quando estava no *Rebecca*, quando o corpo doía do trabalho intenso do dia. Ela achou que tinha feito um trabalho emocional intenso durante o dia, e que isso também poderia contar.

Contudo, como estava, não conseguia dormir. Como poderia, sabendo que sua vida havia terminado? Pois era verdade. Não precisava de Ross para lhe dizer, embora ele o tenha feito no instante em que ela entrou pela porta. O médico estivera lá, colocando uma tala sobre a mão quebrada de Ross, portanto isso deve ter influenciado seu mau humor. Mas não havia como negar que suas acusações tinham um fundo de verdade, por mais que as proferisse com agressividade. Ela era uma tola — duplamente, como Ross dissera. As boas-vindas de Sir Henry e o abraço carinhoso de Georgiana não amenizaram a sensação de que Ross tinha razão. Payton Dixon era uma tola. O que mais ela podia fazer, além de ir para a cama?

Talvez, pensou, de manhã as coisas estejam melhores.

Mas Payton não conseguia ver como. A não ser que Drake a perdoasse. Mas como ele poderia? Desde o início, ela interferira em sua vida. De interromper seu casamento a fazer com que ele praticamente fosse morto por seus irmãos, ela tornara a vida dele um inferno. É bem verdade que também salvara sua vida no *Rebecca*. E que ele aparentemente passara um ótimo período em San Rafael com ela. Mas fora isso...

Fora isso, ela destruíra a vida dele.

Ah, tudo terminaria agora. Era verdade que ela ainda o amava. Jamais deixaria de amá-lo... *Seria incapaz* de deixar de amá-lo. Mas poderia deixar de vê-lo. Ela poderia parar de interferir na vida dele. Poderia voltar para a Inglaterra, casar-se com Matthew Hayford e ter filhos, como seus irmãos queriam. Esquecer-se de Drake. Esquecer-se do mar.

Esquecer-se de seu coração.

Foi justo quando Payton concluiu que seria mais fácil enfiar um anzol de baleias no pé do que algum dia esquecer Drake que ela ouviu um som estranho. Ou melhor, um som familiar, mas fora de contexto. Ela se sentou e, procurando enxergar na escuridão do quarto, viu, através das vidraças das portas francesas da sacada, uma silhueta escura. Deus do céu! Alguém estava tentando entrar!

Seu coração começou a bater forte, e ela percebeu que não era um ladrão. Só podia ser Drake. Claro que era ele. Quem mais teria uma sombra grande e imponente assim? Mas o que Drake estaria fazendo, escalando sua sacada e forçando a porta como um ladrão?

Ele queria alguma coisa. Provavelmente uma explicação. Mas talvez, quem sabe, ele *a* quisesse!

Diante daquela ideia, Payton voltou correndo para a cama, fingindo dormir com a mesma eficiência teatral com que fingira estar inconsciente na cela da Srta. Whitby. Ela não poderia deixá-lo pensar que estava acordada e preocupada com ele, certo?

Finalmente, Payton ouviu as portas se abrirem — elas não estavam trancadas —, e depois os passos cautelosos se aproximarem da cama. Ainda teve tempo para se perguntar se deveria abrir um pouquinho os olhos, como a Srta. Whitby fizera depois de ter desmaiado na igreja no dia do casamento, ou se deveria continuar fingindo dormir por mais um tempo. Então uma mão enorme, um punho de ferro, cobriu-lhe a boca com força, e ela se esqueceu de tudo sobre fingir qualquer coisa.

Payton escancarou os olhos e viu que a pessoa que entrara pelas portas da sacada não era Drake, mas Sir Marcus Tyler.

Mas não o mesmo Sir Marcus Tyler que vira pela última vez no comando do *Rebecca*. Aquele era elegante, barbeado, sarcástico e inteligente. Este parecia não se barbear há meses — e, de fato, não havia como se barbear na prisão em que ele passara as últimas oito semanas, pois as lâminas não eram fornecidas por medo de que os presos pudessem usá-las uns contra os outros, ou em si mesmos. O rosto envelhecido estava a poucos centímetros do seu, e ele tinha um cheiro pungente de homem. Além disso, as roupas, que antes eram elegantes, estavam encardidas de sujeira e esfarrapadas do uso constante. Não era para menos que, após sua fuga da prisão, ele conseguira perambular pelas ruas de Nassau sem ser descoberto, pois não estava diferente dos muitos marinheiros cansados que, após meses no mar, desciam do navio cambaleando atrás de vinho e de mulheres.

Mas o que Sir Marcus queria não era vinho, nem mulheres.

Era vingança.

— Ora, ora, ora — disse, numa voz grossa horrível, em tom de murmúrio. Seu hálito também era horrível. — Se não é a Srta. Payton Dixon, de volta dos mortos. Eu não pude acreditar quando ouvi, mas afinal, eu deveria saber, você é como um gato, Srta. Dixon. Parece ter muitas vidas. Só me permita lhe garantir que esta definitivamente está no fim.

Era impossível para Payton retrucar, com a mão dele a lhe pressionar a boca com tanta força. Mas ela não precisava de palavras para responder, se ainda tinha como usar os braços.

Payton ergueu um deles com a rapidez de um raio, com a intenção de enfiar os dedos no olho direito do atacante, mais uma das táticas de defesa que Raleigh lhe ensinara. Todavia, ela não contara com a reação veloz de Sir Marcus. Ele lhe agarrou a mão a poucos centímetros de seu rosto.

— Nada disso, gatinha — disse ele com ar reprovador. — Não é nada elegante arranhar...

Sir Marcus interrompeu a frase quando Payton enfiou os dentes, o mais forte que pôde, na mão lhe que tapava a boca. Com um gemido de dor, ele retirou a mão, recolocando-a no mesmo lugar em seguida, antes que Payton pudesse se mover, e desta vez ele segurava algo brilhoso e afiado contra sua garganta. Ela permaneceu imóvel, sentindo a ponta de uma faca no pescoço junto à sua pulsação sanguínea.

— Isso mesmo — disse Sir Marcus. — É uma faca. Sabe, Srta. Payton, a minha Rebecca ficou tão comovida com a sua delicadeza e generosidade ao ajudá-la a fugir que se viu compelida a imitá-la. Os métodos que usou para me libertar da minha prisão foram um pouco diferentes dos seus, mas, quando se trata de homens, Rebecca tem mais habilidades que você. Devo dizer que, esta noite, há uns guardas muito felizes na prisão. Não sei se eles continuarão tão felizes amanhã, quando os chefes descobrirem que eu fugi, mas...

Payton teve de interrompê-lo.

— Realmente, Sir Marcus, é muito desleal de sua parte me matar depois de eu ter ajudado sua filha como ajudei.

Mesmo na escuridão do quarto, Payton pôde ver que Sir Marcus sorria, com os dentes amarelos aparecendo por entre a barba.

— Desleal? Como você é encantadora. Sabe, de certo modo, creio que eu lamentarei matá-la.

— Por que precisa me matar? — perguntou Payton. — Eu lhe dou minha palavra de que nunca direi nada sobre como levou Lucien La Fond a assassinar Sir Richard, ou sobre como tentou matar Drake...

Sir Marcus parecia e soava pesaroso quando disse:

— Ah, sabe, Srta. Dixon, o problema é que a palavra de uma mulher não significa muito para mim. Já constatei que, na maioria das vezes, o seu sexo não é confiável. Por isso, me perdoe, mas antes de deixar a ilha, devo me assegurar de que, se algum dia eu for levado a julgamento de novo, as testemunhas-chave contra mim estarão lamentavelmente indisponíveis.

— Isso quer dizer... — Payton sentiu o sangue gelar nas veias.

— Infelizmente não, ainda não, minha querida. Não estou em liberdade há tanto tempo assim. Mas prometo que minha faca ainda estará molhada do sangue da sua garganta quando perfurar Drake...

Uma voz profunda atravessou a escuridão que permeava o quarto de Payton.

— Creio que não, Marcus.

Drake! O coração de Payton, que ela suspeitava ter parado de bater, disparou de alegria. Era Drake!

Depois seu pulso voltou a parar. Drake! O que ele estava fazendo ali? Ele ia acabar sendo morto!

No instante seguinte, a faca tinha desaparecido. Payton não sabia se Sir Marcus, assustado com o tom daquela voz grossa, a soltara inadvertidamente e ela escorregara das mãos dele ou se ele se virara na direção da voz. Mas Payton não perdeu tempo tentando adivinhar. Em vez disso, rolou na cama para longe de Sir Marcus. E continuou rolando até aterrissar no chão. Depois, agachou-se atrás da moldura da cama, sem saber o que fazer em seguida. Acender uma vela? Não, isso poderia revelar seu esconderijo e o lugar onde Drake estava no quarto. Fugir correndo para pedir ajuda? Não, não podia deixar Drake sozinho com aquele louco. Gritar? Ela deveria gritar? Teria gritado, se pudesse. Mas de *sua* garganta não saía nenhum som.

— Quem está aí? — Sir Marcus estava muito irritado. Payton viu a luz da lua entrar fracamente pelas janelas das portas francesas, refletindo a lâmina que ele tinha na mão, e procurou o dono daquela voz grave e penetrante. — É você, Drake?

— Sim, sou eu. — A voz de Drake veio ressoando na escuridão, baixa e equilibrada, como se ele estivesse cumprimentando Sir Marcus num baile, e não em meio a uma tentativa de assassinato. — Abaixe essa faca, Tyler.

Marcus Tyler não deu sinal de que ia fazer o que Drake pediu. Em vez disso, moveu-se em direção à voz, com a faca perigosamente suspensa.

— Mostre-se, capitão — disse ele, sarcástico. — Ou devo dizer *Sir* Connor?

— Você deveria ter fugido quando teve a oportunidade — disse Drake, com a voz calma. — Poderia estar longe da ilha a esta altura. Mas agora é tarde demais. Será pego novamente.

— Não — disse Sir Marcus. — *Você* foi pego. Afinal, *eu* tenho uma faca.

E Sir Marcus ergueu a faca. Payton a viu brilhar, com o braço todo de Sir Marcus delineado contra a luz que entrava pelas portas francesas. Em seguida, outro braço apareceu, e Sir Marcus foi agarrado pelo pulso. A faca estremeceu por um instante nos dedos dele, então caiu no chão. Logo depois, Drake agarrou o velho. Houve luta, da qual Payton não conseguia ver nada além de duas sombras escuras que subitamente se transformaram em uma.

A sombra foi de encontro às janelas francesas, quebrando-as e estilhaçando-lhes os vidros. A luz da lua inundou o quarto.

E Payton, que até então não conseguira ter voz, soltou um berro ensurdecedor.

Num instante, ela saltou nas costas de Drake. Agarrada aos ombros dele, gritava:

— Drake, não faça isso! Pare, você vai matá-lo!

Pois era exatamente isso que Drake parecia estar fazendo: cumprindo a promessa feita na prisão do *Rebecca* de que mataria Sir Marcus quando surgisse a oportunidade. Montado sobre ele, Drake segurava o pescoço de Tyler com os dedos já pálidos pela pressão que exerciam. Em poucos segundos mais, ele quebraria o pescoço do homem. Mesmo à luz da lua, Payton viu que o rosto de Sir Marcus estava ficando azul.

Drake parecia possuído. Não a ouvia, sequer estava ciente de sua presença. Ele não soltaria o aperto...

Até que a família de Payton, acordada por seu grito e pelo som de vidros se quebrando, entrou às pressas no quarto. Foi preciso todos os três irmãos para tirar Drake de cima de Marcus Tyler. Quando finalmente conseguiram, todos, talvez à exceção de Drake, ficaram atentos enquanto Ross examinava a garganta do homem já inconsciente.

— Ele viverá.

A afirmativa sucinta de Ross foi seguida de um suspiro coletivo de alívio.

Para Payton, tudo o que se passou no resto da noite pareceu meio vago. Alguém chamou a polícia, que chegou e algemou Sir Marcus. Ele recobrara a consciência poucos instantes antes e não resistiu, parecendo grato por ser capturado de novo. Payton achou que ele finalmente concluiu que, enquanto Connor Drake estivesse vivo, a prisão era o lugar mais seguro para ele.

Alguém chamou o médico. Payton surpreendeu-se ao saber que ele não estava ali para cuidar de Sir Marcus, e sim por sua causa. Ela ficou ainda mais espantada quando viu que manchara todo o tapete de sangue, dos cortes que sofrera ao pisotear os vidros quebrados na tentativa de impedir Drake de matar Sir Marcus. Payton nem sentira esses ferimentos, mas com certeza se deu conta deles na hora dos curativos do médico.

Ninguém chamou Lady Bisson, como Payton soube depois. Mesmo assim ela veio, com seu gorro de dormir, extremamente irritada por ter sido acordada tão cedo e por um motivo que qualificou de "tão ridículo". Lady Bisson repreendeu severamente o neto por participar de brigas como um ladrãozinho qualquer — Payton ouviu quando ela o fez, em pleno corredor — e depois anunciou que voltaria para a cama. Mas antes de ir embora, insistia em ver Payton, que fora transferida para o quarto de Hudson com ordens para não andar durante muitos dias a fim de curar os pés.

Mas quando Lady Bisson entrou no quarto, ela olhou Payton nos olhos, sem nenhum ar gentil.

— Eu *achei* que fosse isso — disse a velha senhora, vaga, mas com emoção.

Payton, que não tinha ideia do que Lady Bisson poderia estar falando, mas tinha certeza de que certamente tudo era culpa sua, de repente caiu em prantos convulsivos.

Isso pareceu satisfazer a velha senhora, que foi embora com um sorriso de contentamento no rosto.

Mas Lady Bisson foi a única a receber as lágrimas de Payton com um sorriso. Todos os outros a fitavam, incrédulos, principalmente os irmãos, que raras vezes, quiçá nenhuma, tinham visto a irmã chorar. Foi Georgiana quem finalmente conseguiu tirá-los do torpor, mas não para se solidarizarem com Payton, e sim para expulsá-los do quarto e deixarem a irmã sozinha.

Ou assim ela pensava. Quando a porta se fechou, Payton notou que alguém ficara para trás.

Drake.

Capítulo 31

ELA SABIA QUE DRAKE ESTAVA ali. Já fazia algum tempo que se dera conta de que ele estava sentado numa das cadeiras de vime ao lado da cama em que ela fora instalada. Ele já estava lá quando o médico cuidou de seus pés, e quando a avó dele a repreendeu, mas permanecera imóvel para que ninguém notasse sua presença. Ela observou, através das lágrimas que não conseguia controlar, que Drake estava muito diferente da última vez em que o vira, na ilha de San Rafael, quando seus irmãos o surraram a ponto de deixá-lo inconsciente. As contusões ainda eram visíveis, mas estavam desaparecendo. Ele não adquirira novas durante a luta com Sir Marcus.

Obviamente, Drake fora a um barbeiro desde o retorno para a civilização. A barba se fora, o cabelo dourado estava muito bem cortado, de modo que, em vez de cair sobre os ombros, agora ficava na altura da gola alta da camisa. E ele com certeza também estivera num alfaiate. Ela não reconhecia o paletó azul que usava — agora um pouco amarrotado por causa do entrevero com Tyler —, mas a calça ocre tinha o mesmo corte de todas as outras, justa demais para sua paz de espírito.

Para piorar a situação, Payton percebeu que Drake a fitava com uma expressão muito séria. Os olhos azul-acinzentados pareciam mais brilhantes que nunca em seu rosto muito bronzeado, e como o sol começava a entrar pelas portas de vidro que davam para a varanda de Hudson, ele precisou apertar os olhos para vê-la, revelando as pequeninas rugas ao lado dos olhos que sempre apareciam quando sorria.

Foi muito difícil para Payton não pular nos braços dele. Ansiava por se confortar naquele abraço, ouvir as batidas de seu coração, cheirá-lo, sentir seu calor. Só duas coisas impediram que ela o fizesse: o orgulho e os pés extremamente doloridos.

Passado um tempo, ela parou de chorar e, sentindo-se envergonhada, conseguiu dizer, numa voz oscilante:

— Eu... Eu sinto muito.

A expressão de Drake não mudou.

— Sente muito por quê?

— Por tudo. — Payton ergueu a mão para enxugar as lágrimas com o punho de renda da camisola. — Sinto muito por ter soltado a Srta. Whitby. Eu não achei que ela fosse fazer nada como...

— Como ajudar o pai a fugir?

— É. Eu só tive *pena* dela.

O rosto de Drake mostrou uma emoção: descrença.

— *Pena* dela? Depois de tudo o que fez?

— Eu sei, eu sei. Mas não consegui me esquecer daquela manhã no *Rebecca*, na cela, quando Sir Marcus bateu nela. Você não viu, Drake, mas ele bateu no rosto dela com muita força. Ela caiu e logo em seguida se levantou, como se não tivesse sido nada. Se alguém algum dia me batesse daquela maneira, eu provavelmente teria... Ah, eu não sei o que teria feito. Mas eu não seria capaz de me levantar em seguida, isto é certo. E foi quando entendi que a Srta. Whitby conseguia se levantar assim porque estava *acostumada* a ser surrada daquela maneira. Ela provavelmente foi surrada assim a vida inteira, desde a infância. E é por isso que ela é como é, e por isso fez as coisas que fez. Ela não é má, Drake. Apenas jamais conheceu a bondade e a decência. Ela não sabe o que são essas coisas porque ninguém jamais lhe mostrou. Não é para menos que ela seja assim, se você pensar.

— E você achou que seria justo soltar uma pessoa assim e a colocar de volta na sociedade — disse Drake secamente.

— Não exatamente, não foi isso que pensei. Eu achei que, talvez, se alguém demonstrasse um pouco de bondade, pelo menos uma vez, ela pudesse...

Drake ergueu uma sobrancelha.

— Mudar?

— Bem... — Payton sentiu o rosto começar a queimar. Estava tão envergonhada! Sabia que era uma tola. Não precisava de Lady Bisson para lhe dizer isso. — Bem, foi o que pensei. Agora vejo o quanto fui tola. Claro que ela não mudaria. Sua primeira providência ao sair da prisão foi mandar o pai me matar.

— Não. — Havia um tom pensativo na voz de Drake, e Payton o fitou, curiosa. — Não creio que a Srta. Whitby tenha mandado o pai matá-la. Aliás, tenho certeza de que ela deve ter insistido para que ele não o fizesse.

Payton sorriu.

— Verdade? Acha mesmo, Drake?

— Ah, não pense que é por ela ter aprendido alguma coisa com o seu exemplo, Payton, mas porque matar seria arriscado, poderia colocá-lo em mais confusão. E a Srta. Whitby é uma pessoa prática.

Payton parou de sorrir.

— Ah. — Ela não sabia o que esperava quando percebeu que Drake permanecera no quarto no momento que os outros se foram, mas certamente não imaginou que ele a trataria *assim*, de modo tão frio, tão indiferente.

Mas por que não esperava por isso? Certamente merecia. Payton respirou fundo.

— Imagino que agora você me odeie, não é, Drake?

— Você quer fazer o favor — disse ele, com a voz cansada —, e pela última vez, de me chamar de Connor? E não, eu não a odeio. Acho que ajudar Becky Whitby a fugir foi uma das coisas mais idiotas que você já fez, mas certamente não a *odeio* por isso.

— *Uma das* coisas mais idiotas que eu já fiz? — repetiu Payton. Seus sentimentos de desesperança foram esquecidos quando ela se enfureceu. — E quantas coisas idiotas eu já fiz, na sua opinião?

— Ir atrás de mim no *Rebecca* foi uma. — Drake mostrou a mão e começou a contar nos dedos. — Não ir embora de lá quando eu mandei foi outra. Correr sobre um tapete cheio de cacos de vidro descalça, isso foi impressionante. Mas eu devo dizer que, de todas as suas façanhas idiotas, recusar-se a se casar comigo foi de longe a maior.

Payton pestanejou.

— Mas... Mas eu não queria que você fosse forçado a... Quero dizer, você já tinha sido obrigado a um casamento, e eu não queria...

Drake balançou a cabeça. Realmente, Payton era a mulher mais teimosa e obstinada que ele já conhecera.

— Em primeiro lugar, Payton, ninguém me forçou a tomar a decisão de me casar com a Srta. Whitby, pelo menos no início. Eu ia me casar com ela por minha própria vontade, e você tinha razão quando sugeriu, a bordo do *Rebecca*, que eu estava fazendo isso porque precisava de uma esposa e ela... Bem, parecia adequada. Eu tomei a decisão de me casar com ela, você entende, antes de compreender plenamente o que você significava para mim...

O que ele quis dizer, pensou Payton, foi que ele tomou a decisão de se casar com a Srta. Whitby antes de notar como Payton ficava num espartilho. Mas preferiu deixar a frase passar sem fazer o comentário.

— E, segundo — continuou Drake —, como você pôde imaginar, depois de tudo que nós vivemos juntos, que eu poderia passar o resto da minha vida com qualquer outra pessoa que não fosse você?

Payton piscou mais uma vez.

— É só que... — gaguejou ela. — Depois que eu vi você caído ali na areia, desmaiado, por causa dos golpes de Ross, eu achei...

— Você só quis puni-lo por isso. — Drake terminou a frase por ela. — E recusando-se a se casar comigo, conseguiu, admiravelmente. Mas não acha que seus irmãos já sofreram o bastante?

Payton não sabia se tinha entendido bem.

— Você quer dizer que ainda quer se casar comigo?

Drake levantou-se da cadeira e cruzou o quarto para se sentar ao lado de Payton na cama. Ele pegou uma das mãos dela e, virando-a, beijou-lhe o pulso.

— Você é uma mulher muito difícil de se amar, Payton Dixon.

Payton engoliu em seco.

— Eu não tento ser. Só que... Bem, eu gosto de ter as coisas do meu jeito.

— Já percebi. — Drake a fitou, com os olhos brilhando mais do que nunca. Payton ficou sem ar só de olhar para eles.

Ela desviou os olhos para os lábios de Drake, que estavam quase junto aos seus, e portanto não viu o ar travesso que o olhar dele havia adotado.

— Não é uma característica muito boa — disse ela — para uma esposa.

— Não — concordou Drake, tirando um dos cachos do cabelo de Payton do travesseiro em que ela recostava a cabeça. — Não é.

Embora Payton tivesse dificuldade para manter a calma com Drake tão próximo, brincando com seu cabelo, estava determinada a fazê-lo ver o erro que ia cometer.

— Uma esposa que jamais consertaria suas roupas, ou administraria uma casa. Realmente, Drake, em terra, sou uma inútil.

— Inútil? — Os dedos de Drake que passeavam pelo cabelo de Payton de repente desceram e se fecharam sobre um de seus pequenos seios. Ao contato súbito, Payton ficou sem ar e o fitou com olhos arregalados.

— Você nunca me pareceu inútil, Payton — disse Drake, os dedos movendo-se levemente sobre a pele macia. — Na verdade, posso pensar em várias coisas em que você se mostrou muito útil...

Ao dizer isso, ele abaixou a cabeça e, através da cambraia fina da camisola, delicadamente tomou entre os lábios o mamilo que os dedos tinham excitado. Payton quase pulou da cama de tão surpresa, não tanto pela sensação da boca quente naquela área extremamente sensível, mas pela audácia do gesto, que ela achou descarado ao extremo. Ele a estava *lambendo*, em plena *luz do dia*, na cama de *seu irmão*...

— Pare — pediu ela, olhando furtivamente para a porta, querendo se assegurar de que estava fechada.

— Parar o quê? — perguntou Drake, muito inocente.

— Você *sabe* o quê. — Payton, subitamente inundada de uma sensação de calor, afastou os lençóis que a cobriam, revelando as pernas longas e nuas, já que a bainha da camisola estava torcida em torno dos quadris.

Ao perceber isso, Drake não perdeu tempo e levou a mão livre para aquelas coxas sedosas antes que Payton, com o rosto em chamas, pudesse ajustar a camisola. Realmente, ela não tinha intenção de provocá-lo, de modo algum! Mas quando fez um movimento como que para se livrar dele, Drake se levantou de repente. Quando ela viu, ele se estendera por cima dela, com as pernas entre as suas, efetivamente eliminando todas as possibilidades de fuga.

— Veja só — disse ele, os olhos azuis brilhando ao fitá-la. — Pela primeira vez, nós conseguimos uma cama de verdade. Nem piso de madeira, nem pedra, nem areia, nem rede, mas uma boa *cama* de verdade...

Ao se lembrar da rede e do que tinha acontecido nela, Payton ficou mais vermelha ainda. Ela procurava de todas as maneiras não perder a capacidade de raciocínio, mas aquelas coxas musculosas entre suas pernas não ajudavam. O corpo de Drake oprimia o seu, mas ela o acolhia muito bem, pois o seu trazia a memória dos prazeres vividos anteriormente com ele. E antes que ela pudesse impedir, seus braços envolviam o pescoço de Drake num abraço, suas pernas se abriam para melhor acomodá-lo. Ah, como ela o queria. Talvez fosse melhor eles se casarem, afinal...

Então os lábios de Drake cobriram os dela, e toda sua capacidade de raciocinar a abandonou. Ela fechou os olhos, sentindo uma onda de calor entre as pernas que já lhe era familiar. Instintivamente, arqueou a pélvis contra o corpo dele e teve a satisfação de ouvi-lo gemer.

— Ainda não, meu amor — sussurrou Drake junto à sua boca. — Ainda não.

As mãos dele moveram-se para o decote da camisola. Payton arregalou os olhos ao ouvir o tecido se rasgar. Enquanto ele rasgava a camisola até a cintura sem nenhum esforço, como se fosse feita de pergaminho, Payton, quase sem ar, exclamou:

— Drake! Você enlouqueceu?

Agora que estavam totalmente revelados para ele a pele escandalosamente bronzeada de Payton, os seios apontados para cima e o monte de pelos castanhos e sedosos entre as coxas, Drake sorriu, satisfeito.

— Não. Mas eu não posso dizer que aprecio o gosto da sua cunhada para camisolas.

Payton olhou para Drake e ficou pensando. Não era a primeira vez que ele aparentava ter mais sangue de pirata bárbaro do que de nobre cortês. E ela estava pronta para externar sua opinião quando os lábios que pouco antes lhe haviam devastado a boca de repente se acomodaram num dos mamilos cor-de-rosa, desta vez sem nenhum tecido para atrapalhar, fazendo-o intumescer imediatamente. As palavras sarcásticas que Payton ia pronunciar foram substituídas por um gemido de prazer quando Drake foi descendo os lábios quentes sobre a pele suave da barriga reta, e sua língua lhe acariciou os pelos na junção das coxas.

Depois disso, Payton desistiu, e seus braços trêmulos deixaram de lutar. Era como se ele tivesse um toque mágico que a tornasse submissa aos seus caprichos. Já não lhe importava se eles se casariam ou não, desde que ele continuasse a lhe provocar essas sensações deliciosas e esses murmúrios suaves de prazer. Em alguma parte distante de sua mente, ela talvez tenha achado estranho fazer amor em plena luz do dia no quarto do irmão. Mas, quando Drake a queria e a fazia querê-lo também, não parecia importar onde estavam.

Drake sentiu quando ela se rendeu e se aproveitou disso. Talvez não fosse justo seduzi-la assim, depois do medo que sentira e dos ferimentos que sofrera...

Mas ele não estava disposto a correr mais riscos, nem a ter nenhum sentimento de culpa. Não quando a tinha exatamente onde esperava tê-la desde... Bem, desde aquela noite em Daring Park, quando a salvara de ser derrubada por Raleigh. Payton era sua, e lhe provaria isso de uma vez por todas, sem se importar com o que ela tivesse a dizer.

Drake, deliciando-se com os gemidos de prazer e os movimentos incontroláveis do corpo de Payton que sua língua provocava, não tirou o rosto de entre as pernas dela até ter certeza de que estava pronta. Somente então ficou de joelhos e desabotoou a calça.

Ele olhou para Payton a tempo de ver os olhos entreabertos se ampliarem diante de sua imensa ereção. Com os lábios semicerrados e úmidos, ela parecia reunir forças para protestar, sem dúvida com medo de que alguém pudesse entrar e vê-los. Mas Drake estava muito próximo do orgasmo para perder tempo discutindo. Ajoelhando-se entre as coxas bronzeadas de Payton, ele lhe segurou as nádegas e se impulsionou para dentro daquela abertura aveludada, quente e apertada. Observou o rosto dela ao entrar, e, ao penetrar mais e mais fundo, viu sua expressão abismada, maravilhada. Ele a ouviu gemer, reclamando sem palavras, quando se retraiu, e depois ofegar quando penetrou de novo, desta vez mais forte, embora tentasse — ah, ele estava *tentando* — agir com delicadeza. Para ela, todavia, isso não parecia importar. Os botões do colete de Drake pressionavam a pele nua de Payton, os babados delicados da gravata esfregavam-lhe o rosto, mas ela não ligava. Nem se importava de ele segurar tão firme seus quadris a ponto de não conseguir movimentá-los. Drake tentou ficar atento aos ferimentos dos pés dela, mas como poderia, quando também tinha a atenção voltada para o que ela desejava?

Até que Drake não conseguiu mais ter consciência de nada: uma vez mais, o desejo animal que vinha à tona toda vez que Payton estava por perto, aquela ânsia incontrolável que só ela podia saciar tomou conta dele. Em sua necessidade de se enterrar nela, Drake se transformou num ser selvagem. Começou a penetrar cada vez mais rápido, com uma ânsia que Payton entendeu, pois ela também tentava se mover naquele ritmo, impotente em seu próprio desejo, sob o corpo dele. O clímax chegou para ambos ao mesmo tempo, Drake se lançando para a frente repetidamente e cada vez mais fundo e mais intensamente, até que empurrou Payton contra o colchão com força. Mas ela mal estava ciente das estocadas que seu corpo recebia, de tão envolta em sua própria paixão. Emitindo sons roucos à medida que ondas de prazer a invadiam, Payton só pôde ouvir vagamente o urro triunfante de Drake quando ele desabou sobre ela. Seu último pensamento consciente, antes de ser levada para longe, foi uma preocupação distante com que seus irmãos pudessem ouvi-los e vir correndo, achando que Drake a estivesse agredindo.

Foi só quando ambos finalmente ficaram imóveis, descansando, os corações batendo um contra o outro, as respirações cansadas, que Drake ergueu a cabeça, afastando-a do cabelo úmido de Payton, e perguntou:

— E agora, vai se casar comigo?

Payton suspirou.

— Acho que sim. Se eu precisar.

— Acho aconselhável, considerando que está grávida de um filho meu.

— Eu estou o *quê*?

A voz de Drake era despreocupada, embora os efeitos de suas palavras fossem o oposto.

— Pense bem, Payton. Nós ficamos naquela ilha dois meses, e durante todo aquele tempo você nunca...

— Espere. — Payton contou as semanas rapidamente nos dedos. A última vez que ela havia menstruado tinha sido a bordo do *Rebecca*. Enlouquecera tentando roubar esponjas da cozinha para...

— Ah, droga! — Não é para menos que estava tão chorosa ultimamente. E aquela tontura que sentira ao pular da sacada. Deus do céu! Ela não estava ficando velha. Ela estava grávida! Payton Dixon, que sabia tudo que havia para se saber sobre "coisas de mulher", falhara na hora de colocar uma delas em prática!

— Não precisa ficar *assim* por causa disso — disse Drake, em tom ofendido.

Payton piscou para ele.

— Assim como? — perguntou ela.

— Como se o seu mundo tivesse ficado sem chão.

— Mas Drake, eu não vou ser uma boa mãe — resmungou Payton. — Não vou ser boa mãe, como não vou ser boa esposa. Sou muito mandona e...

— Não há nada de errado em ser mandona — disse Drake, com um sorriso que mexia com suas mais profundas emoções. — Pode ser uma qualidade muito boa. Na verdade, é uma característica vital — disse ele — para um capitão do mar.

— Certo — concordou Payton, com certa amargura na voz. — Só que eu não sou uma capitã do mar, lembra-se?

Drake olhou para ela com muita ternura.

— Payton, você já se perguntou o que eu estava fazendo na sua sacada às três horas da manhã?

Ela chegou à conclusão de que gostava mais de Drake sem barba. Era mais fácil traçar a curva dos lábios com o dedo, como estava fazendo. Um bebê. Ela teria um bebê de Drake.

— Sim — disse ela, sem na verdade tê-lo ouvido.

Ele lhe segurou a mão entre as suas.

— Eu queria que você soubesse — disse ele, de repente muito sério — que um navio de seu especial interesse acabou de atracar na baía.

Aquela notícia chamou a atenção de Payton, como Drake sabia que aconteceria. Qualquer coisa que tivesse ligação com navios tendia a chamar a atenção dela.

— Um navio? Qual?

— Você não adivinha? — Ao ver que ela balançava a cabeça, Drake suspirou, e, afastando-se de Payton, levantou-se. — Parece que terei de mostrar, então.

— Você vai me mostrar? — Payton pareceu assustada ao vê-lo abotoar a calça. — Mas meus pés...

— Não se preocupe com seus pés. — Drake se inclinou e, embrulhando-a nos lençóis que eles tinham amarrotado, colocou um braço sob os joelhos dela e o outro atrás das costas. Depois, levantou-a da cama com facilidade e a carregou até as portas francesas que davam para a varanda. Ele as destrancou e abriu, em seguida levou-a para a varanda, onde o sol da manhã brilhava. A vista era espetacular. Eles estavam no alto e podiam ver toda Nassau em direção à baía azul. Mas Drake percebeu que Payton não tirava os olhos dele.

— *Olhe!* — insistiu ele.

Payton deu uma espiada, os olhos meio fechados por causa do brilho forte do sol.

— Olhar o quê?

— Aquele navio no meio da baía. Não lhe parece familiar?

Drake observou o rosto de Payton. Ela possuía uma excelente visão. Num instante, seu queixo caiu, e ela se virou para ele num misto de espanto e felicidade.

— Mas aquele é... Não pode ser. Ele afundou. Eu *vi*...

— Não, você não viu — disse Drake, sorrindo para ela. — Você assistiu a eles fazerem um buraco no casco dele. Mas este é um bom navio. Seria preciso muito mais que isso para afundá-lo. Quando eu soube que Ross o enviara a Key West para reparos, providenciei seu retorno para cá. Achei que seria um bom presente de casamento.

Payton arregalou os olhos.

— Para *mim*? Você vai *me* dar de presente?

— Sob uma condição.

Payton apertou os olhos.

— Qual? — perguntou ela, desconfiada.

— Que você não saia com ele sem o seu primeiro oficial. — Ele sorriu. — Isto é, eu.

Payton, depois de encará-lo por um instante, caiu na risada. Não pôde evitar. Saiu de dentro dela. Não se lembrava de já ter se sentido tão feliz algum dia. Com ambas as mãos, segurou a cabeça de Drake e a trouxe para junto da sua, de modo que pudesse beijá-lo. Sua felicidade devia ser contagiosa, pois ele correspondeu ao beijo com entusiasmo. Na verdade, eles ainda estavam se beijando quando Ross chegou na varanda com passos pesados, pouco depois.

— Nós ouvimos um barulho. Vocês ainda não fizeram as pazes? — Ele olhou para ambos. — Ah. Percebo que já fizeram.

— Ah, Ross! — gritou Payton, os braços ainda em torno do pescoço de Drake. — O que você acha? Drake, quero dizer, Connor, me deu o *Constant* Nós vamos passar a lua de mel nele.

Ross os fitou, bem sério.

— Vocês precisam se casar antes de terem uma lua de mel — informou ele, impaciente. — Além do mais, vocês já não *tiveram* a lua de mel? Eu diria que, a esta altura, ela já acabou.

Drake olhou para a noiva.

— Ainda não — falou, com um sorriso.

Este livro foi composto na tipologia Sabon LT Std,
em corpo 11/16, e impresso em papel off-white
no Sistema Cameron da Divisão Gráfica
da Distribuidora Record.